産声《うぶごえ》が消えていく

太田靖之

祥伝社文庫

目次

プロローグ

「Obstetrics is bloody business」

　産科学の代表的教科書『ウィリアムス産科学』には、そう記されている。「産科は血まみれの仕事である」という意味だ。

　実際、産科ほど出血に出合う診療科はない。出血は、時に他の外科系の医者を仰天させるほど激しい。蛇口《じゃぐち》を捻《ひね》ったような、噴《ふ》き出すように、と表現される出血。血まみれの修《しゅ》羅場《らば》は、産科に携《たずさ》わる限り縁の切れないものだ。

　だが、「bloody《ブラディー》」という言葉には、それ以外の含みもあるのかもしれない。

　人は、他の生き物と同様に、血を流して、己《おのれ》の血をつないできた。次の世代に、ＤＮＡを伝える生殖作業のクライマックスは、伝える側にとっては出産、受ける側には誕生。それには常に血がつきもの、生と死が紙一重《かみひとえ》に存在する場であった。

　そして、そこに第三者として関わる者も、血眼《ちまなこ》で当事者の命を守ろうとしてきた。

　古来、日本で、母になろうとする者ができることは限られていた。産神《うぶがみ》を迎える習わしを行ない、産婆《さんば》に身を託す。

現代においても、産婦は、自身とその子の命を、第三者である産科医あるいは助産師に委《ゆだ》ねなければならないことには、変わりはない。

そこには好ましくも、近代医学の進歩があり、産婦や新生児の死亡率は近年著《いちじる》しく低下している。お産は安全なもの、上手《うま》くいくのが当たり前と思う風潮が出来上がってきても無理はない。

だが、そこは生命の伝達という自然の仕組みが働く世界でもある。科学の進歩がけっして及ばない部分が存在し続ける。一年におよそ百万人が生を受ける日本において、そのうち五千の幼い命と七十の母の命が消えていく。リスクは少なくなり続けるが、零《ゼロ》になることはない。それが自然の定めなのだ。

生の陰に死があるように、健康な体で生まれた子がいて、障害を持ってしまった子もいる。

五百人に一人というのが、脳性麻痺《CP》の子が生まれる確率である。

医療提供側、とくに産科医の責任によるものが少なくないのは事実だが、実際、分娩《ぶんべん》時の低酸素脳症と障害の因果関係があると判断される事例は、一〇パーセント以下との報告もある。CPの原因には複雑な因子があり、医学的にはそれを特定できないことが多い。

医学的には原因不明であっても、実際には障害を持ってしまった子がおり、その子は救

第一章　飛び込み分娩《ぶんべん》

日本の人口減少元年となった二〇〇五年。迎え梅雨《づゆ》の五月二九日。

「わあ、もうダメーっ」

分娩室の厚い扉を通して、産婦の声が漏《も》れてきていた。

重い扉をそーっと押した。薄暗い陣痛《じんつう》室のベッドの上に、大きなクッションを抱きかかえた産婦の白沢《しらさわ》みどりがいる。

「大丈夫よ。うまくできているわ」

助産師の小幡良子《おばたりようこ》が、白沢みどりの腰を擦《さす》りながら励ましていた。

「どう、進み具合は」

菊池が問いかけると、小幡は少し驚いたように振り返った。

クッションの向こう側からは、背の高い白沢達哉《たつや》が立ち上がって菊池に視線を向けた。

しゃがみこんで妻の手を握っていたようだった。誰も、菊池が入ってきたことに気付かなかったらしい。

「二二時〇分に内診して、子宮口《しきゅう》は六センチまで開いてきました。児頭《じとう》の下がり具合もいい感じです」

暗い部屋の中でも小幡の瞳からは生気《せいき》を感じ取れたが、目の下には、さすがに疲労感が現われていた。

無理もなかった。もう丸一日、白沢みどりの「お産」についているのだ。

菊池堅一は、三百床の中部希望会《きぼうかい》総合病院の産婦人科医だった。勤務を始めてから十二年、上司も部下もいない、一人医長という立場にあった。

菊池は、陣痛室の奥にある二つの分娩台と、その間にある掛け時計を見た。子の出生のたびに産科スタッフが、時間を確認してきた時計。針は二二時三五分を指していた。

内診した時刻を正確に表現するのは、几帳面《きちょうめん》な小幡らしい。逆に、児頭の下がり具合が「いい感じ」という表現は曖昧《あいまい》だが、その言わんとする状態は十分に伝わってくる。菊池と小幡は、そんな仕事上の間柄だ。

二時間ほど前に、「そろそろ進んできそうです」と小幡が報告してきた時には、「四センチ」と言っていた。子宮口は、一〇センチで全開大《ぜんかいだい》といい、完全に開いた状態となる。昨夜の入院の時点で、子宮口はまだ指が一本入る程度、約一センチしか開いていなかった。

分娩は、やっと加速し始めたのだ。

「先生、どうなんですか」

不安感よりも疲労感が色濃く出た顔で、白沢達哉が訊《たず》ねてきた。

「昨夜からだと長く感じるかもしれませんが、本格的に陣痛がき始めたのは今日の夕方からですので、初産婦の方にしては順調に経過しているほうです」

一般的に産婦の入院は、陣痛が発来《はつらい》、すなわち陣痛が来てから、子宮口が三センチほどに開いた（開大《かいだい》した）時にするものであった。しかし白沢みどりの場合は、夫の達哉が心配をしてしきりに入院にこだわっていたために、早めに入院をさせたという経緯があった。

そんな夫に比べて、患者本人はいたって冷静にお産に挑んでいる。

達哉は「まだか、まだか」と焦《あせ》り過ぎだった。急《せ》かす立ち会い希望者は、お産にはマイナス要因だ。

「ご主人、少しお部屋のほうで休まれたらいかがですか」

小幡が、達哉に休息を勧《すす》めた。

「いい頃になったら、お呼びしますから」

だが達哉は、その配慮を拒《こば》もうとする態度をみせる。すると、みどりが言った。

「達ちゃん、休んできていいよ」

同時に陣痛の波がやって来た。

「あーっ、痛い」

「息を止めないで、はい、吐いて、吸って」

小幡が指示をする。

大きな声を上げるわりにはみどりは落ち着いてみえる。

痛みの感じ方、表現の仕方は人によってそれぞれだ。みどりのような人もいれば、反対に辛抱《しんぼう》強く耐えているようにみえても実際は不安で、心が限界に達している人もいる。

「みなさん、こんなに痛がるのですか」

みどりの陣痛が引いていくと、達哉が問うた。

「男には無理ですけど、女性は耐えられるように作られているのですよ」

分娩が始まる頃、母親の脳内では神経伝達物質やそのレセプターに変化が生じ、痛みに耐えられるようにメカニズムが働き始める。そんな科学的な理屈でも話せば、夫の達哉の気持ちが多少なりとも楽になるのであろうか。そういえば、助産録に記されていた達哉の職業はエンジニアとなっていた。

あらためて、達哉を観察する。

ひょろっと背が高くて神経質そうな外見からすると、土木系のエンジニアではなさそうだが、妻の付き添いで外来に来ている時から、理屈好きなのには気付いていた。だから、そんな理論的な話でもしてみようか。

すると、みどりが再び達哉に告げた。

「達ちゃん、お部屋に行っていて」

夫が、小幡と菊池を困らせていることを、察して言っているようだった。賢い人だと思った。

いったんはずしてあった分娩監視装置《CTG》のパッドを、小幡がみどりに装着する。

ドッドッドッドッ……。

力強い児心音《じしんおん》が、装置のスピーカーから聞こえてくる。一三五。正常な心拍数が緑色に表示されている。

「赤ちゃんは元気ですよ」と、小幡が言う。

達哉は躊躇《ちゅうちょ》しながらであったが、菊池が開けた扉を通った。

「大丈夫ですよ。ちゃんと看《み》ていますから」

黙って行きかけた達哉だったが、半分身を捩《よじ》って、「お願いします」と、少しだけ頭を下げた。

菊池が携帯している院内PHS《ピッチ》が鳴った。「一一九」とコール元の番号が表示される。救急処置室《ER》の番号だ。

二二時五五分のことだった。

「三十五歳の女性の腹痛患者、CTを撮《と》ろうと思うのですが、その前に一度診《み》てもらえますか」

内科の当直医、岩谷登《いわたにのぼる》からの診察依頼だった。

救急車の車寄せがあるERは、分娩室がある病院南側とは正反対に位置していた。菊池は病院の中央階段で二階から一階に下り、エレベーターホールまで行き、右の廊下に入った。突き当たりがERだ。

急いで来るように頼まれたわけではなかったが、ERに行く時は、自然と早足になる。

蛍光灯が間引きされた薄暗い廊下。清掃が行き届いてはいるが、そこは築二十年の建物、古さが目に付く。何より新築の病院に比べると廊下の幅が狭い。ERまでの廊下はとりわけ、真っ直ぐ長いこともあり、地下通路のようで圧迫感があった。途中、左側に引き戸があり、少し開いた隙間《すきま》から光が漏れている。

明かりが皓々《こうこう》と点《つ》く外来の待合室だ。そんな時間でも、数人の患者が待っている。一人は受付カウンターで対応すべき職員を探している様子だった。その後ろ姿からは、待たされていることに対する苛立《いらだ》ちが感じ取れた。たぶん夜勤の看護師は、ERの手伝いに回っているのだろう。

中部希望会総合病院は、いつでも、どんな患者でも、受け入れることを医療理念に掲《かか》げていた。夜間でも患者が途切れなく訪れるのが日常だ。だが、慢性的な人材不足は否《いな》めなかった。とくに、夜間に働ける人の確保が困難を窮《きわ》めている。

ＥＲの扉を押して入室すると、無影灯の下の処置台の周《まわ》りに看護師が二人、そして内科の岩谷登と研修医の金沢信吾《かなざわしんご》がいた。処置台の上の患者の左腕に、輸液ルートを確保しようと格闘している看護師以外の三人が菊池を見た。

金沢が菊池に言った。

「一時間ほど前から間欠的な下腹部痛を発症。嘔吐《おうと》、下痢《げり》などの消化器症状はありません」

患者は灰色のトレーナーの上下を着ている。もし男なら巨漢と呼ぶにふさわしいサイズの女性だった。

「それで、妊娠でもしているわけ？」

菊池は金沢に訊ねた。なぜ呼ばれたのかを初めに知りたかった。

「本人が、その可能性があると……」

「最終月経はいつなの」

「憶《おぼ》えていないそうです」

金沢は、産婦人科での二カ月間の研修を終えていたが、もともと要領を得ない男で、たびたびイライラさせられていた。

「腹部所見は」

「えーと、とくに圧痛はなく、ソフトですし、よく所見が取れなくて……」

金沢と話をしていても得られる情報はなさそうだ。菊池は自分で診たほうが早いと判断して、患者に向かって訊ねた。

「お名前は?」

「尾張由里《おわりゆり》さんです」と、看護師の内海知恵《うつみちえ》がすかさず教えてくれた。内海は、以前は産婦人科の外来で勤務していた。機転が利《き》いて良く働く娘だった。

「最後の生理がいつだったか、まったく憶えていないのですか……尾張さん、だいたいの記憶でもいいのですが」

「えーと、去年の九月だったか……、一〇月ではなかったと思うんですけど」

いずれにしろ、かなり前のことである。尾張由里は一見して一〇〇キロ近くはありそうに見える。身長も一七〇センチぐらいはあるだろうが、それでもかなりの肥満体。肥満は不規則月経や無月経の原因となることもあった。

「もともと生理は不順なほうですか」

「いいえ」

「ちょっとお腹を診させてもらってもいいですか」

そう尾張に声をかけると、内海がトレーナーをたくし上げてくれた。

たっぷりとした贅肉《ぜいにく》、両脇腹がドテッと広がる。下腹部正中《せいちゅう》(中央)には手術痕。確かに腹部所見は取りにくそうである。金沢が「でしょう」と言わんばかりにこちらを見ていた。

「どの辺りが痛むのですか」

腹部に手をあてようとすると、

「あっ、イタタ……」

いままで平然としていた尾張が、体を丸めて左を向く。

「どこが痛みますか」

「うーっ、全体に……イタ、痛い……。下のほう」

少し落ち着くのを菊池は待った。そして内海に「生命徴候《バイタル》は」と、訊ねる。

「一八〇の一〇五です」

心拍はすでにモニターが装着されており、正常範囲内を刻《きざ》んでいた。一分ほどで尾張の痛みは消失していった。

「もう一度、仰向けになれますか」

上向きになった尾張の腹部を触診していく。上腹部には圧痛はない。さらに強く押すと、脂肪の奥、腹腔《ふっくう》内に腫瘤《しゅりゅう》を触《ふ》れた感じがする。嫌な予感がした。

「聴診器《ちょうしんき》を借りるよ」

内海が首に掛けていた聴診器を取った。それを尾張の腹部に押し当てる。

尾張自身のものとは異なる速い鼓動を聴いた。

「エコーを持ってきて」

内海が、壁際にあった超音波診断装置《エコー》を引っぱってくる。腹部にゼリーをたっぷりとたらす。探触子《プローブ》を手に取る。装置にスイッチが入れられたが、すぐには起動しない。やがてプローブから超音波が発生し、その反射を再びプローブが受信する。信号が解析され画像となって現われる。

そのわずかな時間がもどかしく感じられた。いきなり元気に動く胎児《たいじ》の心臓。もう十分に大きい胎児が見えた。

菊池は妊娠週数の目安を求めて、児頭大横径《BPD》（胎児側頭部の横幅）を測ろうとした。胎児の頭のほう、母体の下腹部のプローブを移動させていく。

「そこが痛いです」

「ここですか」

菊池はプローブを、少し強く押し当てた。

「そこです、そこ。押されると痛い」

児頭はすでに骨盤内にあり、ＢＰＤを正確に測ることはできなかったが、九センチ以上はある。すでに九カ月を超えていることになる。

「内診をさせてください」

声を掛けてから膝を立たせようとする。そして、トレーナーのパンツと下着を脱いでもらわなければならないことに気づく。

嫌な予感が現実化してくる。

不安、そして期待感。それは医療の最前線にいる者が抱く正反対の真理。安らかな夜を望みながら、荒れる予兆に高揚感を憶えた菊池は奥歯を強く嚙《か》み締めていた。そんな時、菊池は肩を叩かれた。

「もう、そちらに任《まか》せてもいいですかね」

それが内科の岩谷登が、最初に口にした言葉だった。

岩谷は数年前、系列病院から転勤してきた男で根は悪くないが、神経質で口数が少なく患者受けはいまひとつ。同僚との会話も少ない。

「あっちで」と、その岩谷が、親指で外来の待合室のほうを指して、「だいぶ待たせている患者がいるので」と言う。

「ええ、いいです」

内診をすると、子宮口はすでに三センチ開大しており、展退《てんたい》も一〇〇パーセントだった。子宮口は、開大するとともに薄くなってくる。それを展退といい、パーセントで表現する。一〇〇パーセントは最も進んだ状態をさし、紙のように薄くなっている。

「尾張さん、痛いのは陣痛だよ。わからなかったの？　お子さんはいないの？」

こういう状態になってから救急車で病院にやって来る患者に腹立たしさを感じて、言葉使いも丁寧《ていねい》さを欠いてくる。

「二人」

「じゃあ、三人目だ。何で陣痛だとわからないんだ」

と、菊池は指摘しながら、そもそも何で妊娠に気付かないのかと思う。

「帝王切開だったから」

下腹部の手術痕はそのためだった。いよいよ悪い予感が的中した。そして、それはさらに悪いものへと進化していく。

「二人とも帝王切開だった?」

「ええ」という返事。

「ええ」などと軽々しく返答してもらいたくはない。過去に二回、帝王切開を受けているなら、普通の陣痛ですら子宮が破裂してしまう可能性が高かった。今回も帝王切開を分娩手段に選択すべきであった。

「尾張さん、普通に分娩することはできない。もう一度、帝王切開をするしかないんだよ」

「ええ」

他人事《ひとごと》のように同じ返事を繰り返す尾張の態度に、さらに腹がたつ。病識《びょうしき》がない。

妊娠が病気かと言われれば違うが、これはハイリスクの妊娠、そして分娩だ。自分の置かれている状況が理解できていないのかもしれない、あらためて説明をする。

「子宮が陣痛で破裂してしまうかもしれません」

そこまで言って、さらに深刻な事態が頭を過《よぎ》った。下腹部の圧痛。あわててエコーのプローブを当て直した。押し付けると、

「痛い」

尾張は身を捩《よじ》ろうとする。

「我慢して。少しだから動かないで」

強い口調で要求する。

圧痛を認める箇所、白く映《うつ》る子宮壁が、そこで連続性を失っていた。切迫《せっぱく》子宮破裂。子宮は、まさに裂ける寸前だった。

「付き添いは誰かいないの？」

「ご主人が外でお待ちです」

内海が答えた。

「入ってもらって」

菊池が指示をした時に、尾張の左腕に懸命に取り組んでいた看護師が声を上げた。

「血管に入りました」

尾張の丸太のような腕は、血管確保が困難だったのだ。

「先生、何を取ります?」

その看護師が、留置針に点滴チューブをつなぐ前に、そう訊ねてきた。採血《さいけつ》をして、何の検査をするかという意味の質問だった。

「すべて調べて」

菊池の答えに、その看護師はキョトンとしている。確かに不明瞭な指示だった。そう感じて、

「産科の術前セットと輸血用のクロスマッチの分も採血をして」

と、言い直す。輸血の前には、その血液成分に対して患者が拒否反応を示さないか、クロスマッチと呼ばれる交叉《こうさ》適合試験を行なわなければならない。

「それでは、たっぷりと取ります」

留置針をつないだ注射器《シリンジ》の内筒を、ギューッと引く。シリンジ内に流入してくる血液に勢いがない。

「それ何ゲージで取ったの?」

菊池は、針の太さを訊いた。

「二二ゲージです」

「どうして、そんな細い針を使うんだ」

その看護師は、不満そうに菊池を見ていた。先生はこんな血管が見えないような人に太い針を入れられるのですか、と言いたげだった。

「また来た。痛い……」

尾張が痛みを訴える。

「仕方ない。採血をしたら乳酸《ラクテック》リンゲル液を輸液して、側管から一〇ミリリットルの五パーセント糖水《プロッツカー》で薄めたウテメリン一ミリリットルをゆっくり注入してください」

まずは、子宮の収縮を多少なりとも和《やわ》らげるのが先決だった。ウテメリンはそのための薬である。

ボーッとしている金沢に指示をした。

「どこでもいいから、もう一本ルートを確保しろ」

大量の輸液、もしかすると輸血も必要になる可能性がある。太い留置針で血管を確保しておく必要があった。

尾張由里の夫を連れて戻ってきた内海は、のんびりと由里の右腕に駆血帯《くけったい》を巻こうとしている金沢を見て、

「私がやります」と金沢を押しのけた。そして、菊池に、

「ご主人の尾張和雄《かずお》さんです」と、告げた。

和雄は小男でやや小太り、神経質そうで落ち着きがなかった。

菊池は、由里が妊娠しており分娩が始まっていること、そして緊急な事態にある病状を説明した。だが、和雄は「ああ、そうですか」と、まるで他人事のように言う。

「すぐにも緊急帝王切開が必要なのですよ」

「はい、お願いします」と承諾してから、「ちょっと家に戻ってきてもいいですか」と言う始末。この状況を理解できていないのか。

「奥さんの命に関わるかもしれないのですよ。家に戻るのは手術の後、落ち着いてからでもいいのではないですか」

菊池が強く言うと、和雄は半歩退《ひ》いて、小さい声で話す。

「子供だけだし、鍵を掛けてきたかも心配だし、お金もこまかいのしか持ってきてないし」

物事の優先順位がわかっていない。苛立つ菊池の顔を見て、

「じゃあ、後にします」

和雄はようやく言った。

「先生、ラクテックでいいですか」

新しい血管を確保した内海が、菊池に輸液の指示を仰いでくる。

金沢と救急カートを物色していた看護師が言ってくる。

「先生、ウテメリンはありませんが」

看護師はともかくとして、金沢には一般のERの救急カートに、産科でしか使わないウテメリンがないことぐらい常識的に気付いてほしかった。

「産科病棟から取ってこい」と指示し、そしてERを出て行こうとする金沢に確認した。

「オペ室の待機者は、どのくらいで来ると言っていた？」

「まだ自分は連絡してないですけど、したほうが良かったすか」

まだ研修医とはいえ、もうすでに医療現場に一年以上もいる。全体の流れを読み取って、緊急手術の手配ぐらい指示されなくともできないのか。

「もういい。僕がやる」

ＰＨＳを手に取り、医事課を通して外線につないでもらった。

緊急手術の場合に駆けつける手術室のスタッフは、毎日持ち回りで二人ずつが決まっていた。その夜の待機当番の一人は二十分かかると言い、もう一人は十分と返事をした。

スタッフが到着してから準備に十分、麻酔をかける時間も考慮すると、メスが患者の体に入るまでには三十分程度がかかるかもしれない。それもすべてことが順調に運んだと仮定してである。

産科医療の現場では一分、二分でも、結果に違いが出る。

今、この瞬間にも、尾張由里の子宮は破裂を起こすかもしれない。そうなれば、胎児はよほどの運がなければ生を受けることはない。母体も重篤《じゅうとく》な状況に追い込まれるであろう。急ぐべきであった。

「内海さん、患者さんをオペ室に運ぶから手を貸して」

菊池は言い、もう一人の看護師にも指示を飛ばす。

「早く検体を検査室に持って行って、大至急クロスマッチをしてもらって」

「でも先生、血液型がわかりませんよ」

クロスマッチの前に、当然血液型を検査するのに、そんなことを言う。

するとそれを聞いた尾張由里が、

「私、A型です」

と答えた。

それは少なくとも好ましいことではあった。A型なら院内にいくらかのストックがあるであろう。AB型だとストックが少なく、まれに切らしていることさえある。

内海とストレッチャーを押しながら、菊池は矢継《やつ》ぎ早《ばや》に尾張由里に質問を浴びせた。

「薬にアレルギーは?」

「とくにないです」

「何か薬を飲んでいますか?」

「いいえ」

「以前に大きな病気は?」

「してません」

「最後に食事をしたのはいつ？」

「お腹が少し痛くなり始めた頃、九時ぐらい」

「お腹が痛くなってからも食事したの？」

菊池があきれて言うと、

「カレーを少しだけです。途中でやめました」

尾張由里は弁解じみたことを口にする。

「初めの帝王切開は、どうして？」

「逆子《さかご》だったからです」

「二人目は？」

「前が帝王切開だったからと……」

手術室の前に到着する。左右に開くはずの自動ドアが反応しない。手動で開けようとするが、施錠されていて動かない。

薬剤などの盗犯防止のため、夜間は鍵がかかっていて当然だった。鍵を持ってきてもらおうと、ＰＨＳを手にした時に医事課職員が鍵を持って現われた。

気の利く人は、ちゃんと先を読んで行動してくれる。その男性職員が言う。

「小児科の遠藤《えんどう》先生は、すぐに来られるそうです。ほかにどなたか来てもらいますか」

「ありがとう、麻酔科にも連絡をしてみてくれ」

麻酔医は非常勤の勤務医で、都合が付く時は来てくれていた。

「了解しました」

院内には、研修医の金沢と内科の岩谷のほかに外科系の当直医として、一般外科の守山《もりやま》新《しん》がいた。菊池と守山は、気の合う飲み仲間だった。

手術室は真っ暗だった。手当たりしだいにスイッチを入れていく。更衣室、手術前室、そして四つの手術室に中央資材室。一気に明るくなった。精密機器保護のために二十四時間稼動しているエアコンで、室内の空気は冷えていた。冷気が緊張で発汗した肌をひんやりと撫《な》でる。

オペ室の入室時間を確認した。

二三時二〇分だった。

菊池は着替えもせずそのままの格好で、産婦人科の手術で使うことが多い第二手術室に、ストレッチャーを押して入った。

機能的だが無機質な空間。いきなりの展開でそんな場所に運ばれてきて、さぞや驚いているだろうと思い、菊池は尾張由里に優しく声を掛けた。

「心配しなくていいからね」

うなずく尾張由里の表情には、しっかりとした覚悟が読み取れて、それが意外だった。

中央資材室からルンバールセット（脊椎麻酔《せきつい》の道具）と「帝切《ていせつ》セット」と記された包みを取ってきてから、菊池は、陣痛室にいる小幡に連絡をした。

「今から緊急帝切に入るけど、そっちは大丈夫かな」

「えっ、帝王切開ですか。金沢先生がウテメリンを取りに来たので、てっきり切迫早産かと思っていました。こちらは変わりなく大丈夫です」

内海が、手術台の上で尾張由里を裸にした後、心電図モニターのシールを、「これでいいのかしら」と呟《つぶや》きながら付けている。モニターのスイッチが入れられる。心電図波形が画面に現われた。血圧測定用の駆血帯《マンシエット》に自動的にエアーが送られ上腕を締めつけていく。

心拍数は一〇五、やはり緊張をしているのであろう。

「血圧は一八〇の一一〇です」

内海が読み上げた。

手術着に着替えた金沢が、のんびりと手術前室に入ってくるのが見えた。

「じゃあ、尾張さん。僕のほうに背中を向けてくれますか」

仰臥位《ぎようがい》で横たわっていた尾張由里は、菊池の指示に従って、モソモソと左側臥位《ひだりそくがい》になろうとする。

「背中を突き出すように丸くなってください」

尾張由里は、指示どおりにしようとはするのだが、その体格ゆえにきつそうである。手術台の反対側にいる内海が、尾張由里の頸部《けいぶ》と大腿部《だいたいぶ》を抱え込もうとするのだが、小柄な彼女には、うまく体勢を取らせることができない。

不十分な姿勢だったが、それでやってみるしかなかった。ルンバールセットを開いてから滅菌手袋をはめ、セットの中身を確認する。綿球をステンレスカップに入れる。消毒用イソジンを注いでもらおうと金沢を探すと、いつの間にやら尾張の頭側に立っていた。

「金沢先生、そこのイソジンを入れてくれないか」

「はい、すぐに」

返事をしたが、手元で何かしていて、すぐには動こうとしない。

「何をしている?」

「ウテメリンを入れています。もうあと半分ですから」

すでに麻酔をかけて、手術を始めようとしている段階だった。いまさら何をやっているのだ、と菊池は金沢の機転のなさに腹を立て、

「それはいいから、早く消毒を取れ」

と語気を強めた。

イソジンが浸《ひた》された綿球で、患者の背中の消毒を始める。

「むずかしそうですね」

のんびりした口調で金沢が言う。背中にも脂《あぶら》がのっていて、確かにそのとおりなのだが、それをギャラリーのように言われる筋合いではなかった。

「そんなところに突っ立ってないで、さっさと手を洗って来い」

菊池は怒鳴《どな》って、金沢に命令した。

第四と第五腰椎《ようつい》の間を狙って針を進めていく。穿刺針《せんししん》が根元まで入っても、クモ膜下腔《まくかくう》まで届かない。長い針を取ってもらおうとするが、手の空《あ》いている人がいない。ちょうどその時、オペ室看護師の渡辺剛《わたなべつよし》が到着した。

「九〇ミリのルンバール針を出してくれ」

菊池は、マスクの紐《ひも》を頭の後ろで結びながら歩いてくる渡辺に頼んだ。

渡辺はすぐに動いて、清潔を保つために消毒された紙《コンプレッセン》が広げられた処置台の上に針を落としてくれる。

日頃は愛想のいい渡辺にしては無言で無愛想だった。それでも待機当番が渡辺で良かった。渡辺は産婦人科の手術に付くことが多く、帝王切開の介助《かいじょ》には慣れている。

「菊池先生、帽子とマスク、それにその服も」と、渡辺が厳しい口調で指摘をする。

「わかっている。後でな」

菊池は応じて、長い穿刺針を手にした。渡辺が、内海と交代する。

渡辺はでかい男だった。患者をがっしりと抱える。それで脊椎《せきつい》骨の間が開く。針を進めていく。どうにかクモ膜下腔に到達する。

髄液《ずいえき》の流出を確認して、ネオペルカミンSを二ミリリットル注入した。

「二三時二七分です」

渡辺が、麻酔開始時間を告げた。

三分ほどして、もう一人の看護師が到着した。麻酔領域と効き目を、菊池は確認して、十分と判断した。そして、手術前の手洗いに向かった。道具を執刀医に渡す役割の直接介助に就く渡辺が、菊池の隣りで手をブラシで擦《こす》りながら言う。

「人のことは言えませんけど、どでかい患者ですね。何キロぐらいですか」

「知らんよ。一〇〇キロぐらいじゃないか」

「知らんって、先生の患者ですよね」

「小一時間前に初めて診たんだよ」

「最近は、そんな患者さんが多いですね」

「他科でも?」

「そうですよ。〝何でも診る〟にも限度があるのではないですか」

そう言われれば、その意見にも一理はあるが、そこには難しい問題があった。

二三時三八分。

菊池は、尾張由里の下腹部の手術痕に沿ってメスを入れた。

瘢痕《はんこん》となった皮膚を切り取る。

メスを深く進めていく。

黄色い脂肪がめくれ返るように開いてくる。出血点に鉗子《かんし》をかけて止血を行なう。行けども行けども脂肪だ。一〇センチほどで、ようやく腹筋膜《ふっきんまく》に到達する。

尾張が吐き気を訴え、口元に差し出された膿盆《のうぼん》に嘔吐した。十分な量の胃の内容物、カレーの臭いが手術室にたちこめた。

「おっと、今夜はカレーだったか」

菊池の背後から声がした。

肩越しに手術野《しゅじゅつや》を覗き込もうとする赤ら顔、小児科医遠藤順《じゅん》だった。マスクが小さく見える大きな顔の眼元は、いつもより朱《しゅ》色だった。

「で、菊ちゃん、適応はなによ?」

手術を行なう理由を訊ねているのだが、菊ちゃんと呼ぶ時の遠藤はテンションが高かった。一杯やっていて、ご機嫌のところを呼び出されたらしい。

「前回二回帝切で陣発《じんぱつ》、切迫子宮破裂です」

菊池は、手術の適応を説明した。

「なら、今んとこ胎児側は問題ないのだな。さあ、さっさと元気な子を出してやっておくんな」

その時、壁に吊るされていた菊池のＰＨＳが鳴った。手術台の周囲で間接的な手術の介助をする、外回りと呼ばれる役割についている看護師が電話に出る。

「先生、分娩室からです」

「生まれちゃうなら、産ませておいて、と伝えて」

「違うみたいです。児心音が下がっているそうです」

筋膜を切開。

伸びきった腹直筋《ふくちょくきん》を左に避けて、腹膜を露出させる。

「ＰＨＳを持ってきて」

看護師がＰＨＳを持ってきて、菊池の背後から右耳に押しあてる。

「二分ほど前から児心拍数が六〇台まで低下、母体位を変えたのですが、回復してきません」

小幡の報告する声が聞こえてくる。

「母体の心音を拾ってはいないよね」

「違います」と、強い口調で小幡が応じる。「内診所見も変わっていません」

小幡のことだからそんな初歩的な間違いはしていないとは思ったが、菊池は念のために確認をしておいたのだ。緊急の事態には、凡ミスへの注意が重要だ。

「そんなに、くっついていないすね」と、金沢の緊張感のない発言が続く。腹膜を切り、腹腔内《ふっくうない》に到達していたが、開腹手術後の癒着《ゆちゃく》が少ないことを言っているのだった。癒着が軽度だったのは幸運である。

膀胱《ぼうこう》を子宮から分離していく。

「すぐに白沢さんをオペ室に搬入して」

小幡に指示をした。そして、ＰＨＳを持っていた看護師には、

「隣りの部屋に大至急、もう一セット帝王切開《カイザー》の準備をして、外科の守山先生を呼んでください」と言う。

渡辺は「まったく」と、こぼしながらも、まだその場に付き合ってくれていた内海に、

「悪いけど、外回りがいなくなるから、もう少し手伝ってくれ」と頼んだ。

人を確保することも、緊急時には重要なことだ。

胎児の髪が、薄い子宮漿膜《しょうまく》を透《す》かして見える。

子宮筋層の一部はすでに裂けていた。急いで手術を行なって正解だった。

菊池は、尾張由里の胎児を娩出《べんしゅつ》させて子宮壁《へき》を縫合したところで、外科医の守山にその後の閉腹《へいふく》作業を任せて、自分は白沢みどりの帝王切開を執刀するつもりでいた。

手術中に分娩室で異常が発生するような事態は何度か経験しており、その都度、どうにか切り抜けてきた。

修羅場には慣れている。

子宮筋層の裂けている部分に、両示指《じし》を入れ、さらに裂き広げる。

そこへ右手を手首まで入れていき、児頭を持ち上げてくる。

通常はそこで助手が子宮底《てい》を押してくれるのだが、少なくとも数回は帝王切開の助手を務めているはずの金沢は何もしない。菊池は自分の左手で子宮底を圧迫して、胎児を娩出させた。

新生児の顔をガーゼで拭《ぬぐ》う。

コッヘル鉗子《かんし》を臍帯《さいたい》の二カ所にかけて、その間を切断する。母児が離れ、男の子が誕生した。

その子を抱きかかえ、背後で待ち構えていた遠藤に手渡す。

「よっしゃ」

遠藤はしっかり受け止めた。新生児の泣き声が室内に響く。

「二三時四六分です」

渡辺が、出生時間を壁の時計で確認して読み上げた。

隣りの手術室が、にわかに騒々しくなる。

「家族の方は入れません」

看護師の声が聞こえる。

「内海さん、隣りに行ってオペ室の看護師さんに、ご主人に立ち会ってもらってもいいから、と伝えてきてくれないか」

菊池はどんな状況になっても、立ち会う家族が取り乱していなければ出産に立ち会ってもらう方針でいた。

医者を含めた医療スタッフが懸命に努力をしている姿を見てもらっておいたほうが、不信や誤解で生じる医療過誤は少ないと考えているのだ。

臍帯を右手で引っ張るが、胎盤《たいばん》がムニュと出てくる気配がない。臍帯を左手に持ち替えて、右手で直接、胎盤を剝離《はくり》した。

「二三時五〇分です」

胎盤娩出時間が読み上げられる。

金沢が、血液の吸引だけはまめに行なっていたが、それでも間に合わず、術野《じゅつや》に血が溢《あふ》れてくる。

血で手元が確認できない。手を使って血を腹腔内から掻《か》き出す。

渡辺が屈《かが》んで吸引ボトルを確認する。

「出血量は、羊水《ようすい》込みで七〇〇ミリリットル強です」

術野から溢れまだ吸引できていない分と、ガーゼが吸った分がある。

出血は一リットルを超えていそうだ。

子宮が、のっぺりと座布団のようになっていた。分娩後、子宮は収縮することにより、筋層内を通る血管を圧迫して止血を行なう。

子宮が適切に収縮をしていない。弛緩《しかん》出血の状態に陥《おちい》っていた。

そのため、止血メカニズムが働かない。

子宮をマッサージして、収縮を促《うなが》す。

「輪液を全開にして、エルゴメトリン一アンプルを側注《そくちゅう》してくれ」

菊池は指示を飛ばすが、受けるべき外回りの看護師がいない。

渡辺が大声で人を呼ぶ。走って戻ってきた内海に指示を伝える。点滴チューブの三方活《さんぽうかつ》
栓《せん》から、収縮剤が静脈内に投与される。

若干、子宮が硬くなってくる。

すぐに縫合にかかる。

針糸の付いた持針器《じしんき》が、パシッと菊池の掌《て》に渡される。

子宮切開創《そう》の両端に一針ずつかける。

また子宮が緩《ゆる》む。

「アトニン五単位を点滴バッグ内に入れてくれ。プロスタ一アンプルを子宮に局注する」

他の子宮収縮剤も投与する。

手術室に外科の守山が入ってきた。

「手を洗って、入ればいいか」

助手に付くべきかを訊ねる守山に、「お願いします」と菊池は答えた。

子宮壁の切開部位から出血している。

菊池は、子宮をマッサージして硬くなると創部を縫うという作業を繰り返していた。

「先生、心拍が取れません」

飛び込んできた小幡が、分娩室での分娩監視装置《CTG》の記録を見せながら報告をする。

一三〇台だった心拍の記録線が、弧《こ》を描きながら六〇台まで落ちたきり回復していない。

「入室後に分娩監視装置を付けなおそうとしたのですが、心拍がうまく確認できません」

金沢が、血液をドンドンと術野から吸いだすことに没頭していた。

「もうすぐ一五〇〇を超えます」

渡辺が言う。

「検査室に濃厚赤血球《MAP》をオーダーしてくれ」

内海が電話機のもとに走る。

いよいよ切羽詰《せっぱつ》まってきたかな。まだまだ冷静でいられると自己を客観視していたが、同時にパニックに陥る寸前の自分もいることに気付き、菊池は驚きを覚えていた。

緊張で、吐き気が込み上げてくる。

守山に止血後の閉腹作業を頼むことはできても、まだ出血が続いている状態では交代することはできない。

いろいろ方策を考えながらも、縫合を続ける手だけは確実に動いていた。

「すぐに行く」と、ようやく小幡に答えた。

どうにか創部を縫い合わせる。

子宮はまだ軟らかく、縫合部からも血が滲《にじ》み出してくる。

二層目の子宮縫合に入った。

守山が手洗いを終えて入室してきて、手術用のガウンを摘《つま》み上げる。

「どんな感じだ?」

「収縮が悪いです。出血が多い」

菊池は守山に答えた。

「菊池先生ーっ」受話器を持った内海が叫んでいた。「検査室が輸血の同意書があるかと聞いています」

そういう時間的余裕のない状況であることくらい、察してほしかった。

「いいから、クロスできた製剤から持ってきてもらってくれ」

手術台の上の尾張由里が、身をよじろうとする。

「尾張さん、もう少しだから動かないで。また気持ち悪くなりましたか?」

「先生、どうかしたのですか」

かすれた声で、尾張が問う。

「心配しないでください」

菊池は、尾張の顔を覗き込んでから、

「少し出血の量が多いので、輸血が必要になりそうです。今、用意をしています。よろしいですか」

説明する自分の声のトーンが、いつもと違うことを意識した。

そして、尾張がわずかに頷《うなず》くのを確認してから縫合を続けた。

「先生……」と、尾張由里の声が、今度は消えていくよう聞こえた。

菊池がもう一度顔を覗きこむと、もともと血色の悪かった彼女の顔が、さらに青白くなっている。

「心配ない。大丈夫だから」

菊池は自身にも言い聞かせるように、尾張由里を励ました。

心拍数が一二〇を超える頻脈《ひんみやく》になってきて、モニターの警報音が鳴り始める。

心臓も出血と戦うために、懸命に血液を送りだしているのだった。

「挿管《そうかん》して全麻《ぜんま》にしようか」

守山が提案する。

全身麻酔のほうが、循環動態を管理するには適していた。

「先生」

再び小幡が、駆け込んでくる。

「まだ、かかりますか」

彼女は、冷静に振る舞おうとしていたが、眼差《まなざ》しは、今にも泣き出しそうだった。

「今すぐ行くから、白沢さんに付いていてあげて」

どうにか二層目の縫合を終えた。収縮は間欠的にマッサージをすることで保たれていたが、針穴からの出血が止まらない。ガーゼを束《たば》にして縫合部を圧迫した。少なくとも圧迫している間は出血は抑《おさ》えられる。

菊池は守山に、

「圧迫止血を替わってもらえますか」

と頼むと、白沢みどりと彼女の子が待つ隣りの手術室に向かった。

「心拍はどう、取れた?」

ドップラー受信器で懸命に心拍を確認しようとしている小幡に訊ねる。

「徐脈《じょみゃく》ですが、聞こえたように思います」

その言葉が、白沢夫妻を元気づけるために発せられたものなのか、実際に心音が聴取できて言っているものなのか、菊池にはわからなかった。だが、すべきことに変わりはない。

手術セットをほぼ広げ終わった看護師に、

「ガウンを着て、グローブをして」と指示をし、小幡にも「君もだ、早く」と言う。

菊池は身に着けていたガウンとグローブを脱ぎ捨て、新しいものと交換した。

「すぐに赤ちゃんを出すからね」

白沢夫妻に声を掛けた。

白沢みどりはしっかりと頷いて答えたが、達哉は呆然としていて反応がなかった。

カップに入っていたイソジンを白沢みどりの腹部にぶちまける。手術野を確保するため滅菌された布《ドレープ》をかける。

尾張由里の子には問題はなかったようだ。こちらの手術室に様子を見に来た遠藤に、

「先生、すみませんがそこにあるケタラール三ミリリットルを、側管から入れてもらえますか」と頼んだ。

脊椎麻酔をしている余裕はなかった、麻酔薬のケタラールが静脈内に入っていく。

「白沢さん、わかりますか」との呼びかけに、一度目は頷いて答えたみどりだったが、二度目には反応がなかった。

遠藤が睫毛《しょうもう》反射の消失を確認する。

「よさそうだぞ」

菊池は時間を確認してからメスを入れた。

二四時二〇分だった。

尾張由里の子供の出生が二三時四六分、思いのほか時間が経過していた。

一気に腹腔内に達する。

「ここが膀胱翻転部《ほんてんぶ》」

助手を務めている小幡に、膀胱が折り返しになっている解剖部位を教える。

「ここの上の子宮漿膜を切開して」

解説しながら手を進めていく。

手技や解剖を教えているわけではなく、手順を言葉にすることではやる気持ちを抑え、いつものように淡々と手術を進めていくためだった。

子宮下部に横切開を入れる。

卵膜《らんまく》をコッヘル鉗子で破る。

低酸素状態にあった胎児が排泄《はいせつ》した胎便を羊水内に認めたが、羊水自体は混濁していない。胎便が出てからさほど時間は経過していないからだった。

児頭を持ち上げる。

小幡が子宮底部を押してくれる。

児頭が娩出され、頸部を牽引するとスムーズに胎児が出てくる。

臍帯にコッヘルをかける。

ぐったりとした新生児。男の子だった。

鼻腔、口腔内、そして気道内をチューブで吸引する。

子の背中をこすり上げて刺激し、啼泣《ていきゅう》を促す。

しかし、わずかに四肢《しし》を屈曲したように見えただけだった。

「早くよこせ」

遠藤が吠える。

急かされなくとも、そうするしかない。

新生児を受け取った遠藤は、すぐに新生児処置台《インファント・ウオーマー》に運び、心肺蘇生《そせい》作業に入った。

続いて胎盤が娩出されてくる。

胎盤後血腫《ごけっしゅ》など、胎盤早期剝離の所見もない。急に胎児仮死が発症した原因は、手術中にも特定はできなかった。

子宮の収縮は良好で、出血はほとんどない。子宮壁の縫合にかかる。

小幡の手が止まっていた。視線は菊池の肩越しに、新生児の蘇生作業に注がれていた。

みどりの手を握ったまま、白沢達哉もそこを注視していた。

「手を下ろして、遠藤先生を手伝ってくれ」

菊池は小幡に助手を下りるように指示をした。

直介《ちょっかい》をしていた看護師が、交代に助手に入る。

子宮の縫合は順調に進んでいったが、白沢みどりに意識が戻り始めて、体を動かそうとする。そして、うめき声を上げた。

「先生、みどりが苦しんでいます」

達哉が抗議口調で言葉を発した。ケタラールの副作用で悪夢を見ているのかもしれなかった。

「心配しないでください。今、麻酔を追加しますから」と言ってみたものの、指示をするスタッフがいない。菊池は助手を務めている看護師に言った。

「君も術野から離れて、ケタラールを二ミリリットル追加で入れてくれ」

薬が入っていくと、みどりから苦悶《くもん》が消えていく。達哉はみどりの顔を見ていた。

菊池が振り返ると、遠藤が気管挿管をしていた。

子に装着された心拍モニターが一二〇の数値を表示していたが、四肢はぐったりしていた。その子の運が強いことを願う以外に、菊池に、できることはなかった。

「赤ちゃんはどうなんです、先生」

達哉が訊ねてきた。意外にも冷静な口調だった。

「小児科の先生が懸命に今、処置をしています。きっと大丈夫です」

妊娠中から、みどりの健診にいつも付き添って来ていた達哉に、「心配ありません」「大丈夫」と何度言ってきたことだろう。しかし、今ほど自分で言っていて虚《むな》しく感じたことはないと、菊池は思った。

隣室から、金沢が来て言う。

「出血もほぼおさまって、子宮の収縮も良好です。どうしたらいいかと守山先生が言っていますが」

圧迫による止血作業が功を奏したらしい。

白沢みどりのほうも閉腹するばかりになっている。

菊池は、自分が尾張由里の状態を確認してから閉腹するのが良いと判断して、守山と交替することにした。

金沢にガウンとグローブを替えて助手に入るように言いつけてから隣室に行き、守山にそのことを伝える。

「了解」と守山は返事をした後、「こっちは出血量が二〇〇〇を超えて、さっき輸血を開始した。痛みを訴えたので、ソセゴン三〇ミリグラムとホリゾン五ミリグラムを静注している。そっちは?」

尾張由里は鎮静され眠っていた。

「隣りは閉腹だけです。お願いします。ケタラールで麻酔しています。五ミリリットルを使いました。途中で覚醒しそうになったら追加してください」

「わかった。それで子供は?」

「かなり厳しい」

「そうか」

守山は一言だけ、そう言った。

菊池は、ガウンとグローブを再度取り替えて、尾張由里の手術を再開した。子宮の収縮は良好になってきており、止血も完了している。閉腹してよさそうだが、十分に確認をした。一息ついた時に見落としのあることが、緊急事態の場合にはとくに多かった。

ともあれ、どうにか苦しい状況を切り抜けられた。

ただ、白沢夫妻の子供だけは依然、厳しい状態に置かれていた。

尾張由里の閉腹を終え、菊池は白沢みどりのいる手術室に戻った。

「ケタラールを追加したよ」

創部にガーゼを置いていた守山が言った。

インファント・ウォーマーの脇に白沢達哉は立っている。遠藤からの病状説明《ムンテラ》を聞いていた。菊池が近づいて行くと、遠藤がそれに気付いて言った。

「県の新生児センターに連絡した。新生児集中治療室《NICU》に空きがあってよかった。すぐに迎えが来てくれる」

小幡がバッグ式呼吸器《アンビューバッグ》を揉《も》みながら、子の呼吸のアシストをしていた。

「アプガースコアは？」

菊池が問うと、遠藤が答えた。

「一分値は心拍のみで一点、五分は心拍が二点の筋緊張《トヌース》が少し出てきて計三点だな」

アプガースコアとは、呼吸、心拍数、筋緊張、刺激に対する反応と皮膚の色で、新生児の状態を評価するものだった。一〇点が満点で、通常は七〜一〇点。四〜六点が中程度から軽度の新生児仮死で、三点以下は重症仮死にあたる。重症度新生児仮死の場合、生後四週までの新生児期に亡くなる確率は約三〇パーセント、生存できたとしても何らかの障害が残ることも多かった。

「自発呼吸はまだない？」小幡に訊ねる。

潤《うる》んだ瞳で赤ん坊を見つめたまま、「まだです」と、答えた。

モニターは心拍数を一二四と刻んでおり、酸素飽和度も九九パーセントと表示されている。換気は十分にできているようで、体幹の皮膚の色もピンクがかってきている。

「動くんだ」

心の中で叫んでいた。上肢《じょうし》がピクッと屈曲する。

「おっ」

菊池は声を漏らした。小幡がアンビューバッグを揉む手を休めてみるが、自発的に呼吸をしようとはしてくれない。再び人工呼吸が続けられる。

モニター音とアンビューバッグによる換気音だけが手術室内にあった。赤ん坊を取り囲む誰もが黙っていた。

やがて、新生児センターの医師が移動用の保育器を伴って現われた。

遠藤が出生からの状況と蘇生処置についてを、新生児科医に申し送った。それに加えて妊娠から帝王切開に至るまでの現病歴を菊池が伝えた。

白沢みどりに、保育器の中で人工呼吸の処置を受けながら運ばれていく我が子の姿を見てもらおうとしたが、まだしっかりとは覚醒できていなかった。

「白沢さん、わかる？　目を開けて赤ちゃんを見てあげて」

みどりの肩を叩いて呼びかけるが、わずかに頷く素振りを見せただけで、開眼はできなかった。

ただ、一滴の涙が、目尻から筋を描いて流れた。

第二章　燃え尽き症候群

一

菊池堅一が医師になったのは、一九九三年春のことだった。

当時、医学部卒業者の多くは、大学医局に入局するのが普通の進路だった。しかし、医師としての臨床能力の実力を早く身に付けたいと考えていた菊池が選んだのは、医療法人希望会だった。

希望会は、北の開拓民の息子が努力の末に医師となり、誰もがいつでも受けられる医療を提供することをモットーに設立した病院から始まっていた。学閥、医師会にとらわれずに医療を拡大、全国に病院チェーンを展開していた。そのため、医療関係者からは異端と見られることもあった。

だが、希望会が行なっていたアメリカ式のハードな研修システムは、菊池が望むものと合致していた。

また、菊池は、将来的には専門として産婦人科を選ぶことを決めていた。医療の道を志《こころざ》したが、病《やまい》の発する独特の空気を苦手に感じていたことが、比較的それの少ない産婦人科の分野を選ぶ動機のひとつになっていた。結果が早くわかるのが良いとも、菊池は思っていた。産科は何年も経たずとも、己《おのれ》の行なった医療の結末を知ることができる。

数ある希望会のグループ病院の中で選んだのは、東海地区にある中部希望会総合病院だった。病床数三百。院長の犬飼好昭《いぬかいよしあき》以下、常勤医が三十人余り。産婦人科には年齢四十五歳になる部長の春日井猛《かすがいたける》と、三十三歳で卒後六年目の夏目茂樹《なつめしげき》がいた。産婦人科の研修指定施設でさえも常勤医二人の確保がやっとで、産婦人科医がやがて不足していくことは、産婦人科医のあいだではすでに承知されていることであった。

希望会では、研修医の当直は三日に一度と決まっていた。

当直は宿直と同じで泊まることが主体、何かあった時にのみ対応するというのが本来の勤務形態であるためだ。労働の対価は手当という形で払われている。

それと異なり、看護婦の夜勤などは連続性のある勤務である。従って、労働時間に相当する時間外賃金が、対価として支払われる。もし、当直において夜勤のような勤務が強《し》いられた場合は、法律的には時間外労働にあたり、手当では不十分であった。

だが、医療の現場で医師は、当直という名の夜間労働を強いられている。また、それがなければ日本の医療は成り立たない。

初めて当直に入ったのは、入職して三日目のことだった。

その日、一般当直に入る医師は菊池のほかに内科系、外科系の医師二人と、二年目の研修医で内科を専門に研修をし始めている川辺夕子《かわべゆうこ》だった。

川辺は、三年かかって医学部に入学した菊池より一つ年下の二十六歳、旧帝大系の国立大学に現役で入学しているのだからかなりの秀才であった。小柄でスマート、顔立ちも整っているが化粧がきつい。冷たいというより恐い印象を与える。女性らしく振る舞えば才色兼備で「もてそう」なのだが、難点が一つ。化粧と同じで性格がかなりきつく、そして暴言癖があることだった。

「くそ不味《まず》いな、これ」

医局でテレビを見ていた菊池に、正面のソファーに座って検食《けんしょく》を食べていた川辺が言った。

病院で患者に出される食事は、医者が試食をすることになっていて、検食と呼ばれる。その日の夕食は糖尿病食、カロリー制限食だった。

「こんなもん喰ってたら、病気になる」

「病気の人が食べるわけでしょう」

菊池が指摘すると、川辺は、

「先生、喰いたかった？　なら、次から喰ってくれ、健康になるよ」

そして、テレビ番組が八時からのものに替わると、

「そろそろ呼ばれるから」と、教えてくれた。

八時に「夕診」と呼ばれる夕方の外来診療が終わると、その後に受診した患者は時間外の扱いとなり、まずは研修医が診察する決まりになっていた。

すぐに菊池のポケットベルが鳴った。表示された番号に内線を掛けると、

「先生、患者さんです。お願いします」

早口でそう言われて切れた。

菊池は川辺のお供をして、二階の医局から外来診察室に下りて行った。当分の間は、上級医である川辺と行動をともにすることになっている。

外来の処置室に入ると、川辺はそこにいた看護婦に、

「何よ?」

不機嫌に訊ねた。スタッフに対する態度はかなり横柄《おうへい》だ。

「二十歳の男性で、主訴は熱発です」

看護婦が答えると、

「初診?」

薄いカルテには問診票が添えてあるから、初診であることは菊池でもわかった。

看護婦は、黙ってカルテを川辺に渡した。

すると川辺は、「菊池先生、じゃあ、診て」と、それをパスしてくる。

「俺がですか？　いきなり言われても」

「問診して、診察して、そのぐらいできるでしょう」

「できるとは思いますが……」

「はい、はい、行って」と川辺は菊池を促《うなが》して、「横で見ているから」と言った。

診察室に入り、患者の名前を確認してから、

「どうされましたか」

菊池は患者に訊ねるのだが、自分でもぎこちないのがわかる。

「三日ぐらい前から、風邪《かぜ》で咳《せき》があったのですけど、今朝から熱が出てきて、そんで来ました」

「他に症状はありませんか」

「ないっす」

咽頭《いんとう》を診てから、胸部を聴診し、診察台で腹部を触診したが、とくに異常な所見はない。次に何をすべきかわからず、川辺に視線を送ると、

「先生、診断は」

「感冒《かんぼう》だと思います」

「そうね、風邪ね。薬を処方して」

そう言われても、何を処方すべきかわからない。困惑していると、川辺が、

「菊池先生の診立てのとおり、私も風邪だと思います」

患者に話し始めた。そして、胸ポケットからボールペンを取って、

「総合感冒薬と解熱剤を処方します。とくに薬にアレルギーはないですか。解熱剤は三八度五分以上ある時に使ってください。三日経っても症状が改善しない時は再受診をしてください」

と、早口で説明した。

患者が看護婦に促されて出て行きかけると、その背中に向かって、

「次は診察時間内にかかってください」

冷たい言葉をかける。

菊池は、カルテに記載をしていたが、

「早く書いて。次が来ているよ」

川辺は急かすのだった。どうにかカルテの体裁を整えると、

「風邪の時は、私は、これとこれを処方しているわ。他には……」

川辺は、メモ用紙に書いていちおうは説明をしてくれるのだが、せっかちなので話に付いていくのに苦労した。

午前一時過ぎまで、何人もの患者を診たが、川辺のペースには付いていけず、何が何だかわからないまま時間が過ぎていった。

患者が途切れて、やっと一息つくと、川辺が話した。

「こんな時間に来なくてもいい患者ばっかりでしょう」

実際、交通事故にあって救急車で搬送されてきた頭部打撲の患者が、経過観察のために入院になっただけで、重篤《じゅうとく》な患者はいなかった。

「夜になって心配になったというのは、まだ可愛げがあるけど、最初の患者みたいなのは性質《たち》が悪いわ。仕事が済んでから、あまり待たされない時間外を狙って来ているとしか思えない。朝から熱があったなら、仕事を休んで午前中に来いよって言いたくなるわ」

「きっと大切な用事でもあったのでは……」

「甘いわ。まあ、そのうちわかると思うよ」

川辺は少し間を置いてから、

「仮にそうだとしたら、自費でかかるべきよ。少なくとも時間外診察料の分は自分の金を払うべきだとは思わない？　あいつらの都合の分も、健康保険負担分が発生するのはおかしいだろ」

「それは、そうですね。でも、それなら川辺先生は、どうして希望会を選んだのです」

二十四時間三百六十五日オープンを謳《うた》っている希望会の当直では、まず仮眠は取れない。夜間外来のように、次々と来る患者の対応に追われる。

「まあ、それを言われるとな」

川辺は少し照れてみせる。医師としての心意気があるのだった。

軽症患者や待たされることの少ない夜間にわざわざ受診する不届きな患者が、時間外の救急に取り組む医療従事者を困らせる事態は、すでに存在していたが、第一線の医療人の士気は高く、現在のような医療前線の疲弊《ひへい》はまだ表に現われていなかった。

研修医としての生活は一気に多忙の極みに達していった。

当直時に入院になった患者が、自分の担当患者となる。当然、主治医としての上級医がいるのだが、受け持つ患者の数はすぐに増えていった。

朝九時に当直義務が終わり、そのまま受け持ち患者を診ていく。中心静脈確保などのベッドサイドの手技があれば行ない、病棟業務をこなしていく。不慣れなのだから、要領が悪く時間ばかりかかる。カルテ記載一つとっても、カルテを占有してしまい看護婦の仕事の邪魔になる。毎日右往左往《うおうさおう》しているうちに夜になる。

疲れきって、病院が医師の社宅として借りているマンションに帰ろうとすると、決まって誰かに飲みに誘われる。

手術を終えた外科系の医者の場合が多かった。断われば済むことだが、もともと酒好きの菊池は誘われればついて行った。とくに卒後三年目の守山新とは、年齢が同じせいもあって、頻繁《ひんぱん》に飲みに行っていた。

その日は、菊池も守山も当直明けだった。二人とも、連続三十六時間以上働いた後である。とくに、守山は深夜から明け方まで緊急手術に入っていた。疲労しているはずなのだが、生ビールの中ジョッキを勢い良く飲み干すと、言った。

「帰って眠ろうかと、さっきまで思っていても、またここに来てしまう」

二人は一杯呑み屋「有楽《ゆうらく》」にいた。病院の近くというのが最大の利点だった。入るには勇気がいる商売気のない店構え、内部も小汚いというのは言いすぎだが、ひなびた雰囲気があった。固定客がついているのは、つまみがそこそこ旨《うま》いからだろう。

「そうですね。帰ってもコンビニ弁当だし、つい寄ってしまいますね」

菊池も同じ思いだった。

「体は疲れているが、神経が高ぶっているから、アルコールを少し入れてクールダウンしないと眠れない」

「少し」などと言いながら、飲むうちにクールダウンどころか、テンションがハイになっていくのが常だ。結局、午前零《れい》時過ぎまで気勢を上げた。呑み屋のおやじが片付け始める。

「河岸《かし》を替えようや」

守山が提案し、徒歩二分ほどの距離にあるスナックに向かうことにした。途中で、守山のポケットベルが鳴った。

スナックの隣りにはコンビニがある。菊池がいつも利用している店だった。希望会病院の若手医師たちは、仮に生活範囲が病院周囲に限定されてもさして困らない環境が、そこにはあった。

コンビニの公衆電話から病院に電話をした守山は、

「緊急オペだとさ、行ってくるな」

そう言い残すと、仕事に戻って行った。

よくまあ、体力気力が維持できるものだと、菊池は感心していた。いずれそれが、ごく普通のことになることに、まだ菊池は気付いていなかった。

二

「負けないで、負けないで」

菊池は耳についたヒット曲のフレーズを頭の中で繰り返していた。

一九九三年も終わる、大晦日《おおみそか》だった。

休日と同じ診療体制なので、開いている診察ブースの数も限られ、待合室は平日のように混雑していた。

年末年始は救急受け入れを断わる病院も多くなり、中部希望会総合病院には遠方からの救急搬送も多くあった。

午後八時過ぎ、朝から働きづめで、その日初めての食事を摂《と》ろうとした時だった。救急隊からの電話が入る。医事課の職員が電話を取って救急隊員とやり取りしているのが、医局のスピーカーから聞こえてくる。

「すみません。どこの救急隊の方ですか」

馴染《なじ》みのない名称だったので確認している。救急隊員が所属消防署の名を改めて告げる。どうやら隣県の市の救急隊のようであった。

「二十二歳の女性で手首を切っています。圧迫で止血していますが、縫合の必要があると思われます。お願いできますか」

菊池のポケットベルが鳴り、表示された医事課の番号に内線電話をかける。

「菊池先生、救急依頼で」

報告しようとする職員の言葉を遮《さえぎ》って、

「モニターで聞いていました。お受けしてください」

どのみち、救急はすべて受け入れるのだから、搬入を承諾した後の報告でも良さそうなものだ。再び救急隊と医事課職員とのやり取りが、モニタースピーカーから流れてくる。

「お受けします。到着まで、どのくらいかかりますか」

「二、三十分だと思います」

それにしても、救急車で二、三十分とは随分と距離がある。途中には公立病院もあるはずだ。

二十分ほどでサイレンの音が大きくなって、突然止まった。病院近くではサイレンを止める決まりだ。

菊池が救急処置室《ER》に入っていくと、すでに川辺が来ていた。入職後三カ月で菊池は独《ひと》りで患者を診る許可を得ていたが、救急搬入の場合は初めから複数の医師が対応に当たることになっている。症例が重篤な場合は、さらに外科系の当直医が呼ばれる。

無表情な患者は、ぐったりと救急隊のストレッチャーの上に横たわっていた。ストレッチャーが処置台に横付けされる。

「自分で隣りの台に移れますか」

菊池が訊ねても、患者は反応しない。救急隊員の手を借りて、一、二、の三で患者を移した。

救急処置で巻かれた包帯を解きながら、菊池は救急隊員に訊《き》いた。

「どなたが通報をしたのですか」

「ご本人が救急依頼をされました」

「一人暮らしなの」と、川辺が患者に訊ねると、「はい」と初めて口を開いた。

手首には引っかき傷のようなためらい傷が二本と、やや深めの切創《せっそう》があった。

「指を動かしてみて」

「手首を曲げてみて」

患者は、川辺の指示どおりの動作をする。

「皮膚を縫合するだけでいいよ」と、川辺は菊池に指示を出した後、患者に向かって言い放った。「死ぬ気もないのにこんなことをして、人に迷惑をかけないの」

いきなりの叱咤《しった》に、その場の誰もが驚いた。さらに言葉をつぐ。

「リストカットで死んだ人など見たことないよ。本気で死にたいと思ったら、高い所から飛び降りることね。そうしたら、救急隊や病院の人間の手を煩《わずら》わせないで逝《い》けるよ」

菊池が傷を縫合し終わると、患者は観察室に運ばれていった。

川辺は、観察室の患者の枕元にしゃがみこんで話をしていた。そして、外来患者の診察の切れ目に診察室にいる菊池の側に来て、言った。

「五十嵐《いがらし》るりさんのご両親、すぐに家を出るそうだけど、車で三時間はかかるって」

リストカットの患者のことだった。

「彼氏と喧嘩をしたみたい。きっと彼の気を惹《ひ》きたかったのよ」

その後も、川辺は五十嵐の所に戻って話を聞いてやっていた。

二二時過ぎまで、途切れなく患者が訪れていた。菊池は、どうにか独りでそれらに対応していた。ロビーの受付のほうでは、新しく来院した患者が受診手続きをしている気配があったが、とりあえずは一息ついていた。すると、観察室を見に行っていたのか、その方

向から川辺がやって来て、

「五十嵐るりさんがいないけど?」

菊池とその場の二人の看護婦に訊ねた。

「いませんか」

立花貞子《たちばなさだこ》が答えた。立花は市立病院を定年した年配の看護婦で、主に夜間の外来でパートとして働いていた。

川辺は怒り出し、「さっさと捜して」と命令をした。

手分けをして、トイレなど一階を捜しまわったが、見当たらない。

「最後に確認したのはいつよ」

川辺が訊ねる。

「私が、一番ベッドの喘息《ぜんそく》の患者さんに点滴をしに行った時、トイレに行きたいとおっしゃられたので、スリッパをお貸ししました」

立花が答えた。

「それはいつよ」

「四十分ぐらい前です」

「それなら、私が彼女と話し終えた後すぐになるよ」

「そうなりますね」

「何でちゃんと看《み》てなかったのよ」

川辺は立花を責めた。

「川辺先生とも穏やかに話をされていたし、落ち着いた様子でしたから」

立花は弁解をする。

実際、監視をしているわけではない。患者自身がどこかに行く気なら、気付かれずにいなくなるのは容易だった。

「警察に電話をして」

川辺が命じた。

「えっ、どうしてですか」

状況を理解できずにいるもう一人の看護婦、勝俣舞衣《かつまたまい》が言う。勝俣は二十歳代前半、准《じゅん》看護婦で、正看護婦の免許を取るため看護学校に通っていた。彼女も主に夜勤のパートとして働いている。大晦日の夜は、非常勤やパートの職員に支えられて医療が維持されているのが現状だった。

「自殺未遂の患者よ。何かあったらたいへんだわ」

「そんなことがあるのですか。でも先生ですよ、死ぬ気もないのに、と言っていたのは」

あくまで呑気《のんき》に勝俣は言った。

「いいから、早く言われたとおりにしなさい」

警官が到着し、川辺が事情を説明する。

「どんな服装をしていました?」

「着古したオレンジのトレーナーにジーパン、白い靴下に病院のスリッパを履《は》いています」

警官が、警察無線で手配をした。

年が替わって一時間ほど経った頃に、五十嵐るりの両親が病院に到着した。

その直後に、胸痛の患者が救急搬送されてきた。その患者の心電図《ECG》上の変化から心筋梗《しんきんこう》塞《そく》を疑い、菊池と川辺が内科の当直医に申し送りをしている時のことだった。緊急電話が鳴り、医事課の職員が対応に出た。そのやり取りがERのモニタースピーカーから聞こえてくる。

「二十代の女性、飛び降り自殺を図ったもよう。頭部を打っており、意識レベルは三〇〇」

救急隊が報告したところで、川辺はERの緊急電話の受話器を取った。スピーカーからの音が途絶え、川辺が直接、救急隊と話をし始める。

「服装は?」「場所はどこよ」「バイタルは?」と、矢継ぎ早に質問をする。

「早く、早く運んできて」

受話器を置いた川辺の顔は真っ青だった。

「彼女だわ。丘の上のマンションよ。バイタルはまだある……」

病院から二キロほどの距離の小高い丘の上に、十五階建てのマンションが二棟そびえていた。飛び降り自殺が多い場所だった。

地元の人は知っているが、この辺の住人でない五十嵐るりがなぜそこへ行ったのか。生きる気力の萎《な》えた者を惹きつける何かがあるのだろうか。

五分ほどで到着した救急車の車内では、すでに心肺蘇生術《CPR》が行なわれていた。

処置台に移す際に五十嵐の頭部を支えた菊池の手に、べっとりと血がついた。

川辺が踏み台に上がって、心臓マッサージを救急隊員から引き継ぐ。

「挿管《そうかん》」と菊池が立花に指示し、喉頭《いんとう》鏡を口腔内に挿入していく。喉頭を展開しようとするのだが、口の中にも血が溢《あふ》れていた。

「吸引」と指示して吸引チューブを受け取る。

吸引された血でチューブが染まる。はっきりと声門《せいもん》が確認できないまま、挿管を試みた。バッグを揉むと、エアーが送り込まれて胸郭《きょうかく》が上下する。いったん心臓マッサージを止めてもらい、聴診器で気道内にエアーが入っていくのを確認した。心音はない。心電図モニターの画面の心電形もフラットだった。確保された血管から輸液が速い速度で行なわれている。

「もどってこい、もどってこいよ」

川辺が心臓マッサージを再開する。

菊池はあらためて患者の容態を診る。瞳孔はすでに散大している。右耳から髄液《ずいえき》の流失があった。

「現場ではバイタルを確認できたのですよね」

菊池は救急隊員に確認をした。

「呼吸停止状態、心音は確認できたと思います。すぐにＣＰＲを行ないました」

「モニター上でも確認できましたか」

「いいえ、フラットでした」

頭部を支えた時に感じたのだが、やはり頭部は変形している。頭蓋骨が砕けているのは明らかだった。ほとんど即死だったのであろうと推察できた。菊池はそのことを川辺に伝えた。

「もう、蘇生《そせい》は無理だと思います」

「いいから続けろ」

バッグによる人工呼吸を続けるように指示をし、自分は心臓マッサージを続けた。

川辺がようやく納得して、蘇生作業を止めるまでに十五分ほどが必要だった。

「ご両親を呼んできて。説明をするから」と、立花に命じた。

両親がＥＲに通されてきて説明を始める。

「病院を出た後、飛び降りをしたようで、救急搬入されてきた時にはすでに心肺停止状態でした。蘇生を試みたのですが、頭部に致命的なダメージがあって」

そう言って、X線フィルム読影台《シャーカステン》に掲《かか》げられたレントゲン写真を示す。

蘇生作業中にポータブルレントゲン撮影機で撮ったものだ。頭蓋骨にはいくつもの骨折線があった。

「残念ですが、これ以上蘇生を続けても得るものはありません」

「死んだということですか」

母親が訊ねた。

「はい」

「どうしてちゃんと看ていてくれなかったんだ?」

詰問する父親に、

「申し訳ありません」

弁解をせず謝罪した。

菊池は、病院としてはちゃんと対応していたことを伝えておこうと思い、前に出ようとしたが、川辺が制止をした。そして、もう一度、

「すみませんでした」

深々と頭を下げたのだった。

三

「じゃあ、乾杯しよう。カンパーイ」

飲み始める前から、守山新はハイテンションだった。そして、「あまり気にするなよ」と、川辺夕子を慰めた。

その日は若い医師たちを中心にした新年会だったが、川辺を励ます会も兼ねていた。川辺と同期の研修医、外科病棟と手術室の看護婦、看護士が数人と、日頃は飲み会に参加しない産婦人科の夏目茂樹もいた。

夏目は、細身の男で爬虫類《はちゅうるい》系の顔をしている。やや陰気な性格で、あまり笑顔を見せないので患者受けは良くなかったが、診療方針に関しては性格と正反対。ポジティブ、アグレッシブな治療をし、手術好きでもあった。

一月も半ばを過ぎていたが、川辺は大晦日から元旦にかけての出来事を引きずっていた。

「そう。医者をやっていれば、予期せぬ不幸な結末にたびたび出くわす。ようは、そこから学んでいくことだな」

「ようは」が口癖の夏目が、長い髪をかき上げ意見を述べる。

「私、彼女と話した後、これなら大丈夫だと思ったんだよ。だけど、何か引っかかるものがあった。看護婦に気を付けて看ておくように指示をするべきだった」

直感的に腑《ふ》に落ちないものを感じることはよくあり、それは経験によって強化される。医師としての大切な能力の一つではあった。

「わかるけどな、俺だってリストカットするような人間が自殺を完遂《かんすい》するとは考えない。一度だけ、バッサリと橈骨《とうこつ》動脈まで切っている患者がいて、輸血までしたことがあるけど、普通は本気で死のうとは思っていない」

守山が経験を語った。

「そもそも、本気で死ぬ気になったなら、ちょっと目を離した隙《すき》に逃げてしまう」

と、夏目が指摘した。

「あーあ」川辺は溜息をついて、「今さらくよくよ考えても仕方ないか」と口にはするものの、その様子にはふっ切れた感じはまったくない。ただもう、その話題を避けたいという態度だけがわかった。菊池も責任を感じていたので、その前日に起きたロサンゼルス地震に話題を振った。

やがて宴も進み、退席する者、仕事を終えて参加する者と、入れ替わりが激しくなっていった。誰か来るたびに乾杯が繰り返されていく。それは病院関係者の飲み会でのいつものスタイルだった。

斜め前に座っていた青野美紀《あおのみき》が、菊池に目配せをした。

美紀は外科病棟の看護婦だった。昨年の九月、菊池が外科研修を始めた時の歓迎会で話をして、その後付き合い始めた。一一月末からは親しい関係を持つようになっていた。

菊池は席を立ち、そのまま店を出た。タバコを一本吸い終わる頃に、美紀も店を出てきた。

「俺の所に来るか」

「嫌よ。付き合っているのを宣伝するみたいになるから」

確かに菊池のマンションの住人は、みんな病院関係者だ。誰かに目撃されれば、翌日には美紀の言うようになる。

「私のアパートへ行きましょう」

「君のチャリで?」

美紀は自転車通勤をしていた。

「酔っているでしょう。二人乗り《ニケツ》してこけたら嫌だから、歩いていきましょう」

美紀のアパートまでは徒歩だと、三十分ほどかかる。美紀は身長が一六〇センチ、スレンダーながら筋肉の容《かたち》がくっきり見える。髪はショートで、スポーツ志向。自転車もスポーツタイプなら、歩くのも好んだ。

「寒いし、車で行こう」

菊池はちょうど通りかかったタクシーを止めた。

美紀の暮らすアパートは、灌漑《かんがい》用水路の土手の横に建っている。一昔前ふうの外観のアパートで「コーポラス白梅《はくばい》」と書かれた看板だけが洒落《しゃれ》ていて真新しい。

「この前来た時にも思ったけど、やっぱり揺れるよな」

階段を登りながら菊池は、前を行く美紀に言った。

「揺らすと、もっと揺れるよ」

手すりを両手で握って階段を揺らした。ギシギシと危険な音色が上る。

「美紀、よせよ。夜中だぜ」

アパートの間取りは一DK。改装されたらしく、狭いながらもユニットバスが付いている。

荷物が少ないせいもあるが、部屋は極端に片付いている。FBI犯罪プロファイラーなどが見たら、住人は軍隊経験者か刑務所に入ったことのある人間と推察しそうな感じだ。

部屋は寒々と冷えきっていた。美紀が石油ファンヒーターを点けた。菊池が美紀を引き寄せて唇を重ねる。互いの舌を探り合う。ベッドのほうに倒れ込もうとすると、美紀が反発して、「ちょっと待って。先にお風呂入ってきて」と注文を付けた。

膝を抱えるようにしか入れないバスタブだが、利点はすぐに湯が張れるところだった。湯に浸《つ》かると眠気が襲ってきた。風呂を出て、ベッドに入ると、美紀が湯を使いにいった。冷たいフランネルの毛布が温まった体を心地よく包んで、沈み込むような気分だった。

気がつくと美紀が隣りで寝息を立てていた。菊池が上体を起こすと、美紀も目を覚ました。

「眠っちゃったのか」

「そう、眠っていたわ」

美紀に抱きかぶさった。

「ごめん。生理が来ちゃった。欲情している?」

少し考えてから「いいや」と答えた。

「眠ろうか」と言って、電灯の紐《ひも》を引いた。豆電球が消えて暗くなる。静寂の中、遠くに救急車のサイレンが聞こえていた。

「美紀、もう眠った?」

すぐに眠れると考えていたのだったが、なかなか寝付けず声を掛けた。

「まだ、起きてるよ」

「少し話していいかな」

「いいよ。何?」

そう言われると、話題に困った。それで思い出したことを訊ねてみた。

「美紀は、船が好きなのかい？」

「船？　ああ、あの模型」

余計なものがほとんどない美紀の部屋で、目につく置物の一つが、一五センチほどの金属製の軍艦模型だった。

「前の彼氏の趣味」

「えっ？」

「ウソよ。私、機能的なものが好きなの」

「機能的？　何かに使えるのか」

「いいえ。文鎮《ぶんちん》ぐらいにしかならないわ。そうではなくて、機能美が好きなのよ」

「軍艦の？」

「そうなの。女の子の趣味としては変わっているかな。私の父がよく反戦デモとかに連れて行ってくれて、軍港でアメリカの駆逐艦を見たとき、その線がきれいだなと思って。まだ小学生の低学年だったけど、それからはまってしまったの。よく父にデモに連れて行ってと、せがんだけど、軍艦見たさだった。集会だけで、軍艦が見えないとがっかりした」

「シャープな線が好きなわけだ」

「うん。だから、運動しているのも、筋肉の線をくっきりさせたいから。変かな？」

「変じゃないよ。価値観はいろいろだからね。ところで、春先になると、このあたりは梅が咲くのかな」

いきなり関係のないことを言い出したので、少し間があってから、美紀は答えた。

「ああ、アパートの名前のことね。知らないわ。私が希望会に入ったのは、あなたよりあとで、初夏だったから」

青野美紀は、菊池より三つ年下の二十四歳。沖縄にある日本最南端の看護学校を出た後、地元の病院に少しの間だけ勤めた。

姉も看護婦で、内地で働いていた。その姉を頼って中部圏のこの都市にやって来た。しばらくは姉の勤める病院に非常勤で勤務をした。その後、中部希望会総合病院に常勤看護婦として就職をしたのだった。

「なぜ、このアパートを選んだの？」

「うーん、やっぱり家賃が安い点かな。病院の寮だと安いけど、退職した時に引っ越さないといけないでしょう」

「そんなことを考えているの」

「別に今は考えていないけど、何もかも勤め先に関連しているのが嫌なの」

看護婦は生活力がある。組織に依存しない独立性のある人が多いが、美紀にはとくにそれが強くあった。船乗りのような女性だと、菊池は思っていた。

二月の下旬、菊池は院長室に呼ばれた。

そこには、院長のほか、研修委員長をしている春日井猛産婦人科部長に川辺夕子、川辺が「オカラ」と呼んでいる事務長の岡田国夫《おかだくにお》がいて、すでに話が始まっていた。

「そんなことがあったなんて報告を受けていない」

と、院長の犬飼好昭が春日井に言った。

犬飼は内科の専門医で、免疫学の分野では多くの論文を書いている。臨床家より研究者肌で、前職は大学で講師をしていた。実際、臨床は本人の自覚は別にして下手《へた》との評判だ。勘の鈍い内科医は救われない。臨床の実力で評価される傾向がある希望会の組織においては人望がなく、実年齢五十歳より十歳近く老けて見える風貌から、「老いぼれ」「老犬」などと呼ばれている。

「正月休み明けに院長が出て来た時に報告をしました」

春日井が答えた。

「いや、聞いた覚えはない」

もともと院長と春日井は馬が合わない。

春日井猛は、厳《いか》つい体格の男で薄くなりかけた髪を五分に刈り込んでいる。頭《かしら》と呼ばれていたが、そのあだ名は「組の若頭《わかがしら》」のように見えるところから来ているらしい。取っ付き難《にく》いが、話し始めるとすぐに親近感が持てる。人望があり、面倒見がいい。そのため研修医の勧誘、指導教育に責任を持つ研修委員長をしていた。菊池が中部希望会総合病院を選んだ理由の一つに、春日井の存在があった。

「そもそも、なぜ今頃になって説明を求めてくるのだ」

犬飼院長が言う。

「四十九日が過ぎたからではないですか」

春日井の意見だった。

やはり五十嵐るりの件だった。

「相手方は事情を詳しく聞きたいと言ってきているだけでしょう。別に間違った対応はしていないのだから、真摯《しんし》に説明すればいいだけのことではないですか」

院長の慌《あわ》てぶりに対して、春日井はいたって冷静だった。

「二人ともこの報告書どおりで間違いないな？」

春日井は菊池と川辺に確認をした。テーブルの上には、事故後に提出した二人の報告書があった。

「はい」

菊池は返事をしたが、川辺は黙っている。

「何か他にあるのか、川辺先生」

春日井がさらに訊ねると、

「五十嵐さんがリストカットで搬送されてきた時に、本当に死ぬ気なら高い所から飛び降りるといい、と言いました」

「どうして、そんな馬鹿なことを口にしたんだ」

院長が怒り出した。トラブルを極度に嫌う小心者だった。

「自傷行為の常習者かと思ったので、叱るつもりで言いました。でも、処置の後で悩みを聞いて、きちんとケアをしました」

「だが、飛び降りてしまった」

岡田事務長がいやらしく指摘をする。岡田も院長に負けず劣らずトラブル嫌いだった。院長が逃げるタイプなら、岡田はずるがしこく立ちまわるタイプだ。

「川辺先生は、五十嵐るりさんを諭《さと》すように、しっかりと話をしていました」

菊池がフォローするが、院長は、そんなことはどうでもいいと言いたげに、

「その発言を聞いたのは、君のほかにだれだ」

「パート看護婦の立花さんと勝俣さん。救急隊も、まだその場にいました」

「それはまずいな」

院長は顔をしかめる。

しばらく間があってから、

「判例では」と、春日井が言い出した。「付き添いのいない状況で、自殺未遂の患者を独

りで帰宅させる許可を出した場合、医師側の過失を認めています」

「先生の発言の趣旨は、許可なくいなくなった場合は過失が問われない、という意味ですか」

菊池は訊ねた。

「たぶん、そういう解釈ができると思う」

と答えた春日井に、

「余分な一言がなかったならな」

院長は皮肉を言い、しばらく考え込んでから、

「今の話はもう二度とするな」

川辺に命令した。そして、

「私も何も聞かなかったことにする」

と、無責任な提案をしたのだった。周囲がその態度にあきれているのに、岡田だけが頷《うなず》いていた。

「では、そうしよう」

院長は自分の意見に自身で賛成をし、

「事務長、いつ空いている？」

五十嵐るりの家族に説明をする日程を決め始めた。そして、春日井にすら予定を訊かず

に、

「では、来週の水曜日の午後で、先方の都合を聞いてみてくれ」

と、決定してしまった。


次の水曜日。菊池は春日井から、「先生は同席しないでいいからな」と配慮を受けた。

その日の夕方、菊池は川辺を見かけたので、

「先生、面談はどうなったのですか」

経過を訊ねてみた。

「春日井先生がときどき私に確認しながら、淡々と時間を追って経過を説明しただけよ」

「家族は？」

「お母さんがメモを取っていたわ。春日井先生の説明を冷静な態度で聞かれていた」

「例のことは？」

「言えなかったよ。面談の前にオカラから、本部の法律顧問にも相談した結果として、こちら側からは余計なことを言わない方針、院長が決めたやり方に決定したので、絶対に余計なことはしゃべるなと釘を刺されていた」

「院長のほうからは、謝罪のようなことはあったのですか」

「院長はいなかったよ」

「いなかった?」

「急用だってさ。面倒だから逃げたんじゃない。いつものことだよ」

「だけど、揉めるようなことにならなくて良かったですね」

「いいや。たぶん、まだもつれるよ」

「えっ、どうして」

「るりさんのお母さんが私に、事故の直後に謝罪したのは病院側に何か不十分だと思ったことがあったからですか、と訊ねられた」

「それで?」

「結果として非常に残念なことになってしまったので、そのことに対して率直にお詫《わ》びをしたいと思ったからです、と私がすぐに答えれば良かったのだけど、あのことが頭を過《よぎ》った。だから、言葉に詰まってしまった」

そこで川辺は苦々《にがにが》しい顔つきをして、

「そうしたら、オカラの馬鹿野郎が、病院には何も過失はありません、と取り乱したようにぬかすから。猜疑《さいぎ》心がなくても何かあると考えるのが普通だろ、しっかりと不信感を植え付けてくれたよ」

「それは愚かだ」菊池の感想だった。「組織や自身の保身しか頭にないのだろうけど、最悪の対応ですね」

「トップは出てこない。事務方は煙を立てるような始末。だから、このまま収まるとは思えない」

最近は元気を取り戻してきていた川辺の顔つきが、事故直後の時のように沈み込んで見えた。

「先生はどう思う?」と、意見を求められたが、菊池はこの先のことを訊かれているのか、病院としての対応のことを訊かれているのか、質問の意味を取りかねていた。すると、

「私は、自分が口走ったことも含めて、すべてを正直に話したほうがいいと思うよ」

と川辺は言った。

「そしてもし、私の一言が彼女を死に追いやったと判断されたら、仕方ないし……」

「しかし、誰が判断できますか」

「裁判になれば、裁判官だろうな」

菊池は、訊くべきかどうか迷っていた質問をしてみた。

「川辺先生は、あの一言と彼女の自殺は関係がないと考えている?」

「そう考えているよ。だけど人の心の中などわからない」そして間を置いてから、「イタコに五十嵐るりの霊を呼び出して訊くしかないな」

と呆れたことを口にするのだった。

「ちょっと、先生」

菊池が窘めると、

「不謹慎に感じた？　でも、ほんと真面目にそう思った。あーあ、その一言が死を招くか」

「また、そんなことを言う」

「怒らない。悪い癖なのは十分自覚していますから。すみませんね」

川辺に悪気はなく、ただ少しデリカシーに欠けているのだ。だが、一言余計なことを口にしてしまう行為を癖だから仕方ないと言っているのが、菊池には納得できなかった。

四

梅雨が早く明けた。

菊池も一年余りの各科でのローテーション研修を終え、専門医をめざす産婦人科での研修を始めていた。

「午後、人工妊娠中絶術《アウス》があるから、菊池先生がやってみて。患者は二十一歳の未婚で出産経験がないP0《ピーゼロ》、妊娠七週」

菊池が昼休みに医局のデスクでパンを食べていると、夏目茂樹が傍《そば》に来てそう言った。

午後一時に菊池が手術室に行くと、患者はすでに砕石位《さいせきい》（分娩台での出産の姿勢）に固定されていた。

菊池が手を洗おうとすると、夏目が、

「手袋《グローブ》をはめるだけでいいよ」

と指示をした。菊池は、滅菌手袋をはめた。

「だんだんと眠くなっていきます」

夏目は患者に声を掛けながら、点滴チューブの側管から、注射器《シリンジ》で薬剤を注入していく。

「ケタミンを、三ミリリットル入れた」

入れ終わると、記録と確認のため、薬剤名と量を看護婦に伝えた。

わかりますかと、何度か患者の名前を呼んで反応をみる。患者が答えなくなると、夏目は頷いて、看護婦に合図を送る。看護婦が開脚されている患者の下半身に掛かっていたタオルを取り除いた。

「まず、会陰《えいん》を消毒して」

夏目が菊池に指示を始める。

「次に桜井《さくらい》を入れる」

桜井式膣鏡《ちつきよう》を膣に挿入し、展開する。

「膣内を消毒。子宮口にラミナリアが二本入っているのが見える?」

ラミナリアは海綿《かいめん》から作られていて、細いメンマのような形をしている。硬いそれを子宮口に留置しておくと、粘膜の水分で膨張し、緩慢に子宮の入り口を広げる。

「見えます」

「じゃあ、それを抜去する」

ラミナリアには少し抵抗感があったが、さらに引っ張ると抜けてきた。

「ゾンデで子宮内腔の深さを測る」

子宮ゾンデは、子宮の向きと深さを測る、目盛りの付いた棒状の器具だった。それを挿入していくと、すぐに突き当たって、それ以上は入っていかない。

「後屈《こうくつ》子宮（背側に傾いた子宮）だから」と言われ、ゾンデを進める方向を変えた。すると、スーッと進んでいった。

「流産鉗子《かんし》を入れて」

ゾンデを鉗子に持ち替えた。その鉗子を挿入していく。卵膜が破綻《はたん》して、胎水が流失してくる。この瞬間、その胎芽《たいが》は生を受けないことが決まった。

鉗子で、子宮内容物を引き出す。搔爬用匙《キュレット》で子宮内腔全面を引っ搔いてくる。

「手応えが、ツルツルからゴリゴリに変わった?」

「はい」

た。

「では、終了」

約五分の作業だった。

意識の覚めかけた患者が、ストレッチャーで運ばれていく。看護婦が後片付けをしてい
菊池は夏目に訊ねてみた。

「先生、アウスは月に何件ぐらいありますか」

「最近はなかったというか、よほど頼まれないとやらなかったからな。先生が来たから、引き受けるようにし始めた」

「えっ、どういうことですか」

「先生が産婦人科志望だからだよ。優性保護法（注：一九九六年九月以降は母体保護法）の指定医資格を修得しておかなければ。それには、症例が必要なのは知っているだろう？」

「知っています」

「症例は二十例、うち半分は人工妊娠中絶でないといけない」

そこで夏目は気付いたように、

「もしかして、菊池先生、宗教的な何かがあった？」

「そのようなことはありません」

「なら、やはり指定医資格を持っていたほうがいい。ようは、指定医資格を持っているこ

とと、アウスをするかどうかは、別の話だからな」

　そして、菊池の晴れない表情を見取って、

「まあ、初めは嫌だよな。そのうち慣れるよ。いや、慣れないか。俺だっていまだに嫌だ」

「すみません」

「先生が謝る必要はないよ。自分で開業していたら、やった分が実入りになるが、病院勤めでは、その点は関係ないからな。だが、ある意味では、アウスは必要悪的な部分がある」

「必要悪ですか」

「まあ、いい表現ではないかもしれないが、譬《たと》えとしては、禁酒法時代のニューヨークの酒場みたいなものだ」

「…………」

「禁止されると増えるということ。日本ほど、人工中絶をオープンにやっている国はない。ちゃんとした統計を取れる国など、日本の他にはほとんどない。法律で禁止されると、こういうことは闇にもぐるだけだ。そうなると、危ない目に遭《あ》いながら、処置を受ける女性が増えるだけになる」

「難しい問題ですね」

菊池は感想を述べた。

「そうだな。倫理的な観点で考えると、答えが出ない問題だ」

少なくとも、今の自分には倫理的に思考するよりも、しっかりとした技術を身につけることのほうが大切なことだった。


毎月の第三金曜日は、朝の八時から定例医局会があった。

「医療もサービス業だとの意識を持って、医師も、患者様が大切な顧客だ、という自覚を持ってもらいたい。診てやるという態度ではなく、診させていただくという姿勢で、診療を行なってください」

院長が訓示をたれている。自分自身で考えたのではなく、本部の会議で指示されたことの受け売りだった。

病棟業務を理由に参加していない医師も多く、出席している医者たちも真剣には聞いていなかった。そんな、だらけた雰囲気の中で、春日井猛だけが、

「患者を患者様などと呼ぶのはおかしい」

と異議を唱《とな》えた。

「これからはそういう考えが必要になってくる」

「そもそも、様、というのは、誰しもがなりたいと考えているような立場にある者に対し

て用いるものだ」

「国語の話をしているのではない」

「好き好んで患者になっている者などいない。仕方なく患者という立場を受け入れているだけだ。犯罪被害者を、被害者様と呼ぶのか。かえって患者をかろんじているように聞こえる」

「だから」と院長が顔を真っ赤にして反論する。「呼び方の良し悪しではなく、患者様に対応する時の姿勢のことを言っているのだ」

「サービス業というのも納得できない」春日井は主張を続ける。「信頼関係の上に立って、命を扱っておるのだ。食べ物を売っているのとは違う」

「世の中がそういった流れになってきている。古い考え方に固執《こしゅう》しているから、せっかく育ってきた研修医も辞めてしまうのだ」

三月いっぱいで、二年間の初期研修を終えた医師が二人辞めていた。残っているのは川辺夕子だけだった。

「おまけに、今年は研修医としての入職者がいなかった」

「それとこれとは関係がない」

いよいよバトルモードが高まると、

「まあ、まあ、先生方」

と、岡田事務長が割って入った。

朝のバトルは、春日井と院長の間で多く勃発《ぼっぱつ》するが、些細《ささい》なことから他の医師間で起こることもあった。院長の統率力のなさと、個性の強い人間が集まっているためだった。


三日に一度の全科当直を行ないながら、夜間の出産にも可能な限り立ち会っていた。月に四十から五十件の出産がある。

陣痛発来《はつらい》で入院した妊婦がいるときは、本来の勤務時間以外でも自分の修練のために病院に残っているようにしていた。すると、ほとんどの時間を院内で過ごすことになる。

しかし、そのことでの疲れより、学び、技術を習得できる嬉しさが勝《まさ》っていた。

その日も、当直明けだった。

午後五時、朝に入院した初産婦の分娩が進行して、子宮口が全開大となっていた。

菊池は、帰宅せずに医局で待機していた。午後七時になっても呼ばれる気配がないので、菊池は、様子を見るために陣痛室へ行った。

「一八時前に破水《はすい》したのですが、その後、いい陣痛が来なくなってしまっています」

助産婦が、菊池に報告をした。

内診をしてみる。回旋《かいせん》の異常はなかった。

分娩監視装置《CTG》モニター上でも陣痛は弱く、その周期は間延びしていた。

分娩に至らないのは、明らかに微弱陣痛のためだった。それなら陣痛を強くすれば良い。菊池は、その日の産科当直の夏目に了解を得てから、患者に促進剤を使う旨《むね》を簡単に説明した。

陣痛促進作用を持つ薬剤オキシトシンの点滴を開始する。反応はすぐに現われ、良好な陣痛が戻ってきた。

三十分ほどで陣痛時に胎児の先進部が会陰に現われる状態、すなわち排臨《はいりん》となる。やがて陣痛がない時にも胎児の先進部が会陰に見えてくる。発露《はつろ》と呼ばれる状態だ。

陣痛に合わせて、怒責《いきみ》をかけさせる。

パンパンに伸びた会陰に切開を入れる。

子宮底を圧迫して、クリステレル圧出法を行なう。児頭が娩出される。

助産婦が児頭を母体のお尻側に牽引し、介助する。母体の恥骨側にある胎児の肩が娩出される。そこまでいけば、児頭を逆方向に引っ張ると、胎児がスルッと出てくる。

「二〇時二分です」

看護婦が出生時間を読み上げる。

「はい、男の子です」

助産婦が、産声を上げている新生児を患者に見せて言う。

「おめでとうございます」

菊池が母になったばかりの患者に声を掛ける。

「ありがとうございました」

患者が返事をする。

そして、後産《あとざん》（胎盤の娩出）。

あとは、会陰縫合などの決まった産後の処置をしていく。

ほとんどの出産は何事もなく終わる。

何かあった時、ありそうな時、菊池は上級医の指示を仰ぐか呼べば良かった。スリルは若干あるが、プレッシャーはほとんど感じなかった。

徐々にいろんなことを任されるようになっていく。帝王切開で執刀をさせてもらい、外来にも受け持ち枠ができた。研修は充実しており、中部希望会総合病院に就職したことに満足していた。


暑い夏の日。

菊池は病院裏、霊安室脇のドアを押して外に出た。

院内がすべて禁煙になってから、職員が喫煙できるのは一斗缶の灰皿が置いてある病院裏と屋上だけだった。

川辺夕子が煙を吹かしていた。

川辺は酒席ぐらいでしかタバコを吸わなかった、だから菊池は訊ねた。

「先生、何かあったのですか」

川辺が答えようとした時、再びドアが押されたので、彼女はその言葉を飲んだ。

「暑いね、外は」

そう言って出てきたのが、守山新だとわかると、
川辺は言った。

「五十嵐るりさんの件よ」

「あの飛び降りた娘のこと? まだ揉めているのか」

守山が訊ねた。

「そう、オカラが対応していたから、納まるものも納まらないよ。そうこうしてるうちに、最近、相手方が私の暴言のことを知ってしまったのよ」

「なんだよ、その暴言って」

川辺が事情を説明しようとするので、

「いいのですか」

菊池は確認した。

「いいよ。でも内緒だと承知して聞いてよ」

経緯を聞き終えると守山は、

「だが、そう言われたから、飛び降りたわけではないだろう」

「俺もそう思います」と菊池は言い、「それで、今日何かあったのですか」

「今朝、ご両親に私の暴言について謝罪したよ」

少し涙目だった。

「大変だったたな」

守山が気遣う。

「オカラの馬鹿は、ご両親にお会いする直前まで、白《しら》を切れって言いやがった。もう今さらバックレても、往生際《おうじょうぎわ》が悪いだけだろ」

医療廃棄物業者が、炎天下で医療ゴミを収集車に載《の》せていた。こんな暑い日に大変な仕事だと、菊池はなぜかそんな関係のないことを考えていた。

「それで、この先はどうなって行きそうなんだ？」

守山の問いに、

「さあ、わからないよ。ご両親は私の暴言があったことよりも、隠していたことを怒っている。私は初めから話したほうが良いと思っていた」

川辺はそう答えた後に、怒りを表情に出して言った。

「オカラは誰が話したか、犯人探しをしようとしている。タワケだよ」

事務長の岡田がやりそうなことだった。可能性があるのは、立花貞子か勝俣舞衣だ。勝俣のほうが怪しいと、菊池は思った。たぶん看護学校で「こんなことがあって」とおしゃべりでもしたのを、回り回って五十嵐るりの両親が知るところとなったのだろう。

「だから、菊池先生もオカラから事情聴取されるよ」

「俺は無実ですよ」

「菊ちゃん、何か怪しいな。さては、仲間を売ったのはおまえか」

守山はきつい冗談を飛ばす。

三人のポケベルがほぼ同時に鳴った。菊池はすぐに水の張ってある灰皿にタバコを投げ捨てたが、守山と川辺は、もう一度ゆっくりと吸い込んでからタバコを捨てた。

夕方、菊池は病院のロビーにある公衆電話から電話をしていた。

「今日は明けの日だよね」

確認すると、

「そうよ。来る?」

と、青野美紀は答えた。

「何もなさそうだから、行くよ」

「何か作っておくね」

「じゃあ後で」

受話器を置くと、ピーピーと大きな音とともにテレホンカードが電話機から吐き出されてくる。耳が聞こえ難《にく》い人のため用ではないだろうが、周囲の注目を浴びるほどの大きい音を立てるのだった。嫌な機械だ。

九八〇〇円で買った自転車を漕《こ》いで、途中、コンビニで冷えたビールを買った。

美紀は菊池の姿を見ると、

「その服、三日ぐらい前も着ていなかった？」

「そうかもしれない」

「ずーっと病院だったんだね」

病院内で菊池は、白いケーシーか、当直用に緑の手術下着《スクラブスーツ》を着ていた。

ケーシーは上下セパレート式の白衣で、理容師《バーバーサージャン》の服に由来する。中世において外科医は理容師がやっていた。英語で藪《やぶ》医者のことを床屋外科医と呼ぶのはそのためだった。

「お風呂に入ってよ。料理にまだ少し時間がかかるから」

美紀は、ミンチ肉と格闘していた。

風呂から出て、菊池が缶ビールのプルトップを引くと、美紀が皿を運んできた。

「何これ？」

皿の上は、整然とした配置好きの美紀の作品としては、混沌《こんとん》としていた。

「失礼な言い方ね。どう見てもハンバーグでしょう」

「そうだと思ったよ」

主菜はそう見えるのだが、副菜の類《たぐい》まですべてを一緒に盛り付けてある。

「ワンプレートディッシュだね」

「何よ。レーションみたいと言いたいの」

「レーションってなんだよ」

「コンバット・レーション、野戦食のこと。米軍のチョコバーがあるよ、出そうか」

「いいよ、今は。でもおいしいよ」

「そう、ありがとう。だけどソースをかけすぎじゃない」

「最近、肉体労働だから、濃い目の味付けを好むんだよ」

事実だったが、美紀は言い訳がましく受け取ったようで、

「せっかく作ったんだから、せめて味見してからかけてよ」

と、ムッとした表情を見せた。

「まあ、飲もうぜ」

菊池は美紀のグラスにビールを注いだ。

ビールがなくなり、ウイスキーのボトルを二人で空けた。

ベッドに入り、重ねた唇がはなれた時、

「どうか病院から呼ばれませんように」

美紀が呟いた。

「それ、禁句だよ」

嫌な偶然が重なった時はとくに印象に残るため、ジンクスというものが形成されるのかもしれない。

しかし、呼ばれないでほしいと思った時にかぎって呼び出しを受けることが、確かに多かった。

菊池のポケベルが鳴った。病棟に電話を入れる。

「行かなくちゃ」

菊池が告げると、美紀は残念そうに、「気をつけてね」と言った。

五

産婦人科研修を始めてから一年余りが経過していた。

五月の晴天の日だった。

病院の屋上で、菊池がタバコを吸っていると、守山が来て声を掛けた。

「何か浮かない顔をしているな」

「あとで、流産アウスがあるのですけど、どうも患者の夫が苦手で」

「ヤクザか何か？」

「そういう類ではなくて、猜疑心が強いっていうのか、信頼関係を築きにくいタイプです」

「いるな、そういう人」

「一四週で胎児死亡だから、気の毒なのですけど、旦那がね。毎回患者に付き添ってきて、外来受診していた時も、威圧的に見張るように俺を見ていた。普通は、医者より胎児の映っているエコーの画面を見ているものです。昨日の朝、患者が独りで受診した時は何ともなかった。だけど、夕方、水っぽい帯下《オリモノ》があったといって受診した時にはすでに破水していて、胎児の心拍も消失していました」

「旦那は、どう言っているんだ？」

「朝に診た時には何もなく、夕方に死んでいたでは、おかしいのではないかと」

「妊娠や分娩を扱う周産期医療では、そういうことがあってもおかしくないんだろ」

「あまりありませんけど、時々はあります。妊娠、出産には、いくら慎重に診ていても予期せぬ出来事が起こりますと、春日井部長まで出てきて説明して、どうにか納得してもらいました。だけど、こういう時に限って何かまたあったりする。だから憂鬱《ゆううつ》です」

「患者本人は、どうなの？」

「患者本人は、反対に理解のあるいい人なので、その点は救われます」

「話は少し違うけど、手技的にはどうやって胎児を出すんだ。プレグランディンとか使うのか」

プレグランディンは、胎内死亡や中絶目的で使用される子宮収縮剤で、指定医しか使えず、その使用は麻薬並みに管理されている。

「一六週以降なら、プレグランディンの使用もありだと思うのですけど、一四週だと、普通に内容物除去術を行ないます」

「すると、バラバラになってしまわないか」

「なることもあります」

「うえっ、そういうグロイところがあるから、婦人科《ギネ》は苦手だよ」

「胎内死亡は仕方ないけど、中絶だったら俺もできません」

「だけど、それだけをメインにやっている医院もあるんだろ」

「そういうところも、確かにあります」

「闇とかでやっている所もあるんだろ」

「それはないですよ。そんなヤバイこと、誰もやりません」

「ほんと?」

医者の守山でさえ、闇の堕胎、届出なしの中絶が存在すると思っている事実に、菊池は驚いた。大学病院に行くと解剖用の死体を洗う高給のバイトがあると、実《まこと》しやかな噂がある。それと同じく、一種の都市伝説と化しているのだろう。

「本来の法律の趣旨ではないのですが、希望すれば事実上、二二週までは中絶できます。それに産婦人科でなく、闇に行く理由はありません。だから、商売として成り立ちません。それに産婦人科医にしてみても、内緒で中絶を行なうメリットなどないですよ。あるとすれば、その分の所得が隠せるぐらいで、デメリットのほうが圧倒的に大きいです」

「へー、そんなもんなんだ。まあ、無事に手術が終わるといいな」

守山はタバコを消すと、下りていった。


菊池は静脈麻酔下で子宮内容物の除去術を行なっていた。

胎児の体幹と四肢、胎盤などの胎児付属物の娩出はできたが、頭部が子宮内に残ってしまっていた。ピンポン玉を鋏《はさみ》で挟もうとするようなもので、頭部がスルッと鉗子からすり抜けてしまう。夏目が腹部にエコーのプローブをあてている。摑《つか》めそうで摑めない様子が、画面でも確認できていた。

「一番大きい胎盤鉗子を持ってきて」

夏目が看護婦に指示をした。菊池が鉗子を持ち替えると、

「それで、もっと大胆にやってみて」

夏目は言った。

挟めた感じがしてさらに閉じていくと、物が潰れる感触が鉗子を通して伝わってきた。

菊池は潰れた頭部と他の部分を、ガーゼが敷かれた膿盆《のうぼん》の上に並べ、できるだけ形を整えた。

部屋を訪れると、患者はすでに覚醒していた。

患者と夫に、予定通りに手術が済んだことを説明した後、菊池は二人に訊ねた。

「赤ちゃんを、ご覧になりますか？」

患者本人は「はい」と答えたが、夫は無言だった。

「娩出させる際に頭部と体部が離れ、頭部は鉗子で挟んだ時に潰れています。それでも構いませんか」

「会わせてください」

菊池は膿盆の上に掛けてあったガーゼを取り、両親に見せた。夫は恐る恐る一見しただけだったが、患者は指先で死産児を撫でていた。

「男の子？」

「そのようです」

股間の隆起する部分を見ながら、菊池はそう答えた。そして、しばらく間を置いてから、今後の手続きについて説明を始めた。

「妊娠一二週以降の流産なので、死産届を出すことになります。ご自分たちで手続きをされる場合は、死産届を役所に提出すると埋葬許可がもらえます。それで赤ちゃんをお渡しできます。あとはお寺さんなどで御供養してください」

「他の方法はないのですか?」

夫が口を開いた。

「病院が胎盤の処理を委託している業者があるので、そちらのほうに依頼すると、いっさいの手続きをしてくれます」

事務的口調で、菊池は説明をした。

「お骨《こつ》は、もらえるのですか」

「火葬すると何も残りません」

「その業者に頼むといくらかかるのですか?」

夫が訊く。

「三万円程度だと思います」

金銭的なことが話に出たので、この際ついでだと思って説明を続けた。

「今回は流産なので、一般のお産と同じで自由診療分の料金が発生します」

「健康保険で全部カバーされないってこと?」

「一部カバーされません。費用は全部で二〇万円ほどになると思います」

と告げてから、菊池は、こんなことまで医者のほうから説明する必要はなかった、と考えていた。

その夜、菊池はいつもの居酒屋「有楽」にいた。守山新と川辺夕子が一緒だった。

「それで、昼に話をしていた流産手術は無事に済んだ？」

守山が訊ねてきた。

「一応無事に終わりました。ただ頭が取れちゃって、出すのに苦労した」

「えっ、何の頭が取れたの？」

川辺はシシャモの頭をぱくつきながら言う。菊池が一連の出来事を説明すると、川辺は、

「そのヘンテコな旦那に、文句言われずに済んで良かったじゃない。私だったら、最初にグダグダぬかした時に喧嘩してるよ。菊池先生は、ほんと人間ができていると思うよ」

と言うのだった。

「だけど、良かった。費用のことも、分娩一時金の三〇万が出ると話したら納得していたし」

「へーえ、そんな早い週数でも一時金って出るのか」

守山は驚いていた。

「出ますよ。中絶だって申請すればもらえます」

「それはびっくり」今度は川辺も驚く。「堕《お》ろしておいて、金がもらえるのかよ。それって加入している保険組合からだろ。おかしくないか」

「だから、一二週以降の中絶の料金は、どこでも普通の分娩と同じぐらいに設定してあります。金銭的に本人の得になることはありません」

「だけど、自由診療だから、うちは二五万でやりますって所があってもいいんだよな」

と守山が指摘する。

「理屈はそうですけど、医師としての倫理感が求められるようなそういう領域で、商魂を発揮しようとする医者はいませんよ」

「まあ、もともと商売気のあるヤツは医者なんかやらんよな」

守山が言うと、

「医者がみんな高いモラルを持っているとは言わないけど、比較的倫理感がある人間が多いと思うよ。だけど世間では、悪徳医者とかがウヨウヨいることになっている。私の件も訴訟になったら、マスコミにどんなに酷《ひど》く書かれることやら考えると憂鬱になるよ」

一年半程度の経過ではとても癒えないダメージを川辺の心に与えているようだった。

「訴訟になるかもしれないのですか。示談になるみたいなことを聞きましたけど」

菊池が問うと、

「一時は示談になりそうな気配があったけど、やはり最初に隠したことが尾を引いていて」

　と話しかけた時、川辺の視線が別の方向に向けられた。

　菊池たちはあまり目立たない店の奥に座っているのだが、川辺の位置からは入り口のレジの辺りが見えたらしい。菊池が川辺の視線を追って、振り返って首を伸ばすと、こそこそと勘定をしている初老の男が見えた。

「ちょっと、田原《たはら》さん」

　川辺は大声でその男を呼び止めた。

　男はバツが悪そうにぺこぺこと頭を下げたが、

「どういうつもりよ。もう診ないからね」

「そんな……先生」

「この間、約束したでしょう」

「すみません。ほんとすみません」

　男がしきりに詫びているので、守山が、

「川辺先生、事情はわからないけど、謝っているのだから勘弁してやったら」

　と言ったのが、川辺の怒りモードをさらに加速させた。

「うるさい。黙っていて」

と言い捨てて、早足でその田原と呼んだ男の所へ行き、腕をつかむと連行していってしまった。

川辺が戻ってきたのは、三十分ほどしてからだった。ちょうど青野美紀が、大きな男を伴ってきたのと同時だった。

「川辺先生、なんだったの、あの男？」

守山が興味を持つ。

「入院患者よ。しかも糖尿病《DM》。しょっちゅう血糖コントロールが不良になって入院するんだけど、まったく、こんなしけた店で晩酌《ばんしゃく》なんかしやがって」

しけた店と言われて、マスターがこちらを見た。菊池が気付いて、

「まあ、先生。気を鎮《しず》めて」

と言い、生ビールを三杯注文した。そして、美紀と大柄な男に、

「ビールで良かったかな」

と確認した。

「はい」

と、男は正座をしてかしこまっている。

「先月、うちの病棟に入った渡辺君」

美紀が男を紹介すると、

「看護士の渡辺剛です。よろしくお願いします」

と挨拶をした。

「そんな緊張しないでいいよ、気楽な集まりだから。それにしても大きいね」

菊池が二の腕をたたく。

「一八五で一〇〇キロあります」

「精神科向きだよな」と守山が指摘する。

暴れる患者を押さえこむには、もってこいの体格だった。

「ここにお世話になる前は、宝山荘《たからやまそう》病院に勤めていました」

近くの精神病院だったので、菊池は、

「それがどうしてうちの病院に来たの？」

と訊ねてみた。

「自分は人と接するのがどうも苦手で、こちらの病院では手術室に配属を希望したのですが」

「でも、外科病棟に入れられちゃったんだ」

「何事も勉強になりますから」

と渡辺は答えた。

こういう実直そうなタイプが損するのだなと思った菊池だったが、口にはしなかった。

「おやじ、生中《なまちゅう》五つ」

自分の分をさっさと飲み干した川辺が、人数分を勝手に注文した。渡辺のジョッキはほとんど減っていなかった。

「あんた、図体《ずうたい》でかいんだから、こんなもん、とっとと飲みなさいよ」

乱立したビールジョッキを前に、川辺が急かす。

「川辺先生は、外科系のノリですね」

渡辺が印象を述べると、川辺は、

「ノリはそうかもしれないけど、私は手術が好きじゃないから内科系を選んだのよ」

その理由が、菊池には意外だったが、

「俺も、手術は嫌いだな」

守山までが言う。

「なら、どうして先生は外科を」

「まあ、いろいろあって。手技を習得できて最初の頃は楽しかったんだけど、いずれは内科、循環器とかを考えているうちに、だんだん深みにはまって。いつの間にやら外科医稼業だ」

「今からでも、転科は可能ですよね」

菊池は提案してみた。

「いや、やり直す気力はないな。だが、手術は嫌いなぐらいでちょうどいいと思う。できたら、しないで治るほうがいいに決まっている」

「それは、わかります」

菊池は同意した。

「やたらと手術をしたがるヤツとか、私ならできる、みたいなことを言っている外科医とかいるだろ。俺はそういう連中に、うさん臭さを覚えるな」

菊池がトイレに立つと、美紀がついて来て、

「何をデレデレしているのよ」

と声を荒らげてきた。

「何が？」

「川辺先生にもたれかかられて、鼻の下を伸ばしてさ」

「別にデレデレしてないよ」

「何か最近、ほかのことでも行動が怪しい。実習に来ている看護学生と歩いているのを見たって聞いたわ」

「またいい加減な噂だよ。そんな時間があるはずもない」

美紀は探るように菊池を見ていた。

「美紀に怪しまれるようなことはしてない」

「ふん。そうですか」

言い残すと、美紀は行ってしまった。

仕事に時間を取られて、他のことがすべて後回しになっているのを自覚はしていた。しかし、修行中の身、仕方がないことだと、あきらめていた。

六

クローン羊のドリーが、スコットランドで生まれた。一九九六年、菊池が医者になってから四度目の夏も、暑い日が続きそうだった。

産科医としては、まだ半人前。ただ自信を抱いてくる頃でもあった。

午後九時過ぎ。

「どう、進み具合は」

菊池は分娩の進行状況を訊ねた。

その夜、勤務の助産婦はベテランの和田佳子《わだけいこ》だった。どっしりとした、古きよきお母さんのイメージを抱かせる風貌があった。

分娩の進行具合を和田に訊くのは、彼女が午後五時に勤務に入ってからこれで三度目だった。

「先生、そんなに急かさなくとも生まれますから」

菊池の何倍もお産に関わってきた和田は言うのだった。

「でも全開が一八時ですよね」

「はい、そうですね」

「では、ぼちぼち」

患者は初産婦だった。子宮口全開大から胎児娩出までの分娩第二期は、一から二時間程度が平均だった。

「さきほど内診しましたが、まだ児頭は高いですね」

「微弱陣痛になっているのでは？」

「ひと休みですよ。少し間を置いたら、またいい痛みがついてきます」

「一度、診させてもらっていいですか」

和田は、ハイ、ハイ、しょうがありませんねという感じで、「わかりました」と応じた。

陣痛室に入り、診察させてもらう旨を患者に伝え、側臥位《そくがい》から仰臥位になってもらう。

「お腹が張ってきたら教えてください」

「あっ、痛くなってきたかな」

患者が言うので、菊池は膝を屈めて内診しようとするが、

「あれ、違ったみたい」

陣痛は来ない。

間が開いて、菊池が、

「待っていると、なかなか来ないものです」

そう言うと、陣痛が出現してきた。

内診をする。

子宮口は全開、ＢＯＷ《バッグ・オブ・ウオーター》が張ってくるが、さほど緊張していない。ＢＯＷは、胎児の先進部の前に形成される卵膜に包まれた羊水の袋のことだ。

強い陣痛に押されてパーンと緊張して、卵膜が破れ、適時破水を起こす。バッグの緊張が弱いのは押す力、娩出力が弱いためで、この時点では陣痛が弱い証拠であった。

「もう少しですね」

患者に声を掛けて陣痛室を出ると、

「どうでしたか、先生」

和田は訊ねてきた。

「確かにまだ頭は少し高いが、回旋異常もない。いい陣痛がくれば進みそうですね」

そうでしょうというように、和田が頷く。

「破膜しましょう」

人工的に卵膜を破って陣痛が強まることを促す処置を、菊池は提案した。

「もう少し待ってからでも」

「いや、破膜をしましょう」

「春日井先生なら待つと思いますが」

部長を持ち出してきて、和田は難色を示す。

「今日の当番は私ですから」

菊池は押し切ろうとした。それで、渋々ではあったが、

「そこまでおっしゃるなら、用意をします」

と和田は指示に従った。

分娩監視装置を装着し直し、準備が整うと、菊池は行なう処置の必要性と内容を説明した。

患者はすぐに同意をしてくれたが、菊池が持つステンレス製のコッヘル鉗子を見ると、不安げな表情を見せた。

「大丈夫です。痛くありませんから」

菊池が声をかけると、陣痛が来た。

左手で内診する。プニュッとした卵膜に触れる。

「軽く息んでみてください」

腹圧で卵膜が緊張する。右手で持ったコッヘルの先の鉤《かぎ》で、卵膜を引っ掻いて破綻させ

た。

淡白色のきれいな羊水。生臭い、磯の香りにも似た、生命が大洋に始まったことを連想させる匂いだった。示指《じし》で子宮口の縁を押し上げる。そこに児頭がぐぐっと下がってくる。
ド、ド、ド、ド。
一五〇台の心音が、軽快に刻み続けられている。

「二一時四〇分です」

と、時刻が確認された。

しばらく様子を見てから、菊池は当直室に引き上げた。

二二時三〇分、ポケットベルが鳴った。

表示された番号が分娩室のものだったので、菊池はコールバックをせずに、順調な出産を期待して分娩室に向かった。

だが、分娩室に入室する手前から、殺気だったものを感じた。

「息まないで落ち着いて」

和田が、分娩台の患者に言っている。

患者は台に乗っているだけで、砕石位には固定されていない。それを見て菊池は、一気に分娩が進行し、慌てているものと解釈した。しかし、

「O2《オーツー》、O2《オーツー》」

和田が看護婦に、母体への酸素吸入の指示をしている。

予期せぬ事態が起きていることを、すぐに悟った。

「急に心音が低下して回復していません」

分娩監視装置は、患者に引きずられるように、陣痛室のベッドと分娩台の間に取り残されている。繰り出された記録紙には、弓なりのカーブを描いて低下していく心拍曲線が描かれているが、途中で切れている。分娩台への移動の際に、モニターパッドが外れてしまったのだった。

「痛いー」

患者が叫ぶ。

「モニターを付け直して」

菊池が指示をしたものの、台の上で痛みに悶《もだ》える患者。和田は患者が落ちないように支えている。看護婦は酸素チューブを繋《つな》いでいた。仕方なく菊池が、自分でモニターパッドを患者の腹部に押しあてた。

ドコ、ドコ、ドコ……。

緩《ゆる》いリズムの心音。装置には、八三と心拍数が赤色で警告表示される。

手袋を着けて、内診をする。

破膜直後の所見と変化がない。早期胎盤剝離《はくり》かもしれない。何らかの原因で、胎児仮死が切迫している。

原因探求より処置が迫られる。急速遂娩《すいべん》を行なうしかない。

幾分痛みが引いていったようで、少し落ち着きを取り戻した患者に、菊池は説明をした。

「赤ちゃんが苦しがっている徴候がありますので、吸引分娩を行ないます」

看護婦が棚から吸引カップなどの道具を出す。和田が患者の体位を整えている。

吸引カップから伸びたチューブが吸引器に接続されると、菊池はそのシリコンゴムでできたニット帽のような形をしたカップを縦長に押しつぶして、膣内に挿入していった。

カップを児頭に密着させる。

「また、痛みが、あーっ」

「大きく息を吸って、止めて、息んでください」

吸引圧を上げていく。必要な陰圧が得られると、カップを引き始めた。ぐっと抵抗が腕に伝わってきた。

「押して」と、看護婦にクリステレル圧出法を行なうように指示した。看護婦が患者に跨《またが》り、子宮底を押す。重いトロッコが動き出すように、児頭が下降し始めた。会陰が一気に膨隆《ぼうりゅう》してくる。

無麻酔のまま会陰切開を入れる。胎児の頭が娩出されんばかりになり、吸引を止める。顔が下向きの正しい向きで児頭が娩出された。

菊池は嚙み締めていた奥歯の力を抜いた。

後は通常の分娩だった。和田が赤ん坊の顔が右を向くように回旋させる。大きな頭だ。顎の周囲の肉付きが、襟《えり》巻きのように見えた。回旋させた頭を下向きに引っ張り、母体恥骨側から胎児の右肩を娩出させようとする。さらに和田が引っ張るが出ない。

「先生、替わってください」

肩甲《けんこう》難産。

胎児が大き過ぎると、児頭より肩回りが大きくなり、肩の娩出ができなくなる。前もっての予想が困難で、有効な対処法がないことから、「産科医の悪夢」と言われている。

菊池は慌てていた。児頭を我武者羅《がむしゃら》に、さらに引いたが、びくともしない。

「マックロバーツの体位にして」

指示をしながら、菊池は、自分でも血の付いた手袋のまま、患者の脚を固定していたベルトを解いた。患者の横に回った和田が、患者に両大腿部を抱え込ませるように体位を取らせる。

「恥骨の上を圧迫して」

看護婦に言い、同時に頭部を引いた。コリッとした感じで抵抗が緩み、右肩が現われた。あとはスムーズに、ずっしりと重みのある新生児が生まれた。

気道内を吸引してから、背中をこすり上げて啼泣《ていきゅう》を促す。

「ほれ、泣け」

両足の裏を叩く。ようやくか弱い泣き声を上げる。

「ほら、もっと」

泣き声が強くなり、菊池は全身に入っていた力《りき》みを解放した。

胎盤の娩出を和田に任せて、新生児を新生児処置台《インファント・ウオーマー》に移動し、診察をした。嫌なのは分娩外傷、とくに腕神経麻痺《まひ》だった。新生児期に見られる原始反射であるモロー反射に左右差はなく、右手の把握反射もあったが、いまひとつ自信がなかった。

「大丈夫ですか、赤ちゃんは?」

「ええ、元気です。ただ、最後に大変なお産になってしまったので、念のために、赤ちゃんは小児科にも診ておいてもらいます」

娩出された大きな胎盤に、心音が急に低下した原因の手掛かりはないか調べてみたが、とくになかった。

結局、どうして心拍が低下したのかはわからなかった。だが、重要なのは子が無事に生を受けたことだった。

反対に対処のしようのない原因がわかっても、結果が悪ければ、どうしようもできなかったでは納得してもらうのは難しい。とりあえずは良かったと、菊池はホッとしていた。

「先生、縫合をお願いします」

和田に言われ、菊池は母体の産後処置を忘れていたのに気付いた。

手袋を替え、局所麻酔薬を、和田が掲げたバイアル瓶から注射器で吸い出そうとする。手がブルブルと震えた。もともと細かい作業をしようとすると手先が震えやすい性質《たち》であったが、その震えは力仕事をした後に起こる戦慄《わななき》だった。

どうにかその加減のしにくい手で縫合を終える頃、「どうした、どうした?」と、ずんぐりむっくりの体を揺すって、遠藤順が分娩室に押し入ってきた。

明日にでもその新生児を診てもらおうと思っていた菊池の発言を、看護婦が勘違いして遠藤に連絡をしてしまったらしい。

菊池は、緊急でなかったことを詫び、出産での状況を説明した。遠藤は新生児を見るなり、

「ドデカイ赤ん坊だな。なんぼあったん」

大きい声で言う。

「四六四九グラムです」

「四六四九、ヨロシクか。そりゃあデカイ」

遠藤は太い指で新生児を診察していく。そして、低い声で、

「若干、右上肢の動きが悪いか」

「そうですか？」

母親がまだ分娩台にいるため、菊池も小さい声で訊く。

「まあ、問題あるまい」

遠藤は菊池に告げてから、母親の脇に行った。

「小児科の遠藤です」

大きい声に戻って、自己紹介をする。

「赤ちゃんを診させてもらいましたが、お元気そうで、さしあたっては問題なさそうです。ただ、大きくて肩が出づらかった子は、鎖骨《さこつ》を骨折していることがあるのでレントゲンを撮らしてもらいます。それと、低血糖を起こすこともありますので、後で採血もさせてください」

「大丈夫なのですよね」

母親が確認すると、遠藤はギョロ目を見開いて、

「はい、心配はご無用です」

と身を乗り出したので、母親は少し身を引いていた。

翌朝、菊池が医局のソファーでトーストをかじっていると、春日井猛が隣りに腰を下ろした。

「昨夜は大変だったようだな」

「すみません」

「和田が言っておった、肩甲難産に上手《うま》く対処していたと」

春日井と和田は、以前の勤務先から長年一緒に仕事をしてきた仲だった。

「でも、鎖骨を骨折させてしまいました」

「あれは、折らんと出んかもしれん。まあ、麻痺もないようだし、上出来な部類だろう。ところで、あの時点で破膜をしたのはなぜだ」

「まずかったでしょうか」

「いいや、まずくはない。結果的に陣痛が促進されておる。正解でいい。だがな、時には待つことも大事だ。産科医にとっては手を出すより、辛抱強く待つことのほうが、よほど精神的にしんどいからな」

「わかりました」

「産科は結果がすべてになってきておる。嘆《なげ》かわしいが、お産は上手くいって当たり前が、ここ最近の社会的な風潮だ。だからといって、少しでも異常があれば帝王切開《カイザー》というのは横暴だ。分娩の経過を適切に読み取って、適宜《てきぎ》介入し、修正していくことが大切だ」

「そのためには何が必要ですか」

「経験で培《つちか》われた勘だよ。医学がいくら進歩しても、分娩は下から産むか、腹を切るしかない。他科では多くの医療機器が開発されているが、エコーが飛躍的に進歩したといっても、われわれの分野ではいまだにこれだ」

春日井は手を開いて差し出す。大きいが、無骨な春日井にしては繊細に見える手だった。


午前中、病棟に行くと、準夜（夕方から深夜までの勤務）、深夜（深夜から朝までの勤務）と連続勤務をした和田佳子がまだ残っていた。

「お母さんのほうが歩行困難で、春日井先生の指示でレントゲンを撮りました」

和田はX線フィルム読影台《シャーカステン》のスイッチを入れた。赤ちゃんの小さなフィルムの横に、母の大きな骨盤の写真があった。

「これはまた、随分と離れちゃったね」

恥骨結合が二センチ以上も開いていた。母になるために起こった母体の変化だった。

「どうしますか、先生？」

和田が指示を仰いでくる。菊池は思った。わからないのだから正直に訊けばいいのだと。

「いつもは、どうしているのですか」

「整形に相談してもとくに何もしてはくれませんから、骨盤ベルトを巻くぐらいだと思います」

「そのベルトはありますか」

「はい、ここに」

テーブルの上に置いてあったベルトを、和田は手に取った。

「お部屋に行かれますか」

「行きましょう」

廊下を歩きながら、菊池は和田に訊ねた。

「患者さんや家族の方、何か言っていましたか」

「何かって、赤ちゃんの骨折のことですか？」

「それも含めて、分娩経過のこととかを」

「いいえ、とくには。赤ちゃんについても遠藤先生が説明してくれて、さほどは気になさっていない様子です」

個室のドアをノックしてから開けた。

部屋の中央には新生児用ベッド《コット》に入った赤ちゃん。その奥のベッドには、母親が腰掛けて我が子を覗き込んでいる。その傍《かたわ》らには父親がいて、同じように我が子を見つめていた。二人は同時に顔をあげて、入ってきた菊池たちを見た。二人ともいい笑顔だった。

「先生、どうもありがとうございました」

と父親が礼を述べる。患者の夫とはその時が初対面だったので、菊池は自己紹介してから、分娩の経過を説明した。

「僕も家内も生まれた時、四〇〇〇グラム近くあったのですが、この子ほどはなかった。先生も大変だったでしょう。ありがとうございます」

和田が患者に骨盤ベルトの巻き方を説明していた。

結果よければすべて良しか、学ぶことの多い当直だった。

七

「内海さん、今の人で終わりかな」

菊池は外来患者がまだいるかどうかを訊ねた。時刻は午後一時近くになっていた。

内海知恵は二十代半ばの看護婦、その年の配置換えで産婦人科の外来を担当するようになっていた。

「確認してきます」

小回りも機転も利いて、気立てもいいが、器量良しとはいまひとつ言えなかった。

「あとは、先生が夏目先生に廻した紹介患者の赤城琴絵《あかぎことえ》さんだけで、先生のほうは終了です」

土曜日以外の午前外来は、二診体制で行なわれていた。その日、隣りの第一診察室では、夏目茂樹が外来診療を行なっていた。紹介を含めて初診の患者は菊池が診ることになっていたが、赤城琴絵の事情は特殊だったので、初めから夏目に診てもらうことにしたのだった。

赤城琴絵は里帰り分娩を希望する患者だった。東京から出産のために実家に戻ってきている。ただ、紹介状は持っていなかった。

本来は希望会病院の近くの開業医の産院で出産する予定でいた。そこは豪華な施設とホテル並みのもてなしで人気がある産院だった。

だが、赤城琴絵は三五週の初産婦で、児は骨盤位（逆子《さかご》）だった。その産院では骨盤位はすべてが帝王切開と説明を受け、納得ができずに希望会病院を受診していた。

「そういう方針で分娩を扱っている医院や病院は結構あります」

夏目が赤城夫妻に説明をしていた。

菊池は内診室側から第一診察室に入り、それを聞いていた。

シャーカステンには、骨盤の大きさを計測するために撮影されたレントゲン写真が掲げてある。

「しかし、患者の意向も訊ねずに、手術しかないというのは乱暴な感じがします」

琴絵の夫の意見だった。

「そう感じて、あなた方はこの病院を受診されたのだから良いのではないですか。うちの病院の方針と私の診たてを説明しますから、お二人でよく話し合って、どうするかを決めてください」

「はい、わかりました」

「まず、母体の骨盤の大きさ、胎児の頭の大きさと推定体重、それと単殿位《たんでんい》といってお尻が先に来るタイプの逆子だということを考慮すると、経膣《けいちつ》分娩は可能だと思います」

赤城夫妻の表情に安堵《あんど》が読み取れた。

「しかし、可能だということはリスクがないということではありません」と夏目は、説明を続けていく。「……以上のようなリスクがあり、逆子で経膣分娩を行なった場合、頭位《とうい》の場合より児の予後は悪くなります。また、児の予後は帝王切開を行なうことで改善しますが、母体のリスクは手術で悪くなります……」

夏目の説明は客観的で的確ではあったが、素人《しろうと》には難解だと印象を受けた。

「説明は理解できましたか」との、夏目の問いかけに、「はい、何とか」と夫は応じ、妻は頷いていた。

「わからなければ、何度でも説明しますから、おっしゃってください。ようは、リスクを理解した上で、あなた方がどういうお産をしたいかを考えればいいわけですからね」

「はい」

今度は二人ともしっかりと答えていた。

診察室を出た二人が外で、

「やっぱり、いろいろとあたってみて、正解だった」

と話す声が聞こえた。

患者が待合室から出て行くと、菊池は夏目に訊ねてみた。

「先生の説明の仕方は、患者を経膣分娩に誘引しているように感じたのですが」

「そうだな、誘引といえば、そうなるな」

と、薄笑いを浮かべる。大胆でクールな笑いだと菊池は感じるが、他の病院職員が言うように不気味といえば不気味だった。

「だが、内診した感じでもいい産道だった。切るまでのことはないな、この症例は」

時に夏目は、強引とも思えるようなことをする。それがまた、自信ありげにも見えるのだった。

「だけど先生、何かあったら」

「どんなに順調に進んでいるように見えるお産でも、一定の確率で何かは起きる」

物事に一〇〇パーセントなどありえないのは自然の摂理ではあるものの、納得がいかなかった。

「しかし、産科では結果がすべてという側面もあります」

「あのな、菊池先生。患者からインフォームド・コンセントを得て、医療側がベストを尽くす。その結果として不幸な転帰に至ったとして、これはもう仕方なくはないか。患者だって納得する」

「それは、おっしゃるとおりです」

「ようは、過失なく任務を遂行すればいい。そして、もし過失があったのなら、それに対して責任を取る。それがプロだろ」

夏目はそう言い、菊池の肩をポンと叩いた。修羅場を経験してきた歴戦の勇者のような言葉。自分もそんな台詞《せりふ》が吐けるように早くなりたいものだ。

菊池が、この夏目とのやり取りについて青野美紀に語ると、

「私も、夏目先生が言っていることが正解だと思う」

美紀は菊池にしな垂れかかって、手にしたショットグラスの中の琥珀《こはく》色の液体を傾けていた。

「人という繊細なものが、人という不確かなものを扱っているのですもの、完璧なんてありえないわ」

「なんだか守山先生みたいなもの言いだね」

「そうね」

美紀はモルトウイスキーを口に運んだ。

「やっぱり、お酒はできたまま、そのままがおいしいわ」

「俺は冷えてないとだめだ」

菊池はグラスの中の大きな氷をカランと揺らして、キリッとしたバーボンを飲み干した。

「お作りしましょうか」

とバーテンが言う。

地下の長いカウンターだけの店には、菊池たちしかいなかった。

「まだいいのかな」

と菊池。時間は、午前一時近くだった。

「うちは朝までです」

「奥の客が帰って俺たちだけになったから、もう店じまいかと思ってね」

「この雨では、あまり入りませんね。でも、そろそろ来る時間帯です」

菊池と美紀は病院から電車と地下鉄で小一時間ほどの、中部圏では一番の繁華街に来ていた。この辺りまで出てくるのは、久しぶりのことだった。一時を過ぎると、そのあたりでも開けている店が少なくなるのかもしれない。バーテンはそのことを言っているらしい。

「じゃあ、もう一杯同じものを」

と菊池は注文した。

「美紀はどうする」

「私も」

トロンとした瞳をしている。

「大丈夫か」

「私？　まだまだよ」と答えてから、「私たちも不確実かな」

「いや、違うさ」

少し間を置いてから、否定する。

美紀は、「そう」

と不満げに言ったが、表情はなぜか不思議と満足げに見えた。


土曜の正午過ぎ。

「もう終わったかな」

夏目が診察室を覗いて、菊池に訊ねた。

「はい、今、終わりました」

そう答えると、

「明日の夜の一〇時過ぎには近くまで戻ってきているけど、それまでよろしく」

「いってらっしゃい。でも、また何もなさそうですよ」

「そんなことを言っていると、何かあるからな」

と言い残して、夏目は足早に立ち去った。

春日井は、来年の研修医獲得のための病院説明会で出張中。夏目は、私用で遠出をするので、その週末は菊池が当直。待機番の産婦人科医はいなくなることになっていた。バックアップがない状況はそれまでにもあったので、菊池はさほど気にしてはいなかった。

午後九時半。陣痛発来で患者が入院したと連絡を受けた。

「来週の水曜日が予定日の一経産の方です。三センチ開大で展退は八〇パーセントです。診られますか?」

「いや、いいです。あとでお顔を見に行きます」

と返答をした。

九時に始まったテレビ番組が意外と面白く、菊池はそれを見ていたのだった。連絡から三十分ほど経った頃、まだ番組は続いていたが、ふと、菊池は胸騒ぎを感じて、病棟に下りていった。

ナース・ステーションにある分娩監視装置のモニターから、長い記録紙が出ていた。陣痛は三分ほどの間欠で出現しており、三回前の陣痛から明らかな変動《バリアブル》一過性徐脈《じょみゃく》が読み取れる。臍帯《さいたい》が圧迫されている時などに起きる危険な徐脈だ。助産婦を捜すと、陣痛室で必死に患者の体位を変えようとしていた。菊池を認めると、

「今、先生を呼ぼうとしたところです。先ほどから変動《バリアブル》一過性徐脈が出現していて」

と報告をしたちょうどその時、

「あっ、破水したみたい」

患者が言った。

確認すると、下着とナプキンを濡らした羊水は胎便の緑色に混濁していた。刻まれる心拍音のテンポが落ちていく。やがて回復してきたが、破水前より降下の様子はシビアになっていた。

内診をする。報告を受けた所見と変わらなかった。

「緊急帝切の準備をして」

助産婦に指示をしてから、患者と付き添っている母親らしき女性に話し掛けた。

「赤ちゃんの状態に、かんばしくない所見が見られます。子宮口は三センチしか開いてなく、このまま出産まで待つのは好ましくありません。緊急で帝王切開をします。同意していただけますか？」

「帝王切開だって。どうしよう、お母さん」

母親まで慌てだすと厄介《やっかい》だと菊池は思ったが、母親は、

「落ち着いて、大丈夫よ。先生にお任せしなさい」

と助言してくれた。

菊池はナース・ステーションの電話で、外科系当直医のポケベルの番号を押した。しばらくしてコールバックがある。菊池は帝王切開の助手に入ってくれるように要請したが、

「すみません、先生。今から救急で心肺停止《CPA》状態の患者が入ります。申しわけないですが、守山先生に連絡をしてみてくれませんか」

医事課を通して、院外にいる守山を呼び出してもらう。

手術用の病衣に着替えさせられた患者はストレッチャーに移乗している。看護婦が左腕に輸液ルートを確保している。震える患者の右手を母親が握り締めているのを見て、菊池は、

「お母さん、手術に立ち会われますか」

と声をかけた。春日井の方針で、緊急の帝王切開の場合でも、身内が希望すれば一人までなら立ち会いを許可していた。

「いいのですか」

母親は驚いていたが、「お母さん、一緒に来て」と娘に言われ、「お願いします」と答え

た。

だが、そうは言ってみたものの、まだ助手の確保もできていない状況で、なぜわざわざ自分にさらにプレッシャーをかけるような提案をするのか、菊池は自分自身でもわからなかった。

五分ほどで、手術室へ送り出す病棟側の準備が整った時、守山と連絡が取れた。受話器の向こう側から、騒々しさが伝わってきた。菊池が話し終わると、

「ああ、わかった」

守山も怒鳴るようにしゃべっていた。

「すぐに行くけど二十分はかかるぞ」

との返事だった。

「五分したらオペ出しします」

助産婦が言う。手術室側の受け入れ準備が整うらしい。

脊椎《せきつい》麻酔をかけ、麻酔の効き具合を確認してから、菊池は手洗いを始めたが、まだ守山は到着していなかった。仕方なく、助産婦に手を洗うように指示した時に、オペ前室の観音扉が開き、

「お待たせーっ」

と、ハイテンションの守山が出現した。

「早かっただろ」

菊池の隣りで手洗いを始めた守山は言う。

「うちの病棟の歓迎会の二次会でさ、タクシーを呼ぼうとしたら、婦長が送ってくれて、すげえー運転でぶっ飛ばしてくれたよ」

「だいぶ飲んでる？」

「たいしたことはねぇよ」

しかし、守山の饒舌《じょうぜつ》は止まらない。患者の腹部の消毒をし始めると、母親の存在に気付いて、

「どなた？」

「患者さんのお母さんです」

「お若いですね。お姉さんかと思いました」と調子のいいことを言い、「外科の守山です。よろしくお願いします」と頭を下げる。

母親も患者の手を握ったまま、小さな丸い椅子から腰を上げて、

「こちらこそ、よろしくお願いいたします」

かしこまって挨拶を返した。

患者がドレープに覆《おお》われた。

吸引チューブをドレープに留めながら、守山は、

「帝王切開か、久しぶりだな。研修医の時以来だよ」

と言う。

明らかに患者と母親に聞こえる。

「先生」

菊池が注意を促すと、

「ご心配なく、執刀医は名医ですから」

と患者の顔を覗き込んで言う。黙っていてほしかったが、守山の発言で緊張し過ぎていた身体《からだ》の力が少し抜けた。

「では、行きます」

執刀開始を告げる。

臍下正中《せいかせいちゅう》にメスを入れる。

「先生も震えるね」と守山が小声で言う。「俺も震える性質でね」

「コッヘル」

守山は次々に、鉗子をかけて止血をしていく。

「ある大先生に、生身の人間に傷をつけるのだから多少は震えるくらいの心でちょうどいい、と言われてから、気にしなくなったな」

守山の介助は手際が良かった。外科医だけのことはある。

腹壁が開き、妊娠子宮が露出する。
膀胱《ぼうこう》を引きはなし、子宮下部に横切開《おうせっかい》を入れる。
児頭を右手で押し上げてくる。
「カモン、ベイビィー」
と言いながら、守山が子宮底を圧迫してくれる。
「カモンッ」
さらに気合いを入れて押す。
直介看護婦が吹き出していた。
児頸部《じけいぶ》には臍帯が三重に巻きついていた。
それが原因で切迫胎児仮死に陥《おちい》ったものと考えられた。
臍帯にコッヘル鉗子をかけ、切断する。
気道内を吸引しようとする。
背後から、「カモーン」の声。
絶妙のタイミングとテンションで登場した小児科医、遠藤順がいた。
遠藤が広げた消毒された紙《コンプレッセン》に、胎児をパスした。
インファント・ウォーマーの上で、赤ちゃんはすぐに元気に泣き出した。
「ベビー、ガール、ナイス、クライ」

遠藤の大声に、直介看護婦が、「乗り過ぎ」と冷淡に呟いていた。

月曜日の朝、病室を訪れると、ブラインド越しの朝日の中で、患者はベッド柵を手すりにして前かがみに立っていた。

新生児用ベッド《コット》の中の新生児にも、拡散された光が差していた。

「おはようございます」と菊池は挨拶をし、「痛くはないですか」と訊ねた。

「立った時は痛みます」

赤ん坊を診察してから、退室しようとすると、患者が言った。

「先生、一つだけ訊いてもいいですか」

「はい、どうぞ」

「手術の時って、会話は英語なのですか」

「いいえ、違います。道具の名前は、外国の固有名詞だったりはしますけど、どうしてですか」

「だって、あの外科の先生のカモン、ベイビィーが耳に付いちゃって」と笑い、「この子の名前を考えようとするたびに思いだすんです」

「そうですか」

菊池も笑った。

医局に行くと、春日井と夏目が一緒にいた。

「お疲れさん」と夏目が言い、「産科医として、ようは独りで帝切ができて一人前だからな。先生もそこまできたか」

「だが、前立ちが外科医では、独りとは言えんな。まだまだ」

と春日井は厳しい評価だが、その表情は満足げに見えた。

八

菊池が守山を前立ちに緊急帝王切開を執刀してから丸一年、再び季節は夏になろうとしていた。まだ院内に冷房が入らない、むっとした金曜の朝だった。

「最近、患者様からのクレームが増えています」

院長の犬飼好昭が定例医局会で話をしていた。

「また、接遇かよ」

菊池は呟いた。

この二、三年でさらに、医療の現場では「接遇」がよく言われるようになってきた。患者をサービス受給者としてみて、もてなす対応をしようという考えだった。患者に「様」をつける風潮もそこからきていた。

「医局に関連したものでは、あえて名前は上げないが、何人かの特定の医師に対するものが多い。日頃から……」

文句は続いていた。

「私、私のこと」

菊池の右隣りにいる川辺夕子が、自分を指して小声で教えてくる。

院長の話がグダグダと長くなり、

「ったく、うるせぇーんだよ。この老いぼれ」

と、川辺が毒づく。

「もっと大きな声で言ってやれよ」

左側に座る守山新がけしかけていた。

「よしたほうがいいですよ」

菊池がたしなめた。三人は早く来たので、部屋の隅に座っていた。

その年の四月、五十嵐るりの一件は話し合いでは解決に至らず、訴訟に発展していた。

さすがの川辺もその頃は、

「まあ、この世で審判を受けといたほうがいいか」

と、よくわけのわからない発言をしてしょげていたのだが、このところは以前の元気さを取り戻していた。

いや、さらに磨《みが》きがかかり、野犬のようにいろんな所に咬《か》みついていた。面白がって焚《た》き付けると、院長にでも「黙れ、この役立たず」くらいは言いそうだ。

だが、火の手をあげたのは、その年も新人医師の獲得がままならず、最近は燻《くすぶ》っていた活火山、春日井猛だった。

「院長っ」と、春日井は部屋の中央で立ち上がった。「病棟の件ですが」

「そのことは後でまた」

院長は多くの医師の前での議論を避けようとした。

「いや」

春日井はその場での話し合いを挑もうとする。

「先週、院長は内科の患者をうちの病棟には下ろさないと言っていた。だが、今朝、病棟に行ってみると、内科の婆さんが、いやもとい、内科のご高齢患者様が、つわりで入院中の当科の患者様の隣りにいた」

このところ病院は全体的に繁盛していた。春日井の考えでは、医療はサービス業とは違うので「繁盛」は不適切な表現になるかもしれないが、少なくとも院長は、ほぼ満床状態の病院を繁盛していると捉《とら》えていた。

そんな状況で、ベッドコントロールが困難になり、上層階の、とくに内科のベッドから溢れた患者が産婦人科の病棟を使う事態となっていた。

「患者を下ろさないとは言っていない、なるべく下ろさないようにするとは言ったがね」

院長が政治家の答弁のような口をきく。

「産科は入院に備えてベッドを空けておかないといけない」

「それは他の科も同じだ」

「いや違う。分娩の場合は予約を取っていて、すでに患者との間に契約が成立している。満床でも断われない。だが、他の科なら急に来られた患者を、満床を理由に他院に回しても道義的に問題にはならない。そこが産科とは違う」

「希望会は、どんな状況でも救急を受け入れる。入院も然《しか》りだ」

「理想は理想。現実的には断わるべき場合もある」

「理想は、まあいい。だが現実的なことを言うなら、春日井先生の病棟には婦人科の、例えば、卵巣癌《がん》の高齢患者様も入院しているだろう」

院長が指摘をした。

「産婦人科だけなら個室を使うなり、こちらでやりくりしてベッドコントロールができる」

「では、昨夜入院した内科の患者様も、やりくりしてくれないか」

「無理です」

「なぜ、できない？」との問いに、「院長」と、遠藤順が参戦をした。

「その問題は小児科も同じです。先日、夜間に、十六歳の頭部打撲の患者を、脳外《のうげ》が満床だというので小児科病棟で受け入れたが、その患者の親は、子供の泣き声がうるさくて安静にできないと苦情を言ってきた。小児科の患者の親ならお互いさまで我慢できることが、他の科の患者となるとそうはできない。そもそも病棟が違えば看護の質が違う。子供や妊産婦を看ている看護婦に、老人や外傷患者をしっかり看ろ、と言っても無理です。逆に、産婦が内科病棟に入院したら、適切なケアができるわけがない」

「そうだ、がんばれ」

と、守山が茶々を入れる。

小児科、産科部門は人手がかかるわりに利益が薄い不採算部門として、多くの総合病院で邪険《じやけん》に扱われていた。利益性や病院運営という観点に立てば、院長の言い分はもっともだった。

医局の医師の多くは、自分の診療に関わらないことには無関心だった。病院の姿勢や体制に文句を言う熱い医師は決まっていて、それらはみな院長に反対する立場をとる者だった。そんな事情もあって、院長は下からの突き上げに遭えば、いつも安易な妥協をしてきたのだが、その時は違った。

「言いたいことはわかったが、できる限り空床《くうしよう》を有効に使っていく方針でやっていきます」

営業収益を伸ばしたことで本部受けもいいようで、初めて強く出てきた。

それを受けて春日井が、

「患者が不利益を受けることがあってはならないから言っておるのがわからんか」

と、怒鳴る。

いよいよになって、事務長の岡田国夫が、

「まあまあ、春日井部長」

と割って入ったが、いつものように、この男に妙案などがあるはずもなく、

「もう九時を過ぎて、外来の診療時間になっています」

と、時間切れ宣言ぐらいしかできない。

「なら、この先は院長室でやろう」

「先生にも外来の診療が」

岡田は春日井に指摘をした。しかし、春日井は、

「菊池先生、俺の代診を頼む」

言いつけると、院長と事務長を引っ立てて、院長室へ向かった。

春日井が外来診察室に来たのは、十一時をまわった頃だった。菊池は席を譲って、

「話はつきましたか」

「院長の野郎、まったく図に乗っとる。結局、なるべく内科の患者を入れないようにする

の一点張りだ」

春日井は怒り過ぎてくたびれたようで、大きく溜息をついた。

「たいした臨床能力もないくせに、まったく。だいたい本人は売り上げに貢献してはおらん。内科の収益のほとんどは、内科部長と医長の二人の頑張りによるものではないか」

中部希望会総合病院の内科の布陣は、希望会叩き上げの内科部長と医長、そしてその下に、岩谷登と川辺夕子がいた。

川辺は岩谷を「シマウマ」と呼んでいた。顔つきから連想した面もあるが、川辺に言わせると、馬のいななきを聞いて普通の馬ではなく、シマウマを思いつく勘の悪さからの命名だという。診察のフォーカスがずれているので過剰検査が得意で、その点では売り上げに貢献していた。

「老犬め。この先も俺の縄張りに首を突っ込んでくるようなら、次は手が出るかもしれん」

柔道三段の春日井は、指を鳴らして言うのだった。

「まあ、先生っ、あまり過激なことをおっしゃらないで。次の患者様がお待ちです」

と、内海知恵にたしなめられる。

春日井は「うーん」とうなってから、一息抜いて、「次の患者さんに入ってもらいなさい。それと内海君、『様』でなく『さん』だぞ、少なくとも、俺の縄張りではな」

と、言った。

春日井と院長は、その後も何かにつけては対立をしていた。

そして、秋。葉が枝から落ちる前に、中部希望会総合病院では戦力の脱落が始まった。稼ぎ頭《がしら》の内科部長が、退職を表明。患者の引き継ぎのための期間として二カ月間の余裕を見て、退職届を提出した。慰留のための画策がドタバタと繰り広げられる中、今度は内科の医長も退職を申し出た。内科部長の退職には諸種《しょしゅ》の事情があったが、やはり「燃え尽きた」という側面が大きかった。医長について言えば、部長が抜けた状況で戦線を維持するのは不可能、緊急の人員手当てもおぼつかないトップの姿勢にも嫌気が差したというのが原因のようだった。

このような状況の中で、岩谷登は何が起ころうとも我関せずのマイペース。

内科部長のもと、循環器の修行に励んでいた川辺夕子は、新たな研修先を求めて退職するかと思われたのだが、

「私にも、いろいろと事情があってね。こういう事態の時に、あれこれ慌てても良い結果はでないよ。それに何より患者さんのことに配慮しないといけない。戦線を縮小して戦況の好転を待つよ」

と、落ち着いたものだった。

結局、内科部長と医長は退職していった。

内科の入院患者は、岩谷登、川辺夕子と院長の犬飼好昭の三人で診られる人数と、重篤度の限られた症例にまで削減された。

外来枠数も半減、診療の質の低下もあり、しだいに来院患者数も減っていったが、それでも残された者に負担が伸《の》し掛かっていった。

非常勤医師の応援、アルバイト医師にも多少は助けられていたが限りがあった。常勤内科医はいかなる求人の手立てを使っても見つかる気配すらなかった。

そして、内科の崩壊が他科へも波及していく。まず影響が出たのが夜間当直だった。退職した二人はその役職にもかかわらず、かなりの回数で当直をこなし、夜間の病院においても戦力の要《かなめ》だった。厚遇で来てもらっていたアルバイト医頼りもすぐに限界に達し、夜間の診療体制が窮地にさらされてきた。

一九九七年当時は、医師不足による病棟閉鎖などは、現実問題としてはまだ現われてきていなかった。

院長が考え出した当面の事態打開案は、それなりに妥当であったが、根回しもせず定例の医局会の場で提案をしたのは間違いだった。開いた傷口を化膿《かのう》させるような予後の悪化を招いた。

「今は非常事態です。これまでは当直に入っていなかった科の先生にも、分担をお願いしようと思う」

院長が言い出したとたん、日頃は発言などしない眼科医が反発した。

「私にも、当直をしろとおっしゃるのですか」

「お願いします」

「前に勤めていた病院では当直をしていましたが、ここのとは違い、寝ているだけの当直でした。夜間外来のようなここの当直はとてもできません」

「そこを何とかお願いします。三カ月いや二カ月のうちには医師の確保にめどをつけますから」

「しかし、心筋梗塞など緊急性の高い重篤な症例を診る自信はありません」

「そのような場合は、内科医を呼び出してもらえばいい」

「その間の責任は私が負うのですか。無理だと判断した救急を断わっても良いのなら、考慮はしてみますが」

「いいえ。救急は絶対に断わらない。それがモットーです」

「ではお断わりします」

きっぱりと眼科医に言われて、院長は狙いを定め直した。

「菊池先生、君ならうちの叩き上げだ。そつなくこなせるだろう」

と、言い終わるか終わらないうちに、春日井猛が反撃をした。

「彼は、月の半分は産直《さんちょく》をしている。その上に一般当直まで強いるのですか。あんたはうちの科まで潰す気か」

院長にしてみれば、内科が崩壊した原因に自身が関与しているとの認識はない。過剰労働を強いてきた経営のスタンスが、この問題の根底にあることには気付いていなかった。だから、春日井の発言に、院長も怒りを露《あら》わにした。

「だいたい春日井先生が研修医確保を怠《おこた》ってきたことが遠因にある」

それは、毎年、懸命に研修医獲得に尽力してきた春日井に対しては禁句だった。いよいよ春日井も沸点に達してくる。

「この期《ご》に及んでも、内科の医者一人見つけ出せずにいる、あんたに言われる筋合いではない」

「私は全国の大学医局を回って、頭を下げ続けている」

「そんな時間があるなら、自分で当直しろ。俺でも月に七回は泊まっている」

「産科の当直など、どうせ生まれる寸前まで寝ていて、呼ばれてから行って助産婦が取り上げるのを見ているだけではないか」

産婦人科医に対する最悪の暴言だった。産婦人科医は対応不能なシビアな状況に出くわさないかと、日々恐々とロシアンルーレットの引き金を引き続けるような緊張を強いられて、病院内に長時間拘束《こうそく》されているのだ。

「なら、おまえが産科の当直をしてみろ。そうしたら、俺も夏目も菊池も一般当直に入ってやる」

「…………」

「できるのか、このボケ」

「何だ、その口のきき方は」

「まあまあ、先生方」

あまりに急激なその場の荒れ方に、唖然《あぜん》としていた岡田国夫がようやく口を挟む。しかし時すでに遅かった。

春日井から「黙っておれ、タワケ」と一喝されただけだった。

そして、わずかな沈黙の後、春日井が宣言した。

「もうこんなヤツのところで働いておれん。俺も、もう辞めたるわ」

それが最後だった。

その医局会から一カ月が経っていた。

菊池は、夏目と病院近くの焼肉屋にいた。

「夏目先生、もう春日井先生を止めることはできないのですか」

菊池は訊ねた。

「あの喧嘩だけならまだどうにかなっただろうけど、ようは、少し前から家族のこともあって、辞めたがっていたからな」

春日井の次女が、その年の春から首都圏の大学に進学していた。長女はすでに東京で学生をしている。そして妻は、実母の介護のため実家のある東京隣県に出かけていた。家族が生きがいと言ってはばからない春日井が、単身赴任に近い生活を強いられていたのだ。

「でも、患者のこともあるし……」

「あの責任感の強い人が、患者や俺たちのことも考えた上で口にしたんだ。もう引き留められない」

夏目が網の上で焦《こ》げていたミノを、網の端に寄せた。

「ようは、燃え尽きちゃったんだよ。東京の近くで隠居仕事を見つけたと言っていた」

「隠居仕事って」

「老人保健施設《ロウケン》の施設長とかだろう、たぶん」

「そんな、もったいない」

「そうだよな」

「それで夏目先生はどうするのですか?」

「俺は、やはり患者のこともあるので辞めるつもりはなかったのだが、俺も春日井先生についで辞めるのではないかと早とちりした院長と事務長が、部長にするから残ってくれだとさ」

夏目は二年前に医長になっていた。

「なんかそれを聞いて、やる気が失《う》せそうになったよ」

「じゃあ?」

「いや、辞めんよ。ただ、医長のままでいい。春日井先生も俺の歳には一人医長で、年に三百はやっていたというし、独り立ちするにはいい機会かもしれない」

一人医長とは、部下も上司もいない、まさに独りだった。三百は分娩件数のことだ。産婦人科医一人当たりが年間に取り扱う分娩件数は、百件程度が適正と言われていた。前年の中部希望会総合病院の分娩取り扱い件数は約四百件、春日井以下三名でどうにか扱える規模だった。

「菊池先生、一緒にやってくれるよな」

「俺はいいですよ。でも、苦しくなりますね」

「まあな。でも、先生が来てくれるまで、しばらくは二人でやっていたんだし、この先ずーっと二人だけというわけではない。いずれどうにかなる」

しかし、夏目の見通しは甘かった。

すでに産婦人科医は明らかに不足していた。ただ表面に出てこないだけだった。夏目たちが人員減でも頑張ろうとしたのと同じように、多くの場所での医者個人の献身的な努力によって、前線が支えられているからだった。

第三章　医師が壊れていく

一

産婦人科が医師二人という診療体制になってから、一年が経っていた。常勤産婦人科医が増えるあてはなく、菊池と夏目に仕事からフリーになれる日はなかった。当直をしていなければ待機の日になる。どうしても休日が必要な時は、当直者がすべてをしなければならなかった。

「夏目先生、来週の水曜日に、もう一件オペを入れてもいいですか」

菊池は、隣りの診察室にいる夏目に訊ねた。

「何の？」

「以前から、手術を勧めていた子宮筋腫《きんしゅ》の患者さんです。その日の都合がいいそうです」

「金曜日が空いているだろう」

水と金曜日が、産婦人科に手術枠が割り当てられた曜日だった。

「金曜日は、都合がつかないそうです」

「再来週はどうだ?」

「すでにもう二件入っていますから、同じことになります」

「仕方ないな。なら、来週に入れていいよ」

予定が決まれば、あらためて手術についての説明を行ない、同意書をもらう。それ以外にも、手術に必要な検査の依頼、手術室、病棟への連絡と、雑多な手続きが発生する。内海知恵がテキパキと動いてくれていても、患者への説明の他に菊池が記入をしなければならない書類もあり、外来の流れがストップする。

そして、そういう時に限って、分娩室からのコールがあったりする。手術中も同じだった。不思議なことに何か起こるのは、忙しい時に多かった。

先週の子宮体癌の手術中には、分娩が二件重なった。そのうち一件は吸引分娩による急速遂娩《すいべん》を必要とした。

三人体制で診療を行なっていた時は、夏目はその陰気な性格のわりに、診療面では逆にアグレッシブで手術好きな面が強く出ていた。

しかし、菊池と二人になってからは、ずいぶんと慎重になっていた。以前なら、一日に予定手術が三件あることなど気にすることはなかったが、最近は、そういう状況を避けるようになってきたようだった。

次の水曜日の夜、菊池は青野美紀のアパートにいた。

「何を、そんなにカリカリしているんだよ」

「べつに」

と美紀は答えた。

当直明けにあたる日ではあったが、菊池は三件の手術のうち二件を執刀して疲れていた。

美紀もくたびれて見えて、イライラしているのが感じ取れた。

美紀はその年度の初めの人事で、外科病棟の主任に昇格していた。婦長と部下の間で何かと苦労があるようだった。

「おいおい、いくら何でも、ペースが早過ぎないか」

グラスにウイスキーを注ぎ足そうとする美紀を見て、菊池はそう注意をした。

「ほとんど一人で飲んでいるぞ」

ボトルの中身は、四分の一を残すほどに減っている。

「よく言うわ。この間来た時、お腹の調子の悪い私の横で、大切にしていたブランデーを空けたのは誰よ」

「だから、今日は、高価な酒を持参してきただろう」

「ふん」

と美紀は鼻を鳴らしてから、

「あっ、そ。またお腹が痛くなってきちゃったじゃない」

と、トイレに立った。

「アルコール性胃炎じゃないのか」

トイレから戻ってきた美紀に、菊池はそう指摘した。

「嘔吐してきたのではありません、下痢をしているのよ」

医療関係者の会話は、直接的な表現が多い。

「じゃあ、アルコール性腸炎だ。美紀、この間の職員検診で、γ《ガンマ》—GTPが二五〇くらいあっただろう。最近、飲み過ぎだぜ」

γ—GTPは、アルコール摂取で増加する肝臓の誘導酵素だ。

「なぜ、知っているのよ」

「川辺先生が、検診のデータをチェックしているのを見た」

「そういう行為は許されないわよ」

美紀の怒り方は真剣だった。

「ごめん、そんなに怒るなよ」

「守山新とかと、みんなで見ているんじゃあないでしょうね」

「違うよ。川辺先生は、医局では隣りの机だろ。それで偶然見えた」

「ふーん。じゃあ、医局では誰が一番高いのよ。守山新か、あなたよね」

「違う。遠藤順だよ。僕は美紀の半分ぐらい、守山先生は正常範囲内だった」

「語るに墜《お》ちたわね。やっぱり、しっかり見ているんじゃないの」

「違うって、それは、川辺先生から聞いた話だよ」

「川辺、川辺って、ほんと、あの女、いけ好かない」

「川辺先生と僕は関係ないぜ」

「何で、わざわざそういうことを言うのよ」

「からむなよ」

しばらく、お互いに黙ってしまった。その後、

「あーあ」

と美紀は溜息をついた。

「何で最近、私たちこうなのかしら」

「お互いに疲れているんだよ」

「そうかなぁ……」と、美紀は何かを言いかけたが止めて、「どうでもいいけど、川辺は口が悪過ぎ」と話題を戻した。

「確かに言えているけどね」

「そのことが原因で訴訟にもなっているのでしょう。どうして改めようとしないのよ」

「知らないよ。性格的なものだから、直らないとでも思っているんじゃない」

「それはそうと守山新。あの男と今度飲む機会があったら言っておいて」

「何を？　新人に手を出すなとか、か」

「そんなことはいいわ。それも性質で直らないから言っても無駄でしょ。言っておいてもらいたいのは、自分のミスを看護婦のせいにするなってこと」

「何かあったの？」

「あったわよ」

と、美紀は経緯を話し始めた。

その出来事は三日前に起きたものだった。

回盲部膿瘍《かいもうぶのうよう》で手術を受けた患者に関する事故だった。

手術後二日目、創部処置を行なっている時に、それは発生した。

患者の創部には、膿《うみ》や浸出液を体外に排泄《はいせつ》させるためのペンローズ・ドレーンが入っていた。

ペンローズは平麺パスタのような形状をしている。ドレーンはあえて日本語にすると、誘導管という意味である。

そのドレーンが、皮膚に絹糸で固定されていた。守山はその絹糸を切断した。その後、ドレーンを少し抜いて、余分に出る分をカットした。そのままではドレーンが腹腔内に落下してしまうので、安全ピンをドレーンに通し、アンカーとして刺入部からのドレーンの入り込みを防止する。

守山が介助の看護婦に安全ピンを要求したその時、守山の持つ鑷子《せっし》の先の震えがピンをはじいた。ピンが床に落下し、不潔になった。そのため看護婦が新しいピンを出そうとしていた時、患者が動き、ドレーンが体内に入ってしまったのだ。

「どうやって取ったの？」

「再開腹よ」

「もう一度手術とはお気の毒だね。でも、そのことを、守山先生が看護婦のせいだと患者さんに説明したのか」

「いいえ。患者さんの前では、自分のミスでと平身低頭していたわ。でも後で、私の所にきてグチグチと言ったのよ。一応はご高説をご拝聴しておいたけど、腹が立つわ」

「ところで、その腹腔内膿瘍《アブセス》の患者さんって、丹羽《にわ》さんではないよね」

「えっ、そうだけど、丹羽由香《ゆか》さん。あっ、そうだった。あの娘《こ》、初めは婦人科《ギネ》に入院していたんだった」

「まずいよな」

「そうなの」

「そうだよ」

丹羽由香は十九歳の大学生で、右下腹部痛を主訴に産婦人科を受診したのは、帯下《オリモノ》が多く感じることもあったからだ。

外来で診察にあたったのは夏目茂樹だった。夏目は急性虫垂炎《ちゅうすいえん》、いわゆる盲腸の疑いを持ったが、骨盤腹膜炎《PID》診断の結果、産婦人科に入院させ治療した。結局疑いを持った急性虫垂炎が正解で、炎症を起こした虫垂が破裂し腹腔内膿瘍を形成してしまったのだった。

「それでクレームがあったわけ？」

「外科で手術を受けている時に、由香さんの父親が文句を言いに来た。まず僕が対応して話を聞いた。いったん退院した後も、辛《つら》くて何回も受診することになった。もっと早く正しい診断ができなかったのかというクレームだった」

「あなたは、どう思ったの？」

「もう少し早く気付いていてもよかったかな、とは思う。でも、それよりも自分たちの訴えをもっと親身に聞いてほしかった、という気持ちが強いようだった」

「そこよね」美紀はウイスキーを一口含み、グラスを置いた。苛立ちモードが切り替わったのか、すこし間を置いてから、「そのあたりの関係が上手《うま》く築かれていれば、細かいことまで、誤診だの何だのと言っては来ないわよね」

穏やかに述べた。

「まあな」

「夏目先生って、医者としては優秀なのだろうけど、少し冷淡な感じでしょう」

「爬虫類系の顔つきだからな」

「顔もあるけど、付き合い難《にく》いでしょう。あなただって、守山たちとはよく飲みに行くけど、夏目先生とは仕事以外で一緒のことはあまりないでしょう」

「時間が合わないからだよ。今はとくに、どっちかが、必ず病院にいなければいけない」

「そうだと思うけど。じゃあ、あなたはプライベートでの夏目先生って、どんな人だか知っている？」

「そう言われるとあまり知らないかな。夏目先生は仕事一辺倒な人だから。仕事がない時でも、医局で勉強をしていたりする」

「確かに、仕事に一生懸命なのはわかるわ。でもどのみちこの件は、私の勘では、あまり揉めるようなことにはならないと思うわ」

　こういうトラブルによるストレスは大きい。夏目のためにも美紀の勘が当たることを、菊池は願っていた。

　丹羽由香は、それからさらに一週間入院生活を送ってから退院していった。

　菊池が守山と飲みに出かけたのは、丹羽が退院した翌日のことだった。場所はいつもの

「有楽」。ビールが運ばれてくると、守山が言った。

「丹羽さん、無事に退院していったよ」

「美紀から聞きました」

「先生、青野美紀を何とかしてくれよ。最近、キツくてかなわない」

菊池が美紀と付き合っていることを、守山は二人が交際を始めた当初から知っていた。

「そういえば、美紀が言っていましたよ。先生がドレーン埋没の件を、看護婦のせいにしたって」

「そんなことを言っていたのか。先生、ちょっと聞いてくれよ。ドレーンを固定しようとしていた時、介助をしていたのは新人の子だった。それで、ああいうことがあった後、責任を感じて泣いていたんだ。だから俺は、心配ないからと励ましていた。そうしたらあの女が、失礼、青野主任が俺を呼びつけてだぜ、新人の看護婦を責めたりして卑劣《ひれつ》だと言いやがった。卑劣だぜ。だから少し口論になってよ」

守山は生ビールをゴクゴクと飲んでから、

「まっ、いいか。今回の件では青野にも、随分とフォローしてもらったからな」

「再手術になったこと、大丈夫だったんですか」

「ああ、納得してもらえたよ」

と、守山は答え、菊池が意外そうな表情をしているのに気付いて、

「どうして?」

と訊いてきた。

「うちのほうでは、いまだに診断が遅れたことを執拗《しつよう》に言ってこられていて、夏目先生は少し疲れ気味ですよ」

「誰が? 患者本人ではないよな。母親?」

「父親のほうです。もう三回ぐらい来たかな」

「へーえ、そんな感じの人ではなかったけどな」

「診断までに時間がかかったのは、よく考えると仕方ない面もあります。ただ退院後に何回も受診している時の対応に、多少難ありですかね」

「夏目先生も自覚をしていることなのか?」

「口には出さないけど、たぶん」

「だったら、さっさと詫びを入れたほうがいいな」

「謝罪する時期を逃がしたって感じですかね。今となっては、互いに意地になっているという感じもします」

「そうだな。初めは些細《ささい》なことで始まって、そういうふうにトラブルが収まらなくなるケースは多いな」

「医者は多くの権限が与えられている強い存在だが、謙虚さを知らない。謙虚になれた医者は無敵だ」

　菊池がしみじみ語る。

「いい言葉だね。誰が言ったの？」

「夏目先生から聞いたのです」

「へーえ」

　結局、この件は以後二カ月余りあとを引き、院長が一度、そして事務長が何度も丁重《ていちょう》に謝罪を繰り返して、どうにか患者家族に納得をしてもらった。結局、夏目が直接的な謝罪の言葉を口にすることなく、「頭を下げるのが院長、事務長の仕事だ」と辛辣《しんらつ》だった。


　それは、平日の午前診の最後の患者が帰った直後だった。

　青野美紀は診察室に入ってくるなり、

「ちょっと診て」

　と、エコーの装置を顎《あご》で指した。

　内海知恵はただならぬ雰囲気を察知して、

「席をはずしていましょうか」

　と伺う。診察ならいてもらわなければならない。菊池が答えあぐねていると、

「お願い」

美紀が内海に頼む。

内海が席をはずすと、

「これを見て」

と、美紀は、白いスティック状のプラスチックを菊池に渡した。小窓に赤と青の線が二本現われていた。

「今朝、病院に来る途中に買ったの」

診察台に寝転ぼうとする。

「陽性？」

菊池は、初めて見るタイプの妊娠検査セットだったので、それを確認した。

「説明書によれば、陽性よ」

「飲んでいたんだよね」

「そうよ。毎日ちゃんと」

経口避妊薬《ピル》のことだ。そして、

「ピルを飲んでいてもあり得るの？」

「完璧な避妊法など、子宮か卵巣を取り去る以外にはないが、普通は、ピルをしっかり服用していたらまずない」

菊池はゼリーを美紀の下腹部にたらし、プローブをあてた。

「もう少し下着を下ろして」

美紀が下着を恥丘まで下げる。恥毛の生え際にプローブを押し付ける。

「ここが子宮」菊池は画面を指差して、「子宮内に胎嚢《GS》が認められる……GSの径《けい》が一〇ミリ」

「妊娠？」

「胎嚢《たいのう》で間違いなさそうだ。卵黄嚢《らんおうのう》が見えないが、はっきり確認できない場合もある。現時点では妊娠と考えていいと思う」

毎日下していた妊娠の診断を、聞く立場になってしまった自分。日常行なっていることが、患者や家族にとってはかくも重みがあるものなのだと、菊池は思い知らされていた。

美紀が訊ねる。

「どうして？」

「消退性《しょうたいせい》出血はあったのか？」

消退性出血とは、ピルを一クール飲み終わると起こる子宮からの出血のことであった。

「極少量だけどあったわ。以前も少ないことがあって、次のシートを飲み終わると普通に出血があったから、今回も同じだと思って」

「今日、検査薬を使ってみようとしたのは、どうして？」

「なんとなくムカムカするし、考えてみると、酔って飲み忘れて、翌日に二日分を飲んだ日もあったし。なぜか気にかかったのよ」

「そういえば」

と菊池は、気付いたことがあった。

「美紀、お腹をこわしていたのはいつだった?」

「えーと」

思いだそうとする美紀に、菊池が卓上カレンダーを渡した。一カ月分ページを戻して、

「このあたりの一週間だわ」

「僕が君のアパートに行って関係があったのは、そのあたりだと、この日か」

「そうね。その日にあったわね。というか、先月はそこと、ここだけ」

「そんなことはないだろう。もっとあっただろう」

「他の女と勘違いしているんじゃないの」

と、美紀は冷めた調子で言う。

「くだらないことを言うなよ」

「まあいいわ。お腹をこわしていて、十分に薬が吸収されなかったってこと?」

「たぶんそうだ。下痢はかなり酷《ひど》かったのか」

「酷かったわよ。わからなかった? ……わからなかったわよね。最近、あまり一緒にいる時がないものね」

と言葉つきが皮肉めいて、

「二日間は嘔吐も酷かった。仕事を休むわけにもいかないし、休憩室で点滴したりしていたわ」

「そうか、悪かったな。君の健康まで気がまわらなくて」

「べつにいいのよ」

美紀は制服を整えながら言った。

「その日を元に計算すると、今日で五週と三日か……」

この先のことを考えなければと、菊池の頭の中をいろいろなことが駆け巡っていた。

(自分の子だろうか?)

(もしかすると、故意に怠薬《たいやく》をした?)

口にはできない疑心暗鬼も浮かぶ。

「何を黙っているの?」

「この際、結婚しようか」

菊池が思わず口にしたのは、そんな言葉だった。

当たり前のように、美紀の笑顔を期待していたのだが、

「ちょっと待って、しばらく考えさせて」

美紀の反応は予期せぬもので、それは、菊池を思いのほか落胆させたのだった。

「どうして？　僕のことを好きじゃないのか」

「好きよ。でなければ、こんなに長く付き合っていないわ」

「なら、何が問題なのだ」

「一、二週間待っても、医学的には問題はないでしょう？」

「ああ、医学的にはね。つまり、この妊娠を継続させないということも……」

「その事を含めて考えさせて」

「美紀、今日は日勤だろ、六時頃に君の所に行くよ」

「勤務が終わるのは早くても八時過ぎよ」

「じゃあ九時頃に行く」

「だから、待って。二週間考えさせて」

「じゃあ、一週間にしよう。僕もよく考えてみるけど、僕は、僕の提案が妥当だと思うよ」

「いいわ。そうしましょう。あなたが待機に当たるこの日に、私の所に来て」

十日後だった。もう少し早くても良さそうなものだと思いながらも、

「了解、そうしよう」

と、美紀の意見を受け入れた。

そして最後に、診察室を出て行こうとする美紀に、「ピルの内服は中止だよ」と、念を

押した。

菊池にとって、その後の十日間は大変長いものとなった。仕事は相変わらず、押し寄せては引いていく、けっしてなくなることのない潮《しお》のようだった。ただ、その周期が、どうしようもなく緩慢《かんまん》に感じられた。頭の中では、イメージがほうぼうに発展していく。分娩するとしたら自分が当たるのか。もし継続をしないと美紀が決めたらその処置は？　自分は人と暮らすことがそもそもできるのであろうか。考え始めると、どうしようもないシナリオまで構築し始めてしまうのだった。


美紀のコーポラスの階段に、菊池は足をかけていた。約束の日だった。どういう態度でドアを開けて入っていったら良いのだろうか、戸惑いながらノックをした。

「どうぞ、開いているわ」

普段と変わらない美紀の声だった。中に入ると、いつものように美紀は台所に立っていた。

「もうすぐ終わるから、ビールでも飲んでいて」

と、これもよく聞くフレーズ。

早く話し合いたかったが、言われたとおりにした。冷蔵庫からよく冷えた缶ビールを出したが、プルトップを引かずに待った。十分ほどで、美紀は豚肉の炒め物とイカの煮物を持ってきて卓袱台《ちゃぶだい》に置き、迷彩柄《がら》のエプロンをはずして腰を下ろした。

菊池が口を開こうとすると、

「ちょっと待って」

ハンドバッグを手繰《たぐ》りよせ、中から一枚の写真を出した。

写真は経膣超音波の画像で、美紀の名前とＩＤ番号、同じ市内の個人医院の名前があり、その日の日付が記されていた。

子宮内には胎嚢はなく、内膜も薄かった。

「まさか……中絶を」

「違うわ。順を追って説明するから。あなたに診てもらってから五日目に、血の少し混ざる帯下《オリモノ》があったわ」

と美紀は説明を始める。

出血は痛みも伴わず、増加傾向もなかったので、様子を見ていたという。そのまま、準夜、深夜と続く勤務に入り、仕事が終わりかける早朝になった頃、出血が増えてきた。

「なぜ知らせてくれなかったんだ？」

「産科病棟に行ってみたわ。分娩があったみたいでバタバタしていたでしょう」

「確かにあの日の朝方は忙しかった」

「それに、流れかけているとわかったところで、有意義な治療法はないのでしょう？」

「それは、そうだが」

妊娠初期、とくに週数の早いものは自然淘汰《とうた》的な要素が強かった。

子孫に伝えるべきＤＮＡに相応《ふさわ》しくないものを獲得してしまった受精卵は、成長しないことによって、種族保存のメカニズムを働かせるのだ。

「仕事が片付くお昼前頃になって、腹痛も出はじめて、いよいよ出血も増えてきた。さすがに心配になって電話をしたわ」

「電話って、どこに？」

「もちろん、うちの病院よ。産科病棟のナースに状況を伝えたわ」

「あっ、あの電話か。僕は手術室にいた」

「そうみたいね。ナースがあなたに状況を伝えて、あなたはとりあえず安静にしておいて、夕方の診療に来るように指示をした」

「妊娠六週、生理の二日目ぐらいの出血と腹痛。美紀のことだったのか。なぜ名乗らなかった？　せめて職員だとでも言えば……」

「職員だったり、私だったら、他の患者と違うわけ？　帝王切開を始めているのに診察できるの？」

「いや、すぐには診察できない。だが手術には、さほど時間がかからない。終わってから診ることができた」

「私は、別に特別な扱いを受けたいとは思わない。指示通りに夕診に行っても構わなかったわ。それまで待っても、予後に変わりがあるわけではなかったのでしょう?」

「その通りだけれど……」

「だけど、私は思ったの。あなたもこのことに関しては当事者でしょう。私、妊娠反応が出たとき、慌ててあなたの診察を受けに行ったけど、良くなかったなって。やはり、あなた以外の産婦人科医にかかるべきだった」

「言っていることはわからなくもないが……」

「だから、その医院に行ったわ。三時頃だった。そうしたら子宮の内容物は、もう膣内に脱落していたわ。そこの先生は、痛みがピークだった頃に排出されたのだろうと、言っていたわ」

「たぶん、そうだね。それで何か処置を受けた?」

「いいえ。すべて排出されたようだから、そのままで良いとのことだったわ。今日、経過を診てもらいに行った時の写真がそれよ。とくに問題ないでしょう?」

菊池は写真をもう一度見てみた。成人女性の正常な、非妊娠時の画像だった。

「だから結婚を、今は考える必要はないの」

「それと、これとは関係ない」

「いいえ、関係があるわ。あなたが結婚を口に出したのは、妊娠がわかったからよ。もし何もなかったら、口にしなかったのよ。私はあなたが好きよ。だから、よく考えて、私があなたにとって本当に重要なら、後日改めてそれを告げて」

「なら、今この場でもう一度改めて」

菊池は言い出そうとした。

美紀は右の手の平を、菊池の顔の前に広げて、

「ストップ。今は言わないで。今、それを言葉にするのが相応しくないと、あなたが一番気付いているはず」

美紀に心の中を見透《みす》かされていることに気付き、菊池は何も言えないでいた。

「だから後日ね」

その言い方は、美紀が後日のないことを知っているかのようだった。菊池は自分のいい加減さを思い知らされているようで苦しかった。

「了解。後日だ」

菊池は後日が訪れるように、自分を戒《いまし》めていこうと思っていた。

「抗生剤内服しているけど、飲んでもいいよね」

美紀は、缶ビールを手にして訊いた。

「飲んでいいよ」

美紀は、ビールをグラスに注ぎながら言った。

「ほんと言うと……自信がなかったの。もし妊娠が継続していったら、その間、お酒を絶てるかどうか」

「美紀なら簡単にできたさ」

「そうかな」

「そうだよ。それができるのが母性だよ」

「母性か」

美紀はグラスの中で浮かび上がっていく気泡を眺めて、そう呟いていた。

二

青野美紀が、「診て」と診察室に入ってきてから、ほぼ一年が経っていた。

二人の忙しさは相変わらずだが、菊池は美紀に甘えた生活を改め、メリハリを持って付き合うようにしていた。ダラダラと疲れを取るために、気楽な場所を得るだけのために、美紀のもとを訪れるようなことはなるべくしないようにしていた。彼女を自分の癒《いや》しの場とすることなく、真面目に彼女を尊重できる関係になってきたと感じていた。「後日」という約束は依然「後日」のままではあったが、そこに存在している気がしていた。

「菊池先生、ちょっとお願いがあるんだけど」

午前の診察が終わり、菊池がはーっと伸びをした時に、そう言って診察室に押し入ってきたのは川辺夕子だった。

川辺もただならぬ雰囲気を醸《かも》し出していた。

既視感。

黙ったままでいた菊池に「いい?」と、あらためて川辺夕子が訊く。その場の雰囲気を感じ取った内海知恵が言う。

「席をはずしましょうか」

「お願い」

答える川辺。

内海が診察室を出て行くと、菊池は川辺に訊ねた。

「先生、妊娠でもしたのですか」

きわどい冗談のつもりだった。しかし、川辺は、

「さすが産科医ね」

と、答えたのだった。

「ほんとに?」

「計算だと六週四日」

「検査薬を使いましたか？」

「使ってないよ。でも私の生理は、二八日周期でキッチリと時計のようにきていたし、それにムカつくのよ」

「えっ、何にですか」

「腹を立てているんじゃなくて、悪心《おしん》があるんだよ。くだらない漫談してないで、さっさと診ろよ」

川辺は、羽織《はお》っていた白衣を脱ぎ捨て、

「ここに入ればいいのか」

と内診室を指す。

「ちょっと待ってください、先生。ナースを呼んで来ます」

「やめてくれよな」

「だけど」

「私が先生に猥褻《わいせつ》な行為をされたとでも、言い出すと思っているのかよ」

「違いますよ。先生が、僕の患者として診察を受けるなら、ナースにちゃんと立ち会ってもらわないと」

「診れないの？」

「だから」

「他の病院に行く時間もないの、わかるだろ。お互いに超多忙なんだから」

「忙しいのはわかりますけど、手順は踏まないと」

「あのな。私は未婚だよ。わかる?」

「わかりますよ。だからなおのこと」

「わかってないな。さっきのナースだって、私が妊娠しているのを知ったら、そこらじゅうで話題にするだろ」

「するはずないじゃないですか。守秘義務があります」

「そんなもん関係ないよ。例の私の訴訟の件だって、その場にいた者だけが知っていることが洩《も》れた。な、頼むよ、先生。菊池先生を信頼して診察を受けに来ているんだよ」

「さっきは、他の病院に行く時間がないと」

「言葉のあやだよ。汲《く》み取れよ」

「わかりました」

菊池が押し切られて言うと、川辺は「よし」と、内診室に入って行こうとする。

「先生、六週なら経腹で見えると思いますから、そこの診察台に横になってください」

「ここかい。了解」

川辺は指示に従う。

ゼリーを、川辺の腹部にたらすと、

「おお、暖かい。暖めているのか、さすが産婦人科は配慮が細かいな」

菊池はプローブをあてていく。

「子宮内に胎嚢があって、胎芽《たいが》も認められます。ここに心拍が見えています。六週四日、確かにそのぐらいで、順調に経過しているようですね」

画面には、小さな豆粒ほどの胎芽で、力強く拍動する心臓が映し出されている。

「こいつか、私をムカつかせている原因は」

川辺はそれを見つめて言っていた。

「余計とは思いますが、どうされるつもりですか」

白衣を羽織って、ポケットを整えている川辺に、菊池は訊ねた。

「考え中だよ」

失礼とは思いながらも、菊池は、

「もし、継続なさらないとお決めになったのなら、今、うちでは処置をしてないので」

と伝えた。川辺なら、内緒で手術をしろとでも言い出しかねない。

「自分が勤めている病院で中絶するアホウがいるかよ」

「ごもっともでした。失礼」

川辺は少し考えてから、

「もし仮に、妊娠継続の場合は、先生、診てくれるかな」

「ええ、喜んで。ただ、もう内緒では診ません」

「わかってるよ」

川辺は言い、机の上にあったエコーの写真を取って、

「これ、もらって行っていいんだよね」

「どうぞ、先生の分ですから」

こっそりと診察室を出て、産婦人科の待合室を抜けて行く川辺夕子の姿が、ユーモラスに見えた。

その日は当直明け、待機の日だった。午後は静かに過ぎていった。午後四時頃に菊池は、医局にいた夏目に、

「何もなさそうなので、ぼちぼち上がりますね」

と断わってから帰ろうとした。

「あまり大きな声で言うな。産婦人科が何も仕事をしていないみたいに言われるだろ」

誰がそんなことを言うのか、不思議に思った菊池だったが、さほど気には留めず、「では」と小さい声で告げた。

午後の明るい時間のうちに病院の外に出られるのは珍しいことだった。紺碧《こんぺき》の空がそこにはあった。だが、突き抜けていく高さはなく、ドームの天井のような有限さが存在していた。

その限られた空間で、人が触れ合い営《いとな》み、生を育《はぐく》んでいる。自分はそこで生に立ち会い、そして立ち会い続けていく。必然があり、そこに生きている。自転車を漕ぎながら、菊池はそんな哲学的なことを思い浮かべていた。

美紀は夜勤明けでアパートにいるはずだった。

ノックをしても返事がないので、預かっている合鍵で部屋に入った。

美紀はベッドにもたれかかって眠っていた。つけっぱなしのテレビ。卓袱台の上にはブランデー、氷が解けた水の入ったアイスペール、グラスにビターチョコレートの包装紙。

菊池は不自然な姿勢の美紀を、抱え上げてベッドに移そうとした。ダラーンとした四肢と頸《くび》。よだれが一筋、右の口角から糸を引いてたれた。

西日が差し込み始めた。

菊池は氷とグラスを取りに行き、美紀が尻を置いていた座布団に腰を下ろした。ブランデーのボトルは半分ほど残っていた。封を開ける時に取ったプラスチックの蓋《ふた》のカバーが、卓袱台の下に落ちていた。テレビの音量を絞って、画面を見ながらブランデーを口に運んだ。

流産の後、しばらくはやはり精神的にショックだったのか美紀の飲酒量が増加していた。やがて普段の量に戻っていったのだが、このところ、仕事のストレスからか、よく飲んでは酔いつぶれたりしていた。

外が真っ暗になった頃、美紀はむくっと起き上がり、トイレに行った。戻って来て、髪を掻き上げた時に、菊池がいるのに気付いた。

「来ていたの」

「よく眠っていたから」

「そう」と言って、菊池のグラスを取った。一口飲んで、「何よこれ、水っぽい」

「濃い目の水割りだけど」

「そうなの」

「そうだよ。まず、水でも飲めよ。ここのところ、また少し飲みすぎだよ」

「そうさせているのは、誰よ」

「僕ではないよね」

「あなたよ」

「どうして」

「最近、寄り付かなくなってきているし。川辺と何をこそこそやっていたのよ。私、見たのよ、今日」

「ああ、あれ。ちょっと診てくれって頼まれて」

「川辺を？」

「そう」

「おかしいじゃない。二人きりで、しかも二人して隠れるように。あなたにとっての私って、いったい何なの」

「大切な人だよ。重要で必要な」

「言っていることと態度に大きな隔《へだ》たりがあるわ。あなた、少しおかしくない」

「何を言っているのかわからない。少し飲みすぎだよ、ほんとに」

「人をアル中扱いするな。おかしいのはあなただよ。もう出ていってよ」

取り付くしまもないので、興奮してしまった美紀をあとに残してアパートを出た。

一週間後、今度は互いにしらふの時に、まったく同じような諍《いさか》いがあった。

お互いに望みもせずに、二人の仲が悪化していくのは、相手のおかしさ、変貌に原因があると主張する。菊池は美紀に酒を控えるように注文を付けるが、美紀は菊池に態度を改めるように迫る。

「いったい何を?」

「人を八つ当たりの標的にしないで。自分の都合で私を利用しないで」

「そんなことはない。以前はそんなこともあったかもしれないが、最近は大切に扱っているだろ」

「いいえ。一年ぐらい前から、あなたは変わってしまった。私が惚《ほ》れた菊池堅一ではないわ」

その日、菊池は合鍵を美紀に返してアパートを出た。しばらくは会わない冷却期間を持つことだけが、二人にとって唯一の同じ意見だった。

菊池が屋上に上がって行くと、フェンスの金網にもたれて、川辺夕子が煙を吐いていた。

妊娠を確認した日から、すでに一カ月余りが経過していた。それっきり受診しないのは、他院で処置を受けたものと、菊池は解釈をしていた。

「気持ちいい風だよ」

菊池を認めて、川辺が言った。軟風《なんぷう》が眼下の木の葉を揺らしていた。

「先生、今日は夕診だったよね」

「そうですけど」

「じゃあ、健診に行くよ。そろそろ母子手帳をもらう時期だよな」

意外にも、川辺は産む気のようだ。菊池は驚いたが、表情には出さず、

「そろそろ一一週ぐらいですか」

「一一週二日。どうした、意外だった？」

川辺は、あっさりと菊池の態度を読み取っているのだった。

「ええ、そうですね」

「今思えば、先生のところを受診した時には、もうほぼ決めていた。エコーで心拍を見た時、こいつを産んでやらなきゃ女が廃《すた》ると、覚悟を決めたよ」

疾風が通り過ぎて行く。川辺のショートカットの髪が、気持ち良さげに吹き上げられた。

「川辺先生、失礼なことをお聞きしますけど、ご結婚をなさるのですか」

「しないよ」

「そうですか。でも産む」

川辺はタバコを捨てて、靴で踏みつけて消した。ポケットから箱を取り出し、次の一本をくわえる。風で火が点きにくい。

「菊池先生、タバコは？」

「止めました。もう一カ月になります。吸わなくなっても、一息つきたくなると、ここに上がって来てしまいます。先生も子供を産むなら禁煙しないと」

「わかっているよ。これを最後の一本にする」

ようやくタバコに火が点く。味わうように大きく吸い込んで、煙を吐いた。

「医者をやっていると、たぶん普通の仕事をやっているより、悩むことは多いだろ」

「ええ」

「苦しくなった時、私は教会に行ってみた。例の事件の少し前の頃だった」

「教会ですか?」

「ヘンテコな新興宗教じゃないよ。普通のプロテスタントの教会」

菊池には、「普通の」の意味が、いま一つ理解できなかったが、頷《うなず》いておいた。

「以前から、何と呼ぶのかは別にして、神のようなものがあるんじゃないかと思っていた」

「神、ですか……」

「そう。まあ少しそこに通ってみて、初めは違和感があって馴染《なじ》めないと思ったけど、そのうちに、これは心の拠《よ》り所としては悪くないと思ったわけ」

「先生、まさか僕を勧誘しているのではないですよね」

「わけねぇだろ。だから、私が通っている所は、そういう類《たぐい》の所ではないって。真面目に聞けよ、先生にだけ話をしているんだから」

「すみません」

「そんでもって、通っているうちに、そこの牧師とできちゃったの。信心以外にも、心の拠り所を見つけたわけさ」

「その人が、先生の子の」

「そう、こいつの父親だ」

「牧師だから、結婚ができない?」

「結婚できないのはカトリックの神父だよ。牧師と神父は違う」

「そうなんですか。それなら」

「結婚したらいいってことか」

「ええ、余計なお世話かもしれないですけど」

「だけど、できないんだ。なぜならヤツには妻子がいる」

「なんで？　聖職者でしょう」

「聖職者には、この手のスキャンダルは付き物だよ」

物語の中ではよくある話ではあったが、実際もそうなのだろうか。菊池は疑問に感じたが、それは別として、

「なぜ避妊をしなかったのですか」と、気になって訊ねた。「すみません、ストレートな訊き方をして」

「してたよ。マイルーラを使っていたよ」

マイルーラはフィルム式オブラード状の殺精子剤で、膣内に挿入して使用する。当時は国産商品で流通していたが、避妊率はあまり高くなかった（二〇〇一年三月に製造中止）。

「妊娠をしたことを、その人には伝えたのですか」

「産むと決めてから教えてやった。そしたら、かなりうろたえてやがった。勝手に産むから気にしないでいいって言ってやったんだが、いまだに考え直したほうがいいとか電話が

ある。神にすがれってんだよ」

「もう教会には行ってないのですか」

「行ってるよ。ヤツの所でなく、他の支店にな」

「支店、ですか？」

「フランチャイズみたいなもんだろ」

「えっ？」

「だから、同じ宗派の別の教会だよ」

川辺はさっき踏みつけた吸殻を拾い、今吸っていたタバコと一緒に一斗缶の灰皿に入れた。そしてポケットからマイルドセブンの箱を取り出すと、握り潰して、それも灰皿に捨てた。

「じゃあ先生、後で外来に行くから」

川辺は白衣をなびかせて階段を下りていった。替わりに上がってくる人影があった。守山新だった。

「おっ、気持ちいいね」

風を感じて同じことを言い、取り出したタバコに火を点けた。

「なあ、菊ちゃん。余計なことを聞くようだけど、青野美紀とは上手《うま》くいっているの」

「このところ、上手くいってないですね」

「そんで辞めるのか」

「辞めるって、誰がですか。まさか美紀が、ですか」

「えっ、知らなかったの。二カ月ほど前らしいよ、辞表出したのは。俺もつい最近知ったばかりだけど」

「知らなかった……」

「それほど冷え切っちゃっているわけだ。なら無理か」

「何がですか」

「菊ちゃんに、青野美紀の退職を引き止めてもらおうかと考えていた。青野とはよく口論するけど、今や彼女が、うちの病棟の看護力の要《かなめ》だからな」

「たぶん、僕にはできませんね」

菊池は悲しみをおぼえていた。同時に、青野美紀との決別がもう避けられないと悟った。

「悪かったな。何か余計なことを頼もうとして」

「別に気にしません」

「なあ、菊ちゃん。これまた余計なことを言うようだけど、菊ちゃんって、普段は何をしている?」

「普段って?」

「仕事以外さ。俺と飲みに行ったり、遊びに行ったりしていない時。青野の所に、いつもいたわけではないだろ。パソコンとか趣味もなさそうだし、車だってチャリンコだ。貯金が趣味のわけでもなかろう。どこに金使うの？　実家に金が入り用とか。まあ、変な詮索《せんさく》してゴメンな。でも、ときどき不思議に思っていたんでね」

「実家のほうは、普通の社会人がするのと変わりません。あとは本を買うぐらいですか。普段は一杯やりながら読書していることが多いですかね。不思議ですか」

「不思議に感じるな。もっとイロイロとやったほうがいいよ、時間はないと思うけど。読書と酒だけでは、ストレスが溜まらないか。心配して言っているんだぜ。あまり捌《は》け口がないと、夏目先生みたいになっちゃうよ」

「夏目先生みたいって？」

「もともと少し変わっていたけど、最近少し妙だろ。菊ちゃんが一番身近にいるんだぜ、わからない？」

「別にとくには」

「まあ、それならいいけど」

守山のＰＨＳが鳴った。

その年から院内の連絡には、ポケベルに替わりＰＨＳが使用されるようになっていた。

「ハイ、ハイ。すぐ行きます」と守山は答えて通話を切った。「青野主任からのお呼びでした」そう言って、階段を下りていった。

菊池は、自分の生活スタイルを不思議に思う人間がいることに、逆に不思議さをおぼえた。

青野美紀が退職したのは、一カ月後のことだった。

同時に引っ越しも済ませていた。軍隊のように撤収も手際がいいと、菊池は思った。未練はもちろんあったが、何もしなかった。三カ月ほどして、青野美紀が市民病院で働いているのを見たと、看護婦たちが話しているのを聞いた。

忙しさ、それだけだった。だから普段、何かをする必要も生まれなかった。

三

「川辺先生が、また来ているよ」

夏目茂樹は、菊池にそう耳打ちをして、診察室を出て行った。

川辺夕子は、妊娠三二週、出産予定日まではあと八週間と迫っていた。

川辺は、午前診が終わる頃になると、三日と空けずに受診を繰り返していた。「お腹が張る」「足がつる」「胃がムカつく」など主訴は雑多。普通の妊婦なら受診を躊躇《ちゅうちょ》する些細な理由が多かった。まだ医師としての勤務をしており、それ自体がむしろ問題だ、と菊池は思っていた。

「今日は、どうされました？」

菊池は川辺に訊いた。

体重の増加も多めで、膝から下が丸太のように浮腫《むく》んでいる。子狸《こだぬき》様の体型になっていて、臨月と紛《まご》うお腹をしていた。

「お腹が張って、張り止めを内服したけど、張りやまずって感じかな」

と答える川辺の指先に、振戦《しんせん》（細かい震え）が見られた。

「ウテメリンを何錠内服されたのですか」

「午前四時に起こされて、その時に一錠。朝食後とさっき一錠ずつ」

「もうすでに三錠ですか。少し飲み過ぎです。だから、そんなに、プルプルと震えている」

「いつも飲んだ後は、しばらくこうなるよ」

「ともかく、せいぜい一日五錠までです。ところで四時に起こされたって、まだ当直に入っているのではないですよね」

「今週いっぱいで止めるよ」

「そもそも、お腹が張るなら安静にしていなければ。張り止めを飲みながら仕事をしているのがおかしいんです。もう有休を取ってください。どのみち、あと二週間で産休ですよ」

「先生のご意見を拝聴させていただき、ごもっともだと思います。だけど産休ぎりぎりまでシフトに組み込まれているの。私が働かないと、病院業務に支障が出るのよ」

「薬はすでに極量、安静も不可能。僕にどうしろと?」

「まず診察をしろよ」

それはもっともな指摘だった。

「子宮口は閉じています」

菊池は内診して、カーテン越しに川辺に告げた。内海知恵が経膣エコーのプローブを渡してくれる。

「器具が入ります。えーと、子宮頸管長《けいかんちょう》も二七ミリで変化はありません。子宮内口も閉じていますね。早産徴候は認められないですね」

「そうか、よかった。あとは、あれだよな」

あれとは、分娩監視装置《CTG》を装着して子宮の収縮と胎児の心拍をモニターするNST《ノン・ストレス・テスト》を指していた。

川辺をリクライニングチェアに座らせて、モニターを装着し、記録がしっかりと取れているのをしばらく確認してから、内海知恵が戻ってきた。

「川辺先生、すぐに眠ってしまいました」

「じゃあ、川辺先生の白衣からＰＨＳを取ってきて。少し休ませてあげよう」

「了解しました」

内海が、ＰＨＳを取ってくる。菊池はそれを受け取り、自分のＰＨＳと一緒に白衣のポケットにしまった。

「でも、川辺先生ってすごいですよね」

と内海が言う。

「そうだね。よく頑張って働いているよ」

「そのこともそうだけど、今日みたいな当直明けでも、薄くだけど、キリッとお化粧しているし、身だしなみも乱れていません」

女性は見ているところが違う。言われてみればその通りだった。

「お産する時も、そうだと良いのだけどね」

「どうしてですか」

「陣痛で苦しくなって入院してくるだろう。そんな最中でも身なりを整えてくる人には、スマートなお産をされる方が多い」

「スマートって、どういう意味ですか」

「あまり騒がないで、覚悟を決めて挑んでいる感じかな。昔、武士が戦《いくさ》に臨《のぞ》む時は化粧をしていたそうだ。討ち取られても、不様《ぶざま》な首を晒《さら》さないためにね。お産だって命がけだからね。医者も同じだ。あまりだらしのない格好をしている医者にはかからないほうがいい」

「だから先生は、いつもネクタイを締めているのですね」

「夜間はしていない。深夜でもネクタイ姿で現われると、何か政治家みたいだろ。外来の時は、春日井先生に、命の話をするのだからちゃんとしておけ、と教えられて、その言いつけを守っている」

勇ましい曲が鳴る。川辺のＰＨＳの着信メロディーだった。

「川辺先生のピッチです」

菊池が出た。

「救急依頼です」

と医事課の女性職員。

「どういう患者さん」

「十九歳で下腹部痛です」

「男性？　女性？」

「女性です」

それなら川辺を起こす必要はない。かえって自分の分野の患者だ。

「受け入れてください。何分後ですか」

救急車は約五分でＥＲの車寄せに入ってきた。

患者は近所の大学に通う学生。

突然始まった下腹部痛。痛みは右側で持続的、発症後に一度嘔吐があったと、救急隊員から報告を受けた。

「どの辺りが痛みますか」

菊池が訊ねると、患者は右下腹部に手を持っていく。

「少し触りますね」

まずは左側、圧痛はない。示された場所に手を移動し、腹部を触診する。

顕著な圧痛があり、手を離すと反動性疼痛《とうつう》があった。

「エコーを持ってきて」

運ばれてきたエコーのプローブを腹部に当てた。

子宮右側から後方にかけて、テニスボール大の不規則なエコーパターンの嚢胞《のうほう》が認められた。

「デルモイド・シストの茎捻転《けいねんてん》だな。ＣＴを撮って確認しよう。一八Ｇ《ゲージ》でルートを確保して、婦人科の術前検査用の採血をしてください」

菊池は看護婦に指示をした後、患者に訊ねた。

「最後に生理が終わったのはいつですか」

「一昨日です」

それなら妊娠している可能性は低く、CTでX線に被爆させても問題ないはずだ。

CT画像がモニター画面に映し出されると、レントゲン技師が言った。

「先生、何ですか、これ」

「歯だよ」

骨盤内には石灰化した物が映っていた。

「歯？」

「デルモイド・シスト。皮脂や髪の毛、骨、歯を含んでいる卵巣囊腫《のうしゅ》だ。胎生期の外胚葉《がいはいよう》組織が迷入して起こるといわれているが、正確な発生原因は不明だよ」

「悪性なのですか」

「良性だ。あるだけではとくに症状を作らないけど、卵巣につながっている血管の所で捻《ひね》られると、虚血《きょけつ》を起こして急激な痛みを発症する」

菊池は手術室に連絡を入れ、手術の準備を進めてもらう。日中で、しかも予定手術がキャンセルになったところだったので、スタッフに余裕があり、すぐに入室できるとのことだった。

患者に病態と手術の必要性を説明すると、よほど痛いのか、

「はい、わかりました。早くお願いします」

患者は言った。

夏目に電話をする。産婦人科の外来にいるというので、菊池はＣＴのフィルムを持参して外来に行く。夏目は第二診察室で足を机の上に投げ出して、ボーッとしていた。

奥の流しで洗い物をしている内海に、

「川辺先生はまだ眠っているかな」

とまず訊ねた。

「はい」

内海が返事をすると、夏目がいきなり大きな声で、

「あの女のお産は先生が取れよな」

お産に立ち会う医者を指名するのは、できないことにしてあった。必ずしも希望に添えない場合があるからだった。ただ、川辺から頼まれていたので、菊池もそうするつもりでいたが、夏目の突然の言い方に驚いて、

「ええ、僕が取るつもりですが、どうかしましたか」

「いや。俺はあの女が苦手なんだ」

「僕も川辺先生の性格は苦手ですよ」

菊池が応じると、

「いや、そういうことでなく」

夏目が話を続けようとするのでそれを遮《さえぎ》って、菊池はCTフィルムをX線フィルム読影台《シャーカステン》に掛けた。

「今、救急で入った患者さんのものです」

説明をして、手術の準備が整いつつあることを伝えた。

「コンセントは？」

夏目は同意書のことを訊ねた。

「本人から取りました」

「十九歳なんだろ、家族からは？」

「患者は学生、下宿で一人暮らしです。実家は富山で、ナースが電話をしましたが、留守電。メッセージは入れてあります」

「携帯があるだろう」

「本人の携帯は下宿に置いてきていて、両親の携帯番号を憶えていないそうです」

「ともかく、親からコンセントをもらう努力を続けろ」

「緊急ですよ。本人はしっかりしています。本人の同意で手術を行なって問題ないのでは？」

「いや、後で何か言われるかもしれない」

「連絡が取れるまで待っていて、何かあったほうが問題になると思います」

「親権者のコンセントがないほうが問題だ」

「執刀医は僕で、責任は持ちますから、お願いします」

「科としての責任があるだろ」

「もう、グズグズ言ってないで行きましょう」

なかなか動こうとしない夏目の腕を取って急かす。

「本当に俺は知らんぞ」

「はい、わかりました」

乗り気でない夏目を連れて行った。

菊池たちが手術室に入ると、その直後に患者がストレッチャーで運ばれて来た。大柄な看護士と小柄な看護婦が、二人で患者を手術室用のストレッチャーに乗せ替えているが、まるで看護士が一人でやっているように見えた。

「あれ、渡辺君だったっけ。手術室の配属になったんだ？」

「はい、今月からです」

渡辺剛が答える。

「それは、よかった。手術室で働きたかったんだよね」

「はい」

それを見ていた夏目が菊池に言った。

「先生は知っている人がいっぱいいて、いいな」

産婦人科は、外来の場所も他の科とは別の場所にあった。病棟も独立している。通常のお産のケアの場合、外来通院から入院、退院まで、そこだけで完結している。他科に比べると、病院他部所とは疎遠になりがちな傾向があった。菊池は、夏目がそのことを言っているのだろうと解釈をした。

手術は普通に始まり、通常どおり経過し、終了した。術後も安定しており、午後八時に両親が到着し、患者と面会した。その後、菊池が詳しく経過を説明した。結局、夏目の心配していたことは杞憂《きゆう》に終わった。両親が示したのは、理解と感謝以外に何もなかった。

翌日のことだった。

「先生、少しいいですか」

と、遠慮がちに菊池に声を掛けてきたのは、内海知恵だった。

「同意書のことです。夏目先生がこだわっていた理由を、私、たぶん知っています」

どういうことかと、菊池は訊ねた。

「二カ月ぐらい前、夏目先生が人工妊娠中絶術《アウス》をしたのを憶えていますか」

「ああ、最近なかったから憶えている。どうしてもと頼まれて、しょうがないから引き受けたと話していた」

「手術の同意書にサインをすべき旦那さんが蒸発してしまっていて、患者さんは困っていました。そのために他の病院では断わられたそうで、夏目先生に懇願していました」

「ほんと？　だけど僕の記憶だと、その患者さんって妊娠一〇週ぐらいだったと思う。旦那が蒸発しているのに、妊娠するっておかしくない」

「その方のカルテ、夏目先生が第二診察室のデスクの引き出しにしまっています」

菊池は、内海に教えられた場所でカルテを見つけた。

ページをめくってみる。患者は三年ほど前からカンジダ膣炎などで二回の受診歴があった。現病歴には、夫がいなくなって所在を捜している時に、無月経を自覚して市販の検査薬を使用し、妊娠に気付いたとの記載がしてある。本人のみが署名した人工妊娠中絶に関する同意書が、カルテに添付されていた。

「こういう事情なら致し方ない。とくに問題があるとは思わないけど、この後に何かあったのか？」

「先々週、先生が運転免許の書き替えで午後をお休みした日、いつでしたか」

「僕が休んだのは、火曜日だったかな」

「その日に患者さんのご主人がいらっしゃいました」

「怒鳴りこんで来たの？」

「そんなすごい剣幕ではありませんでしたが、威圧的な印象はありました。それで、何で自分の同意を得ずに中絶手術を行なったのか、と抗議をされていました」

「患者本人が、夫は消息不明で同意が取れないと申し出ている。その旨の記載が、カルテにもしてある。夫婦の間にどんな経緯があったかは知らないが、医者としては患者の申し立てを信じるしかない」

「ただ、ご主人が言うには、自分は病気で自宅療養中だった、電話一本でもすればわかったことだと。人の子を勝手に中絶して、父権の侵害をしたと言っていました。そうなるのですか？」

「いや違う。父権の侵害をしたのはその患者、つまり自分の妻だよ。夏目先生は善意で乗り気のしない処置を行なっただけだよ。医者は警察ではない。患者が事実を言っているかどうかを調べる義務もない。そんなことを気にしているわけだ」

「そうだと思います。その後も何回か、私の知っている限りでも二回、そして昨日、先生が手術をすると言いに来た直前にも、電話がありました。その電話で夏目先生は、いくらいるのだとか、お金の話みたいなことをしていました」

「金を要求されているのか？」

「くわしくは知りません。断片的に聞こえてきて、そんな感じかなと思っただけです」

「夏目先生と話をしてくる」

「先生、ちょっと」

内海は行こうとする菊池を呼び止めて、「私が話したとは、言わないでください」と頼んだ。

「だが、内海さんしか知らないのだよね」

「そうですけど、夏目先生、近頃すごく怒りっぽくて怖いんです」

「わかった。内海さんには、害が及ばないように上手く話すから、心配しないで」

しかし、内海は不安げで、その話を菊池に告げたこと自体を後悔している様子にさえ見えた。

菊池は医局で夏目を見つけたが、そこで話をするわけにもいかないので、「先生、話があります」と隣りの図書室に連れて行った。

コピーを取っていた看護婦が出て行き、二人きりになると、「何だよ。話って」夏目が面倒臭そうに訊いてくる。菊池が内海から聞いたことを話し始めると、

「どうして、おまえが知っているんだ」と気色《けしき》ばんで、「そうか、外来の内海だな、話したのは。あいつもおまえのスパイか」

「スパイって……内海さんは、先生が厄介事《やっかいごと》に巻きこまれているのではないかと心配して、僕に教えてくれたのですよ。彼女を責めないでください。それより、院長に報告したのですか?」

「院長に?　何で院長に報告する必要がある」

「これはクレームではなく、因縁《いんねん》を付けられているようなものです。現場の僕たちが、対

応すべき事柄ではありません。院長に報告して、事務長に対応してもらいましょう」

「ヤツらは敵だぞ」

「敵？」

「俺を辞めさせようとしている」

「そんなことを考えているわけがありません。先生がいなくなったら、産婦人科は潰れてしまうじゃないですか」

「いや、おまえは企《たくら》みに気付いていないだけだ」

「ともかく、自分でお金の話をしたり、解決しようとはしないでください」

「相手はヤクザだぞ」

「そうなのですか」

「そうに決まっている。だから、小遣い銭でもくれてやるのが、一番手っ取り早いんだ」

菊池には、そうとは思えなかった。

「もしヤクザならなおのこと、金を払うなど、もってのほかだと思いませんか。この件、僕に任せてもらえないでしょうか。先生が報告しにくいなら、僕から院長に伝えます」

「おまえに任せる？　誰が産婦人科の科長だ。俺かおまえか」

「もちろん先生に決まっているじゃないですか」

菊池が答えると、夏目はいきなり捲《まく》し立て始めた。

「それなら、どうして、おまえが何でも決めるんだ。この間の遷延《せんえん》分娩の時も、その前の帝王切開後の経腟分娩《VBAC》も、そして昨日の手術もだ」

　遷延分娩とＶＢＡＣの件はどちらも、一カ月ほど前の出来事だった。どちらの場合も、夏目が当直をしていた夜にあった。

　夏目の判断に疑問を抱いた病棟スタッフから連絡を受けて駆けつけた菊池が、夏目と話をしてそれらの患者の治療方針を決めたのだった。

「患者のために治療方針について話し合った結果、意見が衝突するのは普通ではないですか。でも、今回の中絶に関する言い掛かりは、まったく別の類の問題です」

　菊池は主張する。しかし、夏目は、

「いいや。この件は、俺自身で決着をつける。だから口を出さんでくれ」

　菊池の提案を拒絶して、話を終わらせたのだった。

　菊池は、それでも院長に報告すべきか迷った。だが、あまり出すぎたことをしても良くないと考え、しばらくは夏目の様子を静観することにした。

四

〝プープープー〟

ナース・コールが鳴る。

看護婦が受話器を取った。

「先生、特別室の患者様からのご指名が入っています」

コールに対応した看護婦が、菊池に伝える。

「まいったな。さっき話をしてきたばかりだよ」

菊池はそうこぼした。特別室には、川辺夕子が入院していた。

「どのくらい進んでいるのですか」

他の看護婦が、興味ありげに訊ねてくる。

「展退は一〇〇パーセントだけど、子宮口はまだ一センチだ」

「あら、たいへん。先が思いやられますね」

その看護婦は妙に嬉しそうに言い、別の看護婦が、

「何で入院をさせたのですか」

責めるように言った。

初産婦の場合の入院の目安は、子宮口が三センチほど開大した時だった。

「自宅にいても、何度も電話を掛けてくるし、昨夜から今朝までに三回も受診している。何回も追い返すのも、かわいそうだろう。だから、入院していただいたんだ」

「家族とか、そもそもご主人は?」

誰かが訊くと、

「しっ」と他の看護婦が口に指を当てて、「川辺先生は、シングルなんだから」

やけに通りのいいヒソヒソ声で教え、なぜか菊池の様子をチラチラと窺《うかが》っているのだった。

「両親には入院してから連絡した、と言っていたけど、何かウソっぽかった」

菊池が推察すると、

「きっと嘘です」

ナース・コールを受けた看護婦が断言した。

「どうしてそう思う?」

そう問うと、

「私、内科病棟が長かったから、川辺先生の性格をよく知っています。もしかしたら、妊娠したこと自体も、身内の人には内緒にしているかも」

「いくら何でも、そのくらいは話をしているだろ」

「あまいわ。先生」その看護婦は首を横に振って「先生、〝ほうれんそう〟って知っていますか?」

「報告、連絡、相談だろ、そのくらいのことは知っているよ」

「川辺先生は〝ほうれんそうぅ〟って、〝う〟の下に小さい〝う〟が隠れていて、その

〝う〟は嘘の〝う〟だって言うのです」

「それって、ただの冗談でしょう」

他の看護婦がはやすが、

「違うの、本気。川辺先生は〝ほうれんそうぅ〟。一癖も二癖もあるんだから、強《したた》かよ」

その看護婦はしみじみと述べるのだった。

そこへ、助産婦の和田佳子が、授乳室から出てきて、

「菊池先生、お話ししたいことがあるのですが」

と言ってきた。

ナース・コールが鳴る。特別室からの催促《さいそく》だった。

「和田さん、先にちょっと川辺先生の所に行ってきていいですか」

「どうぞ、私の用件は急ぎませんから」

特別室の引き戸を開けると、ベッドの上で川辺夕子が、丸めた布団を抱え込んでしゃがんでいた。

「遅いぞ」

「僕の患者は、先生だけではありません」

「わかっているよ。でも、もうかなり痛いぞ。診察しろよ」

「さっき内診したばかりじゃないですか。そんなに早くは進みませんよ」

「早く進まん、進まんって、昨日から耳タコだよ」

菊池は川辺の横に腰を下ろして、肩に手を回した。

「先生、体の力を抜いて、リラックス。そんな産み急がない。沸いてくる自然の律動に身を任せるように。脳内モルフィンが高揚感をもたらしてくれる。痛みは感じなくなってきます」

「菊池先生、催眠術かよ」

口の減らない女だと、菊池は思ったが、川辺の顔をまぢかに見て驚いた。ちゃんと薄化粧をしているのだった。さっきの看護婦の「強かよ」という言葉を思い出す。

ちょうどその時、陣痛が来た。川辺は歯を喰いしばる。

「駄目です。先生、息を止めないで、息を吐いて。そうそう、ゆっくりと呼吸をして」

陣痛が去っていく。

「不安がらないでいいです。もう入院しているのだから、僕らスタッフに任せてください。大丈夫ですから。ほら、また力が入っている」

二分ぐらいで次の陣痛が押し寄せてくる。

腹部に手をやると、グッと子宮が収縮しているのがわかる。いい陣痛になってきている。声を掛けて励ましながら腰を擦《さす》ってやる。

「サンキュウ、先生。でもな、何とかしてくれよ、この苦しみ」

「わかりました。硬膜外麻酔《コウマ》しましょうか」

菊池は、脊椎管《せきついかん》の硬膜外腔にカテーテルを入れて、そこから麻酔薬を投与する無痛分娩に切り替えることを提案した。

「それは嫌だ」

痛がりのくせに、川辺がきっぱりと拒否する。

「では、麻薬を使いますか」

「新生児に影響が出るだろう」

「投与してからあまり早くに分娩に至ると、麻薬が代謝されずに呼吸抑制を起こす可能性があります」

「では、それも却下」

「それでは、準麻薬剤《ソセゴン》を打って、様子を見てみますか」

「そうして……うっ」

「また息んでいる」

菊池は言うと、「薬を準備させます」と断わって部屋を後にした。ナース・ステーションに戻り、

「川辺先生にソセゴン三〇ミリグラムを筋注してあげて」

看護婦に指示をする。

ては、今日彼の消息がわからないので不明である。(ただし田村は、三カ月程経ってから気象台に戻ったことが、『当番日誌』に記載されている。三カ月も休む程の重症だったのか、廃墟の街に戻るのがいやだったのかは不明だが、少なくとも帰省の当初において放射線障害によって発病したことだけは間違いなさそうである。)

気象台の建物の中にいて直接原子爆弾の放射能をあびなかった者が原爆症に冒されたのは、被爆直後市内を歩きまわって、大量の残留放射能にさらされたり、放射能を帯びたチリを吸い込んだりしたためだったのだが、当時の一般の医学的な知識ではそこまで解明することはできなかった。広島ではそれを原爆症と知らずに死んで行った被爆者が多かった。死なないまでも、発病した者は病名も治療法もわからぬまま、長期間にわたって苦しみ抜かなければならなかった。

もっとも同じように市内を歩きまわって、同じように残留放射能の影響を受けても、人によって原爆症になったりならなかったりの差があった。その差の原因ははっきりしないが、気象台の台員の場合、年長者がばたばたとやられたのに対し、若くて体力のある者は原爆症の兆候すら見せなかった。例えば、被爆の翌日、県庁や市役所周辺を歩きまわった若い高杉技術員は、その後一日だけ下痢したものの、すぐに回復してケロリとしていた。やはり抵抗力の強弱とか年齢の活力の差が、微妙なところで発病するかしないかを分けたのかも知れない。そのことが、発病しなかった元気な者の発病者(つまり帰省者)に対する誤解をさらに大きくした要因となったのだった。原爆症という未経験の病いは、実に大きな不幸と誤解とをもたらしたのである。

ここでもう一人、右足に重傷を負って宿直室に寝ていた本科生福原賢次についても記しておこう。

台員に対する気兼ねから、八月十四日朝松葉杖《まつばづえ》をついて気象台を出た福原は、懸命に歩いて、元柳町の間借り先に帰った。二十二歳の姉と一緒に間借りしていた家は、跡形もなく焼失していた。そこには、誰もいなかった。福原は松葉杖の先で焼けただれたトタンをひっくり返したり、灰の山を掘り返してみたりしたが、姉の遺体はそこにはなかった。彼は体力が衰えていたので、それ以上姉の捜索をすることは無理だった。彼はひとまず田舎に帰ることに決め、横川方面へ出て、山県《やまがた》郡大朝《おおあさ》町まで帰るトラックを探した。救援活動のため広島に出入りしている車は多かったから、乗せてくれるトラックを探すことは容易だった。

大朝町の実家に帰ると、福原は、右足がひどくむくんでいるのに気付いた。無理に歩いたのが悪かったのか、次の日には丸太のように腫れ上がってしまった。そのうえ激しい腹痛と下痢に襲われ、血便まで出た。福原の場合も急性の放射能障害だったに違いないのだが、医者も本人も全く見当がつかず、医者は赤痢だろうと苦しい診断をした。福原の兄は、自分の家から伝染病患者が出たことを村人に知られまいとして、福原の病状を外部にはひた隠しにした。兄はあれこれ山で薬草を採って来ては、福原に煎《せん》じて飲ませた。その甲斐《かい》あってか、福原は十日程経つとようやく下痢が止まり、足の腫れも退《ひ》いた。八月末になって、福原は再び歩けるようになった

姉の消息はいぜんとしてわからなかった。

ので、バスで広島に出てみた。元柳町の焼け跡に行って見ると、やはりそこには誰も戻った形跡はなかった。もしや姉の遺体が見つかるのではないかと、彼はもう一度焼け跡を掘り返してみたが、体力の回復が十分でなく、三十分もすると息切れがして来た。彼は姉が灰と化してしまったのではないかと思うと、可哀そうでならなかったが、自分の病気もまだ完全に直り切っていない今、それ以上どうしようもなかった。彼は焼け跡掘りを断念して、大朝町へ帰った。

5

九月二日、菅原新台長は呉の奥の下黒瀬村への家族の引越しを終えて広島に戻ると、正式に着任した。菅原は、平野前台長がまだ米子から帰っていないため、この際兼務することになっている米子測候所の事務引継ぎを先に済ませてしまおうと、翌日米子へ出かけた。

菅原と平野が一緒に広島に帰ったのは、九月五日夕刻だった。翌六日、新旧台長の事務引継ぎが行なわれ、台内で平野前台長の簡素な送別会が行なわれた。

菅原は、送別会の後、早速台員に対して訓示をし、気象台再建の方針を打ち出した。

「業務の立て直しは、あくまでも在勤者が中心になって進めることにする。長期欠勤でおらん者は当てにしない。米子測候所から交代で応援の者が来ているが、さらに応援体制を強化することを考えたい。

当面台内の整理と官舎の修理に全力をあげる。住むところがいい加減では、仕事もいい加減になる。雨漏りするような家ではいかん。明日は官舎の修理をするから手の空いている者は全員手伝うこと。僕も参加する」

菅原は九州男児の気性を持っていた。決断が早く行動的だった。自分が先頭に立ってやるだけに、のろのろしている者に対しては厳しかった。

「欠勤ばかりで仕事にならん者は整理したい」

菅原は厳しい発言をした。

たまたまこの日は、病気で松江に帰っていた山根が、ほぼ一カ月ぶりに帰台し、訓示を聞いていた。山根は高熱と下痢に苦しみ抜いたが、八月末になって急に下痢が止まり、熱も下がった。それは不思議なほど急速な回復だった。脱毛したときには、精神的ショックが大きかっただけに、急速な回復は夢のようだった。九月に入ると食欲も出て、歩けるようになった。体力の回復はまだ十分でなかったが、気象台のことが気になるので、医者の許可を得て広島に出て来たのだった。ところが出勤したとたんに、新台長に「欠勤ばかりで仕事にならん者は整理したい」と言われたのだから、山根としても黙っていられなくなった。

「台長、私は一カ月近く休んで今日出勤したばかりです。台長がおっしゃることももっともですが、私の事情も聞いて下さい。

私は仕事をサボって休んだのではありません。私はひどい下痢と熱で、とても気象台に寝ていたのでは直りそうにないから、松江に帰ったのです。私が帰ったときの事情は、私を矢賀駅まで送って下さった尾崎技師がよくご存知の筈です」

山根は、松江へ帰ってからの苦しい闘病生活について語り、さらに続けた。

「私の病状については、手紙を書いて松江から速達で出したのですが、郵便事情が悪いので届いていないようです。私は決して職場を放棄したわけではありません。気象台は人手が足りなくて困っているだろうと、陰ながら心配していましたし、私がやるべき仕事のことも気にしていました。ですから、熱も下がって起きられるようになりましたので、こうして気象台に駆けつけたのです。亡くなった方とか、勤める意志のない人は別として、ただ休んでいるというだけの理由で整理されたのでは、私としても困ります。職員の整理につきましては、どうか一人々々の事情をよく調べてから決めて下さい」

山根の話をじっと聞いていた菅原は、

「よし、わかった。君の言うことは至極当然だ。原子爆弾のためにそれぞれに苦しい生活をしているときに、よく事情も調べずに整理するのはよくないな。この点は撤回するから、安心せい」

と、きっぱりと言った。菅原の竹を割ったような気持のよい返答を聞いて、山根は嬉しくなった。

「はい、ありがとうございます」

山根は、この台長なら信頼できる、ついて行ける、と思った。それは居合わせた台員が、新台長に対して抱いた共通の印象だった。

翌日早朝から官舎の修理が始まった。

官舎は被爆直後はとても住めるような状態ではなかったが、そこに住んでいた独身者たちが、めくれた床を直したり、吹き飛ばされた畳を戻したり、ガラスの破片を掃除したり、少しずつ修理をして、八月半ば過ぎから何とか寝泊りできるようになっていた。しかし、九月の雨期を迎えて、雨漏りがひどく、強い雨の夜には官舎に住む台員は気象台に泊らなければならなかった。

「さあ始めよう」

そう言って、真先に屋根に上がったのは、菅原だった。あっけにとられた若い台員が見上げていると、菅原は金槌《かなづち》を振り上げて、屋根の上から、

「何をぼやぼやしとるッ、ぶんなぐるぞ!」

と、怒鳴った。手伝わないと、本当になぐられそうな剣幕だった。あわてた台員たちは、ようやく官舎の修理にとりかかった。菅原は、官舎の住人だろうがなかろうがお構いなしに手伝わせた。気象台の業務を一日も早く平常に戻すには、台員が一体となって懸案を一つ一つ片付けて行かなければならないというのが、菅原の考えだった。

広島管区気象台の〝菅原台長時代〟は万事この調子でスタートした。平野前台長は叩き上げの技術者で、いわば老舗《しにせ》の大番頭が小僧を使うような雰囲気で台員たちに対したが、菅原新台長は本科出のやる気十分の職制として、全身で台員にぶつかって来た。ぼんやり坐って何もしないでいる者がいると、菅原は「お前、何してるのだ」と言って、ハッパをかけた。台員たちは、被爆以来働き続けて来た積りだったが、やはり原爆のショックは大きく、業務立て直しの

ペースは遅かった。台員の行動は統一性に欠けるところが多く、どこか意識がぼけていた。そこへ赴任して来た菅原によって、台員たちは気合いを入れられたのである。

それから三、四日すると、菅原は家族を置いている下黒瀬村に食糧調達に出かけたが、その際菅原は食糧だけでなく、どこで手に入れたのか小型の旋盤を持って帰り、台長室に設置した。菅原は、その旋盤を使って測器や用具の修理を始めた。観測器械を自分で作ったり修理したりすることができるくらいでなければ、本当の観測などできないという観測精神を、菅原は自分で示した。それは決して誇示ではなかった。そういうやり方が、菅原の身に染みついていたのだった。

台長室から響いて来る旋盤の音に、台員たちはますます尻をたたかれる思いがした。

しかし、菅原のこうした意気込みにもかかわらず、住宅問題と食糧難はそう簡単に克服できそうになかった。

官舎の応急修理はしたものの、もっと本格的な修理をしないと台風襲来時には危ない。もっと困ったのは、その官舎だけでは絶対的に収容能力が不足していることだった。別の独身グループが入っている近くの皿山下のアパートは被害が小さくて済んだが、下宿を焼かれて台内に泊っている者や米子測候所からの応援組もいた。さらに兵役から復員して来る予定の台員もいるし、職員数を増やさなければならないという問題もあった。住宅問題を早急に解決しなければ、台員たちの日々の生活が行き詰ってしまう。

菅原は、陸軍病院江波分院で行なわれて来た原爆負傷者の救護が峠を越え、仮設病棟が空いているのに着眼した。軍の施設は次第に閉鎖の方向に向かっていたから、軍と交渉すれば、仮設病棟を公務員である気象台職員の宿舎に転用することは可能なように思えた。もっとも仮設病棟はバラック同然のひどい建物だから、台員の住宅にするにはかなり補強したり改装したりしなければならないが、それに必要な建築資材を調達するだけの予算が気象台にはなかった。

食糧難も深刻になるばかりだった。近くの田舎に実家のある者は、時々帰って食糧調達をすることができたが、市内在住者や独身者のほとんどは、調達手段を持たなかった。当番勤務者に対する高射砲隊からの給食は、終戦と同時に打ち切られていた。米は全くなく、配給と言えば、大豆やコーリャンや米ぬかだった。得体の知れない雑草の粉も配給された。米ぬかと雑草の粉をまぜて団子にして食うのだが、いかに飢えているとはいえ、とても苦くて二度と手が出ぬ代物だった。食糧難は全国的なもので、この雑草の粉を使った団子が、中央気象台で戦時中から当直者に給食されていた「チョウネンテン」である。ただ、広島の場合は、街が原爆で廃墟と化し、食糧の配給機構が十分に働いていなかったから、食糧難はいちだんと深刻であった。若い台員たちは、街の露店の雑炊屋の行列に加わったり、山へ行って野生のゴボウや山芋を掘って来たりして、飢えをしのいでいた。

終戦から日が経つにつれて、廃墟の街の人心はすさんで、街には強盗や略奪が横行し始めていた。鉄道貨物や軍の施設まで狙われた。江波にも陸軍の糧秣廠《りょうまつしょう》があったが、ある夜集団強盗が押し入り、一人が守衛をつかまえている間に、ほかのグループがトラックに食糧を山積みにして逃走するという事件も発生した。

軍の内部も腐敗し、幹部の将校が物資を横領して帰省してしまう事態さえ起こっていた。軍は、原爆後、市役所を通じて大量の衣類や食糧を罹災者《りさいしゃ》に放出したが、それでもなお各地の部隊に備蓄を残していたのだった。

こういう社会情勢だったから、菅原は、万一台員の中から盗みをする者が出たら大変なことになると気を病んだ。

住宅問題にせよ食糧問題にせよ、資金の調達が先決だ。資金の調達は、中央気象台に陳情する以外に方法はない。菅原は上京を決意した。

九月十二日、菅原は赴任してまだ半月も経っていないのに、尾崎と北に自分の考えを話すと、広島を発って東京に向かった。

ちょうどこの日、中央気象台は、マリアナ海域に台風が発生したことを確認していた。菅原はこの台風の発生を知らなかった。ましてこの台風が、五日後に広島県下に史上空前の災害をもたらすことになろうとは、夢にも思わなかった。

広島管区気象台は、原爆投下の日もそうであったように、台長不在の状態で大台風を迎え撃つことになるのである。庁舎の補修も業務体制の再建もできていないまま――。

第三章　昭和二十年九月十七日

1

この年の秋の訪れは早かった。瀬戸内の白洲の街広島に、八月の末から降り出した雨は、九月に入ると、鬱陶《うっとう》しい長雨となった。時折澄んだ青空が広がることもあったが、二日と続かなかった。残酷なあの灼熱《しゃくねつ》の太陽はいったいどこへ行ってしまったのか、代って非情な雨が、何を流そうとするのか、壊れかかった家や掘っ建て小屋に、来る日も来る日も、しとしとと降りそそいだ。それでなくてさえ秋の雨というものは、憂鬱なものなのに、廃墟の街に降る雨は、火傷《やけど》に焼け爛《ただ》れ、得体の知れぬ原爆疾患に苦しむ人々の胸の奥底に冷たくしみこんで、災厄に苛《さいな》まれる心をいっそう滅入らせた。

広島管区気象台が、九州南方から西日本に接近しつつある大型の台風について、中央気象台から注意を促されたのは、九月十六日午前十時過ぎであった。注意を促されたといっても、それは広島だけではなく、無線放送「トヨハタ」によって、台風の進路に当たるおそれのある地方の気象官署すべてに知らされたものである。その情報は、台風の現況と見通しについて次のように述べていた。

「発達せる台風七二〇粍《ミリ》（九六〇ミリバール）、ラサ島南西方東経百三十・五度、北緯二十三・五度。北々西二十五粁《キロ》。中心位置誤差百粁以内。

中心より半径六百粁以内風速十　米《メートル》以上、三百粁以内風速二十米以上、西側は比較的弱し。

明朝南大東島北西方、東経百三十度、北緯二十七度付近に達し、以後次第に北々東に転じ、明後日朝九州又は四国に、明々後日奥羽東岸に達する見込」

当時の台風情報は、今日のように予想される進路に幅を持たせたいわゆる扇形予想はせずに、ずばり一本の線で進路を予想するやり方をしていた。よくはずれたが、うまく当たることもあった。ともかく、この日の情報によれば、台風は十八日朝ごろ九州または四国に上陸するおそれがあるというのである。当然西日本のどこかが、台風の直撃を受けることになるが、台風がかなり大きそうなので、どこへ上陸するにせよ、西日本一帯は警戒の必要があり、広島も暴風雨を予想しなければならない。

広島地方は、この日も朝から雨だった。気象台としては、台風に備える準備をしなければならなかったが、菅原台長は上京中、台長代理の尾崎技師は帰省中、庶務主任の田村技手は病欠のまま依然音沙汰なし、技術主任の北技手は、敵の進駐を心配して実家にあずけておいた妻子を一カ月ぶりに引きとりにいって留守という状態だった。それでも留守をあずかった若手の台員たちは、意気盛んだった。

張り切り屋の当番の高杉技術員が、台風の接近を告げる「トヨハタ」の内容を台員たちに知らせると、みなワイワイ集まって来て、天気図のまわりを囲んだ。

「こりゃあ本物だぞ」

「なあに、どんと来いだ」

「おエライさんは、だれもいなくても、俺たちだけで迎え撃ってやるさ」

めいめい勝手なことを言い合った。天気図といっても、予報に使えるような精密なものではなかった。「トヨハタ」で放送されるデータをプロットして、高気圧や低気圧の大体の位置を書きこむ程度のものに過ぎなかった。台風の図にしても、発表された中心位置と中心示度、それに暴風圏を記入するだけで、正確な等圧線などはとても記載できなかった。全国の概況が何とかわかるだけといってもよい代物であった。そんなところへ、七月に出征した山路技手が、ひょっこり姿を現わした。

「いやあ、広島はひどいことになったものだ。原爆で全滅したとは聞いとったが、こんなにえらいことになってるとは思わなかった。みな、よう生きとったのぉ」

山路は、復興の手もつけられていない街を見た驚きを、何度も繰り返した。山路は内地の部隊に入営したばかりだったので、復員も早かったのだった。山路は気象台の復員第一号だった。

「山路君、よく帰ってくれた。人手が足りなくて、猫の手も借りたいくらいなのだ。いまもみなで話しとったのだが、どうやら台風が来そうなのだ。早速仕事についてくれんか」

先輩の台員がこう頼むと、山路は快く承諾した。

「私もそのつもりで来たのです。どこか寝るところはありますか」

台員たちは、「君はもともと官舎にいたのだから、適当にもぐりこんだらどうだ」と言った。若い連中は、雑魚寝のような毎日を送っていたから、一人や二人増えても何とかなりそうだった。台員たちは、メンバーが一人増えたことによって、何となく陽気になった。夕方になって幹部のうち尾崎技師が帰台したので、当番の高杉は台風についての情報を報告した。

「中央気象台は、明後日朝九州か四国に上陸と見ていますから、明日あたりからこちらでも警戒した方がよいと思います」

尾崎は「そうだな」とうなずくと、「明日の当番は誰かな。中央気象台の情報には十分気をつけておいてほしい」と言った。

翌十七日になると、雨足に切れ目がなくなって来た。降り方はさほど強くはなかったが、雨は休みなく降り続いた。この日の当番は、父を原爆症で亡くして間もない白井技手と上原技術員だった。白井と上原が午前八時前に出勤すると、宿直明けの高杉が、「トヨハタ」の受信をしていた。この時刻に放送される「トヨハタ」のデータは、午前六時現在のものであった。高杉は、受信したデータに基いて、午前六時現在の簡単な天気図を作成すると、当番の白井、上原に引き継いだ。

天気図に記載された台風の位置は、昨日より確実に北上していた。その移動状況から判断すると、台風は、四国側へは行かず、九州南部に真直ぐに進んで来ることは確実のようだった。速度もやや速まっているように見えた。中央気象台は、新たな予想として、十七日夜半頃九州南部に達する見込み、という発表をしており、上陸予想時刻をかなり早くしていた。そうなると、広島地方も、今夜から荒れ出し、十八日朝には暴風雨になることも覚悟しなければならない。九州をつっ切って来れば、中国地方にまともにつっかけて来ることは避けられそうにない。

白井は、尾崎技師に相談した。

「秋の台風は迷走しないで、真直ぐにやって来ますから、今度のやつは警戒しなければならないと思います。それにこの長雨ですから、台風がまともにやって来れば、洪水ですよ。八月のやつは二つともそれてくれましたが、今度はそうはいかないと思います。ぼつぼつ特報を出したいのですが……」

「トヨハタのこのデータだけでは台風がどこへ行くのかわからんが、中央気象台が台風は北々東に真直ぐ上がって来ると見ているのなら、やはり広島か岡山へ来ることになるな。どうも不吉な予感がするなあ。気圧は下がっているのか」

「わずかずつですが、それでも下がり始めています。気圧の降下は、一時間に〇・五粍から一粍位です。九時の気圧は七五二粍でしたから、まだそれほど下がってはいません。雨が心配です。少しずつ強まっています。時々時間雨量で十粍位になっているのです」

「…………」

「台風が九州の南方にいるうちからこうなのですから、ちょっと心配です」

「やはり早目に警戒した方がよさそうだな。特報を出そう」

尾崎は、気象特報を出したいという白井の申し出を認めた。

広島管区気象台は、十七日午前十時「台風接近にともない今夜から風雨強かるべし」という気象特報を出した。同時に、鉄道機関に対する鉄道警報を発令した。発令と言っても、関係機関に直ちに電話で通報したり、ラジオで一般住民に知らせたりする体制ができていたわけではないのは、八月末の台風のときと同じだった。気象台の電話回線は、いぜんとして復旧していなかったのである。

原爆で全焼した広島中央郵便局は、原爆後焼けたビルの中に交換台を仮設して、電話交換業務を再開したが、終戦までは軍用回線の復旧が中心になっていた。終戦後は、市の中心部にある主要官庁や会社、鉄道機関などの復旧も進められたが、九月に入ってからは、進駐軍のための回線作成に追われていた。しかも、焼け跡に張ったゴム巻きの電線が盗難にあったり、職員が次々に急性原爆症で倒れたりで、市内電話回線の復旧は大幅に遅れていた。気象台は、市の中心部からはずれていたこともあって、重要機関でありながら電話の復旧が遅れていたのである。はじめのうちは、中央への気象電報を電信局まで運んだり、特報や警報を市役所まで持って行かなければならなかったが、九月になってからはようやく江波郵便局まで電話が通じたため、気象電報や特報は、江波郵便局まで行って電話で通報すればよくなった。しかし、気象台から直接電話をかけることはできなかった。気象電報や特報を持参する仕事は、本来なら定夫《じょうふ》がやるのだが、原爆後定夫がほとんど出て来なくなってしまったので、やむを得ず当番外の者が、自転車で郵便局まで出向いていた。

通報先は、鉄道警報は広島鉄道局、気象特報は、市役所と県庁（庁舎全焼のため郊外の向洋《むかいなだ》町にある東洋工業に仮住い中だった)、それに県警察部などに知らせるのがやっとであった。通報を受けた市役所にしても県庁にしても、これを出先機関や一般住民に知らせる体制は全くできていなかった。市役所や県庁のわずかばかりの職員が、災害に備えて待機する程度であった。気象特報を防災対策に役立てるような機能は、原爆による戦災によって完全に麻痺していたし、一般住民の意識も日々の食糧を確保することだけで精一杯であった。警察にしても、敗戦の動揺で執務態度がはなはだしく弛緩《しかん》していた。

一方、報道機関も、終戦から一カ月経ったというのに機能は十分に回復していなかった。当時の唯一のラジオ電波、NHK広島中央放送局は、上流川町の局舎が全焼した後、郊外の原放送所の臨時スタジオから、生き残った職員の手で細々とローカル放送を出してはいたが、一日の番組の大部分は、東京からの全国中継放送を受けたものであった。気象台との間の専用線など敷設されていなかったし、台風襲来に備えて、積極的にローカルの気象情報を流す体制は整っていなかった。せいぜい全国中継ニュースの中で台風情報が伝えられる程度であった。しかし全国中継ニュースの台風情報は、どうしても上陸地に重点が置かれ、進路先の特定の地方や県に対するきめ細かい注意までは提供してくれない。ニュースを聞く側も、「台風が九州に来ている」ことはわかっても、それをわが身のこととして理解するだけの防災知識を持ち合わせていなかった。

地元紙の中国新聞社は、原爆で百四人もの社員を失い、社屋も外郭を残すだけという惨憺《さんたん》たる被害を受けていた。空襲に備えて郊外の温品《ぬくしな》工場に疎開していた一部の輪転機で、ようやく八月三十一日付の新聞から、再刊にこぎつけたものの、取材体制も整わぬ中で編集された中国新聞温品版は、辛うじて新聞の体裁を保っているという紙面であった。生き残った社員たちは、懸命に紙面を埋めたが、取材の中心は戦災復興や配給や食糧のことであって、とても気象台の取材までは手が及ばなかった。時々紙面に載る気象に関する記事は、通信社から流れて来る中央気象台や福岡管区気象台の話が中心になっていた。もちろん夕刊はなかったから、仮に気象台が情報や特報を持ちこんだとしても、新聞に速報を期待することは無理であった。

だいいち広島管区気象台は、いまだに広島地方の天気予報を出すには至っていなかった。気象台の業務は、定時の観測を欠測なく続けることと、「トヨハタ」を受信して、ごく簡単な天気図を参考資料として作成するのがやっとであった。それにもかかわらずあえて気象特報や鉄道警報を出したのは、災害が予想されるときに気象台として何もしないわけにはいかないという判断からであった。中央気象台は、八月二十二日気象管制の解除と同時にいちはやく東京地方の天気予報を再開したのに続いて、全国天気概況や漁業気象も相次いで復活させ、各地の気象台も次々にこれにならったが、原爆を受けた広島だけは業務の回復が全く遅れていた。

こんなわけで、十七日午前十時広島管区気象台が発令した気象特報は、雨の中を自転車で江波郵便局まで出向いた台員によって、市役所と県庁、県警察部に伝えられたが、結局のところそれぞれの役所止まりの情報となったのであった。気象台による住民への直接的な伝達手段は、江波山の気象台屋上に掲げられた吹流しだけであった。だが、「風雨強かるべし」の特報発令中を示す「紅・藍《あい》」二色の吹流しの意味に気付くことのできた住民は、果たして何人いたろうか。

午後になると、雨は時折ザーッと、あたり一面白く光るほど強く降ったかと思うと、ピタリと小降りになるというぐあいに、台風の前ぶれ特有の断続的な降り方になって来た。風は平均七、八米であったが、気圧の下がり方は顕著になって来た。正午過ぎに水銀気圧計の示度は七五〇粍を割り、午後三時には七四五粍まで下がった。

雲は低く垂れこめ、江波山から見下ろす広島の街は暗い灰色に濡れていた。山の上は樹木が伐採されたままであったが、斜面に残る木や竹藪《たけやぶ》が風でざわざわと音をたてた。

技術主任の北はこの雨の中を姫路の田舎の実家から妻と三人の子供を連れて広島に帰って来た。北は家族を江波山の下の家に落ちつかせると、すぐに気象台に上がった。

「やあ、雨が強くなって来たな。台風は広島に来そうかね」

現業室を覗《のぞ》いた北は、当番の白井に尋ねた。北は、朝実家を出るときにラジオで台風が九州に近づいていることを知り、職務がら進路をあれこれと考えていたのだった。白井は、すかさず答えた。

「いまトヨハタで新しい台風の位置が放送されたのですが、それによりますと、台風は午後二時現在九州薩摩半島のすぐ南まで接近しています。進行方向は北々東、時速三十五粁だということですから、少し速くなっているようです。もう四時半を過ぎていますから、台風はすでに薩摩半島に上陸して、荒れ狂っているに違いありません」

「中心示度はどれくらいかね」

「七二〇粍以下と発表していますが、枕崎のデータがどうなっているのか、トヨハタでは欠けています。通信不能で入電なしなのでしょう」

各地の気象台や測候所から入電した観測データによって中央気象台が天気図を作成し、台風の勢力や進路予想をまとめるまでに、一時間から一時間半位かかる。さらにそれを電文にして、「トヨハタ」の無線放送にのせ、各地の気象台や測候所に伝えると、観測時点から二時間以上の時間的ずれが生じる。情報の遅れは、当時の観測と予報の体制ではどうしても避けられない問題であった。しかも、台風が接近して暴風雨圏に入った地方からは、通信線が途絶してデータが入電しなくなってしまう。最も重要な台風の中心付近のデータがゼロとなるから、中心示度は遠方の気圧傾度から推測する以外に方法はない。「中心示度七二〇粍以下」という中央気象台の発表は、そういう推測値なのであって、実際はそれほどでないのか、それとももっと低いつまり勢力の強いものなのか、正確なところはわからないのである。

「七二〇粍以下か……。手ごわい感じだな」

と、北は戦後はじめて迎える大型台風だけに、少々緊張した表情で言った。

「気象特報は午前十時に出してあります。夜半過ぎから明け方にかけてが山場になるのではないかと思うのですが」

白井は、若干の個人的見解を加えて言った。

こんな話をしているところへ、乙番の上原が午後五時の観測の読み取りを終えて、現業室へ入って来た。

「五時の気圧は七四〇粍まで下がっています」

上原の報告を聞いて北は驚いた。

「ずいぶん気圧の下がり方が速いな。台風の中心がいま薩摩半島あたりにあるとすると、広島ですでに七四〇粍というのは、低過ぎるな。ひょっとすると中心示度は、七二〇粍どころか、もっと凄《すご》いのかも知れんぞ」

北は、最後の「もっと凄いのかも知れんぞ」という言葉を、当番の白井や上原に言うというより、自分自身に言い聞かせるような口調で言った。北は不吉な予感が走るのを感じた。

そこへ、本来なら五時で退勤となる台員たち三、四人が入って来た。みな台風のことが気になっているのだった。台員たちは、天気図に記された最新の台風の中心位置と進行方向を示す矢印とを見ると、今夜から明け方にかけてが勝負だな、などと話しあった。元気のいい台員が叫んだ。

「今夜ハ総員起シ！」

2

台風は、午後二時半過ぎ薩摩半島南端の枕崎町付近に上陸し、枕崎測候所では茶屋道技手らが暴風雨の中で苦闘していた。

枕崎測候所では、午後二時十六分最大瞬間風速六十二・七米の猛烈な暴風を記録し、さらに台風の眼に入った午後二時四十分には最低気圧六八七・五粍（九一六・六ミリバール）という記録的な気圧示度を観測していた。

予想をはるかに越えたこの台風の勢力については、通信線途絶のため中央気象台には全く伝わらなかったから、中央気象台から全国の気象官署に流される台風情報も更新されなかった。台風は、上陸後速度を時速四十粁に加速して北々東に進み、薩摩半島一円を次々に暴風雨の中に巻きこんだ。屋根瓦は飛び、家屋は倒壊し、電柱や樹木もなぎ倒された。

南九州一帯がいかに暴風雨に翻弄《ほんろう》されたかについて、後日中央気象台がまとめた記録（『枕崎・阿久根颱風調査報告』）を読むと次のように記されている。

「九州は空襲被害の最も大なる地方の一つであり、其《そ》の復旧工事も応急的なものであつたので、台風の猛威の前には、一たまりもなく破壊され、通信、交通は麻痺状態に陥つた。又農作物に就いても、稲は穂が台風のため捥取《もぎと》られて、収穫皆無の状態になつた所も可成多く、畑作は播種《はしゅ》後日尚《な》ほ浅いものが多かつたので、流失により全滅に瀕《ひん》した所が多い」

「鹿児島市内は本年六月中旬に於《お》ける焼夷弾《しょういだん》攻撃に依り、殆んど灰燼《かいじん》に帰した為、其の後の復旧家屋はバラック建なので、台風には一たまりもなく吹飛ばされてしまひ、倒潰《とうかい》の姿さへ見えぬ程である」

台風は、鹿児島県下に家屋の全半壊四万七千戸以上の被害をもたらした後、勢力がほとんど衰えないまま宮崎県を駆け抜けた。

都城《みやこのじょう》市では、製紙会社の高さ三十五米の大煙突が崩壊した。午後五時四十分には、宮崎県日向《ひゅうが》市に近い細島燈台で最大瞬間風速七十五米を記録し、この地方の家屋はほとんど全壊して家の形を留めるものがないという惨憺たる光景となった。

台風の速度は速まるばかりであった。午後七時過ぎには、台風の中心は大分市付近に到達していた。

ちょうどこの頃、台風の中心から東に二百粁以上離れた四国の室戸では、上空に明滅する異様な光に、人々の目が釘付《くぎづ》けにされていた。

位置は、天頂からやや北東寄りの曇り空の中であった。青い球状の強い電光が、何かが爆発を繰り返しているかのように、ほぼ三分間隔で発光しては消えるという規則正しい明滅を繰り返していた。雷鳴やそれらしい音は一切聞こえなかった。光も明らかに雷の稲妻や閃光《せんこう》とは違っていた。

この異様な光象は、室戸岬測候所の所員によっても観測された。この現象は、午後六時五十分頃から八時三十分頃まで約一時間四十分も続いた。このような異常光象は、台風襲来時などにごく稀《まれ》に観測されることがあるらしいが、室戸の人々が見たのははじめてであった。人々は、九州に来襲中の台風によって、何か恐ろしい災害が起こるような不吉な予感に襲われたが、その予感が何であるかについては誰一人としてはっきりとした輪郭をつかむことはできなかった。

室戸で見られた異様な電光が消滅した頃、台風は伊予灘《いよなだ》に進んでいた。瀬戸内海を越えれば、山口県東部であり、その先には広島があった。

3

広島管区気象台では、台風の勢力と動きについて正確なことがわからないまま夜を迎えた。風速十米前後の風になぶられるように降る雨は、次第に土砂降りの様相を呈して来た。水銀気圧計の示度は、午後八時前に七三〇粍を切り、その後も依然として下がり続けていた。

台風接近に備えて、夕刻からは三十分毎に観測を行なう臨時観測体制に入った。北をはじめ、「総員起シ！」と叫んだ若手の台員ら数人が帰らずに残った。三十分毎の臨時観測となると、当番だけでは手がまわらないし、どういう事態になるかもわからないというので、居残りを決めたのだった。ただ、台風が恐るべき勢力を持っていることについては、全く情報が入っていなかったから、若い連中には大台風を迎え撃つというような緊張感はなかった。仕事が好きな連中ばかりなので、多少の野次馬気分も手伝って、手ぐすねをひいて敵を待つといった空気だった。

午後八時過ぎに受信した「トヨハタ」によれば、台風の中心は「午後六時現在宮崎県北部にあり北々東進中」ということだった。

「よく降るなあ。この間の台風は二度も空振りだったけれど、今度は本物だぞ」

現業室で天気図に台風の中心位置を書きこみながら、当番の白井技手はひとりつぶやいた。

気象台は原爆を受けて以来窓枠《まどわく》がひん曲ったままガラスを入れることもできないでいたが、現業室や無線受信室などの重要な部屋は、台風に備えて板が打ちつけられていた。しかし、吹きつける雨は、板の隙間から容赦なく入りこんできた。板をたたき、屋根をたたき、地面をたたく音は、次第に激しくなって来た。

午後九時前、白井が定時の観測に出ようとしていると、電燈が消えた。停電だった。台内が真暗になったせいか、雨の響きがいちだんと強くなったように思えた。

「やれやれ、また停電か」

傍《そば》にいた乙番の若い上原技術員が、ぼやきながら懐中電燈をつけた。戦争末期から、節電のための停電がしょっちゅうあったうえに、ちょっとした風雨でも停電するのが当たり前のようになっていた。台風の接近を前に停電したのでは、気象台としては困るのだが、どうしようもないことだった。九時の観測器の読み取りは、甲番の白井の番だった。上原は、「足もとに気をつけて下さい」と言って、白井に懐中電燈を渡し、ローソクに火を点《とも》した。

白井が廊下に出ると、事務室からもローソクの明りと話し声がもれていた。待機している当番以外の者たちは、台風の通過は夜半過ぎだろうと見込んで（それは中央気象台の「トヨハタ」の情報から判断したのだが）、事務室で世間話をしていたのである。白井は、事務室の前を通って、まず気圧計室に入った。水銀気圧計の示度は七二六・五粍まで下がっていた。白井は観測野帳にそのデータをすかさず早くメモすると、暗い階段を懐中電燈を頼りに、三階の観測塔まで上がった。観測塔の中はほとんど吹きさらしになっていた。無線放送受信のアンテナや観測塔の屋上にある風向風速計が、風でヒューヒューと鳴っていた。観測塔内にある風向風速計の読み取り器をのぞきこむと、平均風速は十米であった。風向は東だった。瞬間風速を記録するダインス式風圧計の自記紙を見ると、ペン先が自記紙の上を地震計の針のように動いていた。それは風速数米から十数米の風の荒々しい息づかいをそのまま記録する動きであった。もっとも、風が強いと言っても、平均十米程度であれば、低気圧の通過時などには屡々《しばしば》吹く風であって、それほど驚くことはなかった。台風接近とは言え、まだ心配する状況ではないように、白井には思えた。ただ心配なのは雨だけだった。

野帳への記入を済ませて一階の現業室へ帰ると、白井はやおらシャツとズボンをぬいで、褌《ふんどし》一本になった。

「この風と雨じゃあ、露場《ろじよう》に出るのに傘は用をなさんよ。どうせずぶ濡れになるなら、この方がいいや」

白井は、ローソクの薄明りの中で褌をしめ直すと、再び懐中電燈を持って出て行った。野帳は濡れないように置いておき、代りに紙切れと鉛筆だけを持って行った。庁舎南側の露場に出ると、降りしきる雨は、目といわず口といわずお構いなしに入りこんで来た。江波山の下の街は停電で真暗だった。雨量計にたまった雨水を、計測用の枡《ます》に入れて目盛を読むと、午後八時から九時までの一時間雨量は十六・八粍だった。その前の七時から八時までの一時間雨量は十・三粍だったから、雨がいちだんと強くなっていることは、データからもはっきりとわかった。激しい雨で、持って来た紙切れはたちまち使いものにならなくなってしまったので、白井は読み取ったデータを頭の中に記憶した。

「この分では街の低いところは、そろそろ水があふれているぞ。水害になりそうだな」

白井は、そう思いながら、次は百葉箱の扉を開け、温度計と湿度計を調べた。気温は二十五度、昼よりもむしろ高目になっていた。台風の接近で、南の暖かい湿った空気が、日本上空に大量に運びこまれているのだろう。室内にいれば、むしむしする気温だが、ずぶ濡れの白井は、寒気を感じていた。気温と湿度を頭にたたきこむと、白井は急いで庁舎に戻った。プールから上がって来たような姿で現業室に戻ると、薄暗がりの中に北らが集まっていた。

「やあ、御苦労。雨量はどれ位行ってるかね」

北が白井に聞いた。北もやはり雨のことを気にしているようだった。白井は身体をふきながら答えた。

「午後八時から九時までの時間雨量が十六・八粍です。かなり強くなって来ました。昨日の朝からの総雨量は、八時までが百三十四・二粍でしたから、九時では……百……百五十一粍になります。この調子で台風が近づいたら、相当な大雨になりそうです」

白井の説明に、北は「そうだな」と言った。「台風の通過が夜半過ぎとすると、雨もこの分では済みそうもないからなあ——」北はいよいよ不安の色を濃くした。

白井は、とりあえず頭に入れて来た雨量、気温、湿度のデータを、観測野帳に記入した。

そのとき、雨の音が突然変ったのに、全員が気付いた。それは音というより響きであった。みな互いにローソクの明りに照らされた顔を無言のうちに見合った。雨の降り方が只事ではなくなって来たのだ。豪雨の響きは、一時的なものではなかった。それは休むことなく続き、庁舎内を圧倒した。窓に打ちつけた板の隙間からは、雨水がどんどん入りこんで来た。

「これは凄いことになったな」と、北がつぶやいたが、その言葉はたたきつける雨の轟音《ごうおん》にかき消された。

「台風は予想より近いのではないか」

と、北は声を大きくして、白井に聞いた。

「今のところ風向は東のままで変化はありません。ただ気圧が低いですね、七二六・五粍ですから……。案外、台風の速度が速くなっているのかも知れません」

気圧の低さから判断すると、台風は近いようにも思えたが、風速から判断するとまだ遠いようにも思えた。台風の中心が近いなら、風がもう少し強くなってもよいように思えたのである。

「ぼつぼつ手伝いに入りましょうか」

と、若手の台員が口をはさんだ。雨の響きに、若い連中の血が騒ぎ出したのだった。

「ありがたい、三十分ごとに濡れねずみではデータの整理もできんからな」

白井の返事に、技術主任の北も同意した。

「広島は台風災害の少ないところだと聞いていたが、ここ二、三年は事情が違うようだな。毎年やられているじゃあないか」

北は、昭和十七年暮れに広島に赴任して以来、毎年台風と立ち向かって来たことを思い浮べていた。今度の台風は、ちょうど一年前の同じ九月十七日にやって来た台風とコースがよく似ていた。しかも今度の台風は、勢力がはるかに強そうだし、前ぶれの雨の降り方も激しい。北は続けた。

「だが、今度のは横綱級のようだな。水害は避けられまい」

雨の響きは、一層激しくなって来た。

九時三十分の臨時観測では、露場には白井が「濡れたついでだから、もう一度俺がやろう」と言って出て行った。玄関から外に出ようとしたとき、白井は一瞬足を止めた。文字通りバケツをひっくり返したような豪雨なのだ。風もいぜんとして十米位の強さがある。白井は、大きく息を吸いこむと、滝壺にでもとびこむようなつもりで、褌一本の身体を豪雨にさらした。目を開けていられないような、たたきつける雨だった。鼻だけで息を吸うと雨水が入って来るので、口で呼吸をした。わずか三十分前に観測したときと比べ、状況は極端に違っていた。あまりにも雨が激しいので、雨量を露場で測ることはできなかった。雨量計の水を枡に移すと、それをかかえて急いで庁舎内に戻って目盛を読んだ。九時からのわずか三十分間の雨量が二十四粍もあった。

この間に、気圧計や風向風速計の観測は、乙番の上原がやっていた。気圧は依然として下がり続けていたが、風向がこれまでの東から南東に変化したのが、新しい傾向だった。このことは、台風の中心が広島の南西方向つまり山口県側からかなり近づいて来たことを示唆するデータであった。

「風向きが変ったか。やはり中央気象台の予想より台風は速いようだな」

報告を聞いた北は、台風の位置について確信を持ったような表情でこう言った。

「しかし、この雨と風ではとても気象電報を打ちに行くことはできません。残念だなあ——」

シャツとズボンを身につけながら、白井は口惜《くや》しそうに言った。広島のデータが入電するかしないかは、中央気象台が台風の勢力や位置を決めるうえで、いまこそ重要な手がかりになる筈であったが、停電の暗闇と豪雨の中を江波郵便局まで打電に行くことは、とても無理であった。たとえ江波郵便局まで行っても、この風雨では電話線や電信線も途絶しているに違いない。ずぶ濡れで観測している白井がデータを送れないことを口惜しがるのは当然であった。

午後十時の定時観測では、今度は応援で残っていた山根技手がやはり褌姿になって露場にとび出した。急性原爆症で一時は松江に帰っていた山根だったが、九月になってからはすっかり元気を取り戻していた。九時三十分から十時までの三十分間に雨量計にたまった雨量は、二十九・五粍だった。九時から十時までの一時間雨量は、実に五十三・五粍という、広島の短時間雨量としては記録的なものになった。これで総雨量は、たちまち二百粍を越えたことになる。

一時間に五十粍を越える豪雨が降れば、それだけでも浸水や山崩れ、崖崩《がけくず》れの災害が起ることは必至である。しかも、広島地方は長雨で川の水かさは増し、地盤はゆるんでいた。

「外は水びたしですよ。山の上でこんなぐあいでは、街は洪水だなあ。何しろ身体《からだ》が痛いような雨ですよ」

山根は少し昂奮《こうふん》気味で言った。たしかに百葉箱をのぞくのも困難なほどの土砂降りだった。もし電話が戦災前のように生きていれば、大雨の状況や台風の接近見込みなどについて、県や市など各方面に連絡しなければならず、現業室はごった返す忙しさとなったであろう。ところが、電話が使えないため、為《な》すべき業務は意外に少なかった。三十分毎の観測をすること以外に、ほとんど何もすることがないのである。せいぜい気象台自身が風雨にやられないように、板の打ちつけを頑丈にする仕事がある程度であった。台風が接近しているというのに、観測したデータを記録することしか他に為しようがないなどという孤立状態になったのは、おそらく広島の気象台開設以来はじめてのことであったろう。

午後十時過ぎて間もなく、豪雨の響きがぴたりと止《や》んだ。北が時計を見ると、十時七分だった。一時間も続いた轟音が突然消え失せたので、みな一瞬ぼーっと放心したような気分になった。本当に雨が止んでしまったのだった。雨の滴の音がどこからか、ピシャピシャと聞こえて来た。一同われに返ると、今度は風の唸《うな》りが耳に入って来た。雨が止むと同時に、風が急に強くなり出したのだ。無線受信用の鉄柱アンテナが、強風で唸り声をあげていた。

北は、直観的に台風の眼が近いと思った。豪雨がぴたりと止むことは、台風の眼に入ったときに経験することだが、もし眼に入ったのなら風も止む筈である。しかし、風がかえって強くなり出したということは、眼が至近距離にあると考えられる。

「台風の眼がもう来ているのかも知れん。風と気圧を調べよう」

北は、こう言うと、自分で懐中電燈を持って現業室を出た。白井たちも一緒について出た。

気圧計は、七二三粍と七二二粍の間あたりを指していて、なお下降する気配を見せていた。三階の観測塔に上がると、平均風速は十五米を越え、風向は南々東に変っていた。広島湾側からの海風になったので、風は潮の臭いがしていた。空はいくぶん明るさをとり戻していた。

「台風の中心は近い。広島の西を通るだろう。測器の読み取りを十分毎にやろう」

北は、こう指示した。

その後、風はさらに強まって、平均二十米を越え、最大瞬間風速は十時二十五分には三十六米に達した。雨は完全に上がっていた。

十時四十分頃風が急に十数米に落ちた。風向計は南風を示していた。十時四十三分には水銀気圧計が、七二一・五粍（九六一ミリバール）で降下を止めた。台風が広島の西方至近距離を通過中であることは明らかだった。空は意外に明るかった。雲が切れて来たのかも知れない。つい先程までは豪雨の暗闇だったのに、あたりはうっすらと明るくなって、山の下の街がぼんやりと見えるようになっていた。

この夜臨泊した台員の中に、元気旺盛《おうせい》な遠藤技手がいた。遠藤は、二階建て庁舎の屋上に出てみた。足もとに何かが落ちているので、よく見ると、白いかもめの死骸だった。一羽だけではなかった。数えると五羽いた。みな死んでいたが、濡れた体に温もりが残っていた。

海鳥や小鳥は台風の眼にとらえられると抜け出せなくなって、台風の移動とともに大旅行をするが、そのうちに雨や風に打たれて墜落死することが多い、という話を遠藤は誰かに聞いたことがあるのを思い起こした。気象台の屋上に墜落死したかもめたちは、やはりどこかで台風に巻きこまれて飛んで来たに違いなかった。大自然の猛威にさらされた小動物のか弱い姿を、遠藤はそこに見た。しかし、人間とてこのかもめとどれほど違うだろうか、遠藤はふとそんなことを考えつつ、かもめの死骸を集めて、あとで片づけるために、観測塔の隅に置いた。

「ともかく台風の眼が至近距離を通過しつつあることは、このかもめが証明している」

遠藤がそう思ったとき、突風が遠藤の身体を吹き飛ばそうとした。風がまた強くなって来た。風向が急に南西寄りに変って来た。台風は着実に移動しているのだ。広島湾の方角からは、強風によって白い泡沫《ほうまつ》状になった潮水が、たたきつけるように飛んで来た。山の下の江波から海岸の方は、この泡沫のために、霧がたちこめたようにぼんやりと乳白色に覆われているのが、空の薄明りに助けられて見えた。遠藤はその珍しい現象に一瞬見とれたが、いつの間にか身体がべとついて、唇が塩辛くなっているのに気付いた。遠藤ははじめての経験だったので、現業室へ戻るとこのことを北に話した。北は、

「そうか、潮煙が出て来たか。潮煙は九州や四国に台風が上陸するときによく発生するが、瀬戸内ではあまり聞かないな。やはりこの台風はいつものとは違うようだ」

と言った。荒れ狂う暴風のために海水が波頭から吹きちぎられて粒子状になって飛ぶ潮煙は、台風が枕崎に上陸する際に大規模に発生して内陸深く吹きこんだが、同じ現象が広島湾でも起こったことは、台風が依然として強い勢力を保っていることを示すものであった。

雨はほとんど上がっていた。前日朝からつい先程午後十時過ぎに止むまでの総雨量は、二百十八・七粍に達していた。時刻は午後十一時になろうとしていた。台員たちをほっとさせたのは、水銀気圧計が、七二一・五粍（九六一ミリバール）の最低気圧を記録した後、急速に上がり始めたことであった。

そのとき、玄関の方から女の声が聞こえた。深夜嵐の中を誰だろうと、現業室に集まってい

た台員たちが顔を見合わせると、懐中電燈を手にした若い女が部屋に入って来た。

「山吉です、お邪魔します」

事務の山吉英子だった。

「山吉さん、こんな時刻にどうしたんじゃ」

と、北が尋ねると、山吉は、

「水が出たんです。高潮で江波は水びたしです。うちも畳の上まで水が来てしもうて」

と、やや昂奮気味で言った。「いまのところこれ以上水は増えそうにないので、母と妹はうちに残っていますが、お知らせした方がよいと思いまして、やって来たのです」

「やはり高潮が出たか」

と、当番の白井が言った。広島では七二一・五粍という近来にない低い気圧を記録している。この低い気圧による海面の吸い上げと、南寄りの強風による波の吹き寄せが重なれば、広島湾岸に高潮が発生することは、当然予想されることであった。山吉は続けた。

「こんなに台風が凄いとは思わなかったものですから、寝こんでいたのです。近所が急に騒がしくなって、水だ！　という叫び声が聞こえたので、びっくりしてとび起きたら、もう床下に水がどんどん流れこんで来て……。江波山の途中まで避難している人も沢山いました。近所の人たちの話では、江波の陸軍病院辺りにも水が来て、あそこはまだ患者さんが大勢いるので、避難の騒ぎが大変だったそうです。海岸の方では、漁船が波で打ち上げられていると言ってました」

気象台の職員である山吉でさえ、「こんなに台風が凄いとは思わなかった」と言ったことは、気象台の見通しが甘かったことを、何よりもよく示していた。山吉はそういうつもりで言ったわけではなかったが、予想と実際がずれていたことは否定しようのない事実であった。暴風雨が予想以上に凄いものであったばかりか、夜半過ぎから未明にかけてと予想していた台風の襲来が、三、四時間早くなったことも、大きなずれであった。

「大雨で太田川の水位が上がっているから、河口では高潮の逆流とぶつかって氾濫《はんらん》したのだろうな。山吉さん、しばらくここで休んでいなさいよ」

北はそう言いながら、胸の中で〈この調子だとあちこちで水害が起こっているぞ〉と思った。「原爆で倒れそうになったままの家も多いし、バラック住いの人もいるし、街はひどいことになっているのではないかな」北はひとり言をつぶやいたが、そうはいっても気象台ではどうしようもない事柄であった。

4

広島の街の人々は、この嵐の中でどう過していたのだろうか。

広島市千田町一丁目にある広島赤十字病院では、約二百五十人の重症患者たちが、ガラスのない窓から吹きこむ雨で、ずぶ濡れになってふるえていた。

広島赤十字病院は、爆心地から約一・六粁の比較的近い位置にあったため、原爆によって鉄

爆風によって押し曲げられた広島赤十字病院の北側窓枠。
提供：斎藤誠二／広島原爆被災撮影者の会

筋三階建ての本館・一号館・二号館がいずれも大破し、ドアや窓ガラスはすべて吹き飛んでしまった。隔離病棟や看護婦生徒宿舎・解剖室などの木造の付属施設は、全半壊後、周辺の火災とともに焼失した。医師、看護婦、患者の中から多数の死傷者が出たが、生き残った医師と看護婦が、献身的な活躍をして、負傷者の手当てに当たった。院外からも被爆した負傷者が続々と運びこまれ、焼け残った鉄筋の本館と一、二号館の中は、病室も廊下も地下室も階段も、千人近い負傷者で埋まった。負傷者の大半は、火傷や骨折などによって瀕死《ひんし》の状態に陥っていて、毎日三十人ぐらいずつ死んでいった。病院では、死亡した患者は担架で病院の空地に運んで焼いた。こうして重態患者は八月末までにほとんど死んでしまい、九月に入ると何とか持ちこたえられそうな患者だけが残って、病院で屍体《したい》を焼くことも少なくなった。

九月十七日が来たとき、広島赤十字病院には、軍患と一般合わせて約二百五十人の患者がいて、一、二号館の二階と三階が病室に当てられていた。病室とはいっても、間仕切りやドアは原爆で吹きとんでなくなっていたから、どこも大部屋のようになっていた。しかもガラス窓も吹きとんだまま、病院には修理するだけの余力はなかった。夏のうちはそれでも一向に差し支えなかったが、秋になってから雨の日が多くなると、さすがに患者たちの身にはこたえた。患者たちは、毛布などを窓に張って雨をしのいだが、この日、夜に入って風雨が強くなると、そんな毛布だけでは雨水の浸入を防ぐことはできなくなった。

停電の暗闇の中で、職員や看護婦がカンテラの明りを頼りに、患者たちのベッドをできるだけ窓際から遠ざけた。しかし、その効き目もほんのわずかの間だけだった。夜が更けるにつれて、雨と風はただならぬ暴風雨の様相を呈して来た。病院ではラジオを聞いている余裕などなかったから、台風が中国地方に接近しつつあることは、誰も知らずに寝ていた。原爆の日以来、ここでは医師も看護婦も患者も、誰もが死と生の接点のぎりぎりのところで闘って来たのであり、治療と医薬品と食糧の問題が生活のすべてであったから、夜が来るとみなただ疲れ切って眠っていたのだった。

夜九時をまわった頃、窓から吹きこむ雨が異常に激しくなった。窓に張った毛布は強風ではためき、土砂降りの雨が各階の部屋という部屋に横なぐりになって入りこんで来た。窓際にいても部屋の奥にいても変りはなかった。豪雨は、全身火傷を負った者も、四十度の熱がある者も、差別しなかった。患者はずぶ濡れになり、ベッドの下の床はたちまち水びたしになった。看護婦たちは二階の一角の床に畳をしいて寝起きしていたが、その畳も水につかってしまった。看護婦の中には激務で疲れ切って熟睡していたため、「大変だ」という騒ぎで起こされるまで、吹きこむ雨に気がつかない者もいた。

各階の床にたまった雨水は、階段をつたって滝のように階下へと流れ落ちていった。

重藤文夫副院長は三階の手術室脇に泊りこんでいたが、激しい風雨にとび起きると、医師や職員を起こしてまわり、「地下室の医薬品と米をかつぎ上げろ」と叫んだ。広島赤十字病院は、戦時中軍の患者を扱っていた関係で、医薬品と食糧は比較的豊富にあり、地下室に保管されていた。しかし、水につかったら使いものにならなくなってしまう。二百五十人もの患者をかかえて、医薬品も米もなくなったら、命の綱を絶たれるようなものである。医師や職員たちが、雨水が滝のように流れ落ちる階段を、カンテラを下げて降りて行くと、地下室はすでに腰まで水につかるほど浸水していた。水かさはさらに増えつつあった。全員総出で、懸命に医薬品や米俵を一階にかつぎ上げたが、すでにほとんど水につかってしまっていた。

広島市基町《もと》にあった広島逓信病院でも同じような状況であった。広島逓信病院は爆心地から約一・三粁の位置にあったため、破壊は広島赤十字病院よりひどかった。それでも鉄筋コンクリート二階建ての建物の構造だけは残ったので、負傷者の収容所に当てられた。収容患者は二百人から三百人位だったが、広島逓信病院は被爆一カ月前に空襲に備えて患者を全員退院させるなど業務を縮小していたため、物資が著しく不足していた。負傷者は衣服をボロボロに焼かれたため、ほとんど全裸に近い状態で収容された。毛布が足りないので、カーテンやシーツの焼け残ったものを配って、毛布代りにしなければならなかった。ここでも毎日のように死者が出たが、焼くときも、カーテンやシーツの端切れでくるんでやるのが精一杯であった。こういう状態で秋を迎え、患者の中には夜寒くて眠れない者もいた。そこへ暴風雨が追い打ちをかけるように襲って来たのだった。

病院長蜂谷《はちや》道彦の日記によれば、九月十七日夜は——「夕食後、風と雨がますます強くなった。烈風というより暴風だ。風と雨とが断続的に波を打って吹きこみだした。我々の部屋のカーテンは瞬く間に吹き飛ばされ、蚊帳《かや》が吹き上げられて横一文字になり旗のようにひるがえりだした。部屋の中は雨ざらしだ。電燈は消え、風はうなりをたてて吹き荒び、雨は遠慮会釈なく降り込む。真暗な中を職員や患者が右往左往して風当りの少ない壁際によりそう。右から吹き、左から吹き、きりきり舞して方角きめずに吹き荒ぶ。夜、九時ごろから、時々水の塊を投げこむように風が吹きこみだした。玄関口で避難者の群れが騒ぎだした、近所のバラックは吹き倒され、かくれ場一つなく這々《ほうほう》の体《てい》で逃げ出してきているのだ。雨がたまって洪水になり、その中をびしょぬれになって、皆、逃げてきている。患者も職員も毛布をかぶって雨風をしのぎ病院の中をうろついた。夜中をすぎて風が落ち雨がおさまった。びしょ濡れだ。寒くてとうとう眠れなかった」

広島市の西のはずれ、草津南町の屋根のかしいだ家では、絶対安静の少年が、凄《すさ》まじい風雨にすっかりおびえ切っていた。この少年は、高橋昭博という中学二年生だった。

原爆で全身に火傷を負った昭博は、傷口にガーゼを当て、背中には柔かい布を敷いていたが、まるで板の上に寝ているような痛みがあり、寝返りを打つこともできなかった。暴風で雨戸や窓はガタガタと音を立て、家もきしんだ。昭博は、ラジオを聞いていたわけではなかったが、台風が来ているのだろうと思った。昭博は幼いときから台風が大嫌いだった。暴風雨が怖《こわ》かったからだ。停電のため家の中は真暗だった。

「風が強いのぉ」

つきっきりで看病してくれている祖母が言った。台風に対する幼児からの潜在的な恐怖心と、原爆にたたきつけられて以来消え去らぬ精神的ショック状態とが、少年の意識の中で重なり合って、いつまでも眠れなかった。暗闇の中に目を見据えると、あの日のことがまた浮んできた。

あのとき、昭博は爆心地から一・四粁の中広町の広島市立中学校の校庭で朝礼が始まるのを待っていた。中学校の生徒たちは大部分は家屋の強制疎開作業に動員されていたが、この日昭博たちは授業日になっていたのだった。原爆炸裂《さくれつ》の一瞬、木造の校舎は倒壊し、職員室にいた教師たちを下敷にした。校庭にいた生徒たちは熱線で焼かれるのと爆風で吹き飛ばされるのとほとんど同時だった。昭博は十米ほど飛ばされて地面にたたきつけられた。何が起こったのかわからなかった。全身に激痛を感じてようやく起き上がると、まわりには級友たちがシャツやズボンをぼろぼろにして倒れてい、あちこちからうめき声が聞こえていた。我に返ってよく見れば、自分もシャツはぼろぼろで、全身に火傷を負っていた。昭博はともかく逃げなければと思った。彼は草津南町で製材業をしている祖父の家に、母と一緒に世話になっていた。父は前年病死し、二人の弟は田舎に疎開していた。彼は、何とか家にたどり着かなければ、自分は助からないだろうと思いつつ、気力で歩いた。つい先程登校するときにあった街並みは、見るも無残に瓦礫《がれき》の山と化していた。あちこちで火災も発生し、次第に燃え広がっていた。彼は避難する人々の流れに加わって、真直ぐ西へ向かった。まず郊外に出なければ火災に巻きこまれる危険があったからだった。広島の最西端を流れる山手川の橋を越えたとき、偶然祖父の弟に会った。「昭博、大丈夫か」と声をかけられたとき、彼はやっと助かったと思った。この偶然の幸運がなかったなら、彼はさらに四粁も先の草津南町まではとてもたどり着くことはできなかったであろう。祖父の弟は、昭博を背負ってくれた。しばらく行ったところで、今度は自転車に乗った草津の顔見知りの人に出会った。その知人は、昭博のようすを見ると、これは大変だと言って、自転車で祖父に知らせに走った。祖父は担架をかついでやって来た。家にかつぎこまれた昭博は、草津南町の家でさえ屋根が傾き、窓ガラスがほとんど吹き抜けているので驚いた。布団に横になると緊張感が抜けたためか、全身火にあぶられるような激痛が襲って来た。昭博は意識を失った。

昭博が意識を取り戻したのは、三週間後だった。母に尋ねると、火傷をした皮膚はすっかりずり落ちて、その跡が化膿《かのう》し、四十度の熱が続いていたのだと言った。火傷は、露出していた顔や手、半袖シャツを着ていた上半身がとくにひどかった。髪の毛はすっかり脱けてしまっていた。近所の医者が朝晩二回往診に来たが、治療はリバノールを塗るだけだった。九月になってもまだ熱があり、傷の痛みは続いていた。

雨がいちだんと強くなって来た。豪雨の響きは、海鳴りも雨漏りの音も一切をかき消した。激しい風は、爆風で傾きかけた家を揺がし、強引に倒そうとしているかのようだった。昭博は寝つかれないでいると、また傷が痛み出した。

家族の誰かがつけたローソクの炎が、暗闇の中でゆらぐのが見えた。大人たちは、起き出して雨戸が吹き飛ばされないように釘で打ちつけたり、支えを頑丈にしたりしているようだった。昭博には、この暗闇と暴風雨は永久に続くのではないかと思えて来た。少年は、恐怖と痛みにひたすら耐え続けた。

広島市皆実《みなみ》町四丁目の二階の屋根が吹き飛んだ、いまにも倒れそうな日詰《ひづめ》家では、重症の母親が娘の看病を受けつつ、嵐の夜を迎えていた。

日詰家は、爆心地から二・三粁離れていて、焼失は免れたが、家族の受けた惨劇は、爆心地付近の犠牲者と変らぬ悲惨なものであった。

父忠吉は、千田町の広島貯金支局で勤務中に爆風で吹き飛ばされ、重傷を負った。家へ帰ろうとしたが、力尽きて道端に倒れ、軍のトラックで郊外の小学校に収容され、翌日息絶えた。

母忍は、自宅のベランダで熱線と爆風を受けて全身火だるまとなり、右半身にひどい火傷《やけど》と裂傷を負って、近くの県立病院に収容された。広島市立中学校一年生だった長男忠昭は、爆心地からわずか八百米の地点で建物の疎開作業中に被爆した。動員されていた中学生たちは、ほとんど全滅し、忠昭も一旦は起き上がったけれど、また倒れ、友達に片手をさしのべて息絶えた。女学校を卒業したばかりの長女和子は、爆心地から八百米の福屋百貨店内にあった勤め先の広島貯金支局分室で被爆したが、ビルの中だったため、両手首にガラスによる傷を受けただけで炎の中を郊外に逃れることができ、翌日皆実町に帰って来た。父と同じ千田町の広島貯金支局に勤労奉仕に動員されていた進徳高等女学校三年生だった次女真澄は、奇蹟《きせき》的に傷ひとつ負わず走って帰った。末っ子の忠惇だけが、新潟県の伯父の家に疎開していて原爆を受けずに済んだ。

二人の娘は、重傷の母を、戸や窓がなくなった家に病院から連れて帰って、看病をした。近くに住んでいた親切な衛生兵が、毎日来てリバノール湿布などの手当てをしてくれた。女手だけとなった日詰家では、壊れた家の修理もできなかった。夏が終りに近づいたある夜、青白い月の光が部屋いっぱいにさしこむ中で、病床の母と二人の娘は「荒城の月」を口ずさんだ。長女の和子が新潟にいる末の弟のようすを見に行くという前の晩だった。それが和子の最後の元気な夜となった。新潟からの帰路、和子は、四十度を越す高熱と激しい下痢に襲われ、広島に帰り着いたときには、ふらふらになっていた。全身に赤紫の斑点が出、血便が出た。急性の放射線障害の典型的な症状だったが、そのときは正確な病名などわかるはずがなかった。和子は急速に衰弱し、苦しみ続け、「殺して、殺して」と叫び、意識がうすれていった。原爆を受けてからちょうど一カ月後の九月六日、和子は十八歳の短い生涯を閉じた。眼頭に残った涙は血で濁っていた。

家に残ったのは、母と次女の真澄だけになった。屋根のない二階は雨が降ると笊《ざる》に水をそそぐように漏るので、母と娘は一階で生活していた。真澄は時々微熱を出したが、献身的に母の看護をした。台風がやって来た日、前日から降り続いた雨で、二階の雨漏りは一層ひどくなった。ついに一階の部屋まで雨水が漏り始めた。近くに住む家主が、「うちに来た方がよい」とすすめてくれたが、忍は、「からだがきかんから」と言って断わった。右足の火傷と怪我が依然としてひどく、立って歩くことなどとてもできなかったのだった。ラジオは爆風で飛ばされて壊れてしまったから、台風が近づいているとは夢にも思わなかった。

夜になると、篠突《しのつ》く雨となり、二階は雨漏りと言うより、土砂降りの状態になった。当然一階の天井からも、所かまわず雨水が落ちて来た。忍と真澄は、暗闇の中で傘をさして辛うじてずぶ濡れになるのを防いだ。屋根のない二階建ての家は、暴風のために不気味にきしんだ。そのうちに、たっぷり雨水を含んだ二階の壁が、ドサーッ、ドサーッと音を響かせて落ち始めた。忍はすっかり恐ろしくなって、

「真澄、大丈夫かねえ」

と、暗闇の中に娘の顔を探した。

「お母ちゃん、大丈夫よ。お向いの二階の方が壊れやすそうだから、お向いが倒れるまでは、ここにいましょうよ」

真澄は気丈にこう言った。真澄はしっかりした娘だった。（この次女も六年後の夏、突然足

に麻痺を起こし、麻痺は急速に全身に波及して口も動かなくなり、わずか六日間で悲運の生涯を閉じることになったのだが……）

ドサーッという壁の落ちる音がまた響いた。

「お向いが倒れたら引越しましょう、お母ちゃん。それまではここで頑張りましょう」

と、真澄は繰り返し言った。

忍は、娘に励まされて多少心強くなった。暗闇の中で真澄の声を聞いていると、その向うには長女の和子もいるような幻覚にとらわれた。夫も長男の忠昭もどこかへ旅行に出かけているだけに過ぎないような錯覚にとらわれた。和子の口ずさんだ「荒城の月」が、たたきつける豪雨の響きの中からかすかに聞こえてくるような気もした。そうだ、原爆にやられたなどというのは何か悪い夢を見ているだけのことなのだ――忍は懸命にそう思おうとしたが、その空《むな》しい努力は傷の痛みで無残に引き裂かれた。そのときまた壁の崩れる音が響いた。向いの二階家が暴風雨に耐えられるかどうかが、わが家の運命にそのままかかわっているのかと思うと、忍は必死に向いの家の無事を念じつつ、夜明けが一刻も早くやって来ることばかりを祈り続けた。

夜が更けるにつれて太田川の水位は刻々と増していた。広島市内で二百粍を越える雨量を記録したことは、上流の山岳部では三百粍に達する大雨となっているに違いなかった。

山奥の太田川上流、加計《かけ》ではもはやくも十七日午後九時三十分に警戒水位を突破し、続いて中流の可部《かべ》でも午後十一時に警戒水位を越えた。太田川の堤防工事は、戦争が激しくなった昭和十七年以後全く放置され、治山治水の施策は無に等しかった。支流の根の谷川、三篠《みささ》川、安川はいたるところで堤防が決壊し、川沿いの村落を濁流に呑みこんだ。最大の決壊は、夜半前に太田川の本流が大きく湾曲している可部付近の両岸で起こった。太田川の奔流は、暗闇の中を怒濤《どとう》となって広島市郊外の農村地帯に襲いかかった。とくに西岸を突き破った濁流は、八木、緑井、古市、祇園にかけての水田地帯を見る見るうちに水没させ、あたり一面広大な湖のようにしてしまった。水の高さは二米を越えて、軒先に達したところもあり、流出する家屋が続出した。突然の洪水に、農家の人たちは屋根によじ登って難を逃れたが、逃げ遅れて濁流に呑まれる犠牲者も出た。

それは単なる洪水ではなかった。折からの暴風で、水は時化《しけ》の海のように激しく波立ち、水に浮ぶ家の屋根瓦が飛んだ。屋根に避難した人々は、暗闇の中で懸命にしがみついて、吹き飛ばされるのを防いだ。

太田川の洪水による農村部の被害は、本流、支流合わせて流失家屋六百十五戸、浸水田畑二千四百八町歩（二千三百八十八ヘクタール）、うち百二十町歩（百十九ヘクタール）は完全流出、そして死者は十三人、負傷者三十人に上った。

太田川による洪水は農村部だけではなかった。広島市内でもいたるところで氾濫を起こし、街中を水びたしにした。太田川は、広島市内に入ると、七つの川に分れて、デルタを形成していたが、とくにデルタの頂点、つまり川の分岐点付近の氾濫は凄まじく、焼け残った市北部の大芝や三篠一帯の市街地は床上一米も浸水するほどの洪水となった。

さらに太田川の激流は、流木で橋脚を突き崩し、次々に橋を流失させた。広島市内の流出した橋は、東大橋、天満橋、明治橋、観音橋、庚午《こうご》橋、大正橋、旭橋、住吉橋、電車横川鉄橋など二十に及んだ。原爆で破壊されたり焼失したりした橋が八カ所だったのに比べ、台風による橋の被害がいかに大きかったかがわかろう。三角洲《す》の街広島にとって橋は市民生活に欠かせないものであり、多数の橋が流出したことは、大きな打撃であった。とりわけ市西部の橋はほとんど失われたため、市内から己斐方面に行くには、はるばる市北部の横川橋を渡って迂回《うかい》しなければならなくなってしまった。さらに、橋の流失とともに、水道本管も各所で流されたうえに、牛田浄水場の取水口は土砂で埋まり、全市断水状態となって、水道施設は原爆以上の被害を受けた。

暴風雨と洪水は、原爆で廃墟と化した広島の街を骨髄まで洗い流す感があった。

これだけの水害でありながら、当時の新聞には災害の詳しい状況はほとんど報じられていない。辛うじて地元紙の中国新聞（温品《ぬくしな》版）九月十八日付に次のような写真つき三段記事が掲載されている。

「橋は落ち、道路は湖

台風広島県下を襲ふ

八月の末からまるで梅雨のやうに執拗《しつよう》に降りつゞいた雨は、十七日朝になつてとうとう豪雨になつた。『洪水にならなければこの雨は止まんのぢやないか？』といふ心配は不幸適中して、昼ころからは風をお伴につれて、ますます降りしきり、本格的台風になつた。八月六日に原子爆弾といふ『火』の試錬を受けた広島市民は今度は『水』だ。みるみる河川は増水する、下水は逆流していたるところに激流をつくる、焦土に建つたバラックや半壊の家屋が吹きとぶ、農村方面も低地の田畑は湖のやうになつた。戦々兢々《きようきよう》たるうちに夜を迎へたが、風雨はますます激しくなり、電気も消えた。橋梁《きようりよう》は流れる、汽車も不通となつた。不安は刻々と増す……だが、火に生き抜いてきた市民は敢然とこの天の猛威と戦つた。暗夜に不断の警戒がつゞけられた。かくて夜半やうやく雨は止んだ、やがて風もをさまつた。被害は県下一円に相当あるらしい。だが新しい日本建設にたくましく進む更生県民には、これしき何ぞ、苦難を乗越えて起上るだらう」

添えられた写真は、「洪水と戦ふ村民」と題して、広島市郊外温品村にある中国新聞の疎開工場付近の出水状況を撮影したものであった。疎開工場は、この記事と写真を掲載した十八日付朝刊の印刷が完了した直後、洪水の被害を受け、発刊不能に陥った。災害の報道ができなくなったのである。

中国新聞は、既述のように社屋が破壊されたうえに、戦後間もなく中央紙が一斉に「広島は今後七十年間は生物の棲息《せいそく》は不能である」と報道したことから、市内の本社での業務再建を見合わせて、温品村の疎開工場に本拠を移し、わずか一台の輪転機によって八月三十一日付紙面から再刊にこぎつけた。ところが、自転車もろくにないため、生き残った記者たちは山の中のデコボコ道を歩いて市内に取材に出かけなければならなかった。そのうえ本社が全焼したため鉛筆にさえ不自由し、戦災を受けなかった県内の支局から手持ちの鉛筆や原稿用紙、封筒などをかき集めて記事を書くという状態だった。疎開工場自体がトタン張りのひどい建物だった。

そこへ台風が襲来したのである。暴風雨の中で災害の詳しい情報が集まる筈がなかった。工場にいた記者が、わずかばかりの断片的な情報と温品周辺の状況とからようやく台風の記事をまとめ、深夜の締切《しめきり》に間に合わせたのであろう。それは具体的な災害の事実こそとらえていなかったが、原爆の惨禍を受けた直後の水害の雰囲気《ふんいき》を精一杯感動的に記していた。そしてこの朝刊が刷り上がった直後、次第に水かさを増していた工場脇の川が氾濫を起こして、輪転機を泥水に巻きこみ、必要な資材を押し流してしまった。戦災に備えてたった一台だけ疎開していた輪転機も、これで使用不能になってしまった。再刊後わずか二週間余りで、中国新聞は再び発行の見通しが立たなくなったのである。しかも、中国新聞社は、この水害で、被爆直後からの写真や記録——それが今日残っていたらと思われる貴重な資料！——を多数流失するという打撃を受けた。

そのとき工場の一隅で、

「これでいいんじゃ、これでいいんじゃ、これで中国新聞は本当の再建ができるんじゃ」

と、ひとり言をつぶやきながら、コップ酒を飲んでいる男がいた。撮影課長の吉岡豊だった。吉岡は、こんな山の中では新聞業は成り立たないとはじめから思っていたが、撮影課長の分限では、そんな社の大方針に関することに口をはさむことはできなかった。しかし彼は、自分の考えを捨てていなかった。水害で温品工場の機能が麻痺したとき、彼は一社員としていたずらに災害を喜んだわけではなかったが、社の百年の計を考えれば、いまこそ市内の本社を再建すべきときが来たのだと思ったのだった。

「祝酒じゃ」

吉岡は、そうつぶやいては何度もコップ酒を飲み乾《ほ》した。

中国新聞社は、台風後再建会議を開いた結果、山本社長の決断で、温品工場を引き払い、本社ビルを復興することを決めた。本社内に放置してあった焼けただれた輪転機は、日本製鋼所に依頼して修理するなど、社員は社の再建に全力をあげた。本社での再刊にこぎつけたのは、十一月三日であった。

〝台風広島県下を襲ふ〟という記事を載せた九月十八日付朝刊は、中国新聞温品版の最後の号になったのだった。

5

気象台では暴風雨が峠を越してからも、臨時観測が続けられた。気圧は急速に上昇していた。台風の眼の通過前後には平均二十米を越えていた風も、十米前後に落ちていた。

夜半を過ぎると、雲の切れ間から星のきらめきさえ見えるようになった。つい先程の豪雨が嘘のようであった。

台風の通過速度は予想以上に速かったのだ。風は午前一時前北風に変っていた。台風の中心は山陰方面に達しているに違いなかった。

現業室や事務室に待機していた台員たちの間には、ほっとした空気が流れていた。当番の二人に応援の者も加わって、三十分毎の臨時観測やデータの整理をしながら、豪雨と暴風のさ中には、みな一体どうなるのかという共通の不安感を抱いていたのだが、前ぶれかと思っていた豪雨が意外に台風そのものの雨だったことがわかると、もはや最悪の事態は過ぎたのだという安堵《あんど》感が、誰の胸にもあった。

「広島あたりで中心示度が七二〇粍台を維持していたとなると、九州では相当に凄かったのではないかなあ。こんなに気圧の深い台風は最近にないですよ」

当番の白井は、観測野帳の整理の手を休めると、北にこう話しかけた。北は、

「広島に来て三年にしかならんが、こんな大雨はおそらく昭和になってはじめてではないかな。大正十五年に大変な水害があったらしいが」

と言った。北の耳には、つい先程まで続いた雨の異常な響きがまだ残っていた。

「ええ、広島の降雨記録の最高は大正十五年九月十一日の三百五十七粍ですから、今度の二百十八・七粍はそれに次ぐものですね」

白井は、北の感想をデータで裏付けた。

「風も強かったが、あの程度で済んでくれてよかったよ。昭和九年の室戸台風のとき、わしは大阪におったのだが、あのときの風は凄かった。瞬間風速が六十米を越えて、家や学校がバタバタ倒れ、大勢の子供が死んだ。今度の台風ではそんなことはなかったろうと思うのだが、バ

ラックはやられたろうな」

北がこう言うと、白井は心配そうな顔をした。

「わたしも千田町の焼け跡にバラック住いなんですよ。頑丈に板やトタンを打ちつけたつもりだけれど、大丈夫かなあ。風に持ちこたえても、あの雨では水びたしは間違いなしだ。床が低いから、水が出ればお手上げですよ」

「白井君のところは、小さい子がいるんではなかったかね」

「やっと生後三カ月になったところですよ。その子と家内とわたしとわたしの弟の四人で、六畳ほどの板の間に雑魚寝みたいな生活なんです。どこかへ避難してくれたとは思うんですがね」

そのとき、どこかの部屋で板が落ちる音がした。打ちつけた板が風で飛んだらしい。風がまた強くなって来たのだった。

「変な吹き方だな。台風が過ぎて三時間も経ってから、吹き返しが来るというのは、どういうことでしょう」

白井は首をかしげた。「風向は順転して、午前一時には北の風で平均八・三米まで落ちていたのですが。ちょうど一時三十分になりますから観測塔を見て来ます。露場の方は、上原君頼む」

台風が西側を通過するとき、風向きは、時計の針と同じように、東から南、西、北へとほぼ一回転する。気象台の人たちは、このような風向の変化を〝順転〟と呼んで、台風の中心通過の判断の手掛りにしている。台風の中心が東側を通過するときは、風向きは時計の針と反対の方向に〝逆転〟する。

白井が観測塔に上がると、風速計は二十二米を示していた。ところが、ダインス式風圧計の自記紙をのぞくと、針が飛んで故障していた。一時二十分頃瞬間風速二十五米前後の激しい振幅を記録したのが最後で、おそらくその直後に三十米から四十米を越える突風が突然吹いて針が飛んだのであろう。風はさらに強くなりつつあった。台風が至近距離にいたときよりむしろ激しくなる気配さえあった。白井はこのことを、現業室に戻って北に報告すると、北は、

「台風が衰弱期に入ると、中心気圧は高くなって、鍋底《なべぞこ》のような形になるが、その代り輪っぱが大きくなって、中心よりむしろ離れたところで風が強くなる。おそらくこの風はそのせいだろう。ダインスが駄目になったのなら、平均風速計から瞬間風速を推算しなければならんな」

と言った。

「瞬間風速は三十米は越えていますよ。アンテナがひゅうひゅう鳴ってます」

白井がそう言うので、北もアンテナの唸りに気付いた。

アンテナの唸りは、次第に轟々《ごうごう》という音に変っていた。それは飛行機の編隊が上空を通過しているような音だった。

「B29を思い出しますね」

と、白井が言った。北も同じことを思い浮べていた。強風に唸るアンテナの音は、燈火管制のしかれた暗闇の上空を通過する不気味なB29編隊の爆音を連想させたのだった。空襲警報で

防空壕《ごう》に避難し、B29や艦載機の爆音におびえる生活はもはやなかった。しかし、代って今は、壊れかかった家や粗末なバラックに住む原爆被災者たちは、暴風におびえているに違いない――北がそんな思いをめぐらしていると、またどこかで何かが飛ばされる音がした。

そこへ山根技手が入って来た。

「官舎の屋根瓦が飛んでいます。物凄《すご》い風になって来ましたよ。二時の露場観測は私が手伝いましょう」

山根がそう言うと、三十分前に露場に出た乙番の上原が口を開いた。

「山根さん、お願いします。でも、気をつけて下さいよ。さっき出たとき、飛ばされそうになってしまいましてね、百葉箱の扉を開《あ》けるのが大変でした」

「よし、わかった。では見て来るよ」

雨は止んでいるので、もう褌姿になる必要はなかった。山根は懐中電燈とメモ用紙とを持って、玄関を出ようとしたとたん、突風にあおられてよろめいた。山根は、いったん玄関口に戻った。玄関は南向きになっているので、北風をよけるのには好都合だった。露場は、庁舎の南側にあったが、庁舎からはちょっと離れているので、そこはもう暴風にまともにさらされていた。山根は風に吹き飛ばされないように、這《は》って行くことにした。庁舎から離れるにつれて、風は人間をねらい打ちにしているのかと思われるほど激しく襲いかかって来た。息をするのも苦しかった。

百葉箱にたどり着くと、山根は懐中電燈をポケットに入れて、左手で柱にしがみつき、右手で扉を開けようとした。ところが扉は激しい風圧で片手ではなかなか開かなかった。無理に開けようとすると、百葉箱ごと風に吹き飛ばされそうな気がした。頭上ではアンテナの鉄柱が轟々と唸り続けていた。天には晴れ間が広がってい、星がきらめいていた。しかし、地上は全く対照的に真暗だった。山根は、姿も見せずに襲いかかって来る敵の正体を知っていた。どんな暴風であっても、風には息というものがある。荒れ狂う中にも、一瞬弱まる隙があるのだ。敵のその隙をねらって扉を開ければよい。山根は、百葉箱にへばりつくようにして、チャンスを待った。長い時間のような気がしたが、実は数十秒位なものであった。猛烈な突風が過ぎた次の瞬間、一瞬の風の弱まりをねらって、今度は思い切って両手を扉にかけ、ぐいと力を入れて開いた。扉は開いた。いつまでも扉を開けておくと、突風で破壊されるおそれがあるので、すばやく測器の読み取りをしなければならなかった。だが、風で飛ばされそうになるため、いつものように手際よく温度計や湿度計の目盛を読むことはできなかった。片手で懐中電燈の光を当てながら辛うじて読み取ると、次はメモである。第三者が見ていたなら、これだけのデータの読み取りに、どうして命がけにならなければならないのかと思われるような業務だった。だが観測をする者にとっては、そうすることが日課なのであり、任務なのであって、そういう仕事のやり方に何の疑いも持たなかった。

山根は、雨が上がっていることに感謝した。この風に雨が加わっていたら、とてもひとりでは百葉箱の観測はできなかったろうし、百葉箱ばかりでなく雨量計まで見なければならなかったからだ。再び玄関まで這って戻ると、山根はようやく立ち上がって深呼吸をした。地面を這いまわったので、シャツもズボンも泥だらけになっていた。現業室に戻ると、山根の姿にみなびっくりした。

「いやあ、風が強くて、立っていられないのですよ。百葉箱の扉が風圧で開かないほどだから、風速は平均三十米ぐらいまでは行ってると思うな」

山根がそう言うと、観測塔に行って来た上原が、

「午前二時で平均二十九・三米でした。ダインスは故障で、瞬間風速はわかりません」

と、観測データを報告した。

山根は、「屋上の風速計は少し割引きして記録してるのじゃあないか、もっと吹いていると思うがなあ」と、冗談をとばした。「もっとも気象の教科書には、平均風速二十五米で煙突や屋根瓦が飛ぶ、三十米で雨戸がはずれ、粗末な建てつけの家は倒れる、四十米になると小石が飛び、列車も倒れる、五十米では家屋は倒れ、木は根こそぎになる、と書いてあるから……二十九・三米がいいとこかな。だが瞬間風速では四十五米位になっているぞ」山根は、自分自身を納得させるように言った。

この夜の広島の風の吹き方は、確かに異常だった。台風の中心は、午前零時四十分過ぎには松江付近を通過して、日本海に抜けていたのである。にもかかわらず、広島では、午前一時半ごろから二時半ごろにかけて猛烈な風が吹き荒れた。最大瞬間風速は午前二時五分に、推算値で四十八・三米にも達し、平均風速の最大値も二時十分に三十・二米を記録した。

午前三時頃になると、さしもの風もおさまる気配を見せ、平均十米前後の余波を残すだけと

なった。気象台に泊りこんだ台員たちも、これでようやく安心し、当番の二人を残してそれぞれに場所をみつけて仮眠に入った。

朝になって一時雨がパラついたが、午前九時を過ぎる頃には雲もほとんど失せて、台風一過の青空が広がり、久々に灼《や》けるような太陽が照りつける天気となった。

宿直明けの白井と上原は、「トヨハタ」による朝の天気図の作成が終ると、さすがに疲れ切った表情を見せて帰宅して行った。

白井は、広島電鉄の市内電車で通勤していたが、江波の電車通りまで出て、電車が動いていないことを知った。橋が流れたり、浸水したりで、電車は運休していたのだった。白井は歩いて千田町の自宅まで帰ることにした。流されてない橋を探し、浸水地域を避けながら、遠まわりをして、昼近くなって家までたどり着くと、付近はまだ膝《ひざ》近くまで水につかっていた。バラックのわが家をのぞくと、赤ん坊を背負った妻と弟が、水を被った室内の掃除をしていた。やはり心配していた通り相当水が出たのだな、と白井は思いながら、

「いま帰ったぞ、やはり水にやられたか」

と、声をかけた。

「お帰りなさい。あなたがいないので、貯金局にみんなで避難していたのですよ。ついさっき帰ったばかりですけど、ゆうべはこんなに水が来て」

と、妻は床上一米ほどの板壁の水の跡を指差した。

「そうか。当番をしていても、この辺りは土地が低いから水が出てるのじゃないかと心配していたのだ。風も強かったしな。だが、みな元気で何よりだ」

白井は、妻の背負っている赤ん坊の元気な顔をのぞきみながら、顔をほころばせた。そして、このバラックがよくもあの強風に耐えたものだと不思議に思った。

台風一過の十八日は、宿直明けの白井と上原に代って、遠藤技手と加藤技術員が当番勤務についた。遠藤らは臨泊からの連続勤務だった。

北が現業室に立ち寄ると、遠藤が午前九時に取り換えた各種観測器械の自記紙の整理をしていた。一時間毎の数値を読み取って必要なデータを自記紙上にメモし、観測野帳の記録と照合するのである。自記紙の整理は、その日の当番が午前中にまず済ませなければならない日課の一つであった。

巻取式になっている各自記紙には、前日午前九時から当日午前九時までの二十四時間の気象状況の変化が、克明に自記ペンで記されている。それを見ると、気象というものがわずか一日という短い時間の間にも、いかに多彩な変化をするかが、手にとるようにわかるから、気象観測が好きでこの道に入った者にとっては、自記紙の整理は興味のつきない作業である。とりわけ台風襲来のような激しい気象の変化があった日の自記紙は、ちょっとしたペン先の跡の上がり下がりにも、各人の体験に符合する意味がこめられていて、自記ペンの跡をたどることは、事件のドキュメントを読むような充実感がある。

北が遠藤の手許《てもと》を覗《のぞ》きこむと、遠藤はダインス式風圧計の自記紙の整理中だった。瞬間々々の風の〝息〟をそのままに記録するこの風圧計は、瞬間風速の変化を知るための観測器械だが、暴風の荒々しい息づかいはペンの振幅を激しくし、自記紙に残されたペンの跡は地震計の記録のようであった。

「潮煙が発生したのはこのあたりでした」

遠藤は台風通過直後のペンの跡を指しながら北に言った。遠藤の記憶には、暗闇の中に奇妙に白く見えた〝潮風〟の光景がよほど強烈に焼き付いている様子だった。

「ダインスは、午前一時二十分頃にペン先が飛んでしまいましたから、いちばん風が強かったときの最大瞬間風速が記録されていません。昨夜の当番の白井さんは、平均風速計のデータから最大瞬間風速は午前二時五分に四十八・三米まで出たと推算していましたが……」

たしかに風圧計のペンの跡は午前一時二十分あたりでプツンと切れて、あとは空白になっていたが、それはそれなりに劇的でさえあった。

北は、整理の済んでいたほかの記録紙を手に取って見た。自記気圧計の記録紙は、台風の通過前後に典型的なV字型の谷を描いていた。また、自記雨量計の自記紙を見ると、十七日夜の一時間毎の雨量の読み取り値が記入されていた。その数値は、

18時～19時　九・一粍
19時～20時　一〇・三粍
20時～21時　一六・八粍

21時〜22時　　五三・五粍
22時〜23時　　四・二粍
23時〜0時　　〇・〇粍

となっていて、雨の盛衰をよく示していた。「21時〜22時　五三・五粍」という数値から、北は昨夜の滝のような雨の轟音が聞こえて来るような気がした。北が雨量の数値を丹念に読んでいるのに気付いた遠藤は、仕事の手を休めると説明を加えた。

「その自記紙の目盛を細かく読んで見たのですが、雨がいちばん激しかったのは、正確に言うと二十一時七分から二十二時七分までの間でした。その一時間の雨量は五十七・一粍です。それから、十七日午前九時から今朝十八日午前九時までの二十四時間雨量は百九十七・一粍、十六日朝の降り始めからの総雨量になりますと二百十八・七粍に達しています。やはり大変な雨でした。これまでの例から考えますと、大水害です」

「朝街の中を通って出勤した者の話だと、市内はほとんど水びたしだそうだ。あちこちで橋も流されたと言っておった。山の方はどうなっているかなあ」

北はラジオを聞きたかったのだが、停電で駄目だった。蓄電池は「トヨハタ」受信用の無線受信機に使っているから、ラジオに利用するわけにはいかなかった。気象台は原爆被爆直後と同じようにまたまた情報網から孤立した状態に置かれたのだった。災害の実態は全くわからなかったが、北も遠藤も、太田川上流の方では洪水や山崩れがあったに違いないと思った。

そのとき、若手の金子技術員が、

「ダインスが直りました」

と言って、現業室に入って来た。手先の器用な金子が朝から観測塔に上がって、強風で故障したダインス式風圧計の修理をしていたのだった。

「四十米くらいの突風で故障するようでは、うちのダインスは駄目ですね。六十米まで目盛があっても、意味ないですよ」

金子は、いざというときに役に立たなかった測器に不満だった。

「このダインスはもう古いからなあ。いくら風が凄かったからといっても、風速六十米くらいまでは故障せずにちゃんと記録してくれなくては困るな。台長に頼んで、しっかりした新型のものに替えてもらおう」

と、北が答えた。

「ところで台風はどこへ行きましたか」

金子はそう尋ねながら、天気図をのぞきこんだ。机の上には、宿直明けの白井が、「トヨハタ」を受信して書いていった午前六時現在の天気図が置いてあった。当番の遠藤が台風の位置を指しながら金子に説明した。

「午前六時で能登半島の先端付近に行っている。夜半過ぎに日本海に出てからは、進路を東に変えたようだ。このまま行けば、佐渡あたりを通って奥羽地方に突っかけることになりそうだ。だが、広島はもう終りだ。今日の当番は楽だよ」

「台風一過とはよく言ったものですねえ。こんな青空は久しぶりですよ」

金子は、そう言って現業室を出て行った。

窓に打ちつけてあった板は朝になってはがされ、ガラスのない空間からは、澄み切った初秋の空がのぞいていた。吹きこんだ雨で台内はどの部屋もじめじめと濡れていたが、吹きこむ風は心地よかった。

午後になって、市内に出かけていた吉田技手が帰って来た。吉田は中央気象台への気象電報の打電と市役所への気象特報解除の通知のために自転車で出かけていたのだった。原爆被爆当時の混乱のさ中には、気象台には自転車もなく、台員たちはどこへ行くにも徒歩で出かけなければならなかったが、九月になって中古の自転車を買い入れてからは市内出張はずいぶん楽になっていた。吉田は北に報告した。

「江波郵便局では、電信線が不通になっているので、いつ電報を打てるかわからないと言っていました。電報の依頼はして来ましたが。街の中はまだ水の退《ひ》いてないところが多いので、市役所へ行くのにもまわり道をしなければなりませんでした。おまけに本川の住吉橋が流されたので、一つ上手の新大橋まで行かなければなりません。

市役所に入った情報ですと、太田川の上流ではひどい水害らしい。奥の方では山崩れで多数の生き埋めも出ていると言っていました。詳しくは県庁に聞かないとわからないそうですが、街角には中国新聞のビラが貼《は》ってありました。太田川が決壊し、可部、八木、緑井は一面湖になっているとか書いてありました」

中国新聞社は、疎開先の温品工場が水害に会って印刷不能に陥ったため、記者たちが総出で藁半紙《わらばんし》などに筆で台風災害のニュースを書き、市内の要所に貼って歩いたのだった。

北は、吉田の報告を聞いて、災害発生が現実だったことを知り、「やはりそうだったか」とつぶやいた。

当番の遠藤は、この日の『当番日誌』に次のように記した。

「九月十八日　火曜

昨日ノ颱風《たいふう》モ早ヤ通過シ本日ハ灼ケル如キ天気トナル、昨年ノ颱風ト日ヲ同ジウシタ昨日ノ颱風ニ関シ多少記録スル

最低気圧七二一・五　17th廿二時四三分

最大風速三〇・二　18th二時十分（風向ＮＮＥ）

降水量一九七・一（創立以来第二位）

停電中

ダインス故障中ノ処《ところ》金子雇修理ス

其後情報ニ依レバ恰《あたか》モ満潮ニ際シ多量ノ降水ヲ見タル為沿岸部ハ高潮被害アリシ由、又各河川出水橋梁ヲ損ジ、山間部ニテハ山崩レアリシ由聞ユ」

吉田の話だと、市役所は職員がほとんど集まらないため、災害復旧に何から手をつけてよいかわからないでいるようすだったという。

広島市役所は、実際吉田が感じ取った通り、原爆の惨禍に追い打ちをかけた風水害を目の前にして、一体何から復旧すべきか、途方に暮れた状態にあったのだった。後に広島市長になっ

た配給課長浜井信三は、このときの心情を後日次のように記している。

「市役所の屋上から市中を見渡すと、全市が湖になっていた。瓦礫や倒れた家、ガラクタがすべて水の底にかくれ、一見美しい眺めであった。〝原爆砂漠〟が一夜にして〝原爆湖水〟にかわっている。――これで一切合財が、徹底的に葬り去られた。私はヤケッパチな気持で、いっそ水がこのまま引かなければよい、と思った」

なお、広島市の風水害の状況について『広島原爆戦災誌』には次のように記録されている。

「郊外へ脱出しなかった市民や、すぐに帰って来た市民は、焼け残りの木材や焼けトタン・焼瓦などを拾い集めてバラックを建てたり、あるいは焼け残った防空壕に細々と住んでいた。半壊家屋は自ら修理し、辛うじて雨露だけは凌《しの》いでいた。

そこへ九月十七日の暴風雨の襲来で、さらに災害を受けた。半壊家屋は倒れ、バラック小屋は潰《つぶ》れ、防空壕は水びたしになって住むに耐えなくなった。市としては、周辺地域で余分の部屋を持つ家を調査し、これら罹災者《りさいしゃ》に貸与するよう斡旋《あっせん》したが効果がなかった。

当時住宅建設は、住宅営団がすべて行なっていたが、とても間に合わなかった。この営団が組立て住宅一セット三五〇〇円で売り出したが、罹災者の多くは資金の持合せがなかったのか、あまり売れなかった」

第四章　京都大学研究班の遭難

1

台風から二日経った九月十九日になって、県庁の土木部の職員が台風の気象データを調べにやって来た。

北が応対に出た。北はこの日当番だった。県もようやく体制を整えて、災害の実態調査を始めたのだという。その職員の話から、呉市や広島の西の大野町、宮島町などでは、大規模な山崩れや山津波が発生して、多数の犠牲が出たこと、鉄道は山陽線をはじめ県内の呉線、芸備線、可部線、福塩線が各所で流出、埋没、崩壊などによってずたずたになり、復旧の見通しさえ立っていないこと、通信線は原爆の被害後に復旧させたばかりのものも含めて、ケーブルが流出するなど無数の被害を受け、広島周辺では市外線、市内線とも生きた回線は全く残っていないことなど、台風災害の全貌《ぜんぼう》がおぼろげながらわかって来た。

この日の夕方、台風の夜以来二日ぶりに電燈がつき、ラジオを聞くことができるようになった。ローカル・ニュースで県下の災害状況を放送していた。

夜になると気温が下がって、肌寒さを感じるほどになった。露場に出ると、秋冷が身にしみた。虫の鳴き声があちこちから聞こえた。北は、季節の移り変りを感じた。

〈これから十月に入れば朝夕は冷えこむようになるだろう。冬は遠くない。原爆と台風で散々な目に会った罹災者にとって、この冬は厳しいものになるだろうな〉

北は、そんなことを思いつつ、街を見下ろすと、街にはようやく点々と電燈の明りが戻っていた。

菅原台長が東京から帰ったのは、九月二十五日夕刻であった。山陽線は、岡山から広島にかけての区間で依然としてまだ数カ所で不通になっていたが、不通区間以外は折り返しで運転されていた。菅原は、不通区間は歩いて越え、汽車を乗り継いで、ようやく広島に帰ることができたのだった。東京を出てから広島までまる二日もかかっていた。

菅原は、台風の夜のようすについて尾崎と北から報告を聞くと、

「御苦労だった。中央気象台で聞けば、広島の気象電報は入電なしだというし、どうなっているのか気になって仕方がなかった。帰ろうと思っても、山陽線は不通だというので、足止めを食っていたのだ」

菅原は、台長として出張先から飛んで帰れなかったことを詫《わ》びるような口調で言った。

「はじめのうちは広島がこれほどやられているとはわからなくてな。五日ほど経ってからだよ、広島がひどい水害を受けたという記事が新聞に載ったのは。いつまでも東京で待っているわけ

には行かんので、思い切って不通区間は歩く覚悟で汽車に乗って来たのだ」

そう言いながら菅原は、東京で読んだ新聞記事の話をした。広島では台風以来新聞の配達がストップしていたから、菅原がもたらした新聞記事の話は、気象台では新鮮なニュースであった。

「風速五十米というから心配していた」

そう語る菅原が東京で読んだ記事は、「罹災者十余万人 惨、颱風禍《たいふうか》の広島県」という見出しで、二段組みの次のような内容であった。

「去る十七日西日本を洗つた今年最大の颱風は中心示度七三〇ミリ、風速約五〇メートル、それに豪雨を伴つたため西日本各地は大風水害の脅威に曝《さら》されたが特に颱風の中心が通過した広島県下においては実に数十年ぶりの大風水害を被り罹災者十余万、死傷、行方不明者約二千七百名を数ふる惨状を呈し、家屋流出全半壊六千戸、同浸水五万戸に及んでゐることが二十日広島県知事から内務省に達した報告によつて判明した。現在も依然交通通信は一切途絶し、徒歩によつて連絡しつつある現況である。

右報告によれば被害の最も甚大な地区は山陽沿線、広島、呉両市をはじめ……」

記事の内容を聞くうちに、北は、広島の風水害が東京の全国紙に取り上げられるほど際立って大きかったのか、とあらためて驚きを感じた。

「その記事によると内務省に県から報告されたのは、ずいぶん遅くなってからだったのですね。県もなかなか被害状況をつかめなかったようですから」

と北が言うと、菅原は、

「そうだ、新聞に出たのは二十二日の朝だからな。東京では台風から五日も経って、やっとその程度のことしかわからなかったのだ。中央気象台でも、その新聞記事を見てどうして広島がこのように大きな水害になったのか驚いていたよ」

と、東京で状況の把握《はあく》が遅れたわけをもう一度駄目押しをするように言った。菅原は続けた。

「中央気象台では、今度の台風は室戸台風以来の猛烈なものだと言っていた。上陸したのは枕崎付近だったのだが、通信線が不通になって、なかなか現地から入電がなくてな、二日後か三日後かにようやく入電した電報によると、枕崎測候所では最低気圧が六八七・五粍まで下がったそうだ。これは凄《すご》い記録だ。こんなに中心示度の深いやつは、本当に室戸台風以来のことだよ」

「六八七・五粍ですか。室戸台風のとき、私は大阪にいたのですが、あのときは室戸で観測したのが六八四粍でしたから、ほとんど同じですね。この新聞記事に出ている『中心示度七三〇ミリ、風速約五〇メートル』というのは、あまり正確ではありませんが、多分広島のデータだと思います。広島では最低気圧が七二一・五粍で、最大瞬間風速四十八・三米でした。この記録は、台風の二日後に県の土木部の人が来て書いて行きましたから、県から内務省への災害報告にこのデータを記載してあったのを、新聞記者が概数にして記事の中に使ったのではないかと思います」

北は、感想を述べるように言った。

「ところで、中央気象台の藤原咲平先生からの指示なのだが」と、菅原は本題に入るような口調で言った。「藤原先生は、原子爆弾災害と今度の台風災害の両方について、学術的な調査報告をまとめよと言うのだ。原子爆弾災害の調査研究については、学術研究会議が学界の権威を総動員して特別委員会を発足させて取り組むことになったのだが、藤原先生も委員の一人として任命された。物理学化学地学科会とか言っておられたな。ともかく藤原先生の意向では、単なる気象学的なデータを並べるだけでなく、幅の広い視野に立って、世界に前例を見ないこの原子爆弾災害の全体像を明らかにするような調査研究をせよということだ。原子爆弾にやられた被爆者がいかにむごい目に会っているかについては、新聞などで多少は報道されてはいるが、本当の姿はまだまだ伝えられていない。その意味でも、学術的な調査は意義が深いと、僕は思う。

日常の業務も満足にできないこの状態で、原子爆弾と台風の調査研究をかかえこむのは大変なことだと思うが、この際頑張ってくれぬか。藤原先生の指示で、宇田技師が広島管区気象台詰めになってまとめ役をやって下さるそうだ。神戸海洋気象台長だった宇田道隆さんだ。宇田さんは、広島の陸軍船舶練習部に動員されていたが、先日除隊になってそのまま広島に住まわれているとのことだ。宇田さんの指揮に従って調査をするようにと、藤原先生は言っておられた。北君、僕も調査の先頭に立ってやるけれど、やはり現場調査は技術主任の君に頑張ってほしい」

菅原の説明を聞いて、北はいやくも心を動かされた。

「とても重要なことだと思います。ぜひやらせていただきたいと思うのですが、具体的なテーマや調査方法はどうすればよいのでしょうか」

「いやそこまではまだ考えを煮つめていない。藤原先生も、宇田さんと打ち合わせて決めるようにと言われただけだった。ともかく宇田さんが、ここへ客員として今月中に来られるということだから、細かいことはそれから決めよう。原子物理学や医学などの分野については、それぞれの権威が調査されることだし、われわれ気象屋の手の及ぶテーマではない。僕の考えでは、爆風による破壊現象とか火災の発生と延焼の状況、爆撃後の気象変化、とくに風の変化や降雨現象――あの日はすごい積乱雲ができて、北の方で雷雨があったとか言っていたな――そういったことを調べて分布図を作ってはどうかと思うのだ。それならわれわれの力でもできるし、われわれ気象台の者ならではの調査研究になると思う。いずれにしても足で歩いて調べなければデータは集まらんから、大変なことだ」

菅原はさらに続けた。

「藤原先生から指示を受けたのは、はじめは原子爆弾の調査研究だけだったのだが、東京で足止めを食っているうちに、台風災害が大変なものだということがわかって来て、中央気象台の予報課と統計課が中心になって台風の調査報告書を作ろうということになったのだ。全国の気象台や測候所に報告を提出するよう指示が出されたが、広島は通信線が不通になっているので、僕が直接指示を受けて来た。九州各地の気象台や測候所には、災害の詳細な実地踏査記録を作るよう指示がでている。このように大がかりな台風災害の調査を行なうのは、室戸台風以来なかったことだ。そうだ、中央気象台では今度の台風を『枕崎台風』と名付けたから覚えておいてほしい。台風の上陸地点にちなんでつけられた名前だ。

この『枕崎台風』の調査報告を作成するに当たっては、藤原先生の意向が強く働いている。というのは、戦時中三年八カ月というもの、気象管制によって天気予報ばかりか、台風の警報さえ発表できなかった、このため、台風の不意打ちで犠牲になる者が多かったが、被害の記録さえ十分に残っていない。この期間の台風の犠牲者はおそらく何千という数に上っただろう、藤原先生はこの隠れた災害の犠牲者に対して、気象事業の責任者として、いたく胸を痛めておられるのだ。『枕崎台風の調査報告は、こうした戦時中の反省をこめて、詳細に記すのだ』と、藤原先生は言っておられた」

菅原の話を聞いているうちに、北は、中央気象台長藤原咲平の熱気が伝わって来るのを感じた。北は、測候技術官養成所時代に岡田武松の影響を最も強く受けたが、同時に当時中央気象台の予報主任でよく養成所の教壇にも立った藤原にも接し、その強烈な人柄から岡田に劣らぬ影響を受けていた。北が知っている藤原は、気象事業に対する情熱の固まりのような人物であった。藤原の講義の仕方は、観測作業の細かいところを手ほどきするというようなやり方とは正反対であった。問題のポイントやものの考え方などを一方的にしゃべると、細かいところは自分で勉強せよ、やる気のある者だけがついて来い、といったやり方であった。これが予報の現業作業になるともっと徹底していた。北は藤原と世代が大きく開いていて実際に現業作業をやったわけではなかったが、先輩から聞いたところでは、藤原は現業室で後輩に対し決して天気図の解析の仕方や予報の出し方を教えなかったという。後輩は先輩の仕事を見て覚えよ、というのが藤原の教育哲学だった。藤原のこのような教育哲学の背景にあったものは、気象業務のような地味な仕事は自分で苦労をして覚えようとする意志のある者、本当に気象業務の好きな者によってしか支えられないのだという思想であった。自分の情熱を後進の者にも求めたのである。藤原のこの情熱は、岡田武松の後を継いでからいよいよ煮えたぎり、全国津々浦々の気象台や測候所にまでその威令を響かせていた。

北は、広島に帰った菅原台長の話によって、藤原咲平の気象事業に対する情熱と意気が、敗戦という破局の中でも少しも衰えていないのを知り心強くなった。

「台長、一日も早くこの調査研究に取り掛りましょう」

北は意気ごんで言った。

「ありがとう、いずれ若い連中にも手伝ってもらわねばならなくなるから、観測業務とのかねあいをよく考えて、調査の計画を立てよう。

藤原先生は、われわれに仕事を命じるだけではない。原子爆弾を受けた広島と長崎の気象台の職員の生活について非常に心配しておられる。職員の官舎や気象台の修理などに必要な資金について、できるだけのことをして下さるということだ。江波病院の空家になった仮設病棟を官舎にすることはうまく行きそうだぞ」

菅原は、中央への陳情の成果があったことを満足そうな表情で話した。

九月二十八日朝、宇田道隆が気象台に姿を見せた。台長の菅原は、尾崎や北らを台長室に集めて、宇田と懇談した。

「宇田さん、どちらにお住いですか」

菅原が尋ねると、宇田は、

「ピカのときは、皆実《みなみ》町三丁目におりましたのですが、天井は落ち壁も崩れてとても住めなくなったので、高須へ越しましてな。陸軍船舶練習部のもとの隊長の家が一軒空いていたので、そこを借りたのですよ」

と言った。

「無事でよかったですね」

「あのときは自宅の便所へはいっていてな、稲光りのようなのがピカッと来て、ハッと頭を上げる間もなくドーンと爆風だ。ガラスの破片が額に刺さって、血が流れて目に入る、軍服を着ていたので腰に救急用の三角巾をつけていた、それを取り出して、ガラスを引き抜いた傷跡へ鉢巻のようにしてしばりつけたよ。傾きかけた便所からはい出すと、家の中はもうもうと土煙りが立ちこめて、めちゃめちゃになっていた。その中に長男と赤ん坊を抱いた家内が倒れているので驚いた。幸い妻と赤ん坊は無事だったが、長男は鎖骨を折っていた。いやあ、外へ出て見ると大変な騒ぎだったよ……。額は大した傷ではなかったのだけれど、最近白血球が少なくなっていると医者が言うのだ。どうも疲れやすくて、少し歩くと息が切れるので、あまり無理はせんようにしている。高須からここへ来るには、はるばる横川橋までまわらねばならんから大変だよ。この間の洪水で橋が流されたままになっているからね」

「で、宇田さんは、陸軍船舶練習部の方の仕事はすっかり片づいたのですか。先日東京で藤原先生にお会いしましたら、宇田さんは除隊になったと話しておられましたが」

「今月十五日付で除隊になったよ。お陰でいまは浪人みたいなものさ……。船舶練習部での仕事は真剣勝負そのものだったから、こう暇になると気が抜けたようだよ」

真剣勝負ということばに興味を引かれた北が、「船舶練習部ではどういうことをやっておられたのですか」と、口をはさんだ。

「船舶練習部の主力は教育隊と呼ばれた部隊でね、実は教育隊というのは防諜《ぼうちょう》のためのカムフラージュで、特攻隊のことなのだ。極秘中の極秘になっていた陸軍水上特別攻撃隊だ。ベニヤ板製の小船に二百五十瓩《キロ》の爆雷を積んでな、小船と言っても二十四ノットも出る高速艇なのだ、その小船に隊員一人が乗って敵艦に体当たりをして爆雷を投下する、そして敵にやっつけられないうちに急いで退避する、という人間魚雷と同じような戦法だ。部隊ではこれを本土決戦に備えた〝水際撃滅作戦〟と呼んで、瀬戸内海で猛烈な訓練をやっていたのだよ。

問題は、敵がどこの海岸に上陸作戦を仕掛けて来るかだ。陸軍参謀部からの情報では、敵は鹿島灘《なだ》や九十九里浜、相模《さがみ》湾、遠州灘、南は枕崎海岸など二十カ所位を候補地にして、オリンピック作戦と名付けて上陸作戦を決行しようとしているというのだな。その場合、当然気象条件や波浪の状態が安定していることが、作戦決行の日を決める重要な条件になる、裏返して考えれば、敵が来そうな海岸の気象や波浪についてできるだけ正確に予測することは、迎撃の体制を整えるために欠かせぬわけだ。ぼくは、神戸の海洋気象台長をやっていた関係で大事にされてな、将校クラスに気象学や海洋学の教育をしていたのだ。今になってみれば、水際撃滅作戦などで敵の戦力に太刀打ちできるなどという考えは妄想《もうそう》に過ぎなかったけれど、当時は真剣そのものだったよ」

「ところで藤原先生からの指示なのですが、原子爆弾と台風の二つの災害調査をやれということで……」

と、菅原が本題を切り出した。

「そのことで今日気象台に来たのです」と、宇田は言った。「藤原先生から手紙をいただきました。広島管区気象台付にするから、調査研究の指揮をせよというのです。気象台の気象記録だけでなく、できるだけ実地調査をして、災害の全貌を科学的に把握して、総合的な報告書をまとめよということで、具体的な調査項目や方法は一任されています。

中央気象台でも、原爆については予報の正野重方技師や地震の広野卓蔵技師ら理論家を調査員にして、広島、長崎に派遣し、理論的な解析に重点を置いた研究をするそうだ。しかし、現地の気象台では、できるだけ多くのデータを集めて、ありのままの実態を明らかにするという調査方法がよいのではないかと、藤原先生は指摘しておられた。

実態を調査すると言っても、この焼け野原に観測器械を配置しておいたわけではないのだから、私の考えでは、できるだけ多くの体験者に会って聞きとりをして、原爆当日の地域別の状況を再現してみる以外に、研究の手がかりはないのではないかと思う。聞きとった内容を、地域別、時間別に地図の上にプロットすれば、いろいろなことがわかって来るのではないか。

台風の方も同じだ。災害地へ行って、罹災者から当日夜の状況について聞きとりをするのだ。大変な作業だと思うけれど、誰かがやって記録を残さなければ、この世界に前例のない原爆と台風の二重災害の体験はいつしか忘れられてしまう」

宇田の考えを聞いて、菅原は、「私の考えも大体同じです。研究というものは、調査のやり方次第で、うまく行くかどうかが左右されますから、調査方法の考え方がはじめから一致していて何よりです」と、宇田に同意した。

菅原がさらに、「私も調査に歩くつもりですが、台長としての業務もありますので、現地調査の主任は北君ということにして、必要に応じて若い人を手伝わせることにしよう」と言うと、北はすかさず、

「こういう調査は、人々の記憶が生々しいうちにやらないと、正確な聞きとりができませんから、今日からでも始めたいですね」

と申し出た。菅原や北の積極的な姿勢に、宇田も熱心になって来た。

「実は、僕はすでに一人で市内を歩いて聞きとりを始めているのだ。なかなか大変なことだ。原爆であれだけひどい目に会って、まだ二カ月と経っていない、話を聞こうとすると、怒り出す人もいてな、人が死ぬような苦しみをしたのが何が面白いのだ、もうあんなことは結構だ、と言うのだ。こちらの趣旨を説明して理解してくれる人もいるが、なぐられそうになったこともあるよ。ともかく、話を聞く前に、こちらの調査の重要性についてよく納得してもらわなければ、協力は得られない。

それから聞きとりの要領だが、相手の話をそのままに記すことが、いちばん大切なことだ。こちらの先入観を入れたり、相手の話に食い違いがあったときに無理につじつまを合わせようとしたりしてはならない。人間の記憶というものは、誤りを含んでいることが多いから、無理につじつまを合わせようとすると、誤りに誤りを重ねることになりかねない。話に矛盾があると思っても、そのときはそのまま記録して、あとで検討すればよい。調査研究のための聞きとりというのは、そういうやり方をするのだ」

宇田が一息つくと、菅原が発言した。

「そうだ北君、早速だが、学生の西田宗隆を補助につけよう。彼は、実習の手伝いで当番勤務には入っていないからちょうどよい」

菅原は、自分で西田を呼びに行った。

西田宗隆は、測候技術官養成所本科三年生だった。二年生の津村、福原ら五人のグループとは別に、八月五日夏休み実習のため、出身地の広島に派遣された。ところが、たった一日気象台に顔を出しただけで、翌六日朝出勤の途中、爆心地から約一・五粁の舟入仲町付近で市内電車の中で原爆に会った。混《こ》んでいる電車の中央にいたため、ガラスの破片も当たらず、熱線で軽い火傷《やけど》を負った程度で済んだが、まわりの人々は吹き飛ばされたりして死傷していた。電車から飛び出すと、土煙りが街中に立ちこめ、どの家も倒壊していた。しばらく近くの防空壕《ごう》に避難していたが、やがて周囲が火につつまれて来たため、負傷者の群れと一緒になって西の郊外へと逃れた。そして、西田は、東観音町の自宅に叔母と一緒に住んでいたが、自宅は焼けたものとあきらめて、そのまま歩き続け、両親たちが疎開していた約三十粁山奥の佐伯郡水内《みのち》村の実家にたどり着いた。そのうちに、村の人たちが、広島に落とされたのは原子爆弾で、街には人は住めんようになったそうだと言っているのを聞き、西田は気象台に出るのを見合わせてそのまま田舎で夏休みを過した。

西田が広島へ出て来たのは、山奥の村にもようやく広島の正しい情報が伝わって来て、気象台のある江波あたりは焼け残っていることがわかってからのことで、九月中ごろだった。東観音町の自宅は跡形もなく焼け、叔母も行方不明になったままだった。西田は、菅原台長の指示で、独身者の官舎に入って、気象台の仕事の手伝いをすることになった。西田は被爆の前日に一日顔を出しただけだったから、台員たちはその後西田がいたことさえ忘れていた。西田から被爆時の話を聞き、台員たちは、よく大した怪我もなくて逃げられたな、まあ人手が足りないから一緒に働いてくれ、と言って歓迎した。

菅原は、この学生の西田を原子爆弾災害の調査に参加させようと言ったのだった。

現業室で見習をやっていた西田を台長室に連れて来た菅原は、事情を説明した後、

「君にもぜひ聞きとり調査をやってほしいのだ。できるだけ多くの資料を集めたいので、調査に出る者は一人でも多い方がよい。とりあえずは君に参加してもらって、そのうちに人数を増やすことにしたい」

と言った。

西田は、自分も市中で被爆し、悲惨な状況を目撃しているので、ぜひこの調査をやらせてほ

しい、と答えた。

「早速ですが、僕は、あの日舟入仲町付近で被爆して郊外へ逃げる途中、福島橋を渡って間もなく、物凄い土砂降りの雨に降られたのです。はじめはポツポツと降っていたのですが、そのうちに激しくなって、ずぶぬれになったものですから、雨やどりをしたのを覚えています。土砂降りは二十分か三十分だったでしょう。煤煙《ばいえん》を溶かしたような油ぎった黒い雨で、白いYシャツとカーキ色のズボンがすっかり黒くなって、洗濯しても落ちないのです。この雨は、原子爆弾に伴う気象の変化を調査する場合に注目してよい現象ではないでしょうか」

西田は学生らしくはやくも問題を出して来た。

これを聞いた宇田は、顔を輝かせた。

「それは重要なことだ。ぼくは原爆の後しばらくしてから高須に越したのだが、あのあたりも黒っぽい雨が降ったらしいな。雨戸などに、いまだに油煙みたいなものがこびりついているよ。その雨は、一つのテーマになり得るから、各地で聞きとりをするときに、降雨の時間と移動の方向がなるべく正確にわかるように話を聞き出してほしい」

北も新たな提案をした。

「いろいろな調査をするうえで、いちばん基本になるのは、やはり爆心の正確な位置だろうと思うのです。爆心地がどこで、爆心の高度がどれ位だったのかを決めておかないと、爆風や気象変化などを解析するための原点があいまいになってしまいます。

街を歩いていますと、ピカの熱線を受けた壁や橋に影が残っているのに気付きました。遮蔽《しゃへい》物《ぶつ》と影の位置から熱線の入射角を測量すれば、爆心の方位と仰角がわかります。これを数カ所でやって地図上に方位を記入し、各方位の延長線が交差したところが爆心地、爆心地がわかれば仰角から爆心の高度を計算で求めることができます。爆心の決定については、学術研究会議の物理の専門の方がおやりになるとは思いますが、この程度の調査なら私たちの手でもできますから、まず爆心の計測から手をつけたいと思うのです。公式の爆心決定を待っていたのでは、私たちの調査研究をまとめるのに間に合わないですから」

「その通りだ。爆心の決定は、すべての基本になるデータだから、北君には爆心の計測から手をつけてもらおう」

こうして午前中いっぱい話し合った結果、調査項目として考えられた主なものは次の通りであった。

○爆発当時の景況――爆発の瞬間の火の玉の状況から、キノコ雲の発生、積乱雲の発達に至る過程を明らかにする。
○爆心の決定。
○爆心地を中心に周辺の風がどう変化したか。
○爆発後の降雨現象――降雨域と降雨の強度、時間経過に伴う雨域の移動、黒い雨となった原因と黒い雨の性質などを明らかにする。
○飛撒降下物の範囲と内容。
○爆風の強さと破壊現象――爆心からの距離による破壊状況の変化を調べる。

○火傷と火災——熱線による火傷は、どの範囲にまで及んだか。建物等への自然着火状況、延焼、火災の盛衰、焼失地域等を明らかにする。

厖大《ぼうだい》な作業量になりそうだったが、気象台が行なうべき調査として、どれ一つとして欠かすことのできないものばかりであった。

「このように調査のねらいをはっきりさせておけば、聞きとりをするとき、何を聞き出せばよいかがわかってよい。漫然と体験談を聞いていたのでは、科学的調査の手がかりをつかむことはできんから」

宇田は、最後にこう言って話を締め括《くく》った。

この日の午後、北は早くも予備調査のために市内に出かけて行った。まず市役所に行って、これまでに市が把握した原爆と台風による被災状況を調べ、実地調査の足がかりを得ようというのが、予備調査の目的であった。

調査は始まった。

菅原、北、西田の三人は、業務の合間を見ては、毎日のように市内調査に出かけた。宇田は、気象台の日常業務は何もなかったから、毎朝自宅から直接調査に出た。調査は、市内電車が通じているところが少なかったため、ほとんど徒歩で行なわれた。芋弁当を下げて、焼け跡のバラックを訪ね、あるいは焼け残った周辺部の傾きかけた家を訪ね、被爆当日の体験談を聞くという、文字通り足で調べる調査がコツコツと続けられた。歩きながら、鉄塔の折損や倒れ方、建物の倒壊状況、墓石の倒壊状況、なども詳しく調査され、写真の記録もとられた。

調査を始めてみると、やはりもっと人手が欲しくなって来た。足で稼《かせ》ぐ仕事というものは、意外に時間がかかり、資料の収集は思うようにはかどらなかった。

そんな折、復員したばかりの山路技手が、「こんなところは住むところじゃない、田舎で百姓をやっていた方がましだ」と言って、退職願いを出して島根県の実家に帰ってしまった。たしかに山路の言う通りだった。兵隊から帰ったと思ったら、ひどい台風に襲われ、官舎での生活はろくに食うものもないという状態だったから、嫌気が差すのも当然であった。「田舎で百姓をやっていた方がましだ」と、誰しもが思っていたから、あえて山路を引き止める者はいなかった。むしろ、百姓のできる実家のあるやつはいいなあ、と溜《た》め息をもらす若い台員さえいた。

もっとも、広島の気象台には、徴兵されていた台員たちが、ぼつぼつ復員し始めたほか、転勤して来る者や新規の採用者も入って来たりして、欠員は次第に充足されつつあった。そこで菅原台長は、思い切って原爆と台風の調査担当者を増やすことにし、中堅の山根技手と京都の部隊から復員したばかりの中根清之技術員に調査に参加するよう命じた。山根は、「私も原爆で死ぬような目に会いました。この調査にはぜひ参加させて下さい」と意欲を示した。

気象台の観測業務も軌道にのりつつあった。物資不足の中で朗報だったのは、宇品の陸軍船舶練習部から気象観測機器や部品、真空管、乾電池などの払下げを受けられることになったことだった。これらの物資は部隊の解散によって不要になるので、宇田の斡旋《あっせん》で、タダでもらえるようになったのだった。気象台にとって喉《のど》から手が出るほど欲しい物品が山ほどあり、台員たちが大八車で三日がかりで運んだ。

十月七日、電話局の作業員が電話の修理にやって来た。原爆後二カ月にして、気象台から直接電話がかけられるようになったのだ。県、市、鉄道局との専用電話も復旧した。これで気象電報は直接電話で電信課に依頼することができるようになったし、警報や特報も直接関係機関に専用電話で速報できるようになった。広島管区気象台が、全国の気象官署のネットワークの中でようやくその地位を回復し、日々の観測業務が社会との繋《つな》がりを取り戻したのだった。電信局の電報受け付けは、午前八時から午後六時までに限られてはいたが、もはや江波郵便局まで電報依頼文を持って行く必要はなくなったのだ。

翌十月八日夜になって、当番の遠藤技手が中央気象台の無線放送「トヨハタ」を受信していると、午後六時現在の各地の観測実況の中に、「ヒロシマ」の午後二時のデータが延着分として入れられていた。たとえ延着にせよ、「ヒロシマ」の実況がトヨハタで放送されたのは、原爆以来二カ月ぶりのことだった。それまでは、「ヒロシマ」の実況は、あまりにも電報が遅れていたために、中央気象台での天気図作成にも「トヨハタ」の放送にも間に合わなかったのだった。電話が復旧した効果は、はやくも「トヨハタ」への「ヒロシマ」実況の復活という感動となって現われたのである。

遠藤は昂奮《こうふん》して、このことを翌朝出勤して来た台員たちにも話した。

その直後十月十日にまた台風が襲って来た。九月の枕崎台風とコースがよく似ていたことから、西日本各地は厳重な警戒をした。

広島管区気象台は、朝のうちに気象特報を出して、これを電話で県や市、鉄道局に速報した。秋雨前線の長雨が続いていたため、台風の接近に伴い、県内は再び大雨となり、各地で出水して午後には電話が不通になってしまった。気象台は、枕崎台風の直後だっただけに緊張した。

台風は、午後二時過ぎ鹿児島県西岸の阿久根に上陸し、鹿児島県下に風水害をもたらしてさらに北々東に進んだ。そして、上陸後勢力は次第に弱まって、夜半に広島県と山口県の県境付近を通過する頃にはかなり衰えていたが、山口県下と広島県西部に再び水害をもたらした。

電話は翌日回復したが、次の日にはまた不通になるというぐあいに、水害がなくても年中故障を繰り返していた。

十月十三日、呉に進駐した連合軍の米兵五名が、呉鎮守府測候所の技手二名を案内役にして、ジープで江波山の気象台に姿を見せた。台長と尾崎技師は不在だったので、北が応対に出た。米兵は、特別の用事があるわけでなく、軍事上重要な役割を果たす気象台が武装状態を続けていないかどうかを確かめに来ただけの様子だった。台内を隈《くま》なく見てまわると帰って行った。米兵が海軍の測候技手を通訳にして、台内を軍靴《ぐんか》で闊歩《かっぽ》するのを見て、北は、日本が戦争に負け、時代が大きく変りつつあるのだということを、あらためて痛感した。

2

　枕崎台風から一カ月近く経った十月十四日になって、台風の災害に関して重要な情報がもたらされた。

　情報を持って来たのは、福岡管区気象台の田原寿一技手だった。田原技手は、台風直後に中央気象台の指示によって九州各地で一斉に行なわれた実地踏査に加わって、台風上陸地の薩摩半島一円の災害調査を済ませた後、下関以東の山陽線沿いに調査を進めて来たのだった。田原技手は、広島の前台長平野烈介の娘婿に当たるので、北は前から面識があった。

「実地踏査の途中なのです、今夜はこちらに泊めていただけないでしょうか」

　そう言って現われた田原を、北は、

「やあ元気かね、宿直室に君一人ぐらいいつでも泊れるよ」

　と、歓迎した。

「九州は二度の台風で大変だろう。九州の災害状況をすこし話してくれんかね」

「枕崎台風の後すぐに管区台長の命令で鹿児島に行きましてね、鹿児島を振り出しに薩摩半島を一回りしましたが、鉄道はズタズタで、ほとんど歩き通しでした。枕崎測候所の建物は半分破壊されてました。測候所の被害はまだましな方で、三年前に新築したばかりの枕崎駅も無残潰《つぶ》れていました。枕崎は空襲で街がほとんど焼かれていたのですが、残っていたわずかばかりの家も、台風でひどく荒らされていました。最大瞬間風速が六十二・七米だったと言いますから、ひとたまりもなかったでしょう。

薩摩半島では、各地で台風の眼がはっきりと現われていますね。風がぴたりと止《や》んで、青空が広がり、かもめや赤とんぼが飛んでいたということです。ところが、眼の通過前後の風ときたら、台風常襲地のあの辺りでもめったに吹かないような激しいものだったということで、田舎の方へ行くと、としよりがイワオコシだと言ってました。あの地方では、数十年に一回位、大きな岩をも動かすような猛烈な風が吹くそうですけれど、そのような風をイワオコシと言うのです」

「広島でも五十米近い風が吹いたのだから九州はひどいことになっているのではないかと思っていたよ」

「九州では風害が大きかったですね。ところが、中国地方を歩いて見たら、こちらは風害より水害がひどいのに驚きました。とくにひどいのは、岩国を越えて広島県に入ってからです。大野浦あたりは、無数の山崩れと土石流で、いまだに目も当てられない状態です」

「そんなにひどい災害かね。広島管区でも災害の調査をやっているのだが、太田川の洪水が大変なものだったので、太田川水系の現地調査に重点を置いていたのだ」

「大野浦の水害はぜひ調査しておく必要があると思うのです。田んぼは土砂で埋まり、山陽線の線路もいまだに埋まったままです。あちこちに大石がごろごろ転がっていて、潰されたり流されたりした家の残骸がそのまま放ってあるのです。大野浦にある陸軍病院は全滅に近い被害で、惨憺《さんたん》たる有様でした。相当数の死者が出たということでした。あれほどの山津波は見たことがありません。

宮島もひどいというので、連絡船で渡って見ましたら、厳島《いつくしま》神社の裏山がやはり物凄い山津波を起こして、神社にもかなりの被害が出ていました」

北は驚いた。山陽線の大野浦付近の復旧が遅れているということは聞いていたが、大野浦一帯や宮島で、田原が驚くほどの山津波が起こっていたとは知らなかったからだ。しかも、厳島神社にまで被害が出ているとは、全くの初耳だった。

「北さん、大野浦の水害は、早いうちに見ておくべきだと思うのです。大変な水害ですよ」

「わかった、早速明日にでも行ってみよう。台風の後、管内の測候所などのデータを集めて調べたところ、台風の中心は大体広島の西十五粁《キロ》付近を通ったことがわかった。となると、台風の中心はまさに大野村付近を通ったわけで、大野浦で大きな災害が起こることは十分に考えられることだ」

北は、台長が出張中だったので、図書室で調査記録の整理をしていた宇田技師に田原の話を伝え、大野浦方面の調査を早速行なう必要があると言った。

宇田は、北の提案に賛成し、自分も一緒に行こうと言った。

「台風の災害の方は、もう大体調べが済んだと思っていたが、そうは行かんようだな。調査というものはやればやるほど素材が増えてくるものだ。しかしやり出した以上は徹底的にやらなければ良い報告はできん。明日は原爆調査の方は休んで、大野浦へ行こう」

宇田は、研究の対象に対し貪欲《どんよく》だった。白血球減少症に悩みながらも、研究の対象があると出向かないではいられないのだった。

翌朝早く宇田と北は、広島市西部の己斐駅から山陽線の下り列車に乗った。列車は大野浦駅で折り返し運転されていた。二人は、手分けして調査することにし、宇田は先に大野村へ入ってできるだけ多くの山崩れや土石流の現場を見て歩き、北は一つ手前の宮島口で下車して宮島へ渡って調査することにした。そして、昼過ぎに大野浦の陸軍病院で落ち合うことにした。

宮島へ連絡船で渡った北は、まず町役場を訪ねた。「気象台から水害の調査に来たのですが」と挨拶すると、助役が出て来て快く話をしてくれた。

「あの日は夕方から風が出てのぉ」

福田という助役は、台風の夜のことをよく記憶していた。「夜になって八時から十時頃にかけて風は宮島口の方から吹いとった。北西の風になるかいのぉ。雨は前の日から降っとったが、夕方六時頃から強うなって、九時から十時にかけては土砂降りじゃった。

山津波は、夜十時少し前じゃった。紅葉谷公園の奥から、白糸滝から、大元川から、もうとにかく一斉にドッと水が出てのぉ、砂がようけ出て、神社を埋めてしもうた。厳島神社をご覧なさったか」

日本三景の一つ安芸《あき》の宮島は、周囲三十一粁の小島である。島の北側の小さな入り江に、平安朝の昔からきらびやかな姿を伝えて来た厳島神社がある。満潮時には、丹朱の色あざやかな大鳥居をはじめ、社殿や回廊が波静かな海面に浮び、それが裏山の緑につつまれてよく映える。その風景には、たしかに自然の美と人工の美とを調和させた優雅さがある。

しかし、島の中央にそびえる弥山《みせん》は高さが五百三十米もあって意外に険しく、山裾は海岸にまで迫っている。島の入り江は、谷川の水のそそぐところでもある。厳島神社の裏手には、紅葉谷川と白糸川の二つの渓流が流れており、神社よりやや南寄りにある大元神社の一角には、大元川の渓流が海にそそいでいる。

助役の話では、これらの谷川からほとんど同時に水が出て、山津波をもたらしたのだという。

北は、町役場を出ると、神社へ足を向けた。町役場と神社とはほんの目と鼻の先だった。

神社の見える海岸の松の木陰に立ったとき、北は、思わず息をのんだ。連絡船から大鳥居を遠望したときは全く気付かなかったのだが、社殿も回廊も床すれすれまで一面土砂に埋まっているではないか。平安の貴族の邸を偲《しの》ばせる美しさは、もはやそこからは消え失せていた。よく見れば、回廊の柱が折れて屋根が宙づりになったところや、完全に潰れた小社屋もあり、痛々しいまでの災害の跡であった。

北は、社務所に寄る前に、まず全体の状況を見ようと、神社の裏手の紅葉谷公園側にまわった。紅葉谷川から流れ出た土石流が、神社を背面から襲った跡がはっきりと残っていた。いつもは澄んだ水がちょろちょろと流れている小さな渓流は、大小の石と砂とで無残に埋めつくされていた。

紅葉谷公園に一部被害を受けた岩惣《いわそう》という旅館が目についたので、北はそこの主人に当夜の話を聞いた。旅館の主人は、長年紅葉谷に住んでいる土地の人だった。

「紅葉谷は大正十五年の九月にも山津波があってな、そのときは今度ほどではなかったが、やはり神社に多少土砂が入った。十七日の夜は、九時頃から土砂降りになって、二十年前の降り方と同じなものじゃけえ、案じておったんじゃ。そしたら十時少し前になってドロドローッという地鳴りがしてのぉ、山が抜けたんじゃ。大石がごろんごろん流れ出る、土砂は出る、アッという間の出水で、それが神社の方へ抜けて行ったんじゃ。あとでこの辺り見てまわったが、谷という谷はみな抜けている」

北は、豪雨によって発生する典型的な土石流、それも山津波と呼ばれる大規模なものだと思った。

社務所に立ち寄ると、台風の夜のことがさらにはっきりとわかって来た。

厳島神社の社務所では、停電になる前ラジオの全国ニュースで台風が九州に近づいていると報じているのを聞いていたので、夜になって風雨が強くなって来たとき、台風のせいに違いないと思ったという（厳島神社は、北の聞きとり調査の中でラジオで台風の襲来を知り、台風に備えようとしていた唯一の例だった）。しかし、社務所では、山津波が発生するとは誰一人想像もしていなかった。むしろ高潮を心配していたのだという。

厳島神社の文化財に関する技術的専門家岡田貞治郎氏の記憶によれば、当夜の状況は次のようなものであった。

「午後九時過ぎ、風は強いし雨は土砂降りになって来た。能楽堂のござが濡れてはいかんと思って、能楽堂に行った。楽屋でござの始末などをしていると、床がむくむくと持ち上がって来た。これはいかん、高潮だ、と口の中で叫んで、柱につかまった。幸い高潮は楽屋の床を突き上げただけだったが、神社まで突き上げる高潮の力にいまさらながら驚いた。そのうち、午後十時頃だったろうか、社務所へ戻ろうと、回廊に出ると、裏山の弥山の方で、ゴロゴローッという異様な大きな音がして、地響きとともにこちらへ近づいて来る。あっという間に回廊の周りの水が盛り上がって、泥水に変るのが、暗闇の中でもわかった。濁流は神社の裏手から際限なく押し寄せて来て回廊の床まで洗い始めた。危険で社務所に帰れそうにないので、回廊の西側出口から逃げ出そうとした。ところが、西側出口の橋はすでに落ちて流されていた。暗くてそれがわからず、足を踏みはずして泥水とも砂ともつかぬ中に転落してしまった。危うく濁流に呑みこまれそうになったが、流れの端の方で比較的浅かったので、陸地に上がることができた。それから社務所に帰ることもできず、社務所ではずいぶん心配したという」

厳島神社の被害は大きかった。本殿のまわりをはじめ社殿や回廊の大半が、床すれすれまで流出土砂で埋めつくされ、建物に無数の傷みが生じていた。本殿の西裏手にあって、土石流にまともにさらされた天神社――連歌堂とも呼ばれる入母屋《いりもや》造りの小さな社殿――は、無残に潰されて床も柱も流され、土砂の上に屋根を残すだけとなった。天神社に通じる回廊も柱と床の一部を流されて、屋根が宙づり状態で傾いていた。回廊から裏手紅葉谷方面の陸地に通じる長さ約三十二米の長橋は、三つに折れて押し流されていた。

そして最大の損害は、紺青《こんじょう》の海面に浮ぶ竜宮の景観が失われてしまったことだった。厳島神社は、その大部分が国宝と重要文化財であった。有形無形の損失は、計り知れないものがあった。

「もうあれからひと月になりますが、どこから復旧の手をつけてよいのか途方に暮れています。とても神社の財力ではこの復旧は無理だ、と宮司も心を痛めています。二百年前の元文年間に水害があったと伝えられていますが、これほどひどいものではなかったでしょう。厳島とは、神をいつきまつる、という意味なのです。神社を守ることは、山の保護なくしてはあり得ない、と昔から言われて来たのですが、戦時中松根掘りをしたのが祟《たた》ったのでしょうか」

神社の岡田氏は肩を落としてこう言った。

帰りの連絡船の甲板に立って、島影の喫水線に小さくなって行く大鳥居や社殿を見返したとき、北は、漆黒の風雨の中で、回廊が高潮のために浮き上がり、次の瞬間には濁流に襲われる図を想像した。千年の昔から神聖視されて来た島と尊崇されて来た社に、こんなことがかつてあっただろうか。あの夜、江波山の気象台で暴風雨の観測をしていたときには想像もつかなかった事が、ここで起こっていたのだ。そう思うと、宇田技師が一足先に行っている大野浦一帯の災害もやはり大変なものなのかも知れない、と北は不吉な予感にとらわれた。

（後日、広島県土木部の調査によって、厳島神社を襲った山津波は、紅葉谷川上流の弥山七合目で発生した山の斜面の崩壊が原因となって土石流が流れ下ったものと、白糸川の弥山登山口付近で発生した土石流が流れ下ったものの二つが、神社の裏で合流する形で押し寄せたものであることが明らかになった。このほか、大元川で発生した山津波は、海岸にはめずらしい樅《もみ》の木立や桜で知られる大元公園を埋めつくし、大元神社を潰してしまった。

厳島神社の広い境内を埋めた土砂の量は、一万八千立方米にも及び、原子爆弾災害で窮迫した広島県の財政では、とても修復の援助はできなかった。国宝であるからには、国が復旧事業を行なうべきであったが、終戦直後の混乱期の中では、文化財のことなど二の次にされ、厳島神社は土砂に埋まったまま放置された。

厳島神社の復旧工事が始められたのは、実に三年後の昭和二十三年春になってからであった。そのきっかけを作ったのは、GHQのチャーチル・ギャラー美術記念物部長であった。ギャラー部長は、全国の美術建造物の視察の一環として、昭和二十一年十一月二十六日厳島神社を訪れ、参拝した。彼は、日本の古代文化を伝える美しい神社が、災害を受けたまま放置されているのを見て、「こんなことではいけない、日本政府は何をしているのか」と言った。彼は東京に帰ってから、文部省に対し厳島神社の復旧事業を急ぐよう要請した。このGHQからの叱咤《しった》によって、ようやく国の二十二年度予算に厳島神社の災害復旧費が組まれ、二十三年三月から工事が開始された。復旧工事は、神社境内を埋めつくした土砂を取り除いて、破壊された天神社や回廊などを復元するのはもとより、渓流の砂防工事までも含む大がかりなもので、三年がかりで、国、県、神社合わせて二千四百十五万円がつぎ込まれた。復旧工事が完了したのは、災害から六年も経った昭和二十六年三月になってからであった。）

北より先に大野村に向かった宇田技師は、汽車が大野浦駅に近づくにつれて、窓から見える山々の光景に目を見張った。

この地方の山地は、花崗岩《かこうがん》質で地味がやせ、もともと赤松ぐらいしか生えていないところへ、戦時中の濫伐《らんばつ》ではげ山になっているところが多かった。そうした山々の肌に、山崩れによる深いひっかき傷が無数にできているのだ。

大野浦駅に降りると、付近は巨大な石が転がっていたりして、まだ水害の跡が生々しかった。駅の助役に聞くと、台風が来た夜は、自宅にいると、十時前から雨が最も激しくなり、心配になって十時十五分頃駅に駆けつけたときには、もう駅は水につかっていたということだった。

宇田はその助役に道を尋ねて、まず大野村役場へ足を運んだ。役場は駅から一粁以上広島寄りに戻ったところにあった。

役場では助役が出て来て説明をしてくれた。

「大野村は、御存知のように、宮島に面した海岸沿いに広がっている村でな、山がかなり迫っている。小さな川がいくつも海にそそいでいるが、それがみな洪水を起こした。洪水よりひどかったのは、山崩れじゃった。山という山は抜けてのぉ、大きな山崩れだけでも五十カ所はあるじゃろうか、山津波になって海岸まで押し寄せて来よった。

大体調べも済んだが、埋まったり流れたりした家は六十二戸、死んだ者は、まだ遺体の見つからん者も入れて四十四名、この村としては大災害じゃ。

それから大野陸軍病院がやられた。陸軍病院のある丸石浜の山津波は凄いもんじゃった。病院の建物はほとんど全滅して、なんでも百五十人以上亡くなったそうじゃ」

「そんなに沢山の方が亡くなったのですか」

宇田は驚いた。

「まあ行って御覧になってみなさい。病棟がそっくり流されてしまったのですけえ。これなことになったのも、戦時中の山林の濫伐と松根掘りが原因じゃろうと思う。山へ行って見ると、松根掘ったところに山崩れが多いいんじゃ」

宇田は、村役場を出ると、村の農業会に寄り、さらに山崩れ現場の住民にも話を聞いた。宇田は精力的に歩きまわった。もし宇田の踏査行を観察している者がいたとしたら、取材記者か刑事が聞き込みをやっているのではないかと間違えたかも知れない。

大野陸軍病院は、大野浦駅から岩国寄りに二粁ほどのところにあった。丸石浜の一角にたどり着いたとき、宇田は思わずそこに立ちすくんだ。

病院は山の裾が海岸に迫る斜面に建っているのだが、病院というにはあまりにも無残な廃屋であった。辛うじて流されずに残った棟でさえ、一階は土石流が突き抜けて、壁も床も何もかもさらわれてい、わずか数本の柱で二階が支えられているという状態であった。その二階は波を打つように歪《ゆが》んで、いまにも崩壊しそうであった。

広い病院の敷地内は、山から押し出して来た土砂で埋まり、いたるところに直径一米から二米もある石が転がっていた。病院の下手、海岸際を走っている山陽線と国道も、土砂で埋没していた。山津波は、病院敷地の中央を突き抜けて、海の中まで突進して行ったことが、土砂と瓦礫《がれき》の状態からはっきりとわかった。宇田の目の前に広がっているのは、原子爆弾で焼きつくされた広島の焦土とは違ってはいるが、しかしその惨憺たる有様において決して劣らぬ、廃墟の姿であった。

海岸の一角にポツンと高台があって、そこに一軒の旅館が、山津波の通り道をわずかに避けた格好で、何の被害も受けずに残っていた。益本旅館という看板が出ていた。

宇田は、まずその旅館に寄って、主人に災害があった夜の話を聞いた。旅館の主人は、山津波の状況を一通り説明すると、

「病院は災害の後、閉鎖されたが、残務整理をしている兵隊さんがまだいるから、病院の中で尋ねられてはいかがですか。水野大尉という方が、後片付けの指揮をしている筈です」

と教えてくれた。

宇田は、主人に礼を言って外へ出ると腕時計を見た。すでに一時をまわっていた。この病院で北と落ち合うことにしていたから、そろそろ北が来る頃だろう、宇田はそう思って海岸べりの石に腰を下ろすと、弁当をひろげた。

北は間もなくやって来た。宮島口から汽車に乗り、大野浦駅で降りて、歩いて来たのだった。

「北君、昼飯は済んだかね」

「連絡船の中で食べました。宮島は渡っただけの甲斐《かい》はありました。厳島神社が大変なことになっていますよ」

二人は、それぞれに見聞きしたことを簡単に報告し合い、驚きを述べ合った。一休みしたところで、陸軍病院の話を聞こうということになった。

宇田と北は、石や木切れを踏み分けながら、病院構内に入り、後片付けをしている兵隊服の職員らしい数人に、責任者はどこにいるのか尋ねた。構内東寄りのやや高台になったところに被害を免れた下士官集会所があり、そこに医務課長がいるということだった。

宇田と北は、下士官集会所で、医務課長兼庶務主任水野宗之軍医大尉、大下薫衛生准尉、森脇康治衛生准尉の三人に会い、話を聞くことができた。

水野大尉が、まず体験談を話した。

「あの日は、午後から雨と風が強かったですね。私は、仕事があって病院を出たのは午後六時頃でした。広島の己斐に住んでいるものですから、毎日汽車で通っていたのです。ところが、大野浦駅に出てみますと、雨で不通になっているというので、仕方なしにまた病院に戻って、その夜は病院に泊りこむことに決めました。するこ

右：被災前の大野陸軍病院。左：被災後の同病院。多くの被爆者が収容されていたが、山津波によって150名以上の命が失われた。
提供：京都大学大学文書館

ともないので、本館二階の北の隅にある一室のベッドで早々と寝たのです。後で聞いたのですが、午後九時頃から雨が凄かったそうです。

　十時過ぎでしたか、ガタガタ騒々しい音でハッと目が覚めたとたん、バリバリッと建物が傾き出したのです。暗闇の中で何が何だかわからないまま、とっさにベッドの下にもぐりこんで、ようすをみました。建物は潰れずに済んだなと思って、這《は》い出してみて驚いたのですが、本館の建物が、私のいた北の端の一角を残して、ちぎられたようになくなっていたのです。そして、本館があった筈のところは、轟々《ごうごう》という音をたてて、水が流れているではありませんか。それでやっと大雨で水が出たのだということがわかりました。病院の中央を、裏山から出ている丸石川という谷川が流れていて、それが本館のすぐ南側を走っているのですが、その川が氾《はん》濫《らん》したのだなと思いました。実は氾濫どころか、大変な山津波だったのですが。

私のいた一角も、残ったというものの、屋根は抜け、梁《はり》がベッドの上に落ちているという状態で、私も咄嗟《とっさ》にベッドの下にもぐらなかったら、どうなっていたことやら。助かったのは奇《き》蹟《せき》的ですよ。

あちこちから、『助けてくれ！』という叫び声が聞こえるので、救出作業にとりかかったのですが、それからが大変でした。雨は小降りになっていましたが、風は強いし、山からどんどん水は流れて来るし、その上、停電で真暗。流されたのは、本館だけでなく、病棟が軒並みやられたことが、だんだんわかって来る。海や沖の方でも、『助けてくれ！』という声が、濁流の音に混って聞こえる。ところが、舟を出そうにも舟も流されてしまったので、どうしようもないのです。

私は、激流に流されそうになりながら、滑る大岩を越えて、病院長に報告に行きました。病院長の斯林《しばやし》可児雄軍医大佐は、病院の南側の少し離れた臨海荘という宿舎に住んでおられたのです。臨海荘は幸い無事で、斯林院長は、私の知らせを聞くとひどく驚かれ、直ぐに病院に駆けつけて、救出作業の指揮をとられました。

それから職員を村役場と大竹の潜水学校に救援依頼に出したのですが、村中水害にやられたため、役場はもうお手上げの状態で、頼りになりませんでした。一方、大竹の潜水学校に向かった職員は、途中道路が山崩れや出水でずたずたになっていたため、突破するのに難航し、潜水学校から船で救援にやって来たのは明け方近くなってからでした」

　大下准尉が、体験談を引き継いだ。

「九月十七日は、大野西国民学校の原爆患者の臨時救護所の後片付けも済んで、『ご苦労だった』ということで、私たちは夕方から打ち上げにエチル・アルコールを水で割っていっぱいやっていたのです。森脇准尉も一緒でした。というのは、八月六日に広島に原子爆弾が落とされたとき、この病院からも救援隊を出したのですが、軍のトラックなどで運ばれて来る負傷者があまりに多いので、この病院だけでは収容し切れなくなって、西国民学校を臨時救護所に当て、私がそこの診療班長をやることになった。

　陸軍病院と西国民学校に収容した負傷者は、千五百人はいたでしょう。重傷の者が多く、毎日十人、二十人と息絶えていった。三百人は死んだでしょう。遺体は屋外で焼きましたが、数が多いので大変でした。身許《みもと》がわからない人も四、五十人いました。その遺骨は大野病院に安置しておいたのですが、今度の水害で流されてしまいました」

　広島から二十粁も離れた小村で、こんなにも多くの被爆者が死んで行ったということを知ったのは、宇田にとってもはじめてであった。それまでは広島市内にばかり目を向けていたが、周辺の町や村では、広島市内と変らぬ悲劇が繰り広げられていたのだなと二人は思った。

　大下准尉は、話を続けた。

「村の人たちが交代で勤労奉仕に出て、給食や看護、屍体《したい》の運搬、焼却などを手伝ってくれました。九月中頃になると、重態の人はほとんど亡くなってしまい、一方快方に向かった人は身内に引きとられて行ったりして、患者の数も少なくなって来た。そこで西国民学校の臨時救護所は九月十五日で閉鎖し、残っていた患者約五十人は、大野陸軍病院に移しました。九月十七日の夜、遅くまでいっぱいやっていたのは、その作業が一段落した打ちあげだったのです。

私の家は、この病院から一粁半ほど広島寄りにあって、歩いて通っていたのですが、あの夜は雨と風がひどいので、本館二階に椅子を並べて泊ろうとしたのです。そのまま寝ていたら、本館もろとも流されて、今頃は冥土《めいど》ですな。そこへ森脇准尉が上がって来て、『一緒に帰ろう』と言うのですよ。帰り道が同じ方向だったものですから、私も思い直して、それではやはり帰ろうかということになって、二人で本館の玄関に出た。ところが、バケツをひっくり返したような雨に風も加わって、本館や病棟の屋根瓦がどんどん飛んでいる。とても危なくて外へ出られない、どうしようかと二人で玄関先で迷っているうちに、裏手の方からゴーッという音が聞こえて来た。二人で顔を見合わせて、『裏山の貯水池が切れたのではないか』と叫んだときには、もう水が押し寄せて来て足をすくわれてしまいました。私は、夢中で玄関前の左手にあった電柱にしがみつきました。振り向くと、本館があっという間に倒壊して、濁流に流されて行くではありませんか。水は地響きを立てて流れ、畳二枚分もあるような大きな石がごろんごろんと転がって行くので、あたりは轟々という音につつまれて、目の前の本館が倒れる音さえ聞こえなかった。暗闇の中で、つい先程まで自分のいた二階建ての本館が、まるで音もなく、玩具《おもちゃ》のように潰れてしまったのです。本当に恐ろしいものでした。激しい流れは、私の腰まで来ているし、大石はどんどん流れて来るし、生きた心地もなく、一時間位電柱にしがみついていましたよ」

「私は、松の木にしがみついて助かりました」

と、森脇准尉が口をはさんだ。「水に呑みこまれそうになったのですが、気がついたら病院の十米ほど前に立っている松にしがみついていたのです。大下准尉の電柱とは十米ほどしか離れていないのですが、暗いので大下准尉が生きているのかどうかはじめはわかりませんでした。必死に叫んでも、水の音と風の音でかき消されて、全然聞こえない。松の根がしっかりしていなかったら、私も一命を失うところでした。

奇蹟的に助かったと言えば、松村少将がそうでした。中国軍管区参謀長の松村秀逸少将です。松村少将は、本館二階に入院していたのですが、ベッドごと流されながら、途中材木の山にひっかかって助かったのです」

松村秀逸少将と言えば、大本営陸軍報道部長をやったことがある著名人で、宇田も北もその名をよく知っていた。

「松村さんもこちらに入院しておられたのですか」と、宇田が聞くと、水野大尉が話を引きとった。

「松村少将は広島市内の上流川町にあった官舎で原爆を受け、こちらに入院しておられたのです。広島城内にあった中国軍管区司令部は、数千の将兵もろとも壊滅したのですが、松村少将は出勤直前だったため、九死に一生を得たのです。全身に四十カ所もガラスの破片で負傷しながら、軍の再建や救援活動に奔走したため、とうとう傷は化膿《かのう》し熱は出すという状態になって、倒れてしまわれたそうです――」

松村少将は、市内の知人宅で療養をしていたが、病を押して東京の参謀長会議に参加したり、市内の病院に入院している危篤の部下を見舞ったりするものだから、自らの病状を悪化させ、八月末には白血球数が八百にまで減少してしまった。このため、軍司令官と軍医部長が、松村少将に対し、「絶対安静」を命じ、強制的に大野陸軍病院に入院させた。松村少将の病室は、本館二階の一室が当てられた。

入院後も経過は思わしくなく、白血球は遂に六百にまで減った。斯林院長は、見舞に来ていた松村少将の長女に対し、「お父さんは危篤です」と知らせた。急を聞いて、東京から夫人と八十になる母がかけつけた。連日の輸血がきいたのか、九月中頃になって松村少将は奇蹟的に持ち直し、白血球の数も増え始めた。その矢先に台風による山津波に襲われたのである。

バリバリッという音とともに建物が裂け、松村少将はベッドに寝たまま濁流に流され、次の瞬間にはベッドから滑り落ちた。しかし、気がついて見ると、松村少将は、濁流の中に堆積《たいせき》した材木の上に立っており、ベッドも斜めに立ってひっかかっていた。

「――その材木の島に松村少将の夫人とお嬢さんも打ち上げられて助かったのですが、お母さんは一週間後に遺体となって沖合で発見されました。材木の島はばらばらになった本館や病棟の材木やベッド、棚などが海岸際の岩にひっかかってできたもので、濁流の真中にあり、とても陸地からは救いの手をのばすことはできませんでした。松村少将ご一家は、とうとうそこで一夜を明かし、明け方になって潜水学校の船が来てからようやく救出されました」

水野大尉は、昨日の夜のことのように語った。

水野大尉の話に引きこまれて、北は、「山津波で亡くなったのは、やはり原爆患者の方々なのですか」と聞いた。

「そうです。この病院の配置は、まず中央正面に本館があって、その裏の斜面に、病理試験室、娯楽室、売店、中央病棟という順に棟が並んでいます。その西側に、海側から西一号病棟、西診療室、西二号病棟、東側に、やはり海側から東一号病棟、東診療室、東二号病棟と並んでいて、各病棟から海を見下ろせるような配置になっているのです」

水野大尉は、病院の配置図を描きながら説明した。

「ここは軍の結核療養所でしたから、東と西の病棟には、もともと軍の患者が入っていました。そこで原爆患者は、中央の並びにある本館や病理試験室、娯楽室、中央病棟に収容していました。とくに娯楽室のある棟には、原爆患者が沢山入っていました。

ところが、山津波は、病院の中央を突き抜ける形で襲って来たため、本館、病理試験室、娯楽室、中央病棟は、悉《ことごと》く全壊流出してしまったのです。中にいた原爆患者は、逃げる間もなく水に呑まれてしまいました。東と西の各病棟も、土石流に破壊されて、一階の患者から多数の犠牲者が出ましたが、全壊流出は免れました。

大野陸軍病院での水害の死者は、職員と患者合わせて百五十六人に上りましたが、このうち約百人は原爆患者でした。それから、百五十六人のほかに、大学の調査班や患者の付き添いの家族で亡くなった方が約二十人います。原爆患者は火傷や放射線障害で一カ月以上苦しんだあげく、水害で命を奪われたのです。何のために治療を受け、何のために闘病をしたのか……本当に気の毒なことをしました。『俺は原爆では生き残ったのだ』と言って自分を励ましていた患者もいましたが、その患者も海まで流されて亡くなりました」

水野大尉は、さらに一つの悲話について語った。それは、自ら原爆で火傷を負いながらも、力つきるまで救援と治療に全力を尽して遂に倒れ、大野陸軍病院に収容されていた広島の開業医についてであった。

広島の原爆被災者の救護に尽した医師たちの献身的な活躍については、多くのことが語り継がれているが、水野大尉の語る開業医もその一人であった。その医師は、松尾信吉と言い、爆心地から一粁余りの河原町で被爆した。松尾医師は、ひどい火傷を負ったが、医者としての義務感から、わが身も振り返らずに、被災者たちの救護に駆けまわり、数日後遂に体力が尽きて倒れてしまった。松尾医師は大野陸軍病院に収容され、手当てを受けたが、全身の火傷の跡は悪化するばかりで、白血球も著しく減少していた。台風の前日、阪大教授の兄が見舞いに来たが、「これではもう持たんだろう」と言って帰った。病院の診断でも、一週間と持たないだろうということであった。松尾医師は、多くの原爆患者と一緒に、娯楽室に収容されていた。燃え尽きようとするローソクの炎が一陣の風によって吹き消されるように、危篤状態の松尾医師は、原爆によって焼かれたその生命が燃え尽きる寸前に、濁流に呑まれてその生涯を閉じたのであった。

水野大尉の話は尽きなかった。

「京都帝大の方々も気の毒でした。京都帝大の方々が遭難されたことについては、すでに御存知でしょうが……」

「いえ、初耳です」

宇田も北も、京都帝大の方々と言われてもわからなかった。だいいち、大野陸軍病院が大被害を受けたことでさえ、昨日福岡管区気象台から来た田原技手に聞いてはじめて知った始末であった。

「京都帝大の医学部と理学部の方々が、大勢原爆被爆者の救援と調査に来て、この陸軍病院を根拠地にして活動していたのですよ。本館と病理試験室の一部を使っていました。医学部の真下《ましも》教授をはじめ女医一人を含む十一人が犠牲になったのです……」

水野大尉らが語った京都帝国大学原爆災害綜合研究調査班の遭難記は、宇田と北の心を激しくゆさぶった。それは、八月六日と九月十七日とが、悲劇的に重なり合った事件であった。

京都帝国大学原爆災害綜合研究調査班の遭難について記すには、時間を原爆投下直後に戻さなければならない——。

3

原爆投下直後、軍の要請で多くの科学者が調査に動員されたが、その中で京都帝国大学（以下京都大学と略記する）の理学部と医学部の調査活動も大きな役割を果たした。京都大学で真先に動き出したのは、理学部の荒勝文策教授の原子物理学研究室と、医学部の杉山繁輝教授の病理研究室であった。

　荒勝教授のもとに、「広島に投下された爆弾は原子爆弾であると、アメリカが発表した」という情報が伝えられたのは、原爆投下の翌日八月七日夕刻であった。この情報を伝えたのは、京都新聞の大学担当記者で、その記者によれば同盟通信社がそういう㊙情報を流して来たというのである。

　また、荒勝研究室の若手の村尾誠雇員は、同じ七日夜、京都市内の下宿先で、手作りの短波受信機でハワイ放送を聞いているうちに、トルーマン大統領の重大声明をキャッチした。この声明は、「広島に投下した爆弾はTNT火薬二万屯《トン》より強力な原子爆弾である」と明言し、「米国はこの原子爆弾製造のために二十億弗《ドル》を費やした」と誇っていた。

　翌八日荒勝研究室は、原子爆弾の話題で持ち切りとなった。大本営はまだ「原子爆弾」であるとは発表していなかった。新聞発表は、「少数機による新型爆弾」という表現を使っていた。

　当時、日本の原爆研究は、陸軍の委託を受けた理研の仁科研究室と、海軍の委託を受けた京大荒勝研究室の二本立てで行なわれていたが、敵も今次大戦中には間に合うまいというのが、大方の見方であった。原子爆弾が実現するまでには、米国二十年、日本五十年という見方さえあった。だから、荒勝研究室では、海軍の技術将校が研究陣に加わってはいたものの、研究内容は、原爆製造を急ぐというよりは、作るとするならどうすればよいかという理論的研究に重点が置かれていた。そこに「広島に原子爆弾投下」の情報が入ったのである。研究陣のショックは大きかった。

しかし、荒勝教授は、若い研究員たちに諫《いさ》めるような口調で言った。

「敵の謀略にかかってはいけない。本当に原子爆弾なのかどうかは、科学的に調べてみなければわからないことだ。また原子爆弾であるなら、いかなる種類のもので、威力や効果はどの程度であるかを明らかにしなければならない。学者として軽率な判断をしてはならん」

そうしたさ中に、大本営から京都の第十六師団を通じて、荒勝教授と医学部の杉山教授に対し、至急広島の現地調査をして欲しいという依頼があった。両研究室では、急遽《きゅうきょ》調査団を編成し、翌九日夜京都を発《た》って満員の夜行列車に揺られて広島に向かった。

この第一次調査に加わったのは、荒勝研究室からは、荒勝教授、木村毅一助教授、清水栄講師、花谷暉一大学院生、杉山研究室からは、杉山教授、島本光顕講師、木村雅助手、軍関係からは、海軍航空技術廠《ぎじゅつしょう》から荒勝研に派遣されていた上田技術大尉と石田技師、京都師団兵器部の池野中尉、以上計十名であった。この中から、後日山津波による遭難者が三名、負傷者が一名出ることになるが、一カ月後の運命のことなど知るべくもない。

一行が広島駅に着いたのは、十日正午であった。想像を越えた爆撃の惨状に、みな啞然《あぜん》とし、胸を突き刺される思いを抱いた。荒勝研のグループは、駅裏手の東練兵場で早速放射能測定用の土を採集した。駅には、中国軍管区司令部から車が迎えに来ていて、京都大学の一行を比治山裏の焼け残った兵器補給廠《ほきゅうしょう》の会議室に案内した。会議室では、二日早く広島に来ていた理研の仁科芳雄博士や陸海軍の専門家を集めて、新型爆弾に関する検討会が開かれており、結論をまとめているところだった。京都大学の一行は、その席で被害の概要を知ることができた。この会議は、「広島に投下された爆弾は原子爆弾に間違いないと考えられる」という結論をまとめ、即刻大本営に報告された。

会議が終ると、荒勝教授らは、軍のトラックを借りて市内をまわり、爆心地に近い西練兵場の芋畑など、まだ人が踏みつけていない場所を探しては、放射能測定のための土を採集した。軍の会議の結論は、あくまでも中間報告的なものであり、最終的な結論は精密な科学的分析調査を必要としたから、荒勝研としても放射能の測定を急いだのであった。短い時間だったが、十数カ所から土を採集することができたので、その夜の夜行列車に乗って、翌十一日正午京都大学に帰った。

持ち帰った土を、ガイガーミューラー計数管で測定すると、爆心地に近い西練兵場の土が、自然の土の四倍ものβ《ベータ》線を出していることがわかった。しかし、東練兵場など爆心地から離れた地点で採集した土からは、異常な放射能は検出されなかった。

さらに東練兵場の土のβ線のエネルギーや半減期などを詳しく調べた結果、荒勝教授は、新型爆弾はある種の原子爆弾である可能性は極めて濃厚であると判断し、京都師団に報告した。この報告の際、荒勝教授は、「敵は原子爆弾を十個位持っていると思われる」という個人的推測を述べ、「これ以上戦争をやっても無駄だ」ということを軍にそれとなくわからせようとした。というのは、米国は一体あと何個原子爆弾を持っているだろうかということが、軍にとって最大の問題であり、荒勝教授もそのことについて見解を求められていたからであった。（米国が八月六日、九日とわずか三日しか間をおかずに二度も続けて原爆を投下するというやり方は、数日以内に再びどこかの都市に原爆を落とすのではないかという恐怖を呼び起こすのに十分であった。実際米国は早ければ十七、八日頃三発目の原爆を小倉に投下する準備を進めていた。）

折から次の原爆投下の目標は、東京か京都だといううわさが広がった。焼け野原の東京より、広島のように空襲から温存されている京都の可能性が強いだろうと、軍も真剣にそう考えていた。このうわさを耳にした荒勝教授は、「原子物理学者としてまたとない好機だ、比叡《ひえい》山の上からその瞬間を徹底的に観測しよう」と言って、その準備を進めるとともに、広島についてはより豊富なサンプルを採集して厳密な放射能の測定を行なう必要があるとして、十二日清水講師を隊長とする九名から成る第二次調査隊を広島に派遣した。

第二次調査隊は、十三、十四の二日間にわたって活動し、爆心地付近から、鉄板、鉄磁石、セメント、アルミ板、馬骨、電柱碍子《がいし》の接着硫黄《いおう》、などを採集した。原子爆弾の核分裂によって発生した速い中性子が、いろいろな物質にぶつかると、その物質に核反応を起こしてβ線を出す。このβ線を測定することによって、もとの中性子の性質、ひいては原子爆弾の性質を調べようというのが、サンプル採集の目的である。

清水講師が京都大学に帰ったのは、玉音放送の翌日十六日午後であった。すでに第二次調査隊の若手が前日十五日にサンプルを持ち帰り、敗戦の衝撃を受けつつも、放射能の測定をやっていた。道路に規則正しく並んだ電柱から採集した碍子の硫黄は、爆心からの距離に比例してβ放射能の強さが弱まっていた。路上に斃死《へいし》していた馬の骨は、骨の中の燐《りん》が核反応を起こして、強力なβ放射能を示していた。これらの測定結果によって、米軍は原子爆弾に見せかけて放射性物質をばらまいたのではないかという、当初一部にあった推測は完全に否定された。いろいろなサンプルが示す放射能は、爆発に伴って放出された中性子によってひき起こされたもの以外の何物でもなく、爆発の正体は、ウランニウムU235の核分裂であったのだ。

清水栄日記より——

「八月十六日

汽車が途中至るところで遅れる。京都駅に着いたのは二時過であつた。疲れた体に重いリックを背にし、黙々として暗澹《あんたん》たるうちを教室に帰る。先生に帰つて来たことの報告をする。実験室も声なく敗戦の悲しみに満ちてゐる。

前日十五日の昼、石割君、高木君の一行が広島より持参した爆心中心部での資料、即ち金属片、電柱の碍子中の硫黄、家庭用電力計の破片、土壌等は皆強烈なβ線放射能ありと、更に海軍の本道技手の拾つて来た馬の骨とおぼしき破片等は非常に強烈な放射能を示した。又家庭用積算電力計の回転板の軸の根本に付いてゐた金属の破片も同じく強い放射能を示し、その表面一粍程磨りとつても尚《なほ》同じやうに強い放射能を示したといふことを知る。之等《これら》の事実より広島の爆弾はU２３５の原子核分裂を利用した原子爆弾なることが確定した。広島全土至るところの物質に賦与されたβ線放射能は爆発のとき発生した速中性子或は強烈なβ線による（恐らくは主として前者による）誘導放射能であらう。

矢張りＵ２３５のfission《フィッション》（注・核分裂）による爆弾であつたかと……。今更ながら米英科学及び工業能力の水準の高さを想ひ感慨無量なるものあつた。（以下略）」

「八月十七日

佐治君と今度の広島爆撃のこと話す。佐治君は理研仁科研究室でＵ２３５の熱拡散分離の仕事に従事してゐた。四月理研戦災を受け、金沢に疎開してやつてゐた。仁科研の方は陸軍の戦研としてＵのfissionの方の研究をやつてゐた。米国が二十億弗の費用と十二万五千人の人員を動員してやつてゐたといふのだ。Ｕのことで陸軍の戦研は仁科研に百万円、海軍の方は我々の方に六十万円、それも五月の中旬にやつと正式に戦研になつたのみで、第一回の会合をこの間琵琶湖《びわこ》ホテルで開いたのみで、金もまだ来てない仕末であつた。（以下略）」

一方、第一次調査で荒勝教授と一緒に広島入りした医学部の杉山教授らは、兵器補給廠での会議の後、荒勝研の一行と別れると、広島陸軍病院宇品分院に立ち寄って、収容患者の状態を見、さらに広島湾内の似ノ島に渡り、十日から十二日にかけて被爆者の遺体三体の詳細な解剖を行なった。杉山教授は、解剖結果の病理学的所見を軍に報告して、京都に帰った。

杉山教授の報告は翌月大阪朝日新聞（昭20・9・18）に掲載されたが、その内容は次のようなもので、原子爆弾が人間の組織や臓器をどのように破壊するかを詳細に解明したばかりか、造血臓器や生殖器への重大な影響や癌《がん》発生の可能性をいちはやく指摘していた。

「まず注目すべきことは爆発後六日目に死亡したものの火傷皮膚を顕微鏡で検すると強い諸

種の円型細胞の浸潤や表皮細胞の増生をきたし、かつそれらにしばしば細胞の核分裂像が認められた。この事実は後に火傷が治療した場合においても傷痕から癌とか腫瘍とかの悪性変化を起すかもしれず、今後大いに警戒を要することと思う。更に大切なことはわれわれが解剖したところによると、火傷者には腎臓《じんぞう》や淋巴腺《りんぱせん》の濾胞萎縮《ろほういしゅく》という淋巴球の製造地の大損害が早くも存在したことと、生殖腺たとえば睾丸《こうがん》の精細胞が障害をうけていることである。またこれらの人たちの血液は赤血球やヘモグロビン、白血球の著しい減少が見られ、正常の十分の一以下にもなっている。そして単に骨髄性の白血球のみでなく淋巴性の白血球、すなわち淋巴球も減少している。これまで血液病に見られたような貧血とか汎骨髄癆《はんこつずいろう》とよばれてきたような生やさしいものでなく、淋巴系も含めた全血液製造器官が侵された汎血液癆ともよぶべき重大な変化が起っている。

また現在迄《まで》の死亡者を解剖した結果によれば心筋、肝臓、腎臓には相当の脂肪変性がありかつ強い壊死《えし》性扁桃腺、口腔、胃、小腸、大腸、腎臓、時には摂護腺など、全身の臓器にところきらわず大小の出血が認められ、殊に大腸には壊死性出血性の潰瘍《かいよう》が大小多数存し頑強な生前の下痢を思わすに充分であり、また脾臓《ひぞう》は小さくなっており、胚《はい》中心はまったく消失し淋巴腺においても同様で胚中心なく荒廃しており、さらに骨髄は黄色で赤色髄少く、赤血球や白血球の製造が高度に侵され、その結果全身の血球が少くなっていることを語っている。その他睾丸などの生殖腺は萎縮し、小さく軟かくなっている。原子核爆弾は単に当座の初期病変のほかに執拗《しつよう》な後続病変をもって飽くなき惨害を加えつつある。(以下略)」(傍点筆者)

白血病や癌などのいわゆる原爆後障害が表面化し、医学的にも社会的にも問題になり始めたのが被爆後数年以上経ってからであったことを考えると、杉山教授の報告は実に鋭く放射能障害の深刻さを予見していたと言うべきであろう。

戦争に敗れたことは、大学の研究者にとっても大きな衝撃であった。精神的空白は学問研究にも空白を作りかねない状況であった。しかし、広島の現実は、科学者、医学者の手を切実に求めていた。「広島、長崎には今後七十年草木はもちろん一切の生物は棲《す》めない」という新聞報道が流れて、市民を不安に陥れ、街の復興をはばんでいた。被爆当時は軽傷だった者が、突然出血したり、全身に紫の斑点を作ったりして死亡した。放射能障害の病理と治療については、あまりにも未知の事柄が多かった。

京都大学医学部の杉山教授のもとに、中国軍管区司令部の井街軍医少尉が訪ねて来たのは、八月二十七日であった。井街少尉は、司令部の軍医部長駒田少将の命を受けて、京都大学医学部の応援を要請に来たのだった。

「広島ではいまだに毎日数十人の被爆者が死亡して行きます。然るに、適当な医療の方法もなく、救援の指揮をしている司令部としては困却しているのです。

軍医部長は、血液学の専門家を早急に招聘《しょうへい》して対策を立てよと、われわれに命令を下されました。軍医部で相談した結果、京都大学には、病理学の杉山教授、天野助教授、内科学の菊池教授が、それぞれ血液学の権威として専門の研究をしている、京都大学に依頼するのが最も良いではないか、ということに一決しまして、私が使いを命ぜられた次第なのです。先生、原爆被爆者の病状と早急なる対策樹立のために、ぜひ専門の研究員を派遣して下さるようお願い致します」

杉山教授は、すでに原爆直後に被爆者の悲惨な症状を見ていたから、井街少尉の要請を快諾し、「他の研究室にも働きかけよう」と返事をした。

杉山教授は、直ちに内科教室の菊池武彦教授と解剖学教室の舟岡省五教授に電話をかけ、中国軍管区司令部から派遣要請があったことを伝えた。

この要請を聞いた菊池教授は、「いまこそわれわれが出かけなければならないときが来た」と思った。当時、京都大学で白血球や造血機能障害の研究を専攻していたのは杉山教授であったが、放射能を大量に被曝した臨床例はなく、放射能による人間への影響については、はっきりしたことはまだわかっていなかった。杉山教授のもとで島本光顕講師が、動物実験によって、放射線の量と影響の度合の関係について研究していたのが、ほとんど唯一の医学的データであった。まして放射能障害の治療法などわかっていなかった。

しかし、放射能によって真先に造血臓器がやられることくらいはわかっていた。白血球を製造する造血臓器が機能を低下させれば、白血球の数がたちまち減少し、細菌やビールスに対する抵抗力がなくなり、健康を維持できなくなる。治療法としては少なくとも輸血をしなければならない。菊池教授は、臨床血液学をやっていたから、これくらいのことは知っていた。しかも、菊池教授は、自分の内科教室から岩国海軍病院に出向していた研究員から、被爆直後に同病院に収容した百二十人の血液を検査したところ、いずれも白血球の減少が目立ち、このうち五日以内に五十人が死亡したという報告を聞いていた。

〈被爆者がどのような経過で弱って行き、どうして死んでいくのか、そこをつきとめない限り治療方法も見つからない。研究と治療は一体だ。われわれ血液の研究者が総出で乗りこまなくて、一体誰がこの任務を果たせようか。

広島の医療機関は壊滅状態だと聞いている。現地の医師たちを助けなければならない使命もある。大学として手をこまねいているわけには行かない〉

菊池教授は、胸に熱いものがこみ上げて来るのを感じ、杉山教授に即座に広島応援に対する賛意を表わした。

舟岡教授も同じだった。

杉山、菊池、舟岡の各教授は、内科の真下《ましも》俊一教授らほかの教室にも参加を呼びかけるとともに、出張中の授業や京大病院の患者の診療当番、出張許可などについて、医学部長と折衝した。

こうして八月二十八日、京都大学医学部の研究調査班の派遣が決まり、各教室では、助教授や講師クラスが、広島へ行く目的と重要性について教室員に説明し、参加者を募った。即座に参加を申し込む者が多かったが、放射能のために草木も生えないと伝えられる原爆の災害地で働くことに不安感を抱き、一晩家族と相談してから返事をしたいと言う者も少なくなかった。

京都大学医学部の研究員でさえ、原爆被害の実相についてはっきりしたイメージを持つことができなかったのである。全く未知の災害に取り組むような緊張感を持ったのは当然のことであったろう。しかし、研究者として未知の災害を自分の目で確かめ、被爆者の診療に手を差し延べなければならないという使命感が、誰の胸にもあり、そうした使命感が、混乱の地に行く不安感を圧倒し、研究調査班への参加を促した。

研究調査班の編成は、各教室とも三十一日迄にほぼ完了した。参加申込み者は、教授、助教授、講師、助手、嘱託、学生、看護婦、合わせて四十人を越えた。これだけの大編成で診療と調査の両方をやろうというのだから、診療器具、検査用具、顕微鏡、薬品、カルテ類、事務用品などの準備も大変であった。

九月一日午後、全員が病理学教室の講堂に集まって、予備知識を得るための講義を聞いた。講師に立ったのは、病理学の杉山教授と島本光顕講師であった。まず島本講師が教壇に立った。島本講師はかねてから放射能障害についての基礎研究に取り組んでいた研究者で、広島への研究調査班の派遣に当たっては、熱意をこめて若手グループの推進力になっていた。演題は、「中性子放射能による生物学的影響について」であった。続いて杉山教授が、「八月十日広島に於《お》ける被爆者の剖検所見について」と題して、似ノ島で行なった原爆死亡者の解剖結果を中心に、被爆者の症状を報告した。この講義を聞いた参加者たちは、放射能障害の恐ろしさについて、あらためて身の引き締まる思いをした。

京都大学医学部の研究調査班は、九月一日夜から次々に広島に向けて出発した。九月一日夜第一班の先発隊として出発したのは、内科菊池教室の大久保忠継講師、内科真下教室の清水三郎講師、病理学杉山教室の島谷きよ女医ら十四人であったが、先発隊の一員だった菊池教室の糸井重幸助手が後年菊池教授に手紙にして送った日記体の手記は、出発前の準備や広島到着時の状況を生き生きと伝えている。

「八月三十日

本日午後突然大久保忠継講師から広島の原爆投下による被害の医学的調査を行なうについて調査編成についての話があった。教室としては是非諸君の協力をのぞむが、ついては希望者をつのる。用意のととのい次第、明日か明後日に京都を出発するとのこと。大久保先生らしく気の早い話である。私は即座に参加の意志を表明した。他にも数名申出があったが、教室員の中には一応家族と相談した上でと言う人もあった。

帰宅後家内にその由を告げると『こんな混乱の時期に独りで留守番をするのは不安でたまらない』と云ったが、何とかなだめて又病院の宿直に引きかえした。勿論《もちろん》自分としても色々の不安はない訳ではなかったが、それにもまして未知の災害をこの眼で確かめ、調査をしたい気持も強い。

「八月三十一日

出発は明日の夜九時半の広島行き列車に決まった。朝から受持患者の診療は放ったらかしにして準備に没頭する。顕微鏡、検血用具、カルテ類、事務用品、診療用薬品等各自手分けをしてどんどん行李《こうり》につめる。まるで火事場のような有様である。昼食をする暇もない。大久保先生は気も早いが、仕事の指揮を上手にてきぱきとやられる。

夜半近くに一応本日の業務を終了し、自転車で帰途につく。帰宅後明日の出発のこと、広島でのこと等話す。星野伯父がくれぐれも気をつけてゆくようにと来宅されし由をきく。

「九月一日

睡眠不足の目をこすりつつ病舎に出る。午前中大久保先生からの注意あり、又もってゆく荷物の内容に落ちがないか再検討する。午後二時より全班員は病理の講堂で島本光顕講師の『中性子放射能による生物学的影響について』講義をきき、それに続いて杉山先生の八月十日頃広島に行かれた時の災害屍の剖検所見についてのご報告をきいた。漠然としか持っていなかった原爆災害の知識に、これ等の生々しい講義をきき改めて驚くと同時に、我々調査班の前途の容易ならぬことを感じた。原子障害のおそれがない訳でないので班員の健康保持上約二週間で第二班と交替することになっている。

講義終了後各自帰宅の上出発準備を整えて午後六時半病舎に集合。(中略)

京都駅は折から復員のため大変な混乱である。改札口を通らずに助役室よりプラットフォームに出してもらい、都合よく列車に乗り込む。プラットフォームには大きな行李をかついだ兵隊が大声でわめきつつ行く。発車前に座席は満員となり通路には荷物の山で、通行も出来ない位である。

「九月二日

満員と混乱に充ちたつらい夜汽車。夜が明けて山陽線の駅々を過ぎ、広島に近づく。広島は間もなくかと思いつつ窓外を見ていると、他の乗客も皆外を眺めている。広島近郊に入るにつれ驚いたことには緑の山の広島に面した斜面の木々の葉が褐色の枯葉になっている。所々に出てくる蓮の大きな葉も殆んどが枯れている。何だかぞーっとするような気持になった。線路の近くにて二階建のコンクリートの家がひしゃげて一階建のようになってしまっている。

定刻より大分遅れて九時頃広島駅につく。駅のプラットフォームの屋根はとび、一部の鉄骨の支柱が曲っている。広島駅の建物も天井がおちてしまって空がみえる。戸外には小雨が降っていたが、駅頭で井街軍医少尉の出迎えをうけ、駅で約一時間待って宇品行きの汽車に乗る。駅自体の破壊はもとより駅前からみた広島は殆んど一望の中瓦礫《がれき》の街となっている。驚くべき光景である。」

一行は、広島第一陸軍病院宇品分院に案内されたが、軍の手違いがあったのか、宇品分院には東京大学医学部の調査班が一足早く着いていて、宿泊施設もいっぱいになっていた。宇品分院は、もともと病院の施設があったわけではなく、陸軍船舶練習部が使っていた元紡績工場跡の建物に原爆で負傷して避難して来た人たち約六千人を収容し、そのまま臨時病棟に当てていたものであった。このうち約三千人は死亡し、また患者の一部は他の病院に移ったり、身内に引き取られていったりしたが、京大班が来た時点でも、なお千人を越える患者がいた。しかし、あまりにも貧弱な建物や設備を見て、京大班の一行は、このようなところで一体どれだけの活動ができるだろうかと、すっかり気を重くしたのだった。

案内の井街少尉は、手違いがあったことに恐縮して、「ともかく今夜は郊外にある私の設営部隊に泊って下さい。すぐに案内します」と言った。

糸井重幸日記、九月二日の続き――

「広島市中を歩いて廿日市に向う。市内に所々残って走っている市電を利用して乗継ぎ乗継ぎして行く。途中雨は土砂降りとなり遂に雨宿りの止《や》むなきに至る。

惨憺たる広島市街。町名も何も分らぬ。ただ瓦礫の街。家屋は何もなく焼け跡に所々かまど、洗い流しのこわれたのが残っている。

燃えるものは皆燃え尽している。所々に死臭を嗅《か》ぐ。道路のわきに人の腐敗屍体《したい》あり。又馬の骨、くずれた肉をみる。脊椎骨《せきついこつ》、頭骨もある。この様子では一家全滅の家も無数にあることであろう。屋敷跡の所々に尋ねて来る人のために一家の立ちのき先や安全を告げる立札をみる。全く音のないものすごき街である。市電にのった時に印象に残ったのは運転席の後のパイプの支柱に真黒に蠅《はえ》がとまっていたこと。一寸《ちょっと》他では見たこともないことである。雨降りの中の死臭たちこめる街。

京都と何という違いであろう。

夕刻に到り廿日市に着く。天理教の教会である。中に入ると数名の兵隊がゴロゴロとねている。夕食をとり入浴後、やっとくつろいで、原爆投下後の当時の状況を兵隊から聞く。驚き入ることばかり。

皆で大きな蚊帳《かや》の内にねる。今日は見るもの聞くもの驚くことばかり。

身心共疲れて眠る。」

翌三日、清水三郎講師が中国軍管区司令部に行って打ち合わせた結果、京大班は大野陸軍病院を担当することになり、午後全員軍のトラックで大野陸軍病院に移動した。

安芸《あき》の宮島の対岸、大野浦に面した斜面に、海岸線と平行に何列も建ち並ぶ瓦葺《かわらぶ》きの白い病棟は、瀟灑《しょうしゃ》で静かなたたずまいを持っていた。診療設備をはじめ病理試験室や解剖室も完備していた。病院前の海岸べり高台にある益本旅館が一行の宿舎と決まった。

「眺めは好いし、ここなら京都に帰りたくないな」

そんな声も聞かれた。広島の惨状を忘れさせる環境であった。

しかし、病院に収容されている原爆患者の症状は、あまりにもそうした環境と違っていた。

京大班は、大野陸軍病院と大野西国民学校に収容されている被爆者の診療を応援するとともに、病院の病理試験室と西診療室を借りて研究調査を開始することが決まった。

四日夕方には、第一班本隊の菊池、杉山、舟岡の各教授をはじめ病理の島本講師ら計十二人が到着し、教授たちの宿舎は病院南側にある院長官舎の臨海荘が当てられた。一行は五日からいよいよ患者の回診と検血を始めたが、患者の数があまりに多いので、初日はとりあえず重症患者のみを対象にした。

六日からは、原爆患者全員の血液の毎日の変化を調べるとともに、外来患者の診療の受け付けを始めた。外来部門を設けたのは、大野村から広島に勤労奉仕に動員されていて被爆し、入院もできずに自宅にいる患者が相当数いると聞いたからだった。

全員、日夜の別なく精力的に働いた。大野陸軍病院は、軍の結核療養所だったため、物資や食糧はかなり豊富に備蓄してあった。京都大学の一行は、お陰で食事の苦労はしなかった。

診療と研究調査が軌道に乗ったところで、菊池教授らは、夜益本旅館に全員が集まった機会に、広島市内にも診療所を開設しようと提案した。

「広島市内の焼け残った地区には、多くの被爆者が住んでいる。しかし、市内の医療機関は壊滅状態だから、十分な治療も受けられないでいるに違いない。この際われわれの活動を一歩進めて、軍から要請を受けたこの病院での診療だけでなく、市内の焼け残った地区に診療所を開設して、できるだけ多くの被爆者に診療の手を差しのべようではないか。

間もなく、第二班が来て人員も増えるから、第二班が到着し次第、開設したい」

というのが、提案の趣旨だった。これには全員が賛成した。

診療所は、牛田国民学校で開くことが決まり、牛田診療班のための民宿の交渉も進められた。十日午後、いったん帰洛《きらく》していた大久保講師に率いられて、第二班八人が到着したため、直ちに班の編成替えが行なわれ、佐々木貞二専門部助教授を班長とする計十人のチームが市内に向かい、即日牛田診療所の活動を始めた。

個別にやって来たメンバーを加えると、京大研究調査班は、約四十人の大部隊になっていた。大野と牛田にわかれて、ある者は、患者の治療に当たり、ある者は朝から晩まで目がおかしくなるほど顕微鏡をのぞいて白血球の計算を担当し、ある者は重症患者の往診をし、ある者は病理解剖をした。

潰瘍化した火傷《やけど》の跡にリバノール処置をしながら、看護婦はその度に「なんてひどいことを」と、悲憤慷慨《こうがい》していた。

患者の多くは、白血球が平常の半分以下の三千位に減っていたが、もっと少ない重症者も少なくなかった。悩みは輸血用の血液が全くないことだった。大野陸軍病院に入院していた中国軍管区司令部の松村秀逸参謀長は、司令部の命令で広島周辺の部隊から毎日献血者を募り、その輸血で病状を回復させたのだが、松村参謀長のように輸血の恩恵を受けられたのは、全くの例外であった。輸血用の血液がないがゆえに、みすみす回復の機会を失った患者が多かった。

ある日、前日まで元気だった患者が、突然鼻血や血便が止まらなくなって死亡したときには、長年様々な病気を診て来た診療班の者でさえ、原爆症という得体の知れない疾患に対して、恐怖を感じないわけには行かなかった。

ところで、京都大学では、九月十日の評議員会で、原爆災害綜合研究調査班の活動を、大学派遣の公式な研究班として承認し、全学を挙げて支援することを決定した。さらに九月十二日には、文部省学術研究会議が、学会の権威を総動員して原子爆弾災害調査研究特別委員会を発足させることを決め、このことが新聞報道で伝えられた。新聞によれば、京大に対しても医学部の菊池教授や理学部の荒勝教授の参加を求める予定になっているという。京都大学においては、にわかに原爆災害調査研究の気運が高まった。

原子物理学の荒勝研究室では、七十年間草木も生えないとまで言われる爆心地のその後の放射能の減衰状況を確かめる調査をしようということになった。もし放射能の危険が去っているのなら、その結論は、広島市の復興に役立つ筈である、というのが調査の目的であった。

荒勝研の第三次調査隊は、木村毅一助教授を隊長に助手や学生計六人で編成され、九月十五日京都を出発した。この第三次調査は、長期間にわたって滞在し、放射能測定作業も現地でやろうということになり、測定装置や記録用紙類などを持参した大がかりなものとなった。

一行が広島に着いたのは翌十六日で、雨の中を医学部が根拠地にしている大野陸軍病院に直行した。木村助教授らは、医学部の教授たちに挨拶を済ませると、臨海荘の一室に陣取った。

九月十七日、大野浦一帯の雨は、夜に入るといちだんと強くなり、午後九時頃からは異常な降り方になって来た。

医学部のメンバーは、すでに宿舎の益本旅館に帰っていた者もいたが、病理試験室や西診療室で仕事をしている者もいた。

真下教授や杉山教授ら数人は、前日到着したばかりの理学部の木村助教授ら物理班の六人と一緒に、本館二階の将校食堂で夕食を摂った後、雑談をしていた。教授らはいったんは宿舎へ帰ろうとしたのだが、あまりにも風雨が強く、傘をさして外へ出ることもできないため、食堂に戻って風雨のおさまるのを待っていたのだった。

仕事が忙しくラジオを聞く余裕もなかったから、台風が接近していることなど、誰も知らなかった。「風が強いから台風が来るのではないか」という程度の意識しかなかった。

真下教授は、しばらくして再び帰ろうとしたが、やはり無理であることがわかり、食堂へ戻って来た。

「今夜は病院泊りだ。大久保君、ベッドを貸してくれるよう病院に頼んで来てくれぬか。水野大尉に頼めば何とかしてくれるだろう」

真下教授は、傍《そば》にいた大久保講師に命じた。

病院の庶務主任水野大尉は、京大医学部出身で菊池教授の教え子だったため、京大の研究調査班に対しよく便宜を計り陰の力となっていた。

大久保講師は、助手の安西茂則と一緒に空きベッドの借り受けの交渉に出て行った。

表では強風が唸《うな》りを上げ、篠突《しのつ》く雨が激しく窓をたたいていたが、教授たちは、風雨を忘れて話に花を咲かせていた。

すでに午後十時を過ぎようとしていた。フッと電燈が消え、全館真暗となった。

「停電か、困ったな」

異口同音の声がもれた。暗闇の中でどうすることもできないので、隣り合った者同士が雑談を続け、停電の回復を待った。

そこへ大久保講師が手さぐりで戻って来た。一緒に出て行った安西助手は、病理試験室に用事があるので、一階で別れ、大久保講師が一人で戻ったのだった。

「ベッドと毛布の借用に成功しました」と、真下教授に報告している大久保講師の声が、暗がりの中でみなに聞こえた。

そのとき、突然「ゴーッ」と汽車が驀進《ばくしん》して来るような轟音《ごうおん》が響いて来た。その異様な響きに、一同ハッとなったが、次の瞬間には轟音はバリバリバリッという破壊音や石の打ち合う音を混えて全館に轟《とどろ》き渡り、建物が山に面した北西側からグーッと沈み出した。

「先生、山津波です！」

杉山教授の傍にいた島本光顕講師が叫んだ。

机の下にもぐる者、窓際や廊下に走り出した者、暗闇の中でそれぞれにとっさの避難行動をとろうとしたのだが、建物はあっという間に崩壊し、全員山津波の濁流に呑みこまれてしまった。

何もかもわからぬまま流された木村毅一助教授は、自分はこれで死ぬのだと観念したが、ふと気がつくと濁流の中に突き出た大きな岩に無意識のうちにすがりついている自分を発見した。海の中らしかったが、そこがどこなのか闇の中なので全くわからなかった。

遠い遠い海の彼方《かなた》まで押し流されてしまったような気がして、声を限りに助けを呼んだが、応答はなかった。

孤独感に襲われた木村助教授の脳裏には、来し方の事が走馬燈のように浮んで来た。木村助教授は、戦時中兵器研究のため浜松の陸軍の研究所に行っていたとき、大空襲に会い、市民や児童が多数犠牲になったにもかかわらず、自分は防空壕《ごう》の中で辛うじて助かった経験があった。その後、立川の部隊に動員学徒の補習講義に行ったときも、艦載機の爆撃を受けたが、ここでも命拾いをした。戦争で生き残ったのに、戦争が終ってから水害で死ぬなどということは、いかにも残念であった。

「気を鎮めよう」と思った木村助教授は、泥まみれになって引き裂かれた洋服のポケットを探した。そこにはチョコレートが入っている筈だった。大野陸軍病院には、一般には手に入らない罐詰《かんづめ》や菓子類があり、そのチョコレートも病院から支給されたものを食べ残してポケットに入れておいたのだった。物理班六人分の出張費と研究調査費として財布に入れて持って来た五万円余りの大金は財布ごと失くなっていたが、チョコレートは残っていた。チョコレートを口に入れると、ようやく気分も落ち着いて来た。暗闇に目も慣れて来た。

水の勢いが衰えるにつれて、周囲にいくつも岩が頭を出し始め、自分のいる場所が、意外にも海岸際であることがわかり、助かったという実感がこみ上げて来た。再び助けを求めて叫んでみたが、声が届かないのか答えはなかった。

いつしか雨も止み、雲の切れ間から星がきらめいていた。雲の陰に月があるのか、あたりが薄明るくなり、岩のまわりの水もかなり退《ひ》いて来た。もう大丈夫だと思った木村助教授は、浅瀬の中を岸に向かって手さぐりで歩き出した。人声が聞こえて来たので、その方へ足を向けた。

陸に上がったところで、木村助教授は医学部の若い連中に助けられた。西診療所にいて遭難を免れた医学部の清水三郎講師がてきぱきと指揮をとっていた。水の流れからはずれた小高い丘の上に連れて行かれると、食堂に一緒にいた物理班のうち、学生の西川喜良、高井宗三の二人が、すでに救助されて、怪我の手当てを受けていた。

木村助教授は頭に怪我をしていたが、ともかく命を落とさずに済んだことを、二人の学生とともに喜び合った。

しかし、物理班の残る堀重太郎、村尾誠、花谷暉一の三人は行方がわからないということだった。横須賀の海軍航空技術廠から技術大尉として派遣され、戦後も助手として研究に励んでいた堀重太郎、短波受信機でいち早くトルーマン声明をキャッチした化研からの雇員村尾誠、原爆直後の第一次調査のときから参加していた大学院生の花谷暉一——荒勝研究室にとって、一人一人が重要な研究員だった。とりわけ木村助教授の胸を痛めたのは、堀重太郎の遭難だった。堀は、同じ荒勝研の清水栄講師の妹とちょうど一カ月前の八月十七日に結婚したばかりだったのだ。

木村助教授は、高台の上で与えられた毛布にくるまり、寒さにふるえながら、教室員三人の安否を気遣った。

医学部研究調査班の若い連中が、傷の手当てなど、何かとめんどうをみてくれた。指揮をしている内科の清水三郎講師の話では、医学部関係では、杉山教授は救助されたが重傷らしく、真下教授、大久保講師、島本講師ら主だったメンバーが多数行方不明になっているということだった。木村助教授は、そこではじめて、食堂に一緒にいた者の多くが遭難したことを知ったのだった。杉山教授は、堀重太郎の結婚式の媒酌をつとめた知人であり、杉山教室の島本講師もその式に参列していたことを、木村助教授は知っていた。学部は違っても、荒勝研とは近しい人たちだった。重大な事態が起こったのだという実感が、木村助教授の胸にひしひしとこみあげて来た。

木村助教授が、高台で手当てを受けている頃、海岸や病院周辺では、宿舎や西診療所にいて助かった医学部の研究班員が、行方不明者の捜索と負傷者の手当てに全力をあげていた。山津波が貫通した跡には、無数の石や材木が堆積《たいせき》し、その間に泥まみれの屍体が転がっていた。星明りの中で、提燈《ちょうちん》や懐中電燈が動きまわっていた。海から這《は》い上がった直後に、ばったり倒れて息絶える患者もいた。

このような中で杉山教授も発見され、益本旅館に収容された。杉山教授は、壊れた屋根に覆われる形で流されたが、海まで出て流れが止まると、力を振り絞って屋根から這い出し、海岸まで泳ぎ着いたのだという。

杉山教授は、顔、耳、上下肢に打撲傷と擦過創《さつかそう》を負っていた。手当てによってショック状態から立ち直ると、杉山教授は、

「水が塩辛いので、海に流されたと判断し、全力で倒木を分けて、山の方を目標に泳いだのだ。水泳で鍛えていたから自信はあったよ」

と、平然と言ったが、怪我の状態は重傷だった。

しかし、食堂にいた真下教授をはじめ、ベッドの借り受け交渉をして来た大久保講師、「先生、山津波です！」と叫んだ島本講師、学生の原祝之、平田耕造は、懸命の捜索にもかかわらず、いつまでも行方がわからなかった。

食堂の医学部グループのうち、杉山教授のほかに助かったのは、木村雅助手だけだった。木村助手は、流される途中に、建物から放り出され、脚部に怪我をしただけで、濁流から逃れることができたのだった。また、ベッドの借り受け交渉をした後、大久保講師と別れた安西助手は、本館一階小使い室に立ち寄ったところで、山津波に襲われたが、足に怪我をしただけで脱

出することができた。

一方、本館裏手山側の病理試験室では、前日着いたばかりの西山真正助手と初日から献身的に活躍して来た島谷きよら三人の女医の計四人が遅くまで仕事をしていて、一瞬のうちに倒壊した建物の下敷きになった。救助班が、生き埋め現場に近づくことができたのは、濁流がおさまった午前四時頃になってからであった。

四人のうち女医二人が、まず救出された。二人は、嘱託の森彰子と松本繁子で、いずれも骨折の重傷を負っていた。しかし、西山助手と島谷女医は、潰《つぶ》れた建物の材木の下になっていて容易に救出することができなかった。

島谷女医は、首を動かすこともできない状態で、顔をすっかりゆがめて、絶え絶えの声で「気が遠くなりそうです、強心剤を射って下さい」と言った。救助班は、強心剤を注射して、材木を取り除こうとしたが、うずたかく堆積した材木はびくともしなかった。島谷女医は夜明けを待たずに息を引きとった。

西山助手は、やや離れた位置で腹這いの状態で巨石と材木にはさまれたまま身動きもできず、ようやく右手を差しのべて救いを求めていた。助手たちが近づくと、「逃げ出そうとしたのだが、足をはさまれてしまって……」と、苦痛に耐えながら状況を語った。

救助班は、西山助手の右手を握って励まし、皮下注射を射って、材木を除こうとした。ここでも巨大な材木の山は微動だにせず、人手集めをしているうちに、西山助手は遂に事切れた。助手や学生たちは、しばし呆然となってその場に立ちすくんでいた。

一夜明けると、台風一過の晴天となり、山からの出水もほとんどおさまっていた。海も穏やかになって、対岸の宮島がくっきりと見えていた。病院周辺では、病院の職員や看護婦をはじめ、大竹の潜水学校の兵隊たちも加わって、大がかりな行方不明者の捜索と遺体の収容作業が続けられた。

この捜索で、真下教授の遺体が発見された。真下教授は海岸まで押し流された本館の屋根の下で、半身を砂に埋めていた。

この朝の時点で確認された医学部の遭難者は、死亡三名（真下教授、西山助手、島谷女医）、行方不明四名（大久保講師、島本講師、原学生、平田学生）、負傷者五名（杉山教授他）であった。また、理学部は、行方不明三名（堀助手、村尾雇員、花谷大学院生）、負傷者三名（木村助教授他）であった。

救助作業を指揮していた清水三郎講師は、災害の発生を京都大学に連絡しようとしたが、電報も交通機関もすべて途絶していたため、伝令を出す決意をした。折から午後には大野陸軍病院から宇品までの連絡便が出ることを聞いたため、那須貞二、中井武の二人の助手を伝令に指令し、出発させた。

高台の上で一夜を明かした木村助教授ら物理班の三人は、残る班員三人の遭難がもはや確実となって来たため、医学部の救助班に捜索を依頼すると、臨海荘にいったん戻り、負傷した身体《からだ》を休めた。三人とも衣類はびりびりに裂け、泥まみれになっていたため、すべて脱ぎ捨てると、敷布を腰に巻いて、半裸の生活をした。水道は断水しているため、身体の泥を落とすこともできなかった。やむを得ず裏山に出かけて谷間に小さな池を見つけ、そこで水浴をした。

夜になると、前夜とは打って変った澄み切った中空に名月が輝いた。月の光に誘われて、木村助教授は外に出た。明るく照り返る大野瀬戸の向こうに、宮島の島影が黒々と横たわっていた。辺りの草葉には、無数の露が止まり、月を映してきらめいていた。夜露のきらめきを見ているうちに、木村助教授は、若き日に日本ではじめて原子の人工崩壊実験に成功した夜のことを想い起こした。昭和四年京都大学理学部の物理学科を出た木村は、翌年台北帝大の助手として就職し、台湾で研究生活を送っていた。その頃、外国の文献に目を通しているうちに、英国ケンブリッジ大学キャベンディッシ研究所のラザフォード博士らが、原子の人工崩壊に成功したという論文にぶつかり、強い学問的刺戟《しげき》を受けた。原子が壊れるとは面白い、と思ったのである。ラザフォード博士らの方法は、「リチウムに加速した水素イオンをぶつけると、リチウムが崩壊して原子量の一つ小さいヘリウムが飛び出す」というものであった。今日では、原子物理学の初歩的な実験となってしまったこの原子崩壊の実験も、当時としては画期的なものであった。昭和七年のことである。

木村は、この論文を読むと、自分でもやってみようと決意し、実験装置の製造に取りかかった。問題は、リチウムの崩壊によって発生したヘリウム（つまりα《アルファ》粒子）をどうやって確認するかだが、α粒子を硫化亜鉛にぶつけると光を発するという現象があることは、すでに知られていた。木村は、この方法を使うことにし、ヘリウムが発生してくるところに硫化亜鉛を置き、ピカピカ光る光を顕微鏡で観察できるような装置を完成させた。昭和九年のある日の夜、木村はこの実験に成功した。顕微鏡をのぞいていると、硫化亜鉛にぶつかるα粒子が、流星群が降るようにピカピカと光を発した。リチウムが崩壊してヘリウム原子が発生しているのだ。木村は時が経つのも忘れて、顕微鏡の世界に見とれた。

木村助教授は、無数の夜露のきらめきの中に、かつて顕微鏡の中で降る星の如く光った原子の世界の光の美しさを想い起こしたのだった。それから十年余、自分は京都大学に戻って荒勝研究室で原子爆弾の研究にたずさわり、その因果で広島の原爆調査にやって来た。そして今、三人の若き頭脳を失い、自らも負傷して、為《な》すすべもなく立っている。木村助教授は、国木田独歩の『武蔵野《むさしの》』の中の小品『星』の一節を無意識のうちに口ずさんでいた。

夜は愈《いよいよ》更け、大空と地と次第に相近《ちかづ》けり。星一つ一つ梢《こずゑ》に下り、梢の露一つ一つ空に帰らんとす。

しかし、口ずさむことばの美しさとは裏腹に、木村助教授の心には、空《むな》しさのみがこみ上げていた。

京都大学原爆災害綜合研究調査班の遭難の第一報が、大学本部に伝えられたのは、三日後の二十日夜になってからであった。

伝令として船で大野浦を出発した那須、中井の二人の助手は、十八日夕方広島の宇品港に着いたが、広島県下の鉄道はずたずたで、広島から先へ行くことはできなかった。二人は、宇品に一泊した後、翌朝話し合った結果、那須は鉄道と広島の状況を伝えに大野浦に戻り、元気な中井が汽車の動いているところまで徒歩で強行突破することにした。

中井は、山陽線沿いの国道を歩き続けた。山陽線は、いたるところで山崩れ、崖《がけ》崩れで寸断され、行けども行けども汽車が動いている区間に着かなかった。日が暮れても中井は歩いた。午後九時頃、広島から六十粁《キロ》近く歩いたところで、汽車が停車している駅があった（三原駅と思われるが、中井は記憶していない）。駅員に尋ねると、翌朝動く見込みだという。疲れ切った中井は、切符を買うと車内で一泊した。汽車は、翌二十日午前五時に発車し、同日夕刻になってようやく京都駅に着くことができた。大野浦を出てから実に五十時間以上経っていた。中井は、大学に急行した。

中井の報告を、大学で最初に聞いたのは、病理の森教授だった。森教授は、大学からやや離れた浄土寺真如堂境内に静かな居を構えていた菊池教授宅に駆けつけた。第一班として大野陸軍病院に繰りこんだ教授陣のうち、菊池、舟岡の両教授は、卒業の追試験などのため、いったん大学に戻っていたのだった。とくに菊池教授は、病院の食事に出された牛罐でひどい蕁麻疹《じんましん》にかかり（同様に蕁麻疹にかかった者が数名いた）、その療養もかねて帰洛していたのである。

玄関に出迎えに出た菊池教授に対し、森教授はいきなり、

「驚くな、広島の研究班は全滅したぞ」

と、顔をひきつらせんばかりにして言った。菊池教授は、

「何を馬鹿なことを言う。冗談も休み休み言え。まあともかく中へ入って聞こうではないか」

と、信じ難い表情で答えた。

玄関脇の応接間に通された森教授は、ソファーに坐るのももどかしそうに、中井助手の報告を菊池教授に告げた。

「山津波のため、大野陸軍病院はほとんど壊滅したという。真下教授、西山君、女医の島谷君の三名は死亡、大久保君、島本君、学生二名、それに理学部荒勝研の教室員三名が行方不明、杉山教授以下八名が負傷したというのだ」

菊池教授も信じないわけには行かなくなった。

「中井君の報告は、大野浦を出た十八日正午までの状況だが、災害が発生したのが十七日午後十時過ぎだというから、半日以上経って行方がわからない大久保君らはやはり絶望と考えなくてはなるまい」

森教授は沈痛な表情で言った。

医学部では、翌日緊急教授会を開き、関係教授を含む大規模な救援隊を派遣すること、行方不明者を徹底的に捜索すること、遭難者の大学における地位を一級上昇させ、とくに大久保忠継講師は助教授に昇格させること、大学葬を行なうこと、などを決めた。

また理学部でも、理学部長と荒勝教授が協議した結果、医学部の救援隊に合流して教室員を派遣すること、遭難者の大学における地位を上昇させること（堀重太郎助手は講師に、村尾誠雇員は助手にそれぞれ昇格させ、花谷暉一大学院生はウラニウム核分裂の論文で博士号を授与する）、などを決めた。

救援隊は、二十二日午前十時過ぎ、京都駅を出発した。木村廉医学部長を隊長に、菊池教授、舟岡教授を含む十九人で、この中には遭難者の遺族六人も参加していた。大学の救援隊員は、木村医学部長以下全員巻脚絆《まききやはん》姿だった。

また隊員の中には、大久保講師の同期生で、やはり血液学を専攻していた大学院特研生の脇坂行一も加わっていた。広島派遣の研究調査班は、健康維持のため二週間でメンバーを交代する計画になっていて、大久保は十五日に脇坂と交代するスケジュールになっていた。ところが、大野陸軍病院が進駐軍の命令で近日中に接収されるらしいという情報が入ったため、大久保は「どうせなら接収まで僕がやろう」と言い出し、脇坂との交代を見合わせていたのだった。もし進駐軍接収の話がなかったら、そしてもし予定通り二人が交代していたら、二人の運命は全く逆になっていた筈であった。脇坂は、活潑できびきびとした大久保は、その積極さゆえに不幸を背負ってしまったのだった。大久保が自分の身代りになったような気がして辛かった。

京都駅には、大久保講師の妙子夫人が見送りに姿を見せていた。一児を背負い、一児の手を引いた夫人は、夫の主任である菊池教授にすがるようにして懇願した。

「私の夫はどこにいるのでしょうか。是非私の夫の消息をつかんで帰って下さい。これが唯一の御願いでございます」

菊池教授は、広島に研究調査班を派遣した責任者として、胸に釘《くぎ》をさされるような思いであった。

「必ず大久保君を見つけて来ます。大久保君が見つけられない間は、私は京都の地を踏みません」

菊池教授は、心の中で、〈発見できるまでは帰りません〉と繰り返した。

汽車は尾道止りで、三原から先は不通になっていた。尾道に着いたのは夜だった。一行は、止むを得ず尾道から一人三十円という法外な船賃の闇船に乗って、雨降る夜の瀬戸内海を宇品に向かった。

二十三日午前八時前、宇品に着くと、菊池教授らは、陸軍船舶練習部に挨拶をかねて立ち寄り、乾パンの援助を頼んだ。そこで大野陸軍病院の負傷者が宇品分院に収容されているという話を聞いたので、見舞いに寄ると、意外にも京大研究調査班の杉山教授ら四人の負傷者がいたので驚いた。大野陸軍病院が機能を失ったため、本格的治療を必要とする四人は、前日大野浦から移送されて来たということだった。菊池教授が担当医に尋ねると、杉山教授は左眼結膜下出血、右中耳炎、顔面数カ所の外傷、脚部の外傷などの怪我だが、熱は三十七度二、三分で当面それほど心配することはないということであった。杉山教授自身も元気そうにしていた。

一行は、昼過ぎ再び一人二十五円で船をチャーターして大野浦に向かった。

同日夕方、大野陸軍病院に着いた菊池教授は、災害の規模の大きさと変り果てた病院の姿にただ目を見張った。

救援隊が到着したことによって、災害発生以来清水講師の指揮で働き続けて来た助手、学生、看護婦たちは、ようやくほっとした表情を見せた。

清水講師らの報告で、医学部の大久保講師と島本講師、理学部の堀重太郎助手の計三人の遺体が依然発見できないこと、倒壊した建物の下敷になった西山助手と島谷女医の遺体収容も手つかずになっていること、診療器具や検査器具をはじめ、原爆患者のカルテ類、血液標本、骨髄標本、解剖標本、などの貴重な資料がほとんど失われたこと、牛田国民学校の診療所も太田川の洪水で浸水の被害を受けたため、牛田診療班は診療所を閉鎖して大野の本隊に合流していること、などの状況が知らされた。

また、病院の庶務主任水野軍医大尉に聞けば、災害直前に決定されていた大野陸軍病院の進駐軍による接収が正式に通告されて来たため、患者は第一陸軍病院宇品分院や柳井の陸軍病院に分散移送しているという。また、連合軍のマッカーサー総司令官から、軍隊は山陽線の復旧に全力をあげるよう命令が出たため、大野陸軍病院に救援に来ていた兵隊百人は、死体捜索の打ち切りを決定して、今日限りで引き揚げてしまったことも知らされた。

菊池教授は、船で大野浦に着いたとき、スコップなどの作業道具をかついで帰って行く兵隊たちの後ろ姿を見たのを思い出した。土砂や材木で埋めつくされた中から、大久保講師らの遺体を発掘するのは、大変な作業である。菊池教授は、マッカーサーの命令をうらめしく思った。

救援隊の教授陣は、臨海荘に泊ることになった。そして、全体の状況を判断した結果、原爆患者の診療活動も研究調査もともに打ち切って、九月はじめから来ている研究調査班は京都に引き揚げさせることを決めた。内科の真下教授、若い研究員を精力的に指揮して来た大久保講師、放射能障害について数少ない研究者として出発前に全員に講義をした島本講師、そういった重要なメンバーを失い、さらに血液学の杉山教授が重傷を負った今、研究調査活動を続けることは不可能であった。この災害は、医学部にとって大打撃だった。しかも、後世に残すべき貴重な標本や資料、調査記録がほとんど失われたことは、学界あげて取り組もうとしている原爆災害の研究にとっても痛手であった。

荒勝研の物理班にとっても、事情は同じだった。

翌二十四日、倒壊した病理試験室の下に埋もれたままになっていた西山助手と島谷女医の収容が行なわれた。大学のメンバーだけによる遺体の収容や捜索は思うようにはかどらなかった。道具が、鍬《くわ》二挺《ちょう》、スコップ二挺、鉄棒一本しかなかったのだ。まず午前中西山助手の遺体が遭難から一週間ぶりにようやく掘り出され、午後には島谷女医の遺体も収容することができた。二人の遺体はすぐに荼毘《だび》に付され、それぞれの肉親が遺骨を引き取って帰って行った。

この日昼頃、西山助手の遺体が発掘された近くから新たな遺体が発見された。もしや大久保講師ではないかというので、菊池教授らが駆け寄った。病院付の兵士らがスコップで土砂を掘っていた。上半身現われた遺体は兵士用のシャツを着ていた。大学の救援隊の者も発掘に加わった。顔は潰れて誰であるか識別できない。

「大久保君はこんなシャツを着ていたのか」

と、菊池教授が尋ねると、同じ教室の若い者が、

「大久保先生は、応召されたことがありますから、あるいは兵隊のシャツを持っておられたかも知れません」

と言った。しかし、誰一人、遭難時の大久保講師の服装を覚えている者はいなかった。その

うちに遺体の下半身まで掘り進むと、兵隊のズボンが見えて来た。どうも大久保講師とは思われなかった。場所も本館の流出位置から離れていた。そこへ、山津波の夜、遭難直前に大久保講師と一緒に、病院に仮泊用の毛布を借りに行った安西助手がやって来た。安西助手は、遺体を見ると、

「違います。大久保先生は白の開襟《かいきん》シャツに紺《こん》の上衣、紺のズボンでした」

と言った。遺体は、収容してよく調べた結果、病院付の曹長であることが判明した。

二十四日夜、宿舎の臨海荘に、教授ら主だったメンバーが集まって、大久保講師ら行方不明の三人の遺体の捜索をどうするかについてあらためて協議した。意見は二つに分れた。軍医の経験のある青木教授らは、

「軍が捜索中止を決定した以上、いつまでもわれわれだけが陸軍病院の敷地内を掘り返すわけにはいくまい。大久保君らには忍びないが、この際捜索続行は遠慮すべきではないか」

と言った。これに対し、菊池教授ら内科教室員たちは捜索続行を主張した。菊池教授は大久保講師夫人への約束を反古《ほご》にするわけにはいかなかった。

「いままでの遺体の発見状況から考えると、大久保君と島本君は壊れた本館の残骸付近に埋まっているのではないか。捜索範囲を絞って掘ってみれば、案外早く見つかると思う。本館の残骸は浜辺に堆積しているから、そのあたりに重点を置いてやってみたい。われわれの捜索については、私が病院の斯林《しばやし》院長に頼んでみる」

菊池教授は何が何でも続行するのだという決意を押し通した。結局翌日からの捜索は、菊池

教授ら残留する救援隊に一任することになった。

翌二十五日、木村医学部長は、月初めからいた研究調査班員を率い、真下教授の遺骨を抱いて、大野浦駅から汽車で京都へ発った。

残った菊池教授らは、大野陸軍病院の斯林院長を訪ね、大学の行方不明者を捜すため、本館残骸のある浜辺付近だけでも掘らせてほしいと申し入れた。

「捜索を打ち切ったのは、応援の兵隊が引き揚げて労力不足になったからである。大学の方々だけで捜索をするのは一向に差し支えないが、病院の敷地をむやみに掘り返すのは困るから、一定の場所に限ってやって欲しい」

斯林院長は快諾してくれた。

行方不明者の捜索は、救援隊の手で細々と続けられた。

二十六日になって、到頭大久保講師の遺体が発見された。発見場所は、菊池教授らが見込んだ通り、海岸際の本館残骸の近くだった。山から流出した土砂は、すでに災害から九日を経て固まっており、その中から発掘された遺体は、ほとんどミイラ化していた。元気旺盛《おうせい》だった大久保講師の面影はそこにはなく、あまりの痛ましさに、みな言葉もなく合掌した。

その夜、大久保講師の遺体は、海岸で茶毘《だび》に付された。雨上がりのどんよりとした暗い夜だった。倒壊した病院の廃材を積み重ねて、火がつけられた。黒い海のほとりの累々たる石を照らして燃え上がる茶毘の赤い炎は、いつまでも消えなかった。

菊池教授は、「是非私の夫の消息をつかんで帰って下さい」と哀願するように言っていた大久保夫人のことを思うと、胸を絞めつけられた。夫人の待ち望んだ「消息」とは何だったのだろうか、それはあくまでもどこかで生きていて欲しいという神にすがる気持の表現ではなかったか。だが、いま「消息」をつきとめられた大久保君は、研究と救援のためにやって来た広島の果てで灰になろうとしている。夫人に何と言って伝えたらよいのか——。

発見された遺体は、次々に荼毘に付されていたが、大久保講師がその最後となった。島本講師と物理班の堀助手の遺体は、遂に発見することができないまま、二十七日で捜索作業は打ち切られた。病院の閉鎖が決まった中で、いつまでも滞在することはできなくなったからであった。

九月二十八日、京都大学の救援隊は、大久保講師の遺骨を抱いて、宇品の部隊から提供された舟艇で大野浦を離れた。瀬戸内海の島々の間には、帝国海軍の軍艦が撃沈されたままの姿をさらしていた。尾道まで直行した一行は、尾道で汽車に乗り換えて京都に帰った。

十月になって大学葬の日が間近に迫ったとき、京都大学医学部に新たな悲報が伝えられた。宇品分院からその後呉の病院に移されて治療を受けていた病理学の杉山教授が、吸いこんだ泥に起因する肺炎を起こして、病状が急に悪化し、九日朝死亡したのだった。病理の杉山教室は、白血病研究のホープ島本講師を失ったばかりか、主任教授まで亡くしたのであった。

大野陸軍病院における京都大学の死者行方不明者は、医学部八名、理学部三名、計十一名となった。

十月十一日、京都大学本部大講堂で、鳥養《とりかい》利三郎学長を葬儀委員長に、「殉難者大学葬」が神式で執り行なわれた。文部大臣、中国軍管区司令官、同軍医部長、大野陸軍病院長、学術会議会長、京都府知事、京都市長らが来賓として参列し、会葬者は、遺族、大学教職員、学生など数百人に上った。

4

大野浦で見聞きしたことは、宇田技師にとっても北技手にとっても、大きな衝撃であった。もちろん廃屋に残った水野大尉らからの短時間の聞きとりの中で、以上のような京都大学研究調査班遭難事件の経過のすべてを知ることができたわけではないが、しかし事件の骨格については十分につかむことができた。山津波は、原爆で苦しみ抜いた者も、それを治療しようとした者も、後世のために研究資料を残そうとした者も、すべてを呑みこんでしまったのだ。しかも、台風が至近距離を通過しているなどとは誰も知らなかったのだ。

すでに調査が済んだ広島周辺の場合もそうだったのだが、あの夜風雨が激しくなったとき、それが台風であると知っていた被災者は皆無に近かった。台風に結びつけて予め《あらかじ》心配していたという証言を聞くことができたのは、厳島神社の社務所くらいなものであった。京大研究調査班の場合でさえ、診療や研究に追われていたあまり、台風災害のことなど想像もしていなかったのである。仮に風雨が気になってラジオに耳を傾けたとしても、ローカルの気象情報が復活していない以上、全国ニュースからだけでどれだけの情報を得ることができただろうか。稀有《けう》の猛台風の襲来と原爆災害の混乱とがぶつかったことは、あまりにも不幸であった。そのことは、気象技手としての北にとっても痛恨の極みであった。

大野陸軍病院を辞すと、夕暮れまでまだ時間があったので、せっかくここまで来たのだからと、宇田と北は、海岸沿いにもう少し先まで調査しようということになった。

大野浦から五粁程岩国に寄ったところに、玖波《くば》という町があり、その辺りでも大野浦に劣らぬ山津波の爪跡が残っていた。玖波の海岸に注ぐ川を少し遡《さかのぼ》ったところで、住民の古老から貴重な目撃談を聞くことができた。その古老は、山津波を横から見る位置に住んでいたのだった。

「あの夜は風も雨もひどうて寝ることもできんかった。そのうちにゴーッと、飛行機が二、三十機も編隊で飛んで来るような音がして山が抜けよった。大きな石が次から次からゴーッと転落して行くんじゃ。畳二枚分もある大石まで転び出よった。それらの石が衝突し合ってカチカチ火を出すんじゃ。まるで鮎《あゆ》漁の川松明《たいまつ》みたいにキラキラ光ってのお、あたりが明るく見えた程じゃった」

土石流が火花を散らすというのは、宇田にとっても北にとってもはじめて耳にする話だった。

大野浦駅に戻って帰りの汽車に乗ったとき、宇田も北も口が重くなっていた。それは、朝早くから歩きまわってさすがに疲れ果てたためでもあったが、何といっても、その日の経験の一つ一つが、あまりにも強烈で衝撃的だったからであった。夜汽車の窓から遠ざかって行く宮島の人家の明りのまたたきをぼんやり眺めながら、北は、闇の中を無数の巨石が火花を散らしながら轟々と流れ下る光景を想像していた。大野陸軍病院を襲った山津波もきっとそうであったに違いないと思いつつ——。

第五章　黒い雨

1

大野浦一帯の調査から帰ると、宇田技師は、原爆災害調査と台風災害調査のデータがそれぞれにあまりにも多く、混乱しそうになって来たので、この際比較的簡単な台風災害調査の方を先にまとめてしまおう、と言った。確かに菅原台長にとっても北にとっても、二つの論文に同時に取り組むことは、頭の中を整理するうえで、あまり効率的でなかった。台風災害調査の方は、中国地方の管内の測候所からのデータも集まったし、災害地の現地調査も済んでいたから、この方から片づけることに、誰も異存はなかった。

「集中的に作業をしてまとめてしまいましょう」

と、北は言った。

三人は、役割分担を次のように決めた。

○中国地方における台風の経路や降雨状況などの気象解析は、北技手、

○水害の概況と現地調査報告については、宇田技師、
○土石流の発生機構については、菅原台長、
○全体の取りまとめは、宇田技師。
当時、山崩れや土石流の発生の原因やメカニズムについては、河川学や砂防工学の分野で、ある程度は研究されていたものの、まだまだ未開拓の学問分野であった。

「風化花崗岩《かこうがん》地帯の広島周辺では、大雨によって山崩れや土石流が発生しやすい。大雨によってどのように山の斜面が崩壊するのか、その機構をはっきりさせることは、治山治水のためにぜひ必要なことだ」

そう言い出したのは、菅原だった。ただ菅原としても、本格的に砂防工学的な調査に取り組もうとまでは考えていなかった。広島周辺に台風による豪雨によって無数に発生した山地崩壊の現場を何カ所か選んで、とりあえずはその構造的な観察記録を残そう、という程度の提案だった。

「日曜日に下黒瀬の田舎に食糧を取りに行く機会にやれると思う。呉からその奥の郷原村や下黒瀬村辺りにかけて、無数の山崩れや土石流が発生しているから、適当なところを調査対象に選んでやってみよう」

菅原は、家族を下黒瀬村に置いていたため、土曜日から日曜日にかけて出かけては食糧をかついで帰っていた。その機会に田舎の山を調べよう、というのが菅原の考えだった。すでに菅原は、下黒瀬村などの大規模な山津波現場へ行って、崩壊斜面の流出表土層の厚さや傾斜面、

林木の根の状態、土石流の到達範囲などを巻尺などを使って、こつこつと測量していた。測量結果は、スケッチ図にして丹念に記録していた。

枕崎台風報告の中に、土石流の発生機構という、気象学の分野以外の一項を入れることになったのは、以上のような菅原の個人的熱意によるものであった。

十月末には、中央気象台に提出する広島管区気象台分の『中国管区に於《お》ける枕崎台風調査』がまとめられた。

この報告書の中で、宇田は災害の問題点を簡潔に、しかしペンに力を入れて、次のように記した。

「この颱風《たいふう》の為に中国地方は惨害を被つたが、被害の様相は主に水害であつた。就中《なかんずく》颱風中心に最も近かつた広島県は未曾有《みぞう》の水害を被り、山口県が之《これ》に次いだ。

広島市は原子爆弾被害の直後の事ではあり相続いた水害の惨状は言語に絶した。広島県の流失家屋一三三〇、死傷行方不明合計三〇六六名と言ふ数字にも之は示されてゐる」

この報告書の特徴は、災害地における〝聞き書き〟を、豊富に掲載したことであった。洪水や山津波の被災者の体験談を、災害研究に役立つようなポイントに重点を置いて整理し、「××氏談」という形で列記したのである。当時の気象技術報告としては、型破りとも言えるまとめ方であったが、それは、「災害研究の出発点は現場にある。気象災害報告のように、後になって多くの人が参照する文献は、できるだけオリジナルの資料を豊富に記載してあった方が役に立つ。科学技術の文献であっても血の通ったものでなければならない」という宇田技師の哲学を反映したものであった。そして、この宇田技師の哲学と方法は、次の原爆災害報告にもそっくり採用されることになった。

（中央気象台では編集者の中にルーズな者がいたため、全体を取りまとめた中央気象台彙報《いほう》『枕崎・阿久根颱風調査報告』が印刷製本されたのは、昭和二十四年三月になってからであった。なお、本書序章末尾に引用した同『報告』梗概《こうがい》の「昭和二十年九月十七日九州南端枕崎付近に上陸した台風は……」のくだりは、中央気象台予報課の斎藤博英技師、根本順吉技師らによって執筆されたものである。）

十月末のある日、台員たちにとって見覚えのある青年が、気象台の事務室に現われ、「今日は」と元気に挨拶した。

「津村です、その節は大変お世話になりました」

と、その青年は言った。台員たちがよく見れば、原爆で全身に火傷《やけど》を負い宿直室で手当てを受けた本科生の津村正樹だった。顔にケロイドを残していたが、すっかり元気になっていた。

「やあ、生きておったか。元気そうじゃあないか」

事務室にいた北は驚きながら、津村を暖かく歓迎した。宿直室で一時は屍臭《ししゅう》さえただよわせた津村は、姉に引きとられて瀬戸内海の小島木江に帰って行ったのだが、その後の消息については、一、二度挨拶の葉書が来た程度で、台員たちははっきりしたことを知らなかったし、いつしか気にかけることも少なくなっていた。

「もうすっかり快いのか」

と北が尋ねると、津村は「お陰様で良くなりました」と、療養の経過を語った。

「島に帰ってから、火傷の方は膿《うみ》も退《ひ》いて良くなったのですが、九月になってから身体《からだ》はだるいし、頭痛がひどいので医者に診てもらいましたら、白血球が三千五百しかないと言うのです。普通の人の半分だと医者は言ってました。毎日三十ccずつ一週間ほど輸血をしました。家族や親戚《しんせき》の人が血を出してくれたのです。そのうちに白血球数も増えて、九月末頃にはもう大丈夫だと医者は言って、治療を打ち切りました。その後も疲れ易いので、家でぶらぶらしていましたが、やっと自信がついたので学校へ戻ろうと思って出て来たのです」

津村は、明日上京する予定で、今夜は広島の知人宅に泊るつもりだと言った。

「あいにく台長は田舎へ帰っていて留守なのだ。午後には帰られると思うから、ぜひ台長にも挨拶をした方がいいぞ。君と一緒に宿直室で寝ていた福原君もすっかり元気がよくなってな、つい先日上京して行った。福原君も田舎へ帰ってから原爆病で随分苦しんだらしいが、台風の後しばらくして広島へ出て来て、ここで観測の手伝いをしておった。そのうちに東京の養成所から授業を再開するという連絡が来たので上京して行った。君が元気に学校へ行ったら、福原君は驚くぞ」

北はそう言って津村を励ました。

津村は、翌日再び気象台に姿を見せ、菅原台長に挨拶を済ませると、元気に上京して行った。

原爆によって重傷を負った本科生の福原と津村がすっかり元気になって復学したことは、台員たちをほっとさせた。

この頃中央気象台からようやく台員の住宅対策の資金援助があった。菅原台長がかねて陳情していたものだった。広島管区気象台では、江波の陸軍病院の仮設病棟を借り受け、それを住宅として改築した。復員や異動や新採用によって増えつつあった職員の住いを確保することが急務だったからだ。住宅とは言っても、バラック同然の長屋であったが、それでも住宅難の街で、その後数年間気象台にとっては欠かせぬ官舎となった。

食糧難の方は、日毎に深刻になるばかりだった。配給は遅配した。台長や北らは、田舎から持ち帰ったものをできるだけ独身官舎に差し入れしたが、そんなもので若者たちの食欲を満たすことはできなかった。「広島駅前にすいとん屋があるそうだ」とか「呉まで行くとうまい団子屋があるそうだ」といった情報交換が、独身者たちのもっぱらの話題であった。

ある日、江波山の高射砲隊の倉庫の備品に手を出そうとした若い台員がいた。盗みをするといった大袈裟《おおげさ》なものではなく、ちょっと失敬して闇市で処分すれば、腹の足しになるものが買えるだろうという程度の出来心だった。高射砲隊はすでに引き揚げていなかったが、倉庫にはまだ軍の物資が残されていたのだった。それに手をつけることは、本人の意識がどうであれ、やはり盗みであることに違いなかった。

これを見つけた遠藤技手は、その若い台員を怒鳴りつけた。

「いくら腹が減っても毛唐みたいなことをするな。日本人として恥かしいぞ」

日本の古代史や民俗学の研究を趣味にしていた愛国者遠藤らしい怒り方だった。「毛唐みたいなこと」と言ったのは、進駐軍がいたるところで公然と略奪をしていたことを指していた。とくに呉に進駐した豪洲軍は荒っぽかった。気象台に進駐軍の将兵数人が二度目の調査にやって来たとき、何国人かはわからなかったが、兵隊たちは帰りしなに物も言わずに電気スタンドやペンシル、ソロバンなどをかき集めて持って行った。観測業務にすぐに差し支えるものではなかったが、原爆後の物資不足の中で、気象台では紙一枚でさえ大事にしていただけに、台員たちは口惜《くや》しさに歯ぎしりした。遠藤は、いくら腹が減ってもそんな心のすさんだことはするな、と言ったのだった。

2

台風災害調査を終えた宇田、菅原、北の三人は、中堅の山根技手、若手の西田技術員、中根技術員の三人を動員して、原爆災害調査の追いこみに入っていた。

北は、被爆者の一般的な聞きとり調査と並行して、爆心地及び爆心高度を推定するための測量を行なった。

爆心地については、北らは、相生橋東詰近くにある産業奨励館(今日原爆ドームとして残されている)の直ぐ南の墓地付近と判断した。倒壊物の折れ曲った方向や焦痕《こげあと》ができている方向、墓石の倒れ方などから推定したのだった。

次に、爆心の高度についての測量方法は、原爆炸裂《さくれつ》の瞬間に熱線によって物体に残された影と遮蔽物《しゃへいぶつ》との位置関係から、熱線の入射角を求め、この入射角と爆心地までの距離とから三角法で爆心の高度を計算するというやり方をした。この方法は、調査を開始する段階で、宇田技師に話して同意を得ていた。

測量には、巻尺や水準儀を使うため、北は中根技術員に同行してもらった。

測量地点として、北は、聞きとり調査の際に各所で発見した熱線の影のうち、爆心からある程度離れていて、爆風による物体の移動や変形のない次の四カ所を選んだ。

(1)爆心地の北東一・八七粁にある二葉山鶴羽根神社社務所。二階の外廻りの柱が熱線で黒く焦げているが、庇《ひさし》の影が残っている。

(2)爆心地の北東一・八五粁の同神社拝殿。拝殿上部の檜造《ひのきづく》りの構造部分にやはり庇の影が残っている。

(3)爆心地から北に二・五粁の山手川上流、三滝橋〜新庄間堤防際の竹林。竹の幹に堤防の影が残っている。

(4)爆心地から北に二・一粁のやはり山手川上流、三滝橋際の竹。竹の幹に橋の欄干の影が残っている。

これらの四地点の入射角を測定し、爆心高度を求めた結果は、次の通りであった。

(1)入射角二〇度五五分、推定高度七一四米。
(2)　〃　一八度〇一分、　〃　六〇一米。
(3)　〃　一六度三〇分、　〃　七四〇米。

(4)　〃　一〇度五六分、　〃　四〇五米。

測量誤差によって、若干のばらつきはあるが、爆心の高度、つまり原子爆弾の炸裂地点は、地上数百米の空間であったことにほぼ間違いない。

これら四つのデータを平均すると、爆心の高度は、六一五米となる。北は、「爆心位置は、産業奨励館の直ぐ南の墓地付近、高度は六百米前後と見られる」という結論を出した。

（理化学研究所の木村一治副研究員と田島英三助手は、爆心地に近い別の地点で同じ方法による測定を行なった結果、爆心の高度は五七七米、誤差はプラスマイナス二〇米という結論を出している。今日この数字が一般に使われているが、北らの測定結果はほとんど理研グループの結論と一致していたと言えよう。）

北が、もう一つ自分の力で明らかにしたいと思ったのは、全市的に破壊現象をもたらした爆風圧はどれ位の強さだったのかということであった。爆心から三・六粁も離れた気象台周辺の江波町でさえ、屋外では体重が五十瓩《キロ》から六十瓩以上もある大人が数米も飛ばされている。気象台の中でも伏せるのが遅れた者は投げ飛ばされている。一体これだけのエネルギーを持った爆風は、風速にするとどれ位のものになるのだろうか、その値を求めることはできないものか、と北は考えた。

北は、何か手がかりが見つかるのではないかと思って、八月六日朝の風速計の記録を調べてみた。

瞬間風速を記録するダインス式風圧計の記録紙には、何の痕跡《こんせき》も残っていなかった。ダインス式風圧計は、最高六十米までの風速を記録する仕組みになっているが、爆風のような瞬間的な風圧は、はるかに器械の観測能力を越えていたのだった。一方、椀型風力計（平均風速計のこと）の記録を調べると、椀が瞬間的に急激に回転したと見られる痕跡が残されていた。その痕跡を秒速に換算すると、風速三百米という値になった。風速三百米という風は、ほとんど音速に近い。台風のときでさえあり得ない風である。しかし、椀型風力計の椀といえども、瞬間的な爆風について行くだけの回転能力はない筈である。つまり爆風の風圧の力はもっと強かったかも知れないのだが、椀が回り切れずにようやく風速三百米までの記録をすることができたと考えた方がよさそうだ、と北は考えた。

少なくとも爆風が、風速三百米より強かったことだけは確認できたのだが、それではその強さは秒速五百米なのか千米なのか。北は、あの日の朝気象台の無線受信室の窓から目撃した原爆炸裂の瞬間を想い浮べているうちに、ある方法を思いついた。

あの朝、自分は、閃光《せんこう》を感じてハッとして顔を上げ、北の空に白色の朝顔の花のような光幕がサーッと超スピードで円形に広がっていくのを見た。次の瞬間には、眼前近くでマグネシウムを大量に焚《た》かれたような閃光と熱を感じ、咄嗟《とっさ》に至近弾を受けたものと思って椅子をはねのけ床に身を伏せた。轟然《ごうぜん》と爆風が頭上を掠《かす》めて行ったのは、床に伏せてから二、三秒後だった。

北は、最初に閃光を感じてから爆風が来るまでの動作を当日そのままに何度も繰り返してみた。そして、その時間経過をストップウォッチで計測した。経過時間は、約五秒間であった。

爆心地から気象台まで三・六粁。閃光と同時に発生した爆風がその距離を伝わって気象台に達するまでの所要時間が約五秒。ということになると、爆風の速度は、秒速約七百米となる。音速の約二倍だ。

後日、北は、中国軍管区司令部軍医部の井街軍医少尉が郊外の五日市町坪井というところで、同じような方法で爆風を測定したデータがあるのを知ることができた。それによると、五日市町における爆風の速度は秒速六百八十米であった。五日市町坪井は、爆心地から西に十・二粁も離れている。

たった一発の爆弾の炸裂によって生じた爆風が、爆心から三粁乃至十粁の地点においてさえ、秒速七百米前後という猛烈なエネルギーを持って広がって行ったのだ。気象という自然現象を相手に仕事をして来た北にとって、この数字は想像を越えたものであり、人間の創り出した破壊力のすさまじさにただ驚くのみであった。

気象台として取り組んでいた原爆災害調査の主な項目は、「爆発当時の景況」「爆心の決定」「風の変化」「降雨現象」「飛撒《ひさん》降下物の範囲」「爆風の強さと破壊現象」「火傷と火災の範囲」などであったが、聞きとり調査が進むにつれて、原爆投下直後の顕著な気象変化として各所で熱旋風や豪雨が発生していたことが明らかになって来た。

黒ずんだ雨が避難する負傷者の群れに降りそそいだことは、調査に加わった西田宗隆の体験談などからわかっていたが、実際に調査してみるとこの黒い雨は局地的には激しい豪雨になっていたことが明らかになって来たのである。また熱旋風の発生は、聞きとり調査ではじめてわかったものだった。

　調査のまとめ役の宇田は、気象学的な見地からこの熱旋風と黒い雨に強い関心を抱いたが、とりわけ黒い雨については個人的な体験もからんで積極的にメカニズムを解明しようとした。個人的な体験とは、黒い雨による残留放射能によって自分の息子が脱毛などの放射能障害に罹《かか》るというショックを受けたことであった。

　宇田は原爆で皆実町の自宅が破壊されたため、原爆後は爆心地から西に四・二粁程離れた郊外の高須に移り住んでいた。子供は三人いたが、そのうち一人だけ親許《おやもと》を離れて疎開していた小学校六年生の次男が、十月になって疎開先から帰って来た。ところがその次男が、広島に帰って間もなく髪の毛が脱ける脱毛症状を起こした。高須から己斐にかけての一帯では、脱毛したとか下痢をしたという話をよく耳にしていたので、宇田は次男も残留放射能にやられたに違いないと心配した。それにしても二カ月も経っているのにおかしいと思っていたところへ、近所に理化学研究所の調査班が残留放射能の調査にやって来た。調査班は、理研仁科研究室の宮崎友喜雄と佐々木忠義という二人の若手研究員だった。宇田は、仁科研究室の人たちとは顔見知りだったので、自宅へ招いて、昼食をふるまった。

　宇田は、宮崎、佐々木の二人に、原爆のときは広島に居なかった自分の次男が最近疎開先から帰ったら急に脱毛したのだが、このあたりはまだ強い放射能が残っているのだろうか、と尋ねた。

「この付近の泥を測定しますと、どうもかなり高い放射能の値を示しています。直後に降った雨で放射能が運ばれて来たようです。ひとつ先生のお宅も測ってみましょうか」と、宮崎が言った。

二人は携帯用の測定器械を持っていたので、宇田の家のまわりをあちこち測定してみた。驚いたことに、雨戸にこびりついた泥から非常に強い放射能が出ていることが発見された。その雨戸は、原爆のとき爆風で庭に吹き飛ばされ、間もなく降って来た黒ずんだ雨に打たれて、雨水中の泥分がこびりついていたのだった。宇田はそのまま雨戸を元に戻して使っていたが、泥は雨戸の内側にこびりついていたため、台風の大雨にも洗われずに残っていた。宇田の次男は、その雨戸の傍《そば》に寝床をとっていたのだから、かなり強い放射能を受けていたことになる。脱毛の原因がわかると、宇田はすぐに雨戸を取り片付けてしまった。理研の二人は、貴重な資料だから放射能の正確な測定をしたい、と言って雨戸の泥を採集ビンに入れて持って帰った。雨戸を除《ど》けた後、次男の症状は悪化することもなく、間もなく回復した。

この経験があったので、宇田は台員たちから提出される聞き書きのノートを読むときには、その証言の中から降雨時間や降雨域、雨量強度などを知る手掛りを見出《みいだ》すことにとりわけ熱心になった。

「黒い雨が強い放射能を帯びた泥を含んでいたとするなら、雨がどのようにして発生し、どのような地域にどれくらい降ったのかを明らかにすることは、単に原爆に伴う気象現象の変化を解明するのに役立つばかりではなく、放射能の影響範囲と影響度を調べるためにも重要な資料となる筈だ」

宇田は、黒い雨の調査の重要性について台員たちにこう説明した。

宇田は被爆体験者の証言を爆心地から距離と方角別に分類し、地域別に証言を読み返した。その結果、爆心地付近では原爆炸裂後二十分ほどしてはやくも雨が降り始めたことがわかった。

例えば、爆心地から南西に〇・八粁の河原町西組の住民（男）は次のように語っていた。

「閃光がして二、三十分経った頃じゃったが、大粒の雨が降り出してのぉ、それから三十分から小一時間も痛いほどの大粒の雨が抜けるほど降りよった。白い物は黒くなるし、川に流れ出た水は真黒じゃったよ。もっとも雨は途中から白くなったが……」

雨の降り方が「痛いほど」だったということは、短時間ながら豪雨と言ってもよい状態であったことを示している。降雨域は積乱雲の発達に伴い次第に広がって行った。一時間ほど経った頃には、西の己斐、北の三滝方面をはじめ横川、三篠方面から南の舟入、観音方面に至る広い範囲で雨が降り出していた。

爆心地から西に一・一粁の天満本通りで被爆した岡本氏は、己斐方面へ避難する途中雨に打たれたと語っていた。

「あのピカッという光は稲妻なんていうものじゃない。何だか暖かいものをグッと吸いこんだと思ったら、ガラガラッと家が崩れて、あたりが真暗になってしもうた。数秒ほど経ったろうか、土煙りが晴れたので起き上がって外へ這《は》い出すと、驚いたことに、街中全部見通せるじゃないか。そのうちに人が沢山逃げて来るのじゃが、男も女も火傷して着物はボロボロ、裸同然でのぉ。八時五十分頃付近が燃えて来たので、わしも逃げた。福島川のところへ着いたとき雨が降り出して、大粒の雨なものじゃから、川の水面がパッパッと光ってその輪が油のように広がる。しばらくすると雷がゴロゴロ鳴り出して本降りになってのぉ――」

爆心地から北西に〇・八粁の西引御堂町の町工場で被爆した堂面一衛氏も、鉄道線路沿いに避難する途中ずぶ濡れになった。

「倒れた工場から這い出して見ると、付近は一面ペシャンコで火災になっておった。付近の住民はほとんど全滅、逃げようと思って天満川に出たとき、大雨と大風に襲われてのぉ、雨は粒の大きい痛いような荒々しい雨じゃった。川を泳いで渡り、それから北の横川へ出て鉄道線路沿いに高須まで逃げたが、雨は高須付近に行くまで降っておった。黒くよごれた雨で、油のように見えた。男も女も火傷で皮が剝《む》け、血まみれでほとんど丸裸、真黒い油のような雨を浴びて泣き叫びながら逃げていった。横川や己斐あたりでは線路の柵の杭頭《くいがしら》が燃え、山手町では松の木まで燃えていたのぉ」

爆心地から二・一粁の山手町で被爆した大村氏は――

「パーッと光ったと思ったら、爆風で家が傾き、屋根や鴨居《かもい》が落ちかかった。それから三十分ほど経ってから雨が降り出して、ザーザー夕立のように一時間くらい降りよった。雨水は二日も三日も大雨が降ったときのように二尺ほども溜《たま》ったのじゃ」

北西二・五粁の己斐上町の町内会長土井氏の証言は――

「光って約一時間後じゃったが、ザーザー篠《しの》つく雨になって、二時間くらい降った。墨のような水で、池や田の鯉は全滅し、木犀《もくせい》や樫《かし》などは枯れ、黍《きび》など穂の出立ちのものも全滅じゃった」

北西一・九粁の打越町、波田氏の場合は――

「畑仕事をしていると火花が二度走って、爆風も二度じゃった。背中のシャツに火が着いて背中から顔やら腕やらに火傷を負ってしもうた。家に急いで帰ると、屋根は吹き上げられて、ほとんど倒壊したも同然で、家内が背中と手に大火傷をして下敷になっておったのを救け出したんじゃ。一時間ほど経ってから夕立のような大雨となって、雷がまるで爆発と同じような凄《すご》い音で鳴り轟《とどろ》いてのぉ。溜った雨水は真黒、池の水も真黒で飼っていた鯉十匹が全部死んでしもうた。雨は痛いほど大粒で、大怪我をして丸裸でやって来た避難民はみな『寒い、寒い』と言っておった。南瓜《かぼちゃ》や芋、稲、黍、粟は葉が焼けたり、白穂になったり、枯れたりしてしもうた。南瓜はその後新芽は出るには出たのじゃが、実がならんし、甘藷《かんしょ》や里芋も太らない、ピカのせいかいのぉ」

己斐の南の高須や古田あたりでも強い雨が降った。宇田の次男が残留放射能の影響を受けたのは、高須だが、高須付近での降雨状況について、高須農業会出張所（爆心地から西に三・二粁）の所員は、「雨は光って一時間以上経ってから降り出し、三十分くらいジャンジャン降りとなって、衣類も顔もよごれ、池の鯉も死んだ」と語っていた。また、爆心地から西南西に五粁の古田町の藤田氏は、「雨は十一時頃から降り出し、モビール廃油を溶いたような黒い雨垂れとなった」と話していた。

南の江波山では雨は全く降らず、一日中太陽が照りつけていたが、市の南部から東部にかけての地域では黒い雨は降らなかったことが、聞きとり調査で明確になった。黒い雨が降ったのは、市の中心部から西及び北にかけての地域だった。また爆心地のやや北側では、雨の降り始めはむしろ遅かったが、二度雨が降ったり、かなり長い時間降り続いたりしたことも明らかになって来た。

爆心地から北に一・二粁の西白島町《はくしま》で両眼に負傷した広兼氏は——

「火事の後、物凄い大雨になって、昼頃肌に痛いくらい打たれてのぉ。一回降って少し小降りになり、また降り出して三十分くらい続いた。旋風《つむじかぜ》も起こって材木まで吹き飛ばしたんじゃけえ」

また、爆心地から二・二粁の三篠本町二丁目の富樫《とがし》氏は、「光ってから約一時間後に大雨となり午後三時過ぎまで続いた」と話していた。

市内の降雨域や降雨状況がはっきりして来るにつれて、宇田は、原爆によって発生した積乱雲が風に流されて西ないし北の方角に移動していったのなら、黒い雨の調査範囲を市外にまで広げる必要があると考えた。宇田は、菅原や北らを集めて自分の頭の中で整理されつつある黒い雨の概要を説明するとともに、調査範囲を広げて欲しいと要請した。

「聞き書きの証言を読むと、黒い雨の降った地域は、広島市内の西部から北部にかけての広い範囲に広がっている。しかし雨はもっと広い範囲に及んでいるかも知れない。降雨域を正確にするために、広島の西から北にかけての村の方も調べて欲しいのだ。もちろん私も遠方の調査

原子雲はやがて積乱雲に発達し、黒い雨を降らせた。
提供：米軍／広島平和記念資料館

に出かけるつもりだ」

こうして宇田をはじめ台員たちは、相変らずの芋弁当を下げて、バスで山村にまで足を延ばした。調査地域は、西は佐伯《さえき》郡石内村から伴《とも》村にかけて、北は可部町や広島から三十粁以上も山奥の山県郡安野村や殿《との》賀《が》村にまで及び、台員たちは一人ずつに分れて歩きまわった。

調査の成果は大きかった。山間部でも広い範囲で土砂降りの黒い雨が降ったことをはっきりと突きとめることができたのである。宇田の手許に集まった新たな聞き書きメモの主なものは、次のようなものであった。

爆心地から北西に六粁、石内村原田三叉《さんさ》路《ろ》の永井、山崎の両氏――

「東側（広島市側）のガラスみな壊れ、障子も外れ、天井が吹き上げられた。光って三十分くらい経って黒い雨が降り出し、一時間も続いた。黒い水がずいぶん流れた。十一時から十二時頃どんどん降り、十三時頃に止《や》んだ。はじめはゴミの混った黒い雨で、後半は白い雨になった。雨の降る前にトタン板やソギ板や紙などが降って来た」

西北西に八粁の石内村湯戸東端、田中氏――

「光って三十分くらいしてからだったのぉ、黒い雨がザーザー降って、八幡川の水が真黒になってしもうた。鰻《うなぎ》が死んで浮いとった。芋の葉の上に真黒いコールタールを流したような点々が残ったり、黒い雨のかかった草を喰わせた牛が下痢をしたりじゃった」

北西に七粁の伴村、大塚、上原の両氏――

「田んぼで草取りしよって、その後寝ついて死んだ人いるんじゃ。雨は大粒の黒い雨で、大雷雨じゃった。谷川に轟々と真黒い水が流れて真白い泡《あわ》を立て、鮠《はや》や鰻が死んだ、蝦蟹《えびがに》は生きとったが。紙やトタン板も飛んで来て雨と一緒に降ったんじゃ。稲は真黒になったが、不思議なほどよく育って、台風さえなければ豊作間違いなしだったのにのぉ」

北に八・五粁の安《やす》村相田、村役場の吏員――

「ピカーッとしてから二、三分してバーンと爆風が来てガラスが壊れた。東の武田山の上に広島側から黒雲がモクモクと昇って西の方へ動いて来よった。しばらくすると黒雲が空一面に広がり、大粒の雨がザーザー降り出してのぉ、降り出したのは光ってから一時間くらい経ってからで、雨は三十分くらい続いたなあ。安川の水が墨のように黒うなって、二日間も黒かったんじゃ。魚は死んだし、田草取りをしていた女の人が軽い火傷を負ったほどじゃった」

広島の山奥でも黒い雨は降ったが、降雨域の北限付近の様子は次のようなものであった。

爆心地から北々西に二十粁の山県郡安野村澄合《すみあい》の村民の話——

「黒い小雨が降って、濡れた服に小さな斑点ができてのぉ、洗濯してもなかなか落ちんかった。雷が鳴り、紙やソギ板も飛んで来よった」

北西に二十粁の水内《みのち》村久日市《さかいち》の村民の話——

「黒い小雨がパラパラ降って来たときは、油かと思うたんじゃ。雨は三十分から一時間くらい降ったろうか、そのほか紙切れや五十銭の札束なども落ちて来よった」

北西に二十六粁の殿賀村西調子の村民の話——

「大粒の雨がバラバラ降って雷も鳴ったのぉ。紙切れも少し飛んで来よった」

山村での聞きとりを終えて、それぞれのノートを持ち寄った台員たちは、一様に「調べに行ってよかった」と言い合った。二十粁以上も山奥にまで不気味なキノコ雲が流れて黒い雨を降らせたとは、足で調べなければわからないことだった。そして調査の成果を手にしたとき、気象台の者でなければそうした調査の必要に気付かなかったであろうという自負心が、宇田の心にも菅原や北の心にも芽生えていた。

3

十一月中旬に入ると、宇田は気象台の図書室に布団を持ちこんで、泊りこみで資料の解析と報告の取りまとめ作業に入った。

宇田、菅原、北、山根、西田、中根の六人が収集した聞き書きは、実に百数十件に達していた。各人のノートに記された聞き書きは、一つ一つがあの日何が起こったかを生き生きと証言していた。

これだけの数の聞き書きの整理と解析の方法として、宇田は、証言の中に含まれる体験事実から、

○火災発生後の風当たり方向や煙のたなびき工合から推定される風向。
○旋風の状況。
○飛撒降下物の内容。
○雨が降った時間と雨の強さ及び雨の性状。
○雷鳴。
○熱線による自然着火の有無及び着火物。
○火傷の度合。

などの要素を抜き出し、それぞれの事実を要素別の白地図の上にプロットするというやり方

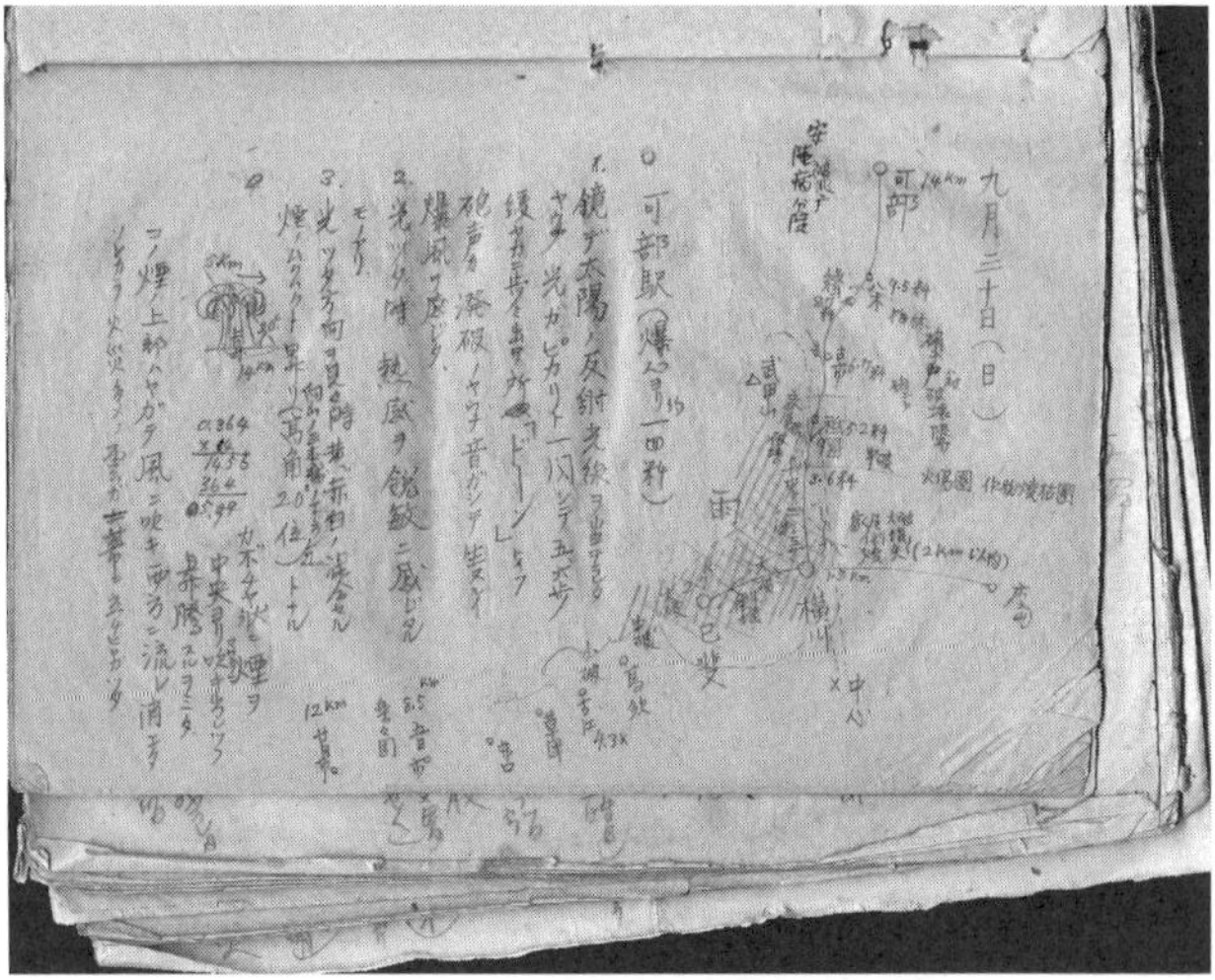

気象台の職員によってとられた原爆被害調査メモ。
提供：江波山気象館

をとった。これは大変骨の折れる作業だった。例えば、雨の分布地図を作成するためには、大雨なら「黒マル」、中程度の雨なら「半黒マル」、小雨なら「白マルの中に黒点」、雨が降らなかった地点には「白マル」というように分類して、白地図上のそれぞれの証言者の体験場所に記入し、さらに雨の降り出した推定時間や降雨継続時間も併記するというぐあいに、細かい神経を使う頭の痛くなるようなプロッティングの作業だった。

　しかし苦労をしただけの甲斐《かい》はあった。プロットが完了すると、風や飛撒物や雨や火災や火傷など、どの要素についても、地図の上にははっきりとした分布と特徴がまるで模様を描いたように現われて来たのである。

　黒い雨についての調査と解析の結果は概

略次のようなものであった。

(1)降雨状況

(イ) 雨は、爆撃の閃光があった後二十分後から一時間後に降り始めた地域が多いが、市北部の白島町など一部では二時間から四時間も経ってから降り始めている。夕方までにはすべて降り止んだ。

(ロ) 雨は、爆撃による上昇気流とその後の火災による上昇気流が重なって巨大な積乱雲が発生したために降ったものである。

(ハ) 降雨域の範囲は、広島市中心の爆心付近に始まり、広島市北部から西部にかけての地域を中心に降って北西方向の山地に延び、遠く山県郡に及んで終る長径二十九粁、短径十五粁の長卵形をなしている。

このうちとくに二時間以上土砂降りの続いた豪雨域は、広島市北部の白島、横川、三篠から西部の山手、広瀬、福島、己斐、高須などの地域に広がり、さらに西方の山村の石内村、伴《とも》村を越えてはるか北方の戸山村、久地《くじ》村に及ぶ長径十九粁、短径十一粁の長卵形の区域になっている。

(2)雨水の性状

(イ) 黒い雨の状況と影響

①降り始めの小雨の雨粒にとくに黒い泥分が多いため、粘り気があり、当時「敵は油を撒《ま》

いた」と騒がれたが、臭いはなく油とは異っていた。しかし白い衣服も絣状《かすり》になり、あるいは笹の葉などに黒焦が残った。
②谷川を轟々と流下する黒雨による出水は真白い泡を立てて流れた。流れる川水は墨を溶いたように黒かった。
③土砂降りの雨滴は、雹《ひょう》のように大粒の雨で、裸の身体には痛いほどであった。
④大雨の最中は、盛夏の暑い日であったにかかわらず、気温が急に下がり、裸や薄着で脱出した人々は寒くて慄《ふる》えるほどであった。
⑤雨水中の泥分は、放射能がすこぶる強大であった。
⑥池の鯉や川の鮠《はや》、鰻などの魚類が黒い雨水の流入によって斃死《へいし》浮上した。
⑦牛が泥雨のかかった草を喰べて下痢した。
⑧稲田の害虫がいなくなり、稲は特別の肥料を与えられたかのように異常な成育を示した。
(豊作が期待されたが、枕崎台風と阿久根台風とによって無残にも流失あるいは冠水し、期待は水の泡となった。)

(ロ)　雨水中の泥の本体

黒い雨に含まれた泥の成分は、原爆が爆発したときに黒煙として昇った泥塵《でいじん》と火災による煤塵《ばいじん》とを主体とし、さらに原爆によって空中にばら撒かれた放射性物質を混合して含んだものである。

黒い雨は最初の一、二時間で、やがて雨は白い普通の雨になった。これは、空気中の塵埃《じんあい》が雨によって一、二時間でほぼ洗い落とされたためと見られる。このため初期の降雨量が多かった広島市西部の己斐、高須方面はとくに雨の泥が高い放射能を示し、爆発後三カ月にわたって下痢や脱毛を起こす住民が多かった。これは水道が断水したため、黒い雨の流れこんだ井戸水や地下水を飲水に使ったことが大きな原因とみられる。

(ハ) 降雨量の推定

己斐の谷川や北西方の伴村、安村を流れる安川などでは、九月の枕崎台風のときとほとんど同じ位の出水があった。降雨時間と出水量の相互関係から計算すると、降雨量は一時間から三時間の間に五十粍《ミリ》から百粍に達したものと推定される。

以上のような調査と解析の結果に基いて、宇田は、黒い雨についての総括を次のように書いた。

「(原爆による広島の)驟雨《しゆうう》現象は、特に局部的に激烈顕著でかつ比較的広範囲で、長径十九粁、短径十一粁の楕円形乃至《ないし》長卵形の区域に相当激しい一時間以上乃至それ以上も継続せる驟雨を示し、少しでも雨の降った区域は長径二十九粁、短径十五粁に及ぶ長卵形をなしている。

さらにこの雨水は黒色の泥雨を呈したばかりでなく、その泥塵が強烈な放射能を呈し人体に脱毛、下痢等の毒性生理作用を示し、魚類の斃死浮上其《その》他の現象をも現わした。そしてその後も長く(二、三カ月も)広島西部地区の土地に高放射能性をとどめる重要原因をなした」

黒い雨と並んで宇田が強い関心を持った旋風に関するデータは、風の分布図の中に記入されたが、その分布図を作り終えると、宇田は言った。

「地図上にプロットされた旋風は、全部で十四カ所で発生しているが、このうち十三カ所までは川沿いに発生している。しかも竜巻と言ってもよい激しいものだ。

関東大震災の大火のときも隅田川沿いに熱旋風が次々に発生したが、それとよく似ている」

関東大震災のとき、火災につつまれた東京や横浜の市内では、数十カ所で熱旋風が発生し、被害を一層凄惨《せいさん》なものにした。とりわけ隅田川沿いに発生した熱旋風は規模が大きく、本所被《ひ》服廠《ふくしょう》跡の広場を襲って、避難していた四万人のうち三万八千人を焼死させた。宇田は震災当時仙台の二高にいたが、翌年震災の跡もまだ生々しい東京に来て東京帝大理学部の物理学科に入り、震災時の旋風の調査研究をした寺田寅彦教授から何度か旋風の話を聞いていた。宇田は、寺田寅彦が作成した旋風の発生分布図などの調査報告に強い関心を持ち、それを記憶していた。

原爆後の火災によって発生した旋風が、関東大震災のときの熱旋風と変らぬものであることが、被爆体験者からの聞き書きによってはっきりとわかったのだった。旋風は黒い雨の降らなかった東寄りの地域に多く発生していた。

爆心地の北東一・七粁の大須賀町で被爆した町内会長象面氏によると——

「わしは潰《つぶ》れた家の下敷になったのじゃが、瓦を蹴《け》って外へ出ると、わが家から火が出とる。急いで消火したが、方々の家で『助けてくれ』と叫ぶ声がするので、その救護に当たっているうちに、広島駅付近から出火しているのが見えよった。たちまち火は広がって攻め寄せて来たので、近くの疎開空地に逃げて石垣の陰で火を避けたんじゃが、熱くてのぉ。そのうえ幅数米の竜巻が飛んで来て、トタン板をまるで紙を剝《は》ぐようにくしゃくしゃにして飛ばす、竜巻は三十回も来たろう。竜巻で家や橋がやられてのぉ、川の水を七、八尺も巻き上げよった」

爆心地から東北東に一・二粁の幟《のぼり》町で被爆した高岡氏は、泉邸に逃げこんで旋風に襲われたという。

「ピカッと来て気がついたら家の下敷になっておった。自分で這い出すと、まわりが火事なので、泉邸の方へ逃げたんじゃが、火が迫って来て熱くてのぉ。泉邸前の神田川に入ってオーバーを水に浸してかぶり、首だけ出して身を守った。ところが物凄い竜巻が襲って来て巻きこまれそうになったものだから、夢中で川べりの木につかまってかがんでおった。六尺もあるトタン板や瓦が空が暗くなるほど舞い上がっていた。雨が降り出したのは、それとほとんど同時じゃった。大粒の恐ろしいような大雨じゃった」

原爆の放射能と熱線とで焼かれた市民は、次には旋風の焦熱地獄に直面させられ、中には旋風と黒い雨の二重の責めに会った者も少なくなかったのだ。

被爆体験者の聞き書きから明らかになった旋風の状況とエネルギーは次のようなものであった。

○常盤橋付近から泉邸にかけて——ドラム罐《かん》を捲《ま》き上げ、径三尺位のトタン板も捲き上げ、屋根に葺《ふ》いたトタン板は紙を剝ぐように舞い飛んだ。
○白島太田川付近——鉄板が舞い飛び、厚さ一寸位の厚板も宙に吹き飛んだ。
○柳橋付近——衣類入り行李《こうり》や鉄板が捲き上げられた。
○栄橋付近——人間を六人も捲き上げ、橋につかまって漸《ようや》く昇天を免れ得た者もいた。燃えたドラム罐も宙に浮く。
○大須賀町常盤橋付近——一升瓶《びん》が宙に浮び踊り、ビール瓶三本転がり来る。
○広島駅構内——客車が旋風のためひとりでに転がり動き出した。
○横川駅付近——火焔《かえん》を北から南に数十米吹き付ける強風を示した。そして火のついた木材が舞い上がった。

このような旋風の発生原因について、宇田は、「河川の両岸は火災による熱で激しい上昇気流が発生しているのに対し、水面上は比較的低温で下降気流が生じ、両者がよれ合って河川沿いに旋風の群列を発生させたものであろう。折から火災地域は、南からの海風と北からの陸風がぶつかり合ってほぼ川沿いに前線帯を作っていたため、この前線帯では旋風が最も激烈となった」と解析した。

宇田の解析と報告文の作成を手伝うことは、台員たちにとって大きな勉強となった。とりわけ原爆の日に江波山の上から炎上する市街地を終日眺めていた北や山根にとって、百数十人の証言の解析作業は、あの不気味に発達した巨大な積乱雲の下で何が起こっていたかを克明に教えてくれるものであった。「できるだけ多くの体験者に会って聞きとりをして、原爆当日の地域別の状況を再現してみる以外に、研究の手がかりはない」という宇田の方針が、これほどまで威力に充ちたデータを生み出そうとは、はじめのうちは考えても見なかった。聞き書きという一見原始的な調査方法でも、そのねらいと手法がしっかりしていれば、科学的調査の方法として十分に有効性を持ち得るのだということを、みなはじめて知ったのだった。

主要テーマの解析作業が峠を越したとき、宇田は、「このような解析の結果だけでなく、聞きとった証言自体も後世に残すべき記録だと思う。だから報告書には、できるだけ多くの証言を付録資料として載せるつもりだ。もちろん百数十人もの聞き書きの全文を載せることは、報告書のスペースの関係で無理だから、原爆災害の科学研究に必要と思われる部分に重点を置いた聞き書きの抄録にしようとは思うのだが」と言った。枕崎台風の報告書をまとめたときと同じ考えであった。しかし今度の場合は、枕崎台風の調査のときより、聞き書きの数ははるかに多く、証言内容も多岐に渡っていた。

宇田の考えを、台員たちは全面的に支持した。廃墟の街を歩きまわり、あるいは不便な山奥まで出かけて行って調べた聞き書きが、学術研究会議の権威ある学術報告書に掲載されるとなれば、そのことだけで報われるような気がしたのだ。

こうして、広島管区気象台による原爆調査報告には、「体験談聴取録（抄）」として百十六人に上る体験談の要旨が掲載されることになったのである。それは、決して人間ドラマを記した記録ではないが、被爆直後に収集された唯一の体系的な証言集として貴重なものであり、いわゆる原爆体験を記録する積極的な運動が戦後十数年も経ってから始められたことと照らし合わせると、被爆直後の困難な時期にこつこつと証言収集に歩きまわった気象台の台員たちの発想と隠れた努力の意義は高い。

4

十一月も末になると、はやくも寒波のはしりがやって来た。原爆焦土の復興は遅く、江波山から見下ろす焼け野原は寒々と広がっていた。

食糧難打開のために、江波山の高射砲陣地跡を気象台が開墾してよいことになった。すでに高射砲隊の施設は撤去されていた。つい半年前にはB29や艦載機を迎撃して火を吹いていた高射砲陣地一帯は、台員たちの手で薯畑《いもばたけ》や野菜畑に姿を変えられて行った。

原爆災害調査の方は、補足的な調査と報告書の作文を残すだけとなった。

十一月二十九日、調査の取りまとめ作業がヤマを越したところで、気象台二階の会議室で台員たちを集めて報告会が開かれた。報告は宇田技師が中心になって、いろいろなデータをプロットした何枚もの地図を使って行なわれた。

豊富なデータとがっちりとした作図は、強い説得力を持っていた。この報告会は、菅原台長や技術主任の北らが、なぜ日常業務の一部を犠牲にしてまでもあちこち出歩いて調査に没頭していたかを、無言のうちに説明していた。気象台の上級者が不在がちだったことは、何かにつけて業務に支障を来たし、外来者の応接にも困ることがしばしばであった。観測業務そのものは当番勤務者がはっきりと決まっているから問題はなかったが、若い台員の中には上級者の不在について面白くない空気が生れていた。台長代理として留守をあずかる尾崎技師がしょっちゅう帰省していたことも、そうした空気を一層強くしていた。しかし、この日原爆災害調査の報告会が終ると、そうした空気は完全に払拭《ふっしょく》されていた。

十二月になってすぐ、宇田は、中央気象台長藤原咲平から長崎への転勤を命ぜられた。「長崎海洋気象台創設準備のため、原爆災害調査を至急完了させて長崎に赴任せよ」というのが、藤原の命令だった。

中央の政治経済情勢は、目まぐるしく変貌《へんぼう》しつつあった。GHQは、五大改革と称して、男女同権、労働組合結成の奨励、教育の自由主義化、専制政治からの解放、経済の民主化を指令し、これに基いて日本政府は財閥の解体などにとりかかっていた。いまや被占領国となった国民の間には、「四等国」という自らを卑下した言葉があたり前の評価として通用した。

世情が混沌《こんとん》とする中にあって、藤原咲平は気象事業の再建拡充に奔走していた。

敗戦によって精神的衝撃を受けた藤原であったが、藤原には科学者としての合理主義的な精神もあった。戦後の藤原は、転身が早かった。藤原にとって、自らの転身は気象事業の転進と裏腹のものであった。藤原の意識を大きく変えさせたのは、何と言っても、戦後になってベールをぬいだ米国の科学技術の水準の高さだった。外国留学の経験のある藤原は、欧米の科学事情を知らないわけではなかったが、戦争の四年間にこれほどまでに日本が遅れをとったとは思っていなかった。藤原が日米の科学の差を最初に思い知らされたのは、横田基地に進駐して来た気象観測機の内部を見せられたときである。

気象観測用のB29の内部は、アネロイド気圧計や通風温度計などの観測器械はもちろんのこと、航空用無線機とは別に気象無線専用の短波送信機と受信機があり、予報作業のデスクまで置いてあった。それは、気象無線放送施設を持つ空飛ぶ移動測候所であった。日本軍にはこれほどの機能を持った大型の気象観測機はなかった。日本側は気象管制によって気象電報を暗号化して四苦八苦していたが、米軍側は空飛ぶ移動測候所によって、日本各地の気象状態を意のままに把握《はあく》していたのだ。(テニアン基地を飛び立った原爆投下機エノラ・ゲイ号に対し、「目標都市広島の気象状況良好」の無電連絡をしたのもこのB29の気象観測機であった。)

しかも乗組員の米兵たちは、飛行機の操縦もやり、無線の送受信もやり、気象の観測も予報もやり、ジープの運転もやった。これを見た藤原は、「これでは日本が戦争に敗けるのも当然だ」とショックを受けた。

都内に米軍が進駐して来ると、藤原の目に映ったのは、上級将校の勤勉さであった。藤原は、「進駐軍は朝早くから勤勉に働き、上級将校は自ら車を運転している。日本国民はこの困難な時期に惰眠をむさぼっていてよいのか」と嘆いた。「米国に学べ。米兵は大尉でも大佐でも一人でジープを運転し、ガソリンの補給でもタイヤの交換でもみな自分でできる。日本の学校出は、優等生でも世間のことも機械のことも知らない者が多い。米国民は計画が徹底的で、仕事のやり方も即決即行である。新日本建設には米国に学ぶことが沢山ある」藤原は部下に屢々《しばしば》こう言った。

熱烈な愛国主義者だった藤原が、このようなことを言い出したことに戸惑う者もいたが、藤原が言っていることに間違いはなかった。

そして中央気象台長としての藤原にとって、日本の復興のためにまずやらねばならないことが、気象事業の再建拡充であったのだ。藤原の構想は、陸海軍の気象観測所を譲り受けて気象台または測候所とする、海軍艦船の払下げを受けて気象観測船にする、軍用機の払下げを受けて気象観測機にする、陸海軍の諸施設を譲り受けて研究所などに生かす、等々壮大なものであった。このうち軍用機の払下げなどは廃案となったが、陸海軍観測所の譲り受けや松代《まつしろ》大本営地下壕《ごう》の地震観測所への転用などは実現し、気象観測船の計画も後年形を変えて定点観測船として実現することになった。

広島の宇田が命じられた長崎海洋気象台創設の事業は、こうした藤原の大計画の一環として決められたものであった。それまで長崎には測候所しかなかったが、海軍の観測所から施設をそっくり引き継いで、それを海洋気象台にしようという計画であった。平和日本において漁業気象は重要であり、海洋立国として海洋の研究も重要である、神戸海洋気象台の経験者としてこの際新しい海洋気象台の創設に諸肌《もろはだ》を脱げ、というのが宇田に対する藤原の指示であった。

宇田は終りかかっていた原爆災害調査を『気象関係の広島原子爆弾被害調査報告』として完成させると、急ぎ長崎へ赴任して行った。

この『調査報告』は、控を気象台に残して、中央気象台の藤原台長宛に送られた。ところが、中央からの連絡によると、ＧＨＱが日本人による原爆研究の一般への発表は許可しないという方針を明らかにしたため、藤原咲平も委員になっている学術研究会議原子爆弾災害調査研究特別委員会は、全体の報告をまとめて刊行することができるかどうかわからない情勢になったという。このＧＨＱの方針は、十一月三十日東京大学で開かれた原子爆弾災害調査研究特別委員会の第一回報告会の席でＧＨＱ科学局の担当官から明らかにされたものであった。

これより先、すでに九月十九日にはＧＨＱから「連合国に不利益となるような報道」を禁止したプレス・コードが指令され、それ以後原爆に関する新聞報道も急速に影をひそめていた。そこへさらに学術的なものでも発表を禁止する命令が出されたのだった。

広島の気象台でまとめられた原爆災害の調査報告がいつ日の目を見られるのか、全くわからない状態になった。

昭和二十二年三月藤原咲平は中央気象台長の職を辞し、和達清夫にその地位を譲った。藤原は退職して参議院議員選挙に出馬しようとしたのだが、その意思表示をした直後に公職追放の指定を受けた。戦時中大本営の幕僚であったことが追放の主な理由であった。この追放によって藤原は悲運の晩年を送ることになった。

広島に引き続き勤務していた北は、『気象関係の広島原子爆弾被害調査報告』が埃《ほこり》に埋もれてしまうのが残念だった。

昭和二十二年十一月、北は『調査報告』を市内の印刷屋にガリ版刷りで五百部印刷するよう依頼した。原文に添付してある写真の印刷までは経費がなくてとてもできなかったが、本文と図表は全文印刷することにした。広島の関係機関や中央気象台の研究者などに配ろうとしたのだった。三十三頁の小冊子ができ上がって気象台に納入され、翌日いよいよ各方面に発送しようとしていたところへ、どこでかぎつけたのか進駐軍のMPが現われた。原爆災害に関する文書を許可なく印刷配布することはまかりならんと言って、せっかく印刷した『調査報告』を没収して行った。

台員たちが、北に同情の目を向けると、北は意外に平然としていた。

「こんなことがあるといけないと思って、百部だけ別に隠しておいたのだ。これだけでも残しておけばいつか役に立つときが来るだろう」

北はそう言った。

すでにその前年、七月一日米国は中部太平洋マーシャル群島のビキニ環礁《かんしょう》で原爆の一連の実験を開始し、新たな核兵器開発の段階に入っていた。このビキニでの実験は、実験海域に大小の艦艇七十隻を配置し、上空で長崎型の原子爆弾を炸裂させてその威力をたしかめるという大規模なもので、大型艦船十七隻が沈没、大破、炎上などの大被害を受けた。大破した軍艦の中には、接収された旧日本海軍の戦艦『長門《ながと》』と巡洋艦『酒匂《さかわ》』も含まれていた。この原爆実験によって生じた巨大なキノコ雲を新聞の報道写真で見た北は、広島上空に生じた原子雲とあまりにもよく似ているのに驚き、恐るべき時代が来たなと思った。

戦後の数年間は、中央気象台にとっても地方の気象台にとっても、激動の時代であった。終戦直後藤原咲平は、陸海軍気象部や戦地の気象隊からの復員者をできるだけ吸収する方針をとったが、その結果中央、地方の気象台職員は大幅にふくれ上がった。これに対しGHQは、国家公務員や公共企業体の職員の人員整理の一環として、中央気象台に対しても組織の整理統合と大幅な人員整理を指令して来た。藤原の後を継いだ和達時代は、人員整理と労働争議と組織の立て直しの苦難の時代でもあった。このような中で、和達は、昭和二十四年十一月一日付で全国の気象官署の大規模な機構改革を行なった。この機構改革は、東京、大阪、福岡、仙台、札幌の五つの管区気象台を地方中枢として、すべての地方気象官署を各管区気象台の下に所属させるというものであった。これによって広島管区気象台は、大阪管区気象台に統轄される広島地方気象台となった。

時代は目まぐるしく変った。東西の冷戦は年毎に深刻になっていった。昭和二十四年九月にはソ連が原爆実験に成功、翌二十五年六月には遂に朝鮮戦争が勃発《ぼっぱつ》した。日本の前途は多難に見えた。

広島地方気象台の顔ぶれも、年々の異動ですっかり変っていた。北も昭和二十六年三月に十年間勤務した広島を離れて、高知県の宿毛《すくも》測候所に転勤した。

学術研究会議の組織を引き継いだ日本学術会議が原子爆弾災害調査報告書刊行委員会を設け

て、『原子爆弾災害調査報告集』全文を刊行したのは、日本が独立した後、昭和二十八年三月であった。宇田、菅原、北らにとっては、実に八年目にしてようやく活字となった広島管区気象台の報告をばらばらになった各人の勤務地で手にとることができたのであった。

終　章　砂時計の記録

1

北勲が各地の気象台や測候所の勤務を経て広島地方気象台に戻ったのは、昭和四十二年六月であった。

広島地方気象台は、江波山の上の同じ建物であったが、組織は拡充されて課制が設けられており、観測設備は強化されていた。北は、観測課長として赴任した。

十六年ぶりに戻った広島は戦災都市の面影をすっかり払拭《ふっしょく》していた。街には近代的なビルが建ち並び、人口は五十万を越えていた。市西部の山手川は、大規模な太田川放水路に姿を変えていた。禿《は》げ山だった江波山には、樹木が生い繁っていた。

ある日、北は昔のことが懐かしくなって、図書室をのぞいてみた。苦労した原爆当時の資料を見たいと思ったのだった。観測原簿は当然のことながら保存されていた。昭和二十年八月六日と九月十七日の各種観測器の自記紙も特別に保存されていた。しかし、その他の資料はほとんど見当たらなかった。北は、原爆や台風の調査をしたとき集めたいろいろな関連資料やノートなどを残しておいたのだが、それらがほとんど失くなっていたのだった。

せめて当番日誌だけは永久保存にしたいと思った北は、懸命に図書室の資料庫の中を探した。『当番日誌昭和二十年下』と墨で書かれた当時の日誌を見つけたときには、高価な紛失物を発見したようなほっとした気分になった。変色しかかった日誌の一頁一頁に記された事柄は、ほとんど人事往来や業務に関することであったが、その一行一行の間に、北は当時の台員たちの日常を想い起こすことができた。

北は、その『当番日誌』の表紙に、赤マジックで〝保存〟と記されているのを見てほっとした。

北は、貴重な資料が散逸するのを惜しんだ。

考えて見れば、自分はすでに五十代の半ばを越えようとしていた。停年まで数年しか残されていなかった。十年一昔とかつては言ったものだが、あれから二十年をはるかに越える年月が過ぎてしまったのだ。資料が捨てられるのは当然のことなのかも知れなかった。

北は、自分の人生が砂時計のように見えて来た。失われてゆく砂の速さを思ったとき、北は今のうちに何かをしなければならないという苛立《いらだ》ちを覚えた。

「あの年のことは、気象台にとっても、広島にとっても記録して残しておく必要がある。自分が退職してしまえば、当時を知っている者はいなくなるし、あと十年も経てば資料類は何もかも失くなってしまうだろう。広島に戻って来たのは何かのめぐり合わせかも知れない。この機会に、当時のことを記録にまとめて残しておくのだ」

折からこの年七月典型的な梅雨末期の集中豪雨が佐世保、呉、神戸を中心に西日本一帯を襲い、死者行方不明者が三百人を越える災害となった。呉でも多数の山崩れや崖崩《がけくず》れが発生し、八十八人が死亡した。呉は、枕崎台風のとき死者行方不明千百五十四人という未曾有《みぞう》の大災害に見舞われたが、そうした過去の教訓が生かされずに災害が繰り返されるのを見るのは、気象業務に携わる者として何とも無念なことであった。

この頃広島市では、大がかりな『広島原爆戦災誌』の編纂《へんさん》作業が始められていた。この『広島原爆戦災誌』は、広島市内の軍、官公庁、会社、病院、学校などの機関別と町別の被災状況や体験記をすべて記録しようという画期的な事業であった。北は、編纂委員から気象台の被害状況と当時の気象記録についての執筆を依頼された。北は、個人的にもまとめようと思っていた折でもあったので、編纂委員からの依頼を進んで引き受けた。

北は、『広島原爆戦災誌』のための新たな報告をまとめるに当たって、この際気象台に残された資料だけでなく、各種の文献や新聞、関係者の記憶などを幅広く調べて、当時の気象台の置かれた状況を浮き彫りにしたいと考えた。また、気象台としての原爆の記録には、枕崎台風の災害を原爆災害の延長線上にあるものとして併記しなければならないと思った。

北は、在京の菅原元台長をはじめ、当時の広島の台員たちにその記憶を尋ねる手紙を書いたり、放送局に足を運んで終戦後の天気予報の放送記録を調べたり、図書館で昭和二十年の新聞をめくったりした。原爆を受けた広島市の浅野図書館には終戦当時の新聞資料などが著しく欠けていたため、北は呉市の図書館まで出かけた。

呉市の図書館に保存されている終戦当時の新聞記事を読むと、当時の社会情勢が彷彿《ほうふつ》として想い出され、北は飽くことを知らなかった。原爆を受けた中国新聞はまだ復刊していなかったが、当時は紙不足などのため中央紙と地方紙の合同発刊が行なわれており、中国新聞復刊までの間は中央紙がそれを兼ねて発行されていた。その中央紙に天気の記事がはじめて登場するのが、八月二十三日だった。気象管制は二十二日に解除され、東京では即日ラジオの天気予報が再開されたが、新聞は翌日朝刊から天気記事を載せたのである。しかし、北にとって問題なのは、広島地方の天気予報がいつ登場したのかであった。

当時の広島管区気象台がいつから天気予報を再開したのか、気象台に記録は残っていないし、北も忘れ去っていた。新聞の天気欄を見ると、昭和二十年は、福岡や岡山など他県の分ばかりで遂に広島地方の天気予報は登場しなかった。広島地方の天気予報を新聞で見ることができたのは、翌二十一年三月十三日になってからであった。この事柄だけでも、広島管区気象台の機能回復がいかに遅れていたかを物語っており、北にとっては溜《た》め息の出る思い出だった。ともかく枕崎台風来襲当時、予報業務が満足に行なわれていなかったことを、いまさらながら知らされる思いがしてならなかった。

また、新聞をめくっていると思わずいろいろな記事に目が移った。二十年八月末の紙面に、「〝死の測候所〟から奇蹟《きせき》の吉報」の見出しで出ている次のような記事は感動的であった。

「また台風がやつて来る。こんどの台風は二十五日朝南大東島付近に現れた七百四十ミリの中型で北東に進んでゐるといふ。……（中略）……資料蒐集《しゅうしゅう》に躍起になつてゐる気象台に二十四日夜突如奇蹟の吉報が舞ひ込んだ。沖大東島《おきのだいとうじま》測候所（所長は佐々木徳治氏）から実に二箇月ぶりに実況報告があつたのだ。その電報によつて気象台では二十六日に来襲する台風の存在を確信することができたのであつた。

久しく音信不通となつてゐた沖大東島からどうしていまごろひよつこり電報が来たのか、同測候所には所長以下十数名の所員が戦時気象に活躍してゐたが、何分にも沖縄と目と鼻の近距離にあるので連日連夜空襲と艦砲射撃に見舞はれ無電塔は破壊されるし、建物は吹つ飛ぶ、もちろん燃料は尽きるし、食糧もなくなつた。そして所員も戦死したり、病死したりして、残りの所員はたつた数名になつてしまつたといふ。同島にはひとかけらの土とてないのでどうして食ひつないでゐたのか、日一日と餓ゑ迫る穴居生活をどうしていままで頑張つてきたのか？　中央気象台でも同測候所の活躍は殊勲ですよと感激し賞讃《しょうさん》してゐる」

沖大東島測候所の場合は、広島の気象台とはまた違った形で、測候所員たちが生命の危険にさらされ、多数の戦死者を出している。にもかかわらず台風接近の観測データを打電して来るだけの業務を続けていたのだ。こんな記事が伝えられていたのを、北ははじめて知った。

北にとって、呉の図書館で得たもう一つの収穫は、枕崎台風で大きな被害が出た呉市の水害について、広島県土木部砂防課が戦後数年経ってから再調査してまとめた記録があるのを発見したことだった。当時広島管区気象台では、太田川水系や大野浦方面については詳細な踏査をしたのだが、最大の被災地であった呉市については、調査の手がまわらぬまま気象台としての台風災害報告をまとめたことを、北は記憶していた。枕崎台風の豪雨によって、急斜面の呉市では、山津波や山崩れや河川の決壊が無数に発生し、あっという間に実に二千戸近い住宅が全半壊または流出し、千百五十四人が犠牲になったのだった。広島県下の死者行方不明二千十二人のうち半数以上は呉市の犠牲者であった。一地方都市で一千人を越える死者を出すということは稀有《けう》の大災害である。

災害の後、呉市民の間には、「戦争で火攻めにあい、今度は水攻めにあった。正月頃には食攻めにあって餓死するだろう。何故、天はこうまでわれわれを苦しめ抜かねばならぬのだろうか」という悲痛な叫びが聞かれた。この呉市の水害の詳細な報告書が残されていたことを知って、北は感謝したいような気持になった。

その報告書は、『昭和20年9月17日における呉市の水害について』と題され、序文の中に発刊に至るいきさつが書かれてあった。

それによると、報告書を作成したのは、広島県土木部砂防課長坂田静雄であることが記されていた。坂田は、戦後三年程経ってから砂防課長に就任し、呉市の砂防工事を視察した際に、枕崎台風の災害現場をつぶさに見て歩いた。そして、「ここで市民が何人も死んだとはどうしても考えられない。こうした所が多い。災害にあった人は忘れ得ないであろうけれども、後より来て住んでいる人は考えもしないであろう。ここに呉市のあの日の災害記録を作らんとした私の動機がある」と感じ、「おそきに失する」のを覚悟で二年がかりで災害の状況を再調査してまとめたのだという。報告書の日付は、昭和二十六年八月一日となっている。

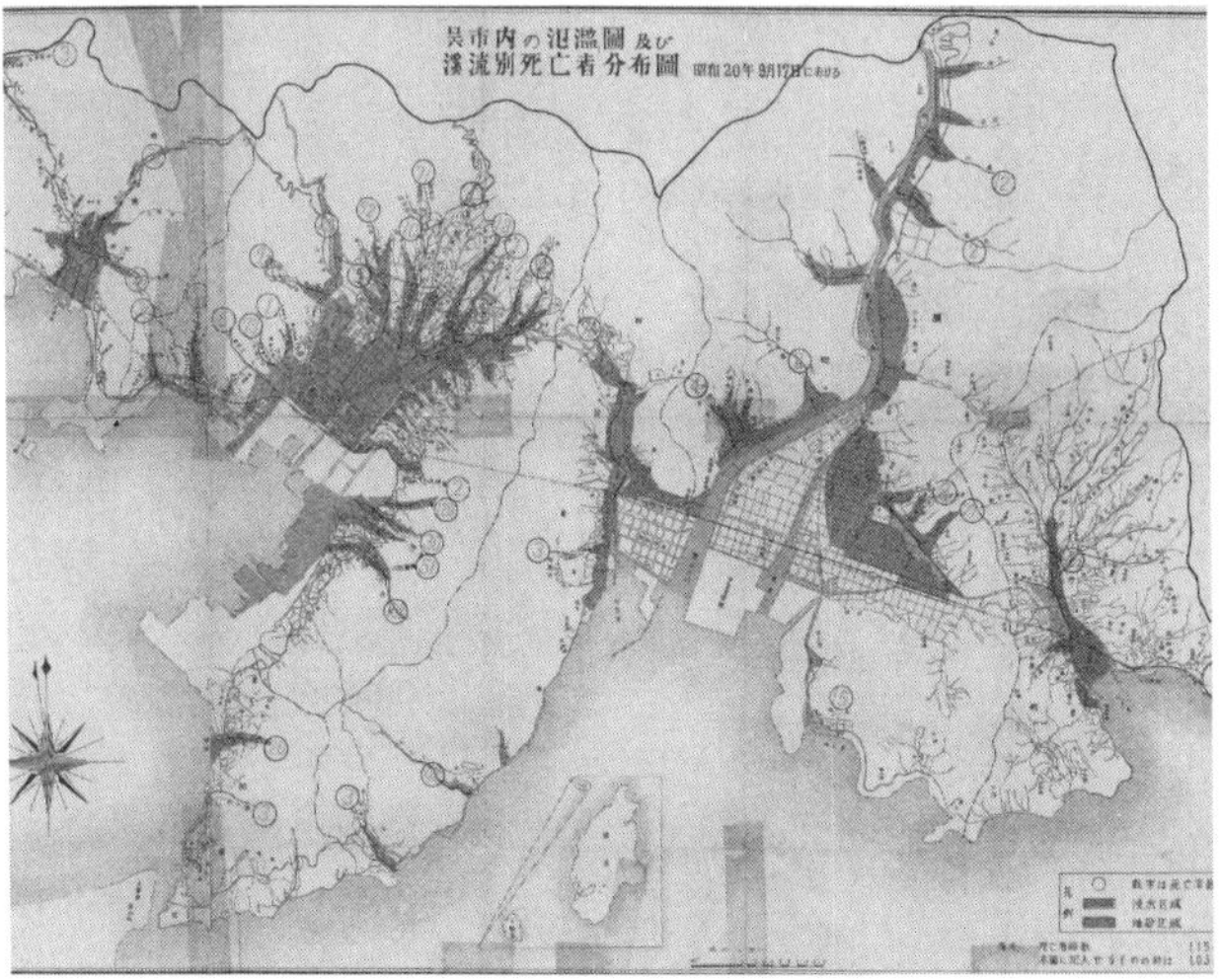

『呉市の水害について』巻末表「氾濫図及び渓流別死亡者分布図」。
出典：広島県ホームページ

北は、この報告書を夢中になって読んだ。

報告書は、災害当日の降雨状況をはじめ、数百カ所に及ぶ山津波、山崩れ、堤防決壊などの分布図と詳細な地域別見取図、地質調査などを順を追って記載していた。当時としては完璧《かんぺき》な災害記録であった。最後に災害の生々しい体験記が掲載されていた。その中の一文は次のようなものであった。

「父を失ったあの日の思い出（室瀬川にて遭難）

呉市室瀬町3丁目　小田ミチヱ

昭和20年9月17日長い間降り続いていた雨は夕方から次第にその勢を増して来る様でした。そして電灯は宵の口からつきませんでした。しかし私達は数時間後に震天動地の悲劇が目の前に起ろうとは、夢想だにせず、静かに床に就きましたが程なく雨の中より隣のおばさんの『先隣に応援頼みます』との声に皆眼をさまし、弟と二人で父の身仕度を手伝いました。盆を覆《くつがえ》す雨とはこの事か電気はつかず小さいランプを手に父を玄関に送りました。

八畳の間に母、妹、弟、兄とねているのですけれど父と最後の別れになろうとは誰しも思いませんでした。母はむづかる妹をねかせ乍《なが》ら、床の中より『運動靴の方が軽るくていいでしょう』と申しました。私が『お父さん用心してネ』と云い、父が戸をあけたその瞬間想像に絶した響が『ごう』と聞えた。

『お母さん水よ』と云いつつ私はかけだした。もう水は台所にいた私のボーズ（注・膝《ひざ》のこと）まで来ていました。『助けてくれ　助けてくれ』と逆上したような弟の叫び声で、私が屋根やら柱やらこわれた家の下敷になり、胸のあたりまで水が来ているのに気がつきました。身動き一つ出来ない私の体。水。死を感じました。

『みちえ、昌見、大丈夫か、お父さんは』無限の愛情と悲《ひ》愴《そう》を秘めた母の声。『兄さんもお母さんと一緒に奥の間の簞笥《たんす》のかげにいるから昌見も『みちえ』も大丈夫だったら人の足音があるまで待ってなさい』どうする事も出来ないから、大きな声出してたら『体が弱り明日の朝まで持ちませんよ』一生懸命云っている母の声を聞き乍ら、でも何とかならないかしらと頭を上げて見ましたら、私は台所から八畳の隅にある仏壇の所までおされて来ておりました」

――体験記はさらに続く。

「水もこれ以上ふえないらしく私も大丈夫と急に元気になり皆で精一杯『お父さんお父さ

ん』と叫び続けましたけれども返事はありませんでした。

静かな夜。ごうごうと聞える水の音にまじり人の話し声がかすかに聞えた。一番大きく聞えたのは弟の助をよぶ声でした。

やっと救い出されたのは幾時間経ってからであろうか。依然続いている土砂降りの中をよくもこんな所からと思われる位小さな穴から私はやっと抜け出すことが出来ました。

近所の家の姿は全く見当らず闇夜に降り続く雨の中を提灯《ちょうちん》が飛びかひ、あちらこちらの焚《た》火《び》、いまの今までいた家のあとは水が濁流をなし滝の如くごうごうと流れ落ちて居ります。小溝《こみぞ》だった流れは大きな河となり、私の家の隣二戸を押し流し跡片もなく、その跡は物すごく流れが渦巻いておりました。石垣や高い土地もどんどんくづれて流れておりました。私の家は押されて移動し、くづれたのですが、幸に流されはしませんでした。よくこんな所まで押し流されて助った事と思うのも夢の様です。

助けを呼ぶ私の声を耳にして救って下さった人の家に連れられ生き得た安堵感《あんどかん》にぐったりした私の耳に、物すごい流れの音は余りにも冷酷な音でありました。

生きているとは思えぬ様な顔をしている母。眼鏡を失った近眼の兄。父の安否を気づかってもこの闇夜には如何《いかん》ともしがたく、父の生を祈りつつ恐怖におびやかされ長い夜の明けるのを待ちました。

夜、おそろしかった夜が明けました。時計は丁度10時に止っていました。

翌朝、父は台所の土砂九尺位の底より死体として発見されました。そこら中ころがっている傷だらけの死体。うめき乍らはっている人。誰とも分らない位傷ついている顔。死体に泣き叫ぶ家族。死体をさがし廻る人々。次々と掘り出される死せる人。お父さん、お父さん、晴れそうもない空に恐れおののきしばらくは生きた心地はありませんでした……」

北は一気に二十年以上前の終戦当時に振り戻されるような気がした。あの日の夜、広島や大野浦や宮島で起こったと同じような事件が、同じ時刻に呉市内のいたるところで発生していたのだ。事件の発生はわずか一、二時間の間のことだったのに、そのすべてを記録することの何と難かしく、何と時間のかかることか。

報告書は、呉市における災害を大きくした人為的な誘因として次の点を強調していた。

(1)戦時中の山林の伐採、松根の採取、軍用道路の建設、防空壕の掘鑿《くっさく》、爆弾の投下などによって山が荒廃していた。

(2)呉市は軍港都市として、特異な発展をしたため、山腹や渓谷沿いにゴタゴタと無計画に家屋が建てられ、渓流がゆがめられて、河川としての取扱いがなされていなかった。

(3)終戦直後のことで、気象予報がなかったために市民はこのような大災害が起きることを予知できなかった。また人心が不安定で弛緩《しかん》しており、災害に対して備える心構えなど全くなかった。

戦争、濫伐、松根掘り、そして情報途絶下の災害――こういったことは、北が宇田技師らと枕崎台風災害報告をまとめたときにも指摘したことだったが、この県土木部の報告書でも全く同じことがはっきりと記述されていた。とりわけ「気象予報がなかった」ことが災害の人為的誘因の重要なポイントとして指摘されていることは、いまさらながら北の胸を刺した。〈あの災害は単なる自然災害ではなかったのだ。あの戦争と敗戦という時代に広島という場所に起こった枕崎台風災害は、広島県だけで二千人を越える犠牲者を出さなければならなかった必然性を持っていたのだ〉――北の頭の中ではあらためて原爆と枕崎台風災害とが重なり合った。北は思いにふけった。

情報途絶下の災害――それはあの特異な時代だけのこととしてもう永遠にないことであろうか。果たしてそんなことは二度と起こり得ないと言い切れるだろうか……。

県土木部の報告書の中で、北がもう一つ目を見張ったのは、呉の測候所の観測記録に関する次のような記述であった。

「この呉市も、空襲による戦災のため大部分は廃墟と化し、その復興も市民の生活状況も立直る暇なく、失望落胆の日々を送り、果ては丸裸になった市民の群は海軍施設を目がけて殺到、略奪の巷《ちまた》と化していた。

丁度海軍構内にあった測候所は、かかる状況のため、職員は離散したが、ただ一人残って気象関係施設を守備していた某氏によってかろうじてその略奪から免れていたと云う事は、誠に幸なことであった。呉市役所は焼失し、当市付近における気象の記録は全然無い中に、この某氏によって呉市に於《お》ける昭和二十年九月十七日気象状況表の記録が残されていたことは、感謝感激の外ない。その功は長く残るものである」

呉の測候所は、海軍鎮守府の観測所であり中央気象台の組織とは関係がなかった。つまり民間への天気予報とは関係のない測候所であった。従って戦争に敗けた以上、いずれ閉鎖の運命にあるものであった。にもかかわらず、略奪の街で、台風のさ中に欠測なく観測記録を取り続けた測候所員がいたということに、北は感動した。

報告書には、「気象関係施設を守備していた某氏」が誰であり、どのようにして観測を続けていたのかについては何も記していなかったが、北は大体の状況は推察できた。

（北が、終戦当時の海軍呉測候所の状況について詳しく知ることができたのは、さらに数年後、人伝《ひとづ》てに話を聞いてからであった。それによると、呉の観測を続けたのは一人ではなく、木村芳晴という三十歳の技手と伊藤、川村、新田という三人の若い技生の計四人であった。

呉市は、昭和二十年七月一日深夜から二日未明にかけての約二時間にわたる猛烈な爆撃によって、中心部は焦土と化し、千九百三十九人が殺戮《さつりく》された。現在海上自衛隊総監部が使っている海軍の施設一帯も火につつまれ、その一角にあった三階建ての測候所にも延焼して来た。測候所は、一、二階は焼いたものの、必死の消火作業によって三階の現業室は焼け残り、明治以来六十年間に及ぶ呉鎮守府測候所の気象原簿などの重要資料も焼失を免れた。露場も焼夷弾《しょういだん》の直撃を受けずに済んだ。

終戦が伝えられると、海軍の中に動揺が生じ、将校クラスの中には軍の物資を横領して脱走する者が続出し、さらに日が経つにつれて貯蔵庫などの物資は一部の市民によって無茶苦茶に略奪された。このような中にあっても、木村技手らは観測を続けたが、八月末海軍の施設が進駐軍によって接収されることになったため、観測設備を近くの海岸べりに突き出た城山と呼ばれる高台の施設に移した。そこは昔測候所があったところだった。ところが、進駐軍の基地となった海軍の施設周辺は、海兵隊の荒くれた兵隊たちが略奪や強盗をほしいままにしたため、城山で夜も観測をすることは危険な状態になって来た。木村技手らは止むを得ず、城山を撤収して、呉駅近くの消防署の二階に移って気象観測の記録を取り続けた。枕崎台風が襲ったのは、木村技手らが消防署に仮住いしていたときだった。

木村技手は、広島県の西条農学校を卒業後、呉鎮守府に就職した軍属の測候技手だったが、中央気象台測候技術官養成所に委託学生として派遣され、そこで半年間学んだ経験を持っていた。養成所では岡田武松や藤原咲平の哲学であった観測精神というものをたたきこまれていた。「欠測をしてはならない」という観測者の鉄則は、木村技手にも浸みこんでいた。木村技手は、終戦後測候所の施設を転々と移しながらも、日々の観測は守り続けていた。こうして枕崎台風の際に呉市に大災害をもたらした豪雨のデータ——それは九月十七日午後六時から十時までの四時間に百十三・三粍という呉測候所開設以来の記録的豪雨であった——が残され、この地方の豪雨災害研究の貴重な資料となったのである。

その後呉鎮守府測候所は、中央気象台長藤原咲平の陸海軍観測所引き取り計画の一環として、昭和二十一年四月広島管区気象台呉臨時出張所となり、昭和二十四年には呉測候所となった。）

沖大東島測候所の場合と言い、呉鎮守府測候所の場合と言い、生活も生命も危険にさらされた中で測候所員に観測を続けさせたものは何だったのだろうか。広島の気象台が置かれた状況も同じようなものであった。このほかにもまだ危難に耐え抜いた気象台や測候所があったかも知れない。北は、あの頃の気象台を振り返って考えたとき、食糧もろくになく、病人が続出し、ある者は肉親を原爆で失いつつもなお必死になって気象台にしがみついて生きていた台員たちの姿が浮んで来た。自分もそうだったが、原爆の後も気象台に踏み止まった台員たちは、そうするよりほかに生活の糧を得る道がなかったのだ。当時の日本では大なり小なり事情の差こそあれ、職場にしがみつくか闇屋でもやる以外に食う道はなかったのであり、決して気象台だけが特殊な状況に置かれたわけではなかった。それに惰性で生き、惰性で仕事をしていたという面があったことも否定できない。「戦争に勝つため」という国家目的が敗戦によって崩壊したとき、あまりの衝撃に人々は精神的支柱を失い、生きる目的を失った。何のために何を為《な》すべきかが曖昧《あいまい》なまま、さりとてほかにすることもないため、ただ昨日までやって来たことを今日もやるという虚脱の毎日でもあったのだ。

だが、気象台や測候所の定時の観測を欠測することなく、科学的に見ても決して恥かしくない記録を残したということは、単なる惰性とかただ食うためという理由だけで為し得たであろうか。自問自答する中で、北は一時代の気象台員や測候所員を支えた観測精神について思い浮べた。そして、そうした気象台員や測候所員を率いて巨峰のようにそびえ立っていた岡田武松や藤原咲平について思った。

北は、新たに調べた資料が予想外に豊富になったので、『広島原爆戦災誌』のための原稿とは別に、「終戦年の広島地方気象台」という一文をまとめ、気象庁（中央気象台は昭和三十一年七月一日に気象庁となった）の論文集『測候時報』に投稿した。この一文は、戦争末期から原爆の受難を経て枕崎台風の来襲に至る時期に、広島の気象業務がいかなる状態で続けられたかを細かく記すとともに、枕崎台風の反省点を今日の目で振り返って見てまとめたものであった。北の原稿は『測候時報』昭和四十六年一月号に掲載された。

また、『広島原爆戦災誌』の編纂《へんさん》委員会は、北が執筆した広島管区気象台の原爆被災状況に関する原稿を、昭和四十六年秋に刊行した同『戦災誌』第三巻主要官公庁の章に掲載したが、編纂委員会はさらに『測候時報』の「終戦年の広島地方気象台」と昭和二十二年十一月にガリ版刷りで印刷して米軍に発禁にされた「広島原子爆弾被害調査報告（気象関係）」を重要な文献として、同『戦災誌』第五巻資料編に全文を写真印刷で採録した。

書くべきものを書き終えたとき、北は何か人生の重荷を下ろしたような気分になったが、それにもかかわらず爽やかになり切れないものが心の中に残っていた。それは、いわば〝公的〟な記録には記し得なかった何人かの台員の悲劇的な結末の一つ一つが、北の意識の中にずっしりとのしかかっていたからだった。

あの朝、県庁に出向いた事務員の栗山すみ子は遂に行方不明のまま遺体さえ発見されなかった。そして原爆で死亡した官公庁のほとんどの職員がそうであるように、栗山すみ子も未だに殉職の扱いさえ受けていない。

中堅の技手だった吉田勇は、原爆の翌年出勤の途中に市内電車から転落して死亡した。原因ははっきりしなかったが、事故の前吉田は疲れ気味だったらしい。吉田は原爆の直後二、三日下痢をして休んだが、その後は目立った病気はしていなかった。突然目まいでも起こしたのだろうか。吉田の死は謎《なぞ》であった。

本科生だった津村正樹の場合は、ある意味で最も痛ましい。全身に火傷《やけど》を負った津村は、肉がすべり落ちるほどの苦しみを味わったが、奇蹟的にもその年の秋までに治癒し、中央気象台の養成所に帰っていった。津村の近況について北はほとんど知らなかったが、原爆の記録をまとめるために終戦当時の台員の消息を調べているうちに、津村の同期生らから詳しい話を聞くことができた。それによると——

津村正樹は終戦の翌年春養成所を卒業すると、北海道内の気象台（場所不明）に配属され、さらに昭和二十二年秋には広島に転勤になった。広島に赴任して間なく、今度は岩国の進駐軍基地の気象隊に出向させられた。当時人員整理が始まった頃だったため、台員たちは進駐軍に出向するといずれ人員整理の対象にされるに違いないと言っていやがったが、津村は自ら出向を買って出たのだった。津村はひとがいやがることをあえて引き受ける性格の人物だった。仕事熱心で自分が損をすることでも進んでやるので、同僚からは「お前は変ってる」などと言われたりしていた。津村はそう言われても無頓着に「いいんだよ」と答えていた。

　昭和二十五年に岩国の部隊編成に変更があったのを機会に、津村は中央気象台職員に身分が戻り、さらに翌年にははるか鳥島の測候所に発令された。ところが、津村が鳥島に勤務してしばらく経ったとき、鳥島から中央気象台に入電する気象電報が時々明らかに間違っている数字になっていることがあった。占領下の日本において、接収を免かれた鳥島は南方海上の測候所として、天気図作成に欠かせぬ重要な観測点であった。中央気象台では奇妙な電報に驚いて調査した結果、発信者は津村であり、ナマの観測値を規定通りに更正せずに打電していたことが明らかになった。本科を出て四年も現場の経験を積んだ津村が突然こんな誤ちを犯すのはおかしいというので、中央気象台では津村を召喚し事情を聞いた。津村の態度や口ぶりからどこか異常なところがあると感じた中央気象台の幹部は、津村を都内の精神神経科の病院に連れて行き、診断を受けさせた。津村はやはり病に侵されていた。精神の病を発病していたのだ。津村は入院することになった。

　広島から姉が駆けつけた。電気ショック療法を受けている津村の姿を見たとき、姉は思わず「正樹ちゃん！」と叫びそうになった。姉の方が耐えられなかった。

「こんなところで弟をひとり入院させておくのは可哀そうでなりません。田舎へ引き取ります」

　姉はこう言って津村を連れて帰った。

　それから三年ほど経って、やはり原爆で大怪我をした同期生の福原が見舞いに訪ねると、姉は「よく来て下さいました。正樹は元気にしております」と言って喜んだ。

「正樹ちゃん、福原さんが来て下さったよ」

姉は津村にそう呼びかけたが、津村の表情は動かなかった。津村は同期生の顔さえわからなくなっていたのだった。

福原はこのとき広島地方気象台に勤務していたが、昭和三十一年になって岡山に転勤のため広島を離れることになったので、津村宛に久々に挨拶状を出した。すると父親から、「病状が思わしくないので広島市に近い病院に入院させました」という便りがあった。

月日の流れの中で、津村のことは同期生の間でも忘れられていった。昭和四十年代になって、気象大学校（戦後発足した）の校友会名簿が編纂されるようになり、戦前の測候技術官養成所の卒業生の名簿も掲載されたが、そこには「津村正樹」の名前はなかった。だれからともなく、津村は亡くなったらしいという噂《うわさ》が流れたが、誰一人はっきりしたことは知らなかった。

ある年の夏、広島地方気象台に思いがけなく津村の姉が姿を見せた。とくに用事があったわけではなく、近くまで来たので挨拶に寄ったのだと言った。そのとき姉は、「正樹は療養を続けております。たしかにまだ生きております」とはっきりと言った。

これが、北が津村について知り得たすべてであった。思えば、津村にとって戦後の大半はただ療養のためにだけあったようなものであった。被爆者の精神障害が原爆に起因するものかどうか、医学的なことは北にはわからなかったが、津村の場合、被爆によって受けた肉体的精神的打撃の大きさを考えると、原爆が精神神経科の領域にまで後遺症を残すことは十分にあり得ることのように、北には思えてならなかった。

北自身、戦後数年経って肝臓が腫《は》れ、その後十年も肝臓病に悩まされた経験を持っていただけに、原爆による様々な後遺症にはとりわけ強い関心を抱いていたが、津村の場合はあまりにも残酷であり、その話を聞いてからしばらくの間、北は気が塞《ふさ》ぐ思いがした。

2

昭和四十七年四月一日、北は広島地方気象台を定年で退職した。

退職後、北は広島県公害対策局大気汚染監視センターで嘱託で働くことになった。それは、気象台に四十一年間勤めた経験と知識を公害監視という新しい時代的要請に生かす道であった。

北にとって広島はいまや第二の故郷となっていた。北は広島に永住するつもりで、郊外の可部町の山沿いに小さな住いを持っていた。

翌昭和四十八年七月の暑い日、北が県庁内の大気汚染監視センターで仕事をしていると、中国新聞の若い記者が訪ねて来た。

「最近広島市の周辺部で黒い雨の影響が問題になっているので、詳しく調べたいのですが、当時黒い雨の調査をしたのは北さんだということを伺ったものですから」と、その記者は言った。

記者の話によると、原爆被爆者は原爆医療法によって医療の特別の援助を受けられるようになっているが、黒い雨による放射能の影響を受けた人たちの多くは、医療援助から除外されているという。原爆医療法によれば、爆心地から三粁以内で被爆した人や、原爆投下から二日以内に爆心地から二粁以内に入った人、黒い雨の降った残留放射能濃厚地区（いわゆる「特別被爆地域」）で被爆した人など、放射能の影響を強く受けた人は特別被爆者手帳を交付され、医療の無料化がはかられているが、黒い雨の「特別被爆地域」に実際に指定されているのは、わずかに広島市西部の草津町と北部の祇園町だけであった（己斐辺りも黒い雨が激しく降ったが、爆心地から三粁以内の地域なので「特別被爆地区」の二重指定は受けない）。このため、同じように黒い雨の降った広島市西方の五日市町石内（当時石内村）から北西方の沼田町伴（当時伴村）、北方の安古市町《やすふるいち》（当時安村）にかけての住民は、現在の「特別被爆地域」の指定は放射能被曝の実態を反映していないとして、指定地域の拡大を要求しているが、広島市や厚生省はこれらの地域は放射能汚染のデータがはっきりしないなどの理由で「特別指定地域」の指定からはずしたのだと言っているということであった。

記者の話を聞いて、北は、それはたしかに住民の主張のとおりだと思った。黒い雨については、当時気象台の北らが宇田技師の指揮で、苦労して山村にまで出向いて実地調査をし、それをまとめた報告書があることは、行政当局も知っている筈であった。原爆直後に黒い雨が豪雨となって降った地域は広島の北西方十九粁の山村にまで及んだことを、降雨域の地図をつけてその報告書に記しておいたことを、北ははっきりと覚えていた。にもかかわらず黒い雨の「特別被爆地域」を極く一部の草津町と祇園町にだけ限定した理由が、北には理解できなかった。仮に理由があるとしたら、山村地域には残留放射能測定のデータがほとんどないということではないか、と北は思った。広島市内の己斐から高須にかけての地域は、理研の調査班が残留放射能を調べたから、その異常に高い値が記録されたが、山村での放射能測定は行なわれなかった。だが降ったものは、同じ黒い雨である。たとえ放射能の測定記録がなくても、気象台員たちが調べた〝聞き書き〟には、山村でも川の水が真黒になって魚類が死んだり、牛が下痢をしたり、とくに安村では田草取りの女の人が手に放射能による火傷を負い、伴村では雨に打たれた後寝ついて死んだ農夫もいたことなどが記されている。

北は、新聞記者に対して、当時の調査結果を詳しく説明した後、

「特別被爆地域に指定されている地区のうち祇園町は、われわれの調べた黒い雨の降雨域に入ってはいますが、雨量はむしろ少なかった地域で、大雨の雨域には入っていません。一時間以上土砂降りの雨の降った大雨の雨域は、広島市外では祇園よりむしろ西の石内、伴、安、戸山、久地などの地域です。これらの地域は当然特別被爆地域に指定すべきではないかと思います」

と言った。

翌日の地元紙朝刊に、北が語ったことが大きなトップ記事となって掲載されていた。「片手落ち特別被爆地域指定」「あの日の黒い雨、市内で大量に降る」「気象調査員が矛盾指摘」と、かなり強い調子の見出しがつけられ、かつて北らが作成した黒い雨の降雨域の地図も載せられていた。

この記事がきっかけとなって、ほかの新聞社の記者も北のところへ取材にやって来た。そして、中央紙にも相次いで同じ趣旨の記事が報道された。また、被爆者の要求を受けて、広島市が市外の黒い雨の降った地域について、あらためて実態調査を行なう準備を始めたという記事

も登場した。

急に焦点となった黒い雨に関する記事を読みながら、北は、かつて食うや食わずやの状態の中で、「ありのままを記録するのだ」という宇田技師のかけ声のもとに調べ歩いた結果が、いまにしてようやく日の目を見るときが来たのだという感慨にとらわれた。しかし同時に、黒い雨の問題が二十八年間も放置されていたかと思うと、行政の怠慢が腹立たしくもあった。

北は、気象台に奉職する一人の技術者に過ぎなかった。自ら被爆者ではあったが、平和運動の先頭に立ったこともなければ、被爆者運動の先頭に立ったこともなかった。しかし、一介の技術者として忠実に気象観測の記録をとり、気象の研究を行ない、災害の調査をまとめる仕事にひたすら半生を捧《ささ》げて来たのは、それが人間の福祉に役立つと確信すればこそのことであった。あの年、自分も含めて台員たちの聞きとり調査に応じてくれた黒い雨の体験者たちのうち一体何人がいまも生きているであろうか。被爆者としての医療保護も受けられずに死んで行った人も少なくないに違いない。原爆医療法でさえ、対象となる地域を現在のわくまで広げるまでには、長い長い年月を要したのだった。被爆者援護の問題は、医療問題だけではなく、原爆孤老や原爆小頭症や被爆朝鮮人といった実にさまざまな問題が未解決のままになっている。黒い雨の問題はそのほんの一端に過ぎないのだが、同時にそれは未解決の被爆問題を象徴しているように見えた。黒い雨の問題に関して、気象台の科学的調査データが生かされなかったことが、北には残念でならなかった。それは行政の愚行だ、と北は思った。

広島では、毎年夏が来ると原爆に関する報道が目立つようになる。

翌年四十九年の夏も、何人かの記者が北のところへ取材に来た。広島市郊外の山際にある自宅まで訪ねて来た記者と雑談しているうちに、北は、その記者から大野陸軍病院の悲劇の後日談を聞くことができた。枕崎台風の災害調査の話をしているうちに、その記者が、

「大野陸軍病院の跡に最近京都大学遭難者の記念碑が建てられ、遺族や大学の方々が、毎年九月十七日前後に慰霊祭をしているそうですが、北さん御存知ですか」

と言った。北は知らなかった。記者の説明によると、京都大学原爆災害調査班遭難記念碑建立のいきさつは次のようなものであった。

山津波の後閉鎖された大野陸軍病院では、斯林院長や大下准尉らが残って残務整理をしたり、山津波で行方不明になった原爆患者の遺体を探しに来る肉親の問い合せに応じたりしていた。後片付けが進むにつれて、白骨化した遺体が時々出て来たりしたこともあって、斯林院長は死者の鎮魂のために慰霊碑を建てようと言い出した。地元出身の大下准尉が村の石屋に頼んで、高さ一米半程の石碑で供養塔を作ってもらった。食糧難の時代だったので、石屋は斯林院長と大下准尉が持ち寄った多少の米との物々交換でこの仕事に応じてくれた。供養塔は、昭和二十年十二月八日に病院東側の海を見下ろす小高い丘の上に建てられた。

時は流れ、大野陸軍病院跡地は民間に売り渡され、付近一帯はホテルや民家が建てられて、昔の面影はすっかりなくなっていた。京都大学の遭難者の同僚や教授たちは、九州方面への出張などで山陽線で大野浦を通過する度に、窓からの風景に過去を想い出して胸を痛めていた。

世情が安定して来るにつれて、遭難者を追悼する気持はかえって強くなって行った。

退官した菊池武彦名誉教授や九死に一生を得た木村毅一教授、亡くなった大久保講師の同期生だった脇坂行一教授ら多数が発起人となって、昭和四十一年に記念碑建立の募金運動が始められた。募金額は、四百万円に達した。記念碑は、京都大学工学部の増田友也教授が設計し、用地は大野町役場収入役となった大下元准尉らの奔走で、民有地となっていた大野陸軍病院跡の小高い一角が取得された。

記念碑の除幕式は、昭和四十五年九月二十一日十一人の遭難者全員の遺族をはじめ京都大学や広島原爆障害対策協議会、地元大野町などから百人近くが参列して行なわれ、遭難した故杉山繁輝教授の孫で九歳になる隆君が除幕した。記念碑は、三角形のコンクリート壁四面を四方からそびえ立つように組み合わせたユニークなデザインで、大地から空高く舞い上がる人間の復活を象徴する意図がこめられていた。折から雨がポツリポツリと落ちるどんよりとした天気だったが、静かに島影を横たえる宮島を見下ろしながら、参列者たちは原爆患者の診療とその学術研究に尽しつつ命を落とした遭難者たちをいつまでも偲《しの》んだ。

「その後遺族や大学関係者は、毎年九月に広島からはるか離れたこの大野の記念碑前で慰霊祭を行なっているということです。しかし、名誉教授となられた菊池先生たちにとって、まだ懸案が残っているそうです。というのは、遭難者の遺族は当時国から涙金程度の見舞金を支給されただけだったのです。幼ない子供をかかえた遺族は、あの戦後の混乱期の中でどんなにか苦労をしたことでしょうね。菊池先生たちが考えているのは、京都大学の原爆調査研究は軍の依頼でやったことだから、何とか軍属の扱いにして遺族年金を受けられないものかということだそうです。もっとも、軍から依頼があったことを証明するものが要《い》るとか、当時の混乱の中ではいちいち公文書などを残せる筈がないのに、役所というところはいろいろ手続きがやかましいので、実現するかどうかはわからないと、菊池先生も頭をかかえておられるようですが……」

この記者の話を聞きながら、北は、人間の不幸とそれを絶えず未解決のまま呑みこんで行く時代の流れとについて考えていた。あれから間もなく三十年になろうとしていた。しかし、北にとって、未解決の問題はいつまでも未解決の問題であった。考えて見れば、自分がやって来たさまざまな記録や報告書を残す仕事は、未解決の過去を絶えず現在形に置き換える作業ではなかったか。

記者を見送るために玄関先に出ると、通り雨が上がって、また真夏の日射しが照りつけていた。空には雄大な積雲が白く輝いていた。

あとがき

昭和二十年八月六日の広島については、多くの記録や文学作品や学術論文があるが、その直後の九月十七日に広島を襲った枕崎台風の惨禍に関する記録は少ない。原子爆弾によって打ちひしがれた広島の人々が、その傷も癒《い》えぬうちに、未曾有《みぞう》の暴風雨と洪水に襲われた歴史的事件を今日知る人は果たして何人いるだろうか。

原子爆弾による広島の死者及び行方不明は二十数万に上ったと言われる。これに対し枕崎台風による広島県下の死者及び行方不明は計二千十二人である。前者が想像を絶する非日常的な数字であるのに対して、後者は現実的で日常的な数字であるように見える。枕崎台風の悲劇が、原爆被害の巨大な影の中に隠されて見えなくなっているのは、ひとえにこの数字の圧倒的な落差によるためかも知れない。だが冷静に数字を見つめるならば、一夜にして二千人を越える人命が失われたということは尋常なことではない。しかも、枕崎台風による広島県下の犠牲者の数が、台風の上陸地の九州地方全体の犠牲者数（四百四十二人）よりもはるかに多かったということには、何か特別の事情があったはずである。いったいなぜ広島で二千余もの生命が奪われたのだろうか。

戦争の時代と戦後史との接点にある、この事件の知られざる部分に光を当ててみたいというのが、私のそもそもの出発点であった。もちろん私の意図は、単なる事件の発掘のみにあったわけではなく、原子爆弾による殺戮《さつりく》と台風による災害という二重の苦難の中で、人々がどのように生きあるいは死んでいったのかを知りたいというのが、私の根底にあった意識であった。とりわけ私の心をひきつけたのは、死傷者や病人が続出し、食うや食わずやという状況に置かれながらも、職業的な任務をしっかりと守り抜いた人々が実に多かったという事実であった。そういう人々は、官公庁の職員であったり、大学の研究者であったり、医師であったり、軍人であったり、実に様々であったが、そうした中で私が広島地方気象台の台員たちに焦点を合わせ、本書の主人公としたのは、彼ら自身が原爆炸裂《さくれつ》の真只中に身をさらした被爆者でありながら、同時に原爆と台風という二重の災厄を科学の目でしっかりと見つめていた観察者であったというその一点においてであった。気象台の台員が日々の観察を欠測なく続行するということは、あまりにも当たり前のように見えるかも知れないが、それは背広を着た安穏な時代の机上《きじょう》の思考に過ぎない。

気象台の台員たちの生きざまなどは、激動の時代においては、巨大な歯車に嚙《か》みこまれていく細かな塵埃《じんあい》のようなものかも知れない。だが私は、塵埃のように見えるがゆえに、一生懸命生きた彼らの姿に無性に愛着を持った。そして、取材中に絶えず私の意識の中で蠢《うごめ》いていたのは、いったい困難な時代と状況の中で仕事を守り抜くということはどういうことなのであり、そうした職業的意識を支えるものは何なのだろうか、という問いであった。

私は、広島に生れたわけでもなければ、広島で原爆を体験したわけでもない。広島と私との間に関係が生じたのは、昭和三十五年春ＮＨＫの取材記者として広島赴任を命ぜられたのが最初であった。それから三十八年夏までの三年三カ月広島に勤務し、主に原爆問題を中心に報道の仕事に携わった。多くの人々を知り、いろいろなニュースを書いたが、私の心の中ではニュースの原稿量と反比例して、書くべきものを書いてないという心理的鬱血状態が強くなっていた。しかし若年の私にとって三年という年月は何かをするにはあまりに短か過ぎた。広島は不思議な力を持つ街である。ジャーナリストが一度そこに足を踏み入れると、その街のために何かを書かなければならないという責任感の虜《とりこ》になるのである。私は東京に転勤してから、いつまでも広島に対して借財を背負っているような気持にさいなまれた。

東京では気象や災害問題の報道が私の主要なテーマの一つとなった。そのため気象庁に出入りする機会が多かった。昭和四十二年七月、西日本各地を襲った梅雨末期の集中豪雨いわゆる「西日本豪雨」は、佐世保、呉、神戸などに大きな被害をもたらし、三百人以上の犠牲者を出した。このうち呉では六百カ所以上で山崩れや崖《がけ》崩れが発生し、死者は八十八人に上った。この災害を調べるうちに、呉では昭和二十年の枕崎台風で死者行方不明千人を越える大災害が起こっていたことを知った。しかも枕崎台風は、呉のみならず広島県下に未曾有の惨禍をもたらしたこと、災害の規模が大きくなったのは、県の中枢である広島市が原爆で壊滅した直後で、防災機関の機能が麻痺《まひ》していたためであること、などの事実も知ることが出来た。私の広島時代の取材は、あまりにも「八月六日」のことにばかり目を向けていたため、「九月十七日」のことなど思いも及ばなかったのであった。気象庁に保存されている中央気象台の「枕崎・阿久根颱風《たいふう》調査報告」を読んだのは、この「西日本豪雨」がきっかけだったのだが、それを読んではじめて、

「戦争が終ったと思ったら今度は台風じゃった。あの台風はすごかった。石は飛ぶし、宮島の厳島神社の回廊が高潮で浮き上がったのじゃからのぉ」

と、かつて広島の老年記者から聞いた話が、私にとってもようやく現実感をもってよみがえってきたのだった。このとき私の胸の中に、漠とした形ではあったが、広島について書くべきものの構想が生れた。原爆で焦土と化した広島を襲った情報途絶下の災害――それは、人災などという陳腐な表現をはるかに超えた現代の事件であった。それは昭和二十年九月十七日の事件であったが、核時代に生きるわれわれにとって、いつ何時同じ状況下に置かれるかもわからぬという意味で、まさしく現代の危機を象徴する事件であると思う。「九月十七日」を記録する意味はそこにある。

私は、東京にいるという立地条件から、当初は災害史の側面から取材と資料の収集に当たった。もちろん日常業務の合間にやることなので、取材は遅々として進まなかった。私にとって幸運だったことは、何年経っても気象関係の取材を担当させられたことであった。気象記者をやっているうちに、気象庁図書課の根本順吉氏と面識を得たことは、私の取材を飛躍的に前進

させた。戦時中中央気象台の予報官だった根本氏は、当時の中央気象台の観測や予報に関する貴重な文書（それは秘密保護規則や防護団規定から予報課の当番勤務表に至るまで当時の気象台の業務の実態を彷彿《ほうふつ》とさせるものであった）を個人的に保存していたばかりか、原爆当時広島の気象台にいた台員たちの何人かについて近況を知っていた。私は早速、各地にばらばらになっているもと広島地方気象台の台員たちに電話をかけ、予備的な取材をした。枕崎台風と広島との接点はいよいよ明確になってきた。

昭和四十六年になって、気象庁の機関誌「測候時報」一月号に、原爆当時広島地方気象台の技術主任だった北勲氏が執筆した「終戦年の広島地方気象台」が掲載された。私はこのことを根本氏から教えられた。この記録を読んだとき、私の照準はしっかりと定まった。

広島地方気象台は爆心地から三粁半ほど離れた江波山の上にあったため、爆風による被害は受けたが、焼失は免れることができた。台員たちは負傷しながらも、観測業務を続行した。北氏の記録は、その状況を簡潔に生き生きと伝えていた。終戦後中央気象台では、欠測なく観測を続けた広島の台員たちを褒賞の対象にすべく、台員たちの個人別功績調書を作ったらしい。この調書が残っていれば、当時の台員たちの行動を知る貴重な資料となるに違いないと思って、私は気象庁の人事課にお願いして探してもらったが、結局見つからなかった。終戦後の混乱の中で、褒賞自体がうやむやになってしまったくらいだから、調書など残さなかったのであろう。

中央気象台側の取材に関しては、この年（昭和四十六年）の春、思いがけぬ収穫があった。気象庁通信参事官の上松清氏（終戦当時中央気象台業務部庶務課長）が実に貴重な資料を秘蔵しているのを知ったのだった。上松氏は中央気象台の業務畑を長年歩いてきた人物で、戦前戦後を通じての気象用通信回線と無線放送の変遷については、生き字引のような知識を持っていた。上松氏から、ある会合の席で昔話を伺っているうちに、

「戦時中の㊙文書や暗号表は、終戦と同時にすべて焼却されたことになっているが、秘かに隠していた文書が私の手許《てもと》にいまだに残っている」

という話を聞いたのである。上松氏によれば、戦争に敗けたりとはいえ、重要な書類はいつまた参照しなければならないときが来るかも知れず、まして暗号表に至っては再び作成することは大変なことだからと考えて、焼却寸前だった文書類の一部をこっそり気象台構内に穴を掘って埋めておき、数年後進駐軍の目がうるさくなくなってから掘り出したのだという。ところがもはや戦前の文書など公的には全く不要な反故《ほご》になっていたので、個人的に自宅に保存していたのだ、と上松氏は言った。私はその書類をぜひ見せてほしいと頼んだ。上松氏は快諾して下さった。

その文書類は、宝の山であった。一例をあげるならば、開戦前夜の中央気象台は何度か大きな屈折点に立たされたが、その最初は日華事変（昭和十二年）勃発《ぼっぱつ》後における気象業務の中央集権化であった。この中央集権化の計画を策定したのは、企画院の中に軍官関係機関の代表によって構成設置された気象協議会で、同気象協議会は昭和十三年時局の重大性に鑑《かんが》みて、それまでの中央気象台直轄と府県立の二本立てになっていた全国の気象官署をすべて中央気象台傘《さん》下《か》の国営に統一する方針を打ち出した。国営移管は昭和十四年十月に完了したが、上松氏保管

の文書類の中にはこのときの企画院気象協議会関係の資料が豊富に含まれていた。この中央集権化に続く中央気象台の大転換の時期は、開戦四カ月前の昭和十六年八月十五日、陸海軍に対する気象業務の全面協力を強いられた日であったが、上松氏はこのときの関係文書もほとんど完全な形で残していた。和紙にタイプされた東條英機陸軍大臣の藤原咲平中央気象台長宛の通《つう》牒《ちょう》(命令書)などを手にしたとき、私はその時代の呼吸が肌に伝わってくるような昂奮《こうふん》を覚えた。

上松氏は、中央気象台の岡田(武松)時代から藤原(咲平)時代への変転、戦時体制への突入、そして戦後の気象業務の再建へと、激しく揺れ動いた気象事業の現代史を、至近距離で見つめてきた人物であり、本書の序章は同氏に負うところが大きかった。

広島側の資料で、北勲氏の「終戦年の広島地方気象台」と並んで感銘深かったのは、京都大学名誉教授菊池武彦博士(事件当時医学部教授)が『広島医学』昭和四十二年三月号に寄稿した「京都大学原子爆弾災害綜合研究調査班の成立と其《その》活動」及び「大野陸軍病院に於《お》ける京大原爆災害綜合研究調査班の山津波による遭難の状況(私の日記から)」であった。大野陸軍病院の悲劇、なかでも京大研究調査班の遭難について、私は、できるだけ詳しく事件の経過を知りたいと思い、医学班の中心になっていた菊池博士や物理班の助教授だった木村毅一博士らから長時間にわたって話を伺った。ある夏の午後、京都市左京区の真如堂境内の静かな住いに菊池博士をお訪ねしたときのことである。玄関脇の応接間で先生の聞き書きをしているうちに、話は大野陸軍病院における京大研究調査班遭難の第一報が届いたときの模様に及んだ。菊池博士は事件当日は所用と蕁麻疹《じんましん》の治療のために大野からいったん京都に帰っていたのだった。

「夜の八時頃だった、森教授が突然この家に現われて、玄関先でいきなり、驚くな、広島の研究班は全滅したぞ、と言うのですよ。私は、驚いて、何を馬鹿な事を言う、冗談も休み休みにしたまえと言って、森教授をこの部屋に通したのです。ほら、君の坐っているそのソファーですよ。森教授はそのソファーに坐ってね、広島から駆けつけた若い班員の報告を聞かせてくれたのです……」

私は、「ほら、君の坐っているそのソファーですよ」と言われたとき、三十年近い時の流れを忘れて、昨日の事件の話を聞いているような錯覚にとらわれた。菊池博士の記憶は生き生きとしていて、亡くなった同僚や弟子に対する哀惜の念に満ちていた。菊池博士からは多くの資料をお借りすることができた。とりわけ京大研究調査班員だった方々から博士のもとに寄せられた手紙や回想の手記、とりわけ糸井重幸博士の日記体の手記は、事件を再構成するうえで欠かせぬ資料となった。

木村毅一博士（現在国立福井工業高専校長）は、上京の度に貴重な時間を私のインタビューのためにさいて下さった。ロマンチシズムの香りさえ漂わせていた往年の原子物理学者の世界を知ることができたのは、私にとってよい勉強となった。

広島には勤めの夏期休暇の折などに何度か行った。広島の街に立ち、広島の川を見ることは、構想をまとめるうえで大きな刺戟《しげき》となった。昭和四十九年夏、私は本書を含めて書きたいと思うものがあまりにもたまり過ぎたため、NHKを辞めて執筆に専念することにしたが、自由な時間を持つことができたのを機会に、広島で集中的にまとめの取材をした。多くの人々に会い、多くの新しい収穫を得ることができた。原爆当時広島地方気象台の測候技手だった山根正演氏は、夏期休暇の日程をさいてわざわざ四国の足摺岬《あしずりみさき》から広島まで出向いて下さり、広島在住の北氏や広島航空測候所勤務の高杉正明氏らとともに、私の聞きとり調査に全面的に協力して下さった。私は会う人ごとに細かい点にわたって根掘り葉掘り尋ねたが、すべての人が私の不躾《ぶしつけ》を責めもせずに、記憶の糸をたぐり寄せては体験談を聞かせて下さった。とりわけ北氏には二日間にわたって話を伺ったが、氏はどんな質問にも快く応じて下さった。失礼を承知で書くならば、北氏は一般の気象台の職員と同じように坦々と気象業務に専念し、定年で退職した平凡な気象人である。私には、北氏を波瀾万丈の物語の主人公に仕立て上げようなどという意図は毛頭なかった。むしろ業務に坦々と専念した普通の人間であったことの方に、私は強く心を惹《ひ》かれた。

年月とともに私の手許には、膨大な聞き書きノートと資料とが集まったが、最後までつきまとって私を悩ませたのは、基本的な事柄でありながら、確認のできないことがあまりにも多いことであった。

例えば、最も基本となる原爆当時の広島地方気象台の台員全員の氏名と身分（技師、技手、技術員、見習、事務員、定夫、雑務婦、本科生、専修科生）でさえ、確実な資料はないのである。当時の主な台員たちに聞いても、思い出すことができるのはせいぜい十人から十数人であった。私は、まず当時の『当番日誌』に登場する名前のリストを作った。『当番日誌』に記されているのは「姓」だけであったから、「名」の方は主な台員数人に尋ねて記憶を蘇《よみがえ》らせていただいた。それでも全員の姓名は確認できなかったので、当時の台員の現在の所在を人づてに調べては、電話をかけ、本人の姓名と当時の身分、被爆の状況、覚えているほかの台員の氏名などを確認していった。『当番日誌』には登場しない台員（事務員や本科生など）についても、こうして少しずつ明らかになっていった。第一章に記載した台員名簿はこのようにして調べたものであって、各人の現在の所在地は、東京、大阪、広島、山陰、隠岐《おき》、四国というぐあいに全国各地に及んでおり、時の流れをしみじみと感じさせる。

枕崎台風による呉市の大水害に関しては、昭和二十六年に広島県砂防課がまとめた「昭和20年9月17日における呉市の水害について」という小冊子以外には全くと言ってよいほど資料がないので、私はこの資料を手がかりに、呉市の水害に関する取材をした。本文中にも引用したが、この小冊子の中に次のような数行がある。

「海軍構内にあった測候所は、かかる状況のため、職員は離散したが、ただ一人残って気象関係施設を守備していた某氏によってかろうじてその略奪から免れていたと云う事は、誠に幸なことであった。呉市役所は焼失し、当市付近における気象の記録は全然無い中に、この某氏によって（中略）記録が残されていたことは、感謝感激の外ない。その功は長く残るものである」

ここに記された「某氏」を探し出して、呉の水害の実相を明確にしたいと、私は思った。まず右の小冊子をまとめた人物については、同冊子の発刊の辞の頁から、当時広島県砂防課長だった坂田静雄氏であることがわかり、坂田氏が現在は広島市内で事業を営んでいることも、砂防課への電話取材ですぐにわかった。坂田氏に尋ねると、「あの記録をまとめてから二十年以上経つが、反響があったのも、取材されたのもはじめてです」と感激され、いろいろと思い出話をして下さったが、残念ながら呉測候所の「某氏」については記憶していなかった。呉測候所は当時海軍の施設で、中央気象台や広島地方気象台とは組織的なつながりがなかったので、現在の呉測候所とは人事的にも断絶があった。それでも何かの手掛りはつかめるかも知れないと思い、現呉測候所長の足羽栄之進氏に電話をかけ、終戦当時呉測候所にいた所員を調べる方法はないかどうかを尋ねた。足羽氏は、「昔測候所に後《うしろ》さんという人がいたような気がするので、その後の消息を調べてみましょう」と言った。数日後再び電話をかけると、足羽氏は、「後さんが終戦当時の測候所員かどうかははっきりしないが、昔の測候所のことに詳しいらしい。もう随分お齢のようですが、呉市内に御健在です」と言って、後氏の住所と名を教えて下さった。その住所、姓名に従って、呉の電話局に問い合わせると、後氏の電話番号がわかった。私はダイヤルを回した。後氏は随分お齢だと聞いていたが、電話の声はしっかりしていた。

「私は確かに呉測候所にいたことがありますが、昭和二年から十一年までのことです。終戦当時は鹿児島にいました。戦後しばらくして広島地方気象台に勤めましたが、終戦の年の呉測候所のことは存じません。ただあのころ呉には、木村さんという人がいたような気がします。その後測候所を辞められて、最近では広島市内の県立高校の事務長かなにかをやっておられるようですが……」

私は後氏が「某氏」その人に違いないと意気ごんでいただけに失望したが、新たな手掛りがあったので、広島県教育委員会に広島市内の県立高校の事務長で木村という名前の人はいないかどうかを尋ねた。これはすぐにわかった。広島市出汐町の県立工業高校の事務長に木村芳晴という方がいた。県立工業高校に電話をかけた。

「ええ、私が呉測候所にいた木村ですが……」

木村氏こそ「某氏」と記された人物だったのだ。このときは電話だったので、ごく簡単に往年の話を伺っただけだったが、後日広島を訪れたとき、直接木村氏にお会いして詳しい聞き書きをとることができ、海軍呉測候所が受けた苦難が、広島地方気象台のそれに劣らぬものであることを知った。

確認できないまま取材を打ち切らなければならなかった事柄は多いが、例えば、原子爆弾によって広島が壊滅した後、広島地方気象台に対して中央気象台が救援の手を差しのべたのは何日位経ってからであったか、という問題がある。公的な記録は何一つ残っていない。広島地方気象台の『当番日誌』には、台員自身の人事往来については割合よく記録されているのだが、中央気象台との関係については記録がないのである。北氏は、最初の私のインタビューに対して次のように語った。

「原爆の後しばらくの間、一週間位だったでしょうか、中央からは何の連絡もないし、こちらからも連絡することができず、われわれはもう忘れられてしまったのではないかとさえ思ったほどでした。台員たちの気持も、そんなわけで不安定なものでした。大阪まで行けば何とか連絡がつくだろうというので、尾崎さん（技師）が山陽線の復旧した八月九日に出発したのですが、尾崎さんはなかなか帰って来ないのです。そのうちに八月十五日になって玉音放送でした。私たちは、国が瓦解したのではないかと心配したりしたのですが、どうしてよいかもわからず、ともかく観測だけはやってようじゃないかということで、その日暮しをしていました。

東京から中央気象台の人がやって来たのは、かなり経ってからで、八月十五日より後だったように思います。事務系の人でした。リュックを背負っていたのを覚えています。二、三時間私たちの話を聞いて帰って行きました。その人が中央気象台から当座の業務のためにとお金を持って来てくれたのです。わずかな額ですが、応急的な資金としてはとても助かりました……」

しかし北氏は後日次のような手紙を下さった。

「中央官署としては当然のことでしょうが、当時の混乱期において十分に努力して下さったことを改めて感謝します。私共の方が心理的にいささか参っていた時だけに、第一に原爆投下の惨状に心身の平衡を奪われ、第二に敗戦のニュースでガクンと来て、この二つのショックが余りに大きかったため、私はその間の八日間という間の記憶がうすれたものと解しております。後で人から話されると逐次記憶がよみがえってくるのですが、この間の過し方は死に直面したような行動があって、当時の状勢から最善をつくして動き廻ったことは事実ですが、余裕のない判断力で行動し、善処して行く他はなく、どんな人に会ってどうしたか、後からいわれてそうだったなあと思い出すことが多いのです。人間の行動の不思議な一面ですね。

いよいよ敗戦の決定を知った時は、それなりに来るものが来たと落着きが出て、それ以後の行動は割合よく覚えております。こんなわけで、中央から連絡員が来られた日がいつだったかよく思い出せません。或いは八月十五日以前だったかも知れません。広島駅付近の破壊状況から鉄道が部分的にでも通じたのは数日後だったようです。学術調査団の一行が八月十日正午頃入市していますので、十日頃には何とか来られた筈ですから、或いはその頃だったかも知れません。リュックを負いゲートルを巻いた方（二人だった？）と庁舎玄関ホールの所で出会い、あいさつをして、台内外を案内し、官舎の方も見てもらい、現状を中央に報告してもらうよう依頼しました。その時平野台長（八月十二日帰台）（筆者註、台長は原爆の日米子へ出張中だった）が応対されたかどうかはっきりとは記憶がありません……」

中央気象台が広島に職員を派遣して、緊急の資金としてなにがしかの金を届けたことは間違いないようだが、誰がいつどれくらいの金を届けたのかとなると、どうもはっきりしない。東京から原爆後の広島に最初に乗りこんだのは、仁科芳雄博士ら大本営の調査団で八月八日夕刻のことであった。しかし仁科博士らは軍用機でやって来ている。山陽線広島駅が開通したのは翌九日。京都大学の調査班が汽車で広島入りしたのは、十日であった。中央気象台が広島に救援隊を派遣しようと思えば、八月十五日以前でも可能であった。しかし、中央気象台がそのように速やかな救援の措置をとるためには、広島の被害について詳しい情報を入手し得たこと、中央気象台側に地方の気象官署の戦災復旧に即応できるだけの体制と資金的なゆとりがあったこと、藤原咲平台長らが的確な判断をしたこと、などの条件が必要だったはずである。

広島に原子爆弾が投下されたことを、藤原台長ら中央気象台の幹部が知ったのは、七日午後になってからであった。運輸通信省の大臣室で小日山大臣から密《ひそ》かに聞かされたのである。しかし、被害の詳細は不明であった。九日に広島を発《た》って大阪に向かった広島地方気象台の尾崎技師は、おそらく九日夜か十日には大阪管区気象台から広島地方気象台の被害概況と気象電報とを打電したに違いないが、それとて救援を求めるような電報ではなく、あくまでも下級官署の上級官庁に対する業務報告の範囲に止まるものであった。この頃、東京には二度目の原爆攻撃が長崎に対して行なわれたことが伝えられ(長崎の原爆投下は九日午前十一時二分)、次の目標は東京ではないかと、都民の間には次第にパニックに近い様相が現われ始め、官公庁でも仕事が手につかなくなりつつあった。

また、全国の気象官署の戦災状況を見ると、広島を含めて焼失した気象台と測候所は計十七カ所に上っていた。戦災は日常化していた。戦災を受けた気象官署に対して、中央が直ちに救援や復旧の手を差しのべるという体制はしかれていなかった。中央気象台自体が二度にわたって、主要な建物を焼かれていた。さらに中央気象台は、八月に入ってから大本営気象部としていつ大本営に併合されるかわからないという組織的に不安定な状態に置かれていた。戦争末期の藤原咲平台長の日記を見ると次のように記されている。

「八月十三日

是非必要な公用で、今夜の夜行で出発する為に、大分骨を折つて切符を入手したが、夕方になつて、是《これ》から閣議が開かれるといふ情報を得たので、何か非常な事態でも起るかの予感が起り、攻め込んで来る蘇聯《ソレン》に対して何故宣戦されないか等の疑念も手伝つて、とう〳〵旅行は見合はせる事にした。今夜も警報が出て、防空の仕度はしたが、連日のことで遂《つい》うとうとしながら情報を聞く。方々やられた」

「八月十四日

今日も昼夜ぶつ通しで小型機の編隊が各地を襲ふた。明日正午に重大な放送がある旨予告された。果して予感の通りだ」

「八月十五日

昨夜から今暁にかけて本庄町もやられ、高層気象台本庄出張所も敢闘の甲斐《かひ》なく焼かれて仕舞った。折角東京から疎開させてあった人事に関するカードや書類が大分焼けた。併《しか》しこれなど直きまた作れる。是までに焼かれた気象台や測候所は内地丈《だけ》で十七個所、銃爆撃丈で破壊されたものが十個所である。糞《くそ》！　此位《これくらゐ》で屁古垂《へこた》れるか。二百余個所が全部焼かれるのは覚悟の前だ。穴居住でも仕事は出来る。

正午の放送は、陛下御自らの由……（以下略）」（傍点いずれも筆者）

また、上松清氏が後年記した「昭和二十年の気象台」（中央気象台『気団』昭27年第8号〜昭28年第2号）のなかから、終戦直前の中央気象台がどのような状況に置かれていたかを伝える部分を抜粋すると――

「(広島への原爆投下の後)、長崎への原爆攻撃、ソ連の対日宣戦布告と同時に満州への侵入、米軍機の宣伝ビラまき等、人心の動揺はその極に達しました。

(1)八月十二日

米軍機の宣伝ビラによると、今日の午後は東京に原子爆弾を落すという情報です。女子職員や動員学徒は午前中に退庁するようにという指令に従って、早急に処置しました。午前十一時に準備は完了し、残った職員は予報部現業職員、防護団員、幹部職員などでありました。零時半頃B29一機のために、空襲警報が発令され、原爆攻撃のおそれがあるからと、ラジオは何回となく報じています。(以下略)

(2)八月十三日

女子職員や動員学徒は殆んど出勤している。然しさすがに仕事は手につきません。地方の中小都市へのB29の攻撃はますますしつように続けられていました。午前中、和達部長より、悲観的な情報を内緒できかされました。この情報の出所には裏があった。それは、八月に入ってからはますます情勢が思わしくないので、当時の無線の風間課長が、内緒で短波受信機でガムか沖縄辺の米軍の放送を傍受して、その内容を和達部長や土佐林部長に伝えていたのでした。土佐林部長が一回この情報を藤原台長に申し上げたら、そういうデマはほんとうにするものではないと頭からしかられたというエピソードもあります。

(3)八月十四日

午前中、陸軍気象部の山本三郎少佐がやって来て、大本営気象部の設置の勅裁がどうしてもおりないと、一人でふんがいしていた。（以下略）」

上松氏に直接話を伺うと、氏は、「中央気象台が広島気象台に対してどのような措置をとったか全く記憶にないが、八月になってからの中央気象台の業務の状態から考えると、広島に限らずどこの気象台であれ、戦災を受けたからといってその気象台に直ちに救援の職員を派遣するというような考え方はしなかったし、そのような体制もできていなかった。中央気象台自体がそれどころではないという状態に置かれていたのですよ」と語った。

結局、中央気象台が広島に救援の職員を派遣した時期について、決め手となる手掛りを得ることはできなかったが、関係資料や関係者の証言から判断して、「東京から中央気象台の人がやって来たのは、かなり経ってからで、八月十五日より後だった」という、北氏の当初の話の方が事実であったろうと、私は推定した。このことは、一見どうでもよいことのように見えるかも知れないが、私には、当時の中央と地方との関係や、中央が原子爆弾による被害をどの程度特別視していたか、といった時代の論理を理解するうえで一つの指標になるように思えたのである。


取材を通じて公的な記録や資料の中の誤りを発見したこともいくつかあった。その一つは、終戦直後に天気予報が復活した日であった。尾崎秀樹・山田宗睦著『戦後生活文化史』（弘文堂刊）の中に次のような文がある。

「八月十七日、ラジオから天気予報が流れた。なんでもないことのようだが、これが戦後のはじまりをあらわす一つの象徴だった。戦争中、国防上の秘密で天気予報の公表が禁止されてから、三年八か月ぶりの復活だった。三島由紀夫の言葉をかりるなら、戦後日常生活への復帰だった」（傍点筆者）

確かにラジオから流れる天気予報のアナウンスは、平和な時代への復帰の象徴的な事柄だったと言えよう。重々しい「大本営発表」や「東部軍管区情報」のアナウンスに代って、天気予報や娯楽放送が街に流れたのである。だが、天気予報の再開は、果たして終戦からわずか三日めの「八月十七日」であったろうか。

NHKの『ラジオ年鑑・昭和二十二年』（戦後復刊した最初の放送年鑑）を見ると、天気予報の復活に関しては二カ所に記述があり、一カ所には、終戦三日めから天気予報が復活したと記されているのに、もう一カ所には、天気予報は終戦後間もない八月二十二日に三年半ぶりで復活した、と記録されているのである。いったいどちらの日付が正しいのか、この年鑑の記述だけでは判定の仕様がなかった。戦後NHKが編纂した「放送史」には、二十五年史と三十五年史の二つがあるが、いずれにも、「終戦三日め」と記載されている。

気象庁側の資料はどうだろうか。気象管制解除と天気予報復活に関する公文書の記録は残念ながら残っていない。前記上松氏の「昭和二十年の気象台」に次のような記述がある。

「二十日の昼過ぎ、二十一日午前六時をもって、気象管制を解除する旨文書で、陸海軍大臣並に運輸大臣から届きました。（中略）明日六時からNHKのラジオで天気予報の第一声を出すべきであると、台長のお伴をして放送協会の総裁に面会に行きました。総裁は同じ長野県の出身で藤原台長はかねてお知り合いのため、話も非常にうまく行き、編成部長も加わって、兎に角二十一日六時に天気予報を出すことに話を決めてきました。帰って来てから、予報発表までの態勢に切りかえることがたいへんでした。然し、どうやら二十一日の六時からは予報が出て、いかにも戦争が終ったという安心感を市民に与えたようでした」
困ったことに、ここでは天気予報の復活は八月二十一日になっていて、ＮＨＫ側の記録と合わない。折から「気象庁百年史」を編纂中の根本順吉氏と「放送五十年史」を編纂中のＮＨＫの美土路脩一氏にお願いして、資料の点検をしていただいた。根本氏は、「藤原咲平台長は独断専行の人で、天気予報も藤原台長の独断に近い形で急いで復活に踏み切ったものだった。だから事情は藤原台長がいちばんよく知っており、もし藤原台長の日記に天気予報復活のことが記されてあれば、それを基本資料とすべきだろう」と助言して下さった。藤原咲平日記を調べると、天気予報復活の件は、次のようにはっきりと記されていた。
「八月二十一日
前田新文部大臣に御挨拶す。研究は飽く迄《まで》維持せよ、との御注意を受く、有難し。（中略）夕刻指令あり。今夜半より気象管制解除せらると。急遽《きゅうきょ》天気予報の放送に関して、当局と打合せをなす。
八月二十二日
玆《ここ》数日夢の如く過ぐ、又多忙にして寸暇なし。聯合軍進駐は愈々《いよいよ》二十六日からとの事。吾等も恐らく気象通報によるサービスを命ぜらるべし。（中略）

十二時の報道に続いて東京地方丈の天気予報放送さる。四年振りの初放送、但し天気は曇り勝ちなり、止《や》むを得ない。天も為に嘆くよ」

天気予報の復活は、八月二十二日正午のニュースの時間の後だったのだ。上松氏の「昭和二十年の気象台」は後年思い出して記したものであり、「二十一日六時から」というのは一日記憶を誤っていたのだった。

美土路氏は、八月二十一日に気象管制が解除され、中央気象台が翌日から天気予報を発表することにしたとはいえ、放送局側が編成上それほど速やかに対処できたかどうかを、念のため確かめた方がよいと言われ、藤原台長とNHK会長との親交関係を調べて下さった。上松氏の記録の中に、「総裁は同じ長野県の出身で藤原台長はかねてお知り合いのため」とあったからだった。ところが、藤原台長は確かに長野県上諏訪町（現在の諏訪市）の出身だったが、当時のNHKの大橋八郎会長（故人）は富山県の出身で、二人の学歴を調べても、互いに結びつける糸口は見当たらなかった。しかし、この裏付け調査には、もう一つどんでん返しがあった。美土路氏は、大橋会長の千世子夫人が長野県上諏訪町の出身で、藤原台長と同郷であることを発見したのだった。NHK側が藤原台長の突然の要請を即刻承認し、天気予報再開の放送体制を整えた事情がこれではっきりした。正確な事実がはっきりと確認できたときほど、取材者にとって嬉しいことはない。（なぜ「八月十七日」説が登場したのかは不明だったが。）

なお、八月二十二日の中央気象台の予報当番だった沢田龍吉氏からも、当時の予報作業の実態を伺ったが、沢田氏は、天気予報復活の日の夜、皮肉にも東京を直撃した豆台風の接近を予報できなかった自らの失敗談を、わだかまりなく洗いざらい話して下さった。沢田氏の証言によって、八月二十二日の状況は非常に生き生きとしたものとなった。

このような取材は際限なく時間を要したが、昭和四十九年秋の時点で、私は長年の取材に一応の区切りをつけ、本書の執筆にとりかかった。めぐり来る三十年の夏までには、「八月六日」と「九月十七日」に関する私なりの報告書をまとめたいと思ったからであった。三十年という年数に特別の意味があるわけではないのだが、私にとってはなぜか広島から負っている借財の返済期限のように思えてならなかったのだった。

本書は、いわゆるノンフィクションに属する作品であるが、私はこの作品を構成するに当たって、取材の経緯や、資料の検討や、聞き書きノートや、といった筆者の側に個人的に所属する生の素材をひとまず創作工場の溶鉱炉の中にたたきこんでしまった。そして、その後で、純粋に「八月六日」と「九月十七日」に所属する時代と人間の結晶を取り出すことに努めた。しかし、完全な結晶を取り出すためには、長い時の流れの中で埋没し失われてしまった多くの構成分子——確認不能の事実関係——を何らかの形で補う必要があった。ところどころ欠けた結晶格子の点と点をつなぎ合わせ、線と線を交叉《こうさ》させて、原型を復元させる作業は、原型の全体像をどうとらえるかという構想力の問題とかかわり合う。私はまさにその原型復元作業においいて小説的手法を用いた。というのは、私は本書をまとめるに当たって一つの命題——それは試みと言うべきかも知れないが——を自分自身に課していたからであった。すなわち、「作品」

としてのノンフィクションとは、単なる取材の記録でもなければ、事実の羅列でもない、ノンフィクションにおける作品性とは、その歴史的真実の部分に関して、読者の心の中にどれだけ澱《おり》を残すことができるかにかかわっている、と。その意味では、小説もノンフィクションも、射止めようとしている的は究極において同じものであると、私は考えている。ただ、小説はイマジネーションのひとつの素材として事実や記録を援用するのに対して、ノンフィクションは諸々の事実や記録の構築を中心に据えつつ、真実の発見とその表現の手段としてイマジネーションあるいは小説的手法を援用する、という創作手法の点での差異はあるが——。

昭和三十七年頃だったろうか、私が広島で記者生活を送っていた頃、広島の子供たちにとって原爆体験が「むかしばなし」になりつつあるという話を聞いて、もうそんな時代になったのかと驚いたことをいまだに覚えている。その話は、爆心地付近の小学生が「そのむかし広島に原爆が落ちたという……」という作文を書いたというのだった。その小学生が原爆の被爆者の家庭に育ったのか、それとも戦後移住して来た家庭の子だったのかはわからなかったが、いずれの場合であるにせよ考えてみれば当時すでに戦後十七年も経過し、戦後生れの世代が原爆を「むかし」の出来事として考えるのはあまりにも当然のことではあった。だが、私にとって「そのむかし広島に原爆が落ちたという……」との表現はやはり強烈であった。ふり返ってみると、私と広島とのかかわり合いは、そうした原爆体験の風化が急速に進む中で始まったのだった。それからさらに十年以上経過し、「八月六日」や「九月十七日」の出来事はいっそう遠いとおいむかしの話になろうとしている。一方、今日における「核」の問題は、あまりにも巨大化してしまったがゆえに、どこか現実離れした甘い幻覚のイメージさえ持ちつつあるように見える。そうした時代であればこそ、風化した地層の表面を洗い落として、地脈の素顔をあらためて露出させようとする作業はいよいよ必要であるように、私には思えてならない。本書がそうした作業の一助となれば幸いである。

＊　＊

本書は多くの方々の協力によって成立した。感謝の念をこめて、ご協力下さった方々の氏名を記す。（　）内は、本書脱稿時における現職である。

〈広島地方気象台関係〉
宇田道隆（東海大学教授）、菅原芳生（株式会社公害気象研究所専務）、北勲（広島県大気汚染予報専門員）、白井宗吉（東京航空地方気象台総務課長）、遠藤二郎（松江地方気象台技術課）、山根正演（清水測候所足摺分室長）、吉田伸夫（旧姓鈴木、広島地方気象台予報課）、高杉正明（広島航空測候所）、金子省三（広島地方気象台予報課）、岡原貞夫（大阪管区気象台総務課）、中村輝子（広島地方気象台大気汚染センター長夫人）、上田英子（旧姓山吉、隠岐西郷測候所長夫人）、中根清之（大阪航空測候所予報課）、西田宗隆（大阪航空測候所予報課）、福原賢次（気象庁予報課）、定成勇（東京航空地方気象台予報課）、根山香晴（広島地方気象台予報課）、田中孝（広島生コン株式会社取締役）

〈中央気象台関係〉
高橋浩一郎（元気象庁長官）、上松清（気象庁通信参事官）、沢田龍吉（九州大学理学部長）、平沢健造（金沢地方気象台長）、根本順吉（気象庁図書課）、井関弘房（気象庁総務課）、白岡久雄（気象庁予報課）
〈大野陸軍病院及び京都大学研究調査班関係〉
菊池武彦（京都大学名誉教授）、木村毅一（国立福井工業高専校長）、水野宗之（広島市内水野内科病院長）、大下薫（大野町役場収入役）
〈広島の原爆及び台風災害関係〉
松坂義正（広島原爆障害対策協議会会長）、重藤文夫（元広島赤十字病院長、元広島原爆病院長）、佐々木寛（広島赤十字病院医事課長）、吉岡豊（中国新聞社常務取締役）、田窪真吾（元広島市総務課長）、高橋昭博（広島市広報課）、日詰忍（広島市在住）、竹内武（広島県原爆被害者団体協議会事務局）
〈呉市の水害関係〉
坂田静雄（広島建設コンサルタント株式会社社長）、木村芳晴（広島県立広島工業高校事務長）
〈宮島厳島神社の災害関係〉
林喜親（厳島神社禰宜）、岡田貞治郎（厳島神社技師、広島県文化財専門委員）
〈放送史料関係〉

美土路脩一（ＮＨＫ放送五十年史編纂室長）

最後に、筆者を終始激励し、原稿の細部にわたって助言を下さった新潮社出版部の新田敞、伊藤貴和子の両氏に感謝申し上げます。

昭和五十年夏

著　者

文春文庫版へのあとがき

六十六年後の大震災・原発事故に直面して

本書『空白の天気図』を私が書いたのは、一九七五年、つまり戦後三十年を経《へ》た年だった。私は現代における「いのちと心の危機」をテーマに、多くのドキュメント、評論、エッセイを書いてきたが、それらの中で自分自身で一番好きな作品はどれかと尋ねられれば、迷うことなく『空白の天気図』を挙げるだろう。

連続航空事故の謎を追った私の最初の作品『マッハの恐怖』（一九七一年刊）に対しては、作家としてのテーマ意識や仕事の方向づけをはっきりと自覚する機会になったという意味で、強い愛着の気持ちを抱いている。これに対し、『空白の天気図』は、高校一年の時（戦後占領期の言論統制が解かれた一九五二年）、はじめて報道された広島・長崎の原爆被災の写真集（『アサヒグラフ』一九五二年八月六日号）に衝撃を受けて以来、ずっと意識の深層に刻まれていた核時代への危機感を、自分なりの視点で具体的に表現することができたという点で、特別の思い入れがあるのだ。

しかし、ノンフィクションの作品というものは、年月が経《た》つにつれて、絶版になってしまうことが多い。本書も例外ではなかった。最初は新潮社から書き下ろしの単行本として刊行され、後に新潮文庫に収められて、多くの読者に届けることができたが、十年ほど前に絶版になってしまった。（新潮社のオン・デマンド・ブックとしては生きている。）

核兵器にしろ原子力発電にしろ、原子力という本質的に極めて危ういものに手をつけてしまった人間は、それらを絶対的にコントロールする方法をいまだに持つことができないでいるにもかかわらず、それらを廃絶することができないどころか、新たに核武装をしようとしている国もあれば、原子力発電を推進しようとしている国もある。こういう危機的な時代に求められるのは、広島・長崎の原爆被災の想像を絶する凄惨さや、チェルノブイリ原発事故の惨状を語ることを止めない姿勢だと、私は考えている。作家としての役割について言えば、惨劇の体験を風化させないための表現活動を続けることだと、私は自分に命じてきた。

しかし、二〇一一年三月十一日に発生した東日本大震災は、東北・関東の太平洋沿岸部に巨大津波による大被害をもたらしただけでなく、東京電力福島第一原子力発電所の四つもの原子力発電プラントを壊滅的な状態に追い込んだのだ。そして放射能の危機にさらされた広範囲にわたる地域の住民は、家を捨て、家畜を捨て、田畑・山林を捨て、故郷を捨てたに等しい状態で避難を強いられることになった。

あの広島・長崎の原爆被災から六十六年、チェルノブイリ原発事故から二十五年、日本人はあらためて核の危機にさらされている。核兵器と原発は違う、核戦争と原発事故は違うと、様々な専門家は言う。だが、放射能の被害を受けた者の悲惨を見るなら、違うところなどない。生命を奪われ、生きる場を奪われるという点で、何の違いもない。

東日本大震災の様々な被害を見つめるうちに、私の頭の中で、一つの発想が生まれた。この半世紀にわたって私が記者としてあるいは作家として書いてきた現代における「いのちの危機」に関するメッセージを、新しい形にまとめなおして読者に届けよう。長編についてはそのまま文庫版で復刻し、様々な評論・エッセイについては厳選して新しい単行本にまとめ、今回の大津波災害と原発事故については新たに取材してドキュメントを書く。そして、全体として、文庫版であれ単行本であれ、本のタイトルに「核と災害」という共通のキーワードを添え、そのキーワードには取り上げた事件の年月日を附すことにする。そうすることによって、今私たちが直面している危機の全体像と中身を俯瞰できるようにする、という発想だ。

この提案を文藝春秋の出版局が、すぐに引き受けてくれた。その第一弾は、文春文庫の『恐怖の2時間18分　スリーマイル島原発事故全ドキュメント』の復刻（二〇一一年五月刊）だ。カバーに「核と災害　1979・3・28」を附けた。第二弾、三弾は、これまでの核と災害に関する評論・エッセイを編集した単行本『「想定外」の罠　大震災と原発　核と災害　1945・8・6～2011・3・11』（同年九月刊）であり、本書文庫版『空白の天気図　核と災害　1945・8・6／9・17』（同月刊）だ。さらに第四弾として、前記のように東日本大震災の大津波災害と原発事故の取材に取り組んでいる。

振り返ると、『空白の天気図』で取り上げたのは、広島の原爆被災と一カ月余り後の巨大な枕崎台風災害という二重の災厄だった。それから六十六年経った今、直面しているのは、巨大地震・大津波による災害と原発事故という二重の災厄だ。〝原爆と台風〟と〝地震・津波と原発〟という二つの災厄の態様は違うように見えるけれど、そこから読み取るべき問題の本質に変わりはない。読み取るべき共通の本質とは、人間が手をつけた核の危険性に自然界の脅威が重なることによって、人類史上前例のない巨大災害を引き起こした私たちの、便利さと効率優先のライフスタイルと価値観、経済と国策のあり方、ひいては文明のあり方が問われているということである。

追記：本書中に詳しく書かれている「黒い雨」による放射能汚染地域については、最近の広島大学や広島市による調査研究では、戦後に調査された地域よりも広い範囲に広がっていたことが明らかになっている。

本書の出版にあたっては、文藝春秋出版局の村上和宏氏、田中貴久氏のお世話になった。また、文春文庫版で復刻することに同意してくださった新潮社に感謝申し上げる。

二〇一一年（平成二十三年）夏　　　著　者

主要参考資料

㈠

「広島原爆戦災誌」第一巻〜第五巻（昭46・広島市）
「広島県史・原爆資料編」（昭47・広島県）
「広島原爆医療史」（昭36・広島原爆障害対策協議会）
「被爆者とともに・続広島原爆医療史」（昭44・広島原爆障害対策協議会）
日本学術会議「原子爆弾災害調査報告集」（昭28・日本学術振興会）
（同報告書所収の諸論文のうちとくに次のもの）
荒勝文策他「爆発後数日間に行える広島市の放射能学的調査に関する報告」
山崎文男「原子爆弾爆発後広島西方に残った放射能について」
宮崎友喜雄他「原子爆弾により惹起された広島市内およびその付近の放射能について」
木村健二郎他「広島高須の土壌中に見出された人工放射性元素」
宇田道隆他「気象関係の広島原子爆弾被害調査報告」
菊池武彦他「広島市における原子爆弾傷に関する研究（臨床編）」

杉山繁輝他「原子爆弾障碍に関する報告」第一報～第四報
仁科記念財団「原子爆弾・広島長崎の写真と記録」（昭48・光風社書店）
（同記録のうちとくに次の論稿）
宇田道隆「火災・旋風・黒い雨」
木村毅一「枕崎台風による遭難」
荒勝文策「広島市における原子核学的調査」
杉山繁輝「広島市における医学的調査」
菊池武彦「京都大学原子爆弾災害綜合研究調査班の成立と其活動」（「広島医学」昭42・3）
菊池武彦「大野陸軍病院に於ける京大原爆災害綜合研究調査班の山津波による遭難の状況（私の日記から）」（「広島医学」昭42・3）
清水栄「清水栄日記昭二〇・八・六～一二・七」（「広島県史・原爆資料編」昭47）
松村秀逸「原爆下の広島軍司令部―参謀長の記録―」（「文藝春秋」昭26・8）
「昭和史の天皇」第四巻（昭43・読売新聞社）
「広島陸軍病院大野分院」（写真帖・昭14）
「広島県大野町誌」（昭37・大野町）
「史蹟名勝・厳島災害復旧工事報告」（昭26・広島県）
「昭和20年9月17日における県市の水害について」（昭26・広島県砂防課）
「広島市水道七十年史」（昭47・広島市水道局）

「太田川改修三十年史」（昭38・建設省太田川工事事務所）
浜井信三「原爆市長・ヒロシマとともに二十年」（昭42・朝日新聞社）
蜂谷道彦「ヒロシマ日記」（昭30・朝日新聞社）
「ひろしまの河」第18号（昭49・7・原水爆禁止広島母の会）
F・ニーベル、C・ベイリー「もはや高地なし――ヒロシマ原爆投下の秘密」（昭35・光文社）
中国新聞社「ヒロシマの記録・年表資料編」（昭41・未来社）
「NHK原爆之碑完成記念――原爆被災誌」（昭41・広島中央放送局）

㈡

「枕崎・阿久根颱風調査報告」（中央気象台「中央気象彙報」第三十三冊・昭24）
「わが国の災害誌」（昭40・全国防災協会）
北勲「終戦年の広島地方気象台」（気象庁「測候時報」昭46・1）
「あの頃の記・第一集」（全国気象官署長会機関誌「ひさかた」特集号・昭37）
上松清「昭和二十年の気象台」（中央気象台「気団」昭27第8号～昭28第2号）
須田滝雄「岡田武松伝」（昭43・岩波書店）
藤原咲平「気象と人生」（昭10・岩波書店）
藤原咲平「生みの悩み」（昭22・蓼科書房）
「藤原先生追悼号」（中央気象台「気団」昭26）
「特集藤原咲平の人と業績」（信濃教育会「信濃教育」昭38・10）

「天気と気候——気象観測特輯」（昭21・1・地人書館）
大谷東平「天気予報三十年」（昭33・法政大学出版局）
大谷東平「室戸台風と大阪」（大阪管区気象台「大阪管区時報」昭37・9・21〜11・21）
荒川秀俊「台風・猛威への挑戦」（昭33・社会思想研究会出版部）
高橋浩一郎「気象を見る眼」（昭49・共立出版）
久保栄「戯曲・日本の気象」（昭28・新潮社）
稲垣文男「気象用語と放送」（NHK総合放送文化研究所「NHK放送文化研究年報」昭46）
「東京大空襲・戦災誌」第三巻（昭48・東京空襲を記録する会）
児島襄「太平洋戦争」上下（昭40、41・中央公論社）

＊筆者注＝参考資料よりの引用文については、できうる限り原文のままとしましたが、読み易さを考えて、文字遣い等若干の訂正部分もあることをお断りします。

解説

鎌田實

示唆《しさ》に富んでいる。今こそ読んでもらいたい本だ。昭和五十年に書かれているが、実に今日的な本である。

まず気象台が軍のコントロール下に置かれ、やがて、戦争に突入していく。柳田の緻密な取材が光る。

十二月七日、海軍からハワイ沖の海上の天気予報を報告せよという命令がくだる。気象台の幹部たちは職業的直感ではっきりとわかった。戦争が始まる。

軍令部で、十二月八日午前一時、気象台長が説明する。「高気圧が安定しているので、さし当たり海上の天気がくずれることはない。風の状況にも急激な変化は予想されない」。日本時間午前一時三十分に南雲機動部隊の航空母艦から百八十三機の攻撃機が真珠湾を目指して発艦した。なるほど、なるほどと思わせる。ハワイ奇襲作戦だ。その数時間後、気象管制がしかれる。天気予報がこの日からなくなった。

こうやって科学者が戦争に巻き込まれていくのが残念。技術者が戦争に加担せざるを得なくなっていくのが悔しい。科学者や専門家が、ニュートラルにいることができず、その時代の空気に押し流されていく。どんな時代でもあり得ることである。

今回、東日本大震災が起きた。地震があった。津波があった。原発事故が起きた。大きな津波が来れば、全電源喪失があり得ると、少数の学者から言われていたにもかかわらず、想定内の事故が起きてしまった。「想定外」という言葉が流行っていたが、間違いなく想定内だ。謙虚な研究が足りなかっただけ。原発の安全神話のなかで事故は起きた。チェルノブイリ原発の事故は、当時のソ連邦の、いい加減な管理のために起きたと言われた。安全神話は揺らがなかった。政界、経済界、学界等の利益共同体が日本は大丈夫だと思いこませてしまった。

八月六日、広島に原爆が落とされた。当時の運輸通信大臣は、「原子爆弾の使用は国際条約で禁止されている毒ガスの使用をも凌ぐ極悪非道なものである。かかる非人道的な兵器を使用せる敵、既に敗れたり」と語っている。原子爆弾ということがわかっているにもかかわらず、同じ日に大本営発表として国民に知らされたのは、広島で新型爆弾が使われたとのみ。起きた事実を小さく語る。被害が大きければ大きいほど、国のリーダーは被害を小さく語ろうとする。今回の福島第一原発事故でもまさに同じことが言えそうだ。

福島原発の格納容器は、一号機では直径七センチ、二号機では十センチ相当の穴が開いた。メルトダウンが起きたのである。三月中旬、政府や東京電力や原子力安全委員会は、核燃料棒の一部溶融が起きたが、国民に「大丈夫」と言い続けた。まるで大本営発表と同じである。事実を語らなければ、改善も進歩もない。

「国家百年の計を考えたとき、気象事業はあくまでも独立の組織と自由な学問的気風の下に置かなければならない」。自ら身を引いた開戦前の気象台長岡田の言葉だ。原子力村の学者にはこんな気概が感じられない。学者は国民の命を守るために、自分の地位をかけて言うべきことは言わないといけないと思う。

この本で、北をはじめとして、多くの気象台員たちが原爆が落ちた最悪な状況のなかで結束し、測定不可能な環境のなかで気象状況をできるだけ克明に測定しようと努力を続ける。プロフェッショナルな人達の志の高さが感動的だ。

九月十七日、枕崎台風が九州に上陸し、広島へ向かう。広島はすでに約一カ月前の原爆で市役所や警察の機能を失っていた。情報を伝達する中国新聞やＮＨＫも壊滅的な打撃を受けていた。地震や津波や台風の天災をできるだけ小さな被害にするためには、情報が大事だということがわかる。行政機能と情報システムが壊れると、天災に人災が加わっていくのである。今回の東日本大震災の津波に対する防災も、フクシマの対応についても、人災の面がどの位あったか、今後、検討が必要だ。

鹿児島より南部の島からの情報はわずかしかなかった。伝達する通信設備も戦争によって破壊され、十分ではなかった。広島の赤十字病院では原爆で被災したあと、一時約千人が病院の廊下などにベッドもなく収容されていた。毎日おびただしい数の人が治療の甲斐《かい》もなく、亡くなっていくなかで台風が上陸した。天災の被害をできるだけ小さくするために、拠点となる病院の医療が充実していることが大事なのがわかる。今回の東日本大震災でも海岸沿いの病院が壊滅的打撃を受けたが、それでも復興の拠点の一つが病院になっていることが多かった。拠点病院の充実が大切なことがよくわかる。

死者、行方不明者二千十二人、大災害となった。戦争の終わりに二つの原爆を落とされ、日本は戦争に負けた。完膚なきまでに傷ついていた。そのうえ、一カ月後に襲ってきた枕崎台風で壊滅的な打撃をさらに被る。

絶望的な状態であったにもかかわらず、一筋の希望の光が見えてくる。この本の優れているところだ。そして、今現在、日本がおかれている状況の中で、学ばなければいけないことがこの本の中に書かれていると、ぼくは思う。

志が高い専門家や科学者や技術者はまず現実を直視しようとする。京都大学の原子物理学の専門家や医学の専門家が広島に調査に入る。しかし、残念なことに、この枕崎台風による山津波で、拠点としていた大野陸軍病院が被災する。百五十人以上が亡くなった。

「災害研究の出発点は現場にある。気象災害報告のように後になって多くの人が参照する文献は、できるだけオリジナルの資料を豊富に記載してあったほうが役に立つ」という観点から台風災害の被災状況を克明にまとめあげる。同時に原爆被害調査も行っていく。気象の専門家として気圧や風力、風速、降雨量を記録することを丁寧にしながら、数字に表れないリアルな世界を聞き取っていく。熱旋風やドシャブリの雨が起きていることがわかる。

爆心地から三キロ以内で被爆した人や、投下から二日以内に爆心地から二キロ以内に入った人などには主に原爆医療法などによって医療の無料化が行われた。十九キロ離れた山村に黒い雨が豪雨となって降っていることが気象台の職員たちの調査でわかってくる。川の水が真っ黒になり、魚が死んでいたりしていたという。この調査が、後に、ヒバクシャの補償に役立つ時がくるのだ。

原爆が落ちたときの熱により積乱雲が起き、それが風に乗って、西ないし北のほうに移動し、小さな山に当たりそこで放射能の雨が強く降った可能性が強い。福島原発の事故でも、ぼくは二十キロゾーンのなかに入っているが、浜通りの海岸沿いは原発から三キロのところでも、一マイクロシーベルト／アワー以下であった。原発から近くても、風の流れとずれている所は、空間線量が低かった。原発から北西へ向かう浪江町や飯舘村で、放射線量の測定を行ったが、十八マイクロシーベルト／アワー等の高汚染地域が見つかった。風と雲と雨が、微妙に放射能の汚染地域を飛び石状に、まだらにしていた。

この本から学ぶことは多い。ぼくはチェルノブイリに九十四回医師団を派遣してきた。二百キロも離れた所に、高汚染のホットスポットが発生している。これも風と雲と雨が関係しているのだ。

広島の原子爆弾で二十数万人の人が亡くなっている。枕崎台風で広島県下の人は約二千人が亡くなっている。戦争で傷ついても、天災で傷ついても、職業的な任務をしっかり守り抜いた人がいた。観察し記録しようとした人たちがいた。事実に目をそむけないようにしようとした人たちがいた。それが次の災害の被害を少しでも減らそうという希望へつながっていった。

著者は「核時代に生きるわれわれにとって、いつ何時同じ状況下に置かれるかもわからぬという意味で、まさしく現代の危機を象徴する事件であると思う。『九月十七日』を記録する意味はそこにある」と語っている。著者は三十六年前にこれを書いている。まさにヒロシマを書きながら、フクシマを予見しているようにもみえる。

一九四五年九月十七日、枕崎台風の被害を大きくしたのは、情報途絶がいちばん大きかった。福島原発の事故でぼく自身感じることは、著者が感じたと同じ、情報公開があまりにもお粗末であったために、被害を大きくしているのではないかということ。チェルノブイリで六千人の小児甲状腺がんが多発したのは、情報が公開されなかったために、子ども達が、黒い雨の中で、遊んでしまったためと言われている。どんな時でも正確な情報をつかみ、それをオープンにすることが大事なのだ。

真珠湾攻撃が行われた日から、天気予報は軍による気象管制によって、なくなった。しかし、敗戦の七日後、八月二十二日、なんと天気予報がラジオから流れたのである。ぼくたちの国の宝物がここにある。こうやって日本は生きぬいてきたように思う。仕事のプロが全身全霊をかけてやり抜こうとする。これが大事なのだ。これがある限り、日本は簡単に崩壊しない。

日本人の勇気や誠意や忍耐は、今回の東日本大震災で、外国の人たちが賞賛してくれた。国民一人ひとりが自分の役割を意識し、丁寧に努力する。そこから再び日本の復興が始まると信じられる。この本はそれを思わせてくれる、啓示に満ちた本である。ぜひ、今、多くの人に読んでもらいたいと思う。

「今日における『核』の問題は、あまりにも巨大化してしまったがゆえに、どこか現実離れした甘い幻覚のイメージさえ持ちつつあるように見える。そうした時代であればこそ、風化した地層の表面を洗い落として、地脈の素顔をあらためて露出させようとする作業はいよいよ必要であるように、私には思えてならない」

柳田邦男はすでに数十年前に原子力の事故を予感しているようにも見える。今からでも遅くはない。たった一つの地球を守るために、核の問題に関しても、大災害の防災に関しても、もう一度きちんとした国民的議論をしないといけない時が来ているように思う。

（医師・作家）

徳間文庫

スクランブル

空《そら》のタイタニック

2012年10月15日 初刷
2013年6月10日 4刷

著者 夏《なつ》見《み》正《まさ》隆《たか》
発行者 岩渕徹
東京都港区芝大門二―二―二 〒105―8055
発行所 株式会社徳間書店
電話 編集〇三(五四〇三)四三四九
販売〇四八(四五一)五九六〇
振替 〇〇一四〇―〇―四四三九二
印刷 本郷印刷株式会社
製本 東京美術紙工協業組合

ISBN978-4-19-893600-6 (乱丁、落丁本はお取りかえいたします)